作者能不能死
当代西方文论考辨

The Death of the Author, or Not

张 江 著

中国社会科学出版社

图书在版编目（CIP）数据

作者能不能死：当代西方文论考辨/张江著. —北京：中国社会科学出版社，2017.1

ISBN 978-7-5161-9577-2

Ⅰ.①作… Ⅱ.①张… Ⅲ.①文学理论—研究—西方国家—现代 Ⅳ.①I109

中国版本图书馆 CIP 数据核字（2016）第 325586 号

出 版 人	赵剑英
责任编辑	王 茵　张 潜
责任校对	王佳玉
责任印制	王 超

出　　版	中国社会科学出版社
社　　址	北京鼓楼西大街甲 158 号
邮　　编	100720
网　　址	http://www.csspw.cn
发 行 部	010-84083685
门 市 部	010-84029450
经　　销	新华书店及其他书店
印刷装订	北京君升印刷有限公司
版　　次	2017 年 1 月第 1 版
印　　次	2017 年 1 月第 1 次印刷
开　　本	650×960　1/16
印　　张	31.5
字　　数	338 千字
定　　价	98.00 元

凡购买中国社会科学出版社图书，如有质量问题请与本社营销中心联系调换
电话：010-84083683
版权所有　侵权必究

目 录

第一编　当代西方文论：演变与趋向

总体缺憾与问题 …………………………………………（3）
　　一　当代西方文论的理论缺陷 ……………………（4）
　　二　西方文论与中国文化的错位 …………………（24）
　　三　中国文论建设的基点 …………………………（45）

分期、定位及基本走向 …………………………………（66）
　　一　历史分期的标准及意义 ………………………（66）
　　二　基本定位 ………………………………………（89）
　　三　基本走向 ………………………………………（114）

理论中心论 ………………………………………………（136）
　　一　对象的变换与迁移 ……………………………（137）
　　二　理论的生成路线 ………………………………（143）
　　三　阐释的强制方式 ………………………………（149）

第二编　当代西方阐释：强制与独断

强制阐释：总论 …………………………………………（161）
　　一　场外征用 ………………………………………（162）
　　二　主观预设 ………………………………………（170）

三　非逻辑证明 …………………………………………（180）
　　四　混乱的认识路径 ……………………………………（188）
若干问题再辨 ………………………………………………（200）
　　一　概念解说 ……………………………………………（200）
　　二　场外征用 ……………………………………………（210）
　　三　"理论"的文学化 ……………………………………（222）
　　四　主观预设 ……………………………………………（233）
　　五　前见的盲目 …………………………………………（243）
　　六　前置模式的冲挤 ……………………………………（255）
　　七　前置结论的刚性 ……………………………………（266）
　　八　批评的伦理 …………………………………………（278）
　　九　批评的公正性 ………………………………………（289）
　　十　阐释的边界 …………………………………………（302）
阐释的独断 …………………………………………………（315）
　　一　"强制阐释"的独断论特征 …………………………（315）
　　二　作者能不能死 ………………………………………（334）
　　三　"意图"在不在场 ……………………………………（350）
　　四　前见是不是立场 ……………………………………（373）

第三编　碰撞与论争

与J. 希利斯·米勒的通信 …………………………………（405）
与西奥·德汉的对话 ………………………………………（440）
俄罗斯学者的回应 …………………………………………（454）
哈派姆的批评 ………………………………………………（474）

作者能不能死

第一编　当代西方文论：
　　　　　演变与趋向

总体缺憾与问题

以20世纪70年代末80年代初为节点，当代西方文艺理论开始在中国产生影响，并逐渐演变为显学，受到学界的高度推崇。文艺理论研究言必及西方，西方文艺理论成为评价和检验中国文学艺术实践的标准、文艺理论建设的基本要素。当下，我们面临一个难以解脱的悖论：一方面是理论的泛滥，各种西方文论轮番出场，似乎有一个很"繁荣"的局面；另一方面是理论的无效，能立足中国本土，真正解决中国文艺实践问题，推动中国文艺实践蓬勃发展的理论少之又少。中国文艺理论建设和研究渐入窘境。我们必须深刻反思：究竟应该如何辨识当代西方文论？它对中国文艺实践的有效性如何？在西方文论的强势话语下，中国文艺理论建设的方向和道路何在？

对这些问题做出清晰、科学、全面的回答，是一项系统而浩大的工程，力图在本书的一个章节中加以解决，实在难以实现。此处对当代西方文论的辨析，暂以引入国内较早并产生重大影响的几个流派为例，对中国文论重建的探讨，也只是有针对性地提出宏观构想和基本方向，更具体的问题将在日后的文章中一一阐述。

一 当代西方文论的理论缺陷

20世纪的西方文艺理论，与此前的现代文论和古典文论相比，确实取得了突破性进展。尤其是在理论观照的广度和触及问题的深度，以及对文艺学科独特性的探求和专业化程度的提升方面，都极大地推进了文艺理论自身的发展。但必须认识到，当代西方文论提供给我们的绝不是一套完美无缺的真理，而仅仅是一条摸索实践的记录轨迹。这意味着，它自身还存在种种缺憾和局限。对此，个别学者已有警悟，并著文反思。[①] 但还远远不够。

需要说明的是，一百年来的当代西方文论思潮迭涌、流派纷呈，其丰富性和驳杂性史所未见。各种思潮、流派在研究范式和观点立场上常存迥异之处，甚至根本对立。因此，本部分对其理论缺陷的论断，只能采取分门别类的方式进行，不可能全部囊括。

（一）脱离文学实践

西方文论中诸多影响重大的学说与流派，都不同程度地脱离文学实践和文学经验，运用文学以外其他学科的现成理论阐释文本、解释经验，进而推广为具有普适性的文学规则。这些

---

① 例如，朱立元的《对西方后现代主义文论消极影响的反思性批判》（《文艺研究》2014年第1期）、孙绍振的《文论危机与文学文本的有效解读》（《中国社会科学》2012年第5期）、曹顺庆的《唯科学主义与中国文论的失语》（《当代文坛》2011年第4期）、陆贵山的《现当代西方文论的魅力与局限》（《外国文学评论》2008年第2期），等等，均有对当代西方文论的理性反思。

理论发生的起点往往不是鲜活的实践，而是抽象的理论。在许多情况下，文学文本只是这些理论阐述自身的例证。这让我们对一些西方文论的科学性产生疑问。弗洛伊德的精神分析文论就是这方面的典型。

弗洛伊德不是文学批评家，他的学说首先是作为心理学理论提出的。早在1896年，他就创造并使用了"精神分析"一词，1900年完成《释梦》，构造了他精神分析的理论框架。他的文学观，以及对文学和文艺的表述，都是在这一理论成形后，作为对精神分析学说的证明和应用而逐步形成的。从时间上看，《作家与白日梦》（1908）、《列奥纳多·达·芬奇和他对童年的一个记忆》（1910）、《米开朗基罗的摩西》（1914）、《歌德在其〈诗与真〉里对童年的回忆》（1917）、《陀斯妥耶夫斯基与弑父者》（1928）等被反复引用的文论著作，都是在精神分析理论形成以后完成的，其重要观点无一不是依据精神分析理论衍生而来。更重要的是，这些著作的主要思想和观点都是为了印证弗洛伊德自己的精神分析学说，而不是要建构系统的文学和艺术理论。如果把他的学说作为文艺理论来看，有两个问题值得讨论。

一是理论的前提。弗洛伊德评论文学和艺术的各种观点和立论有其既定前提，即其精神分析理论的重要观点"俄狄浦斯情结"。为了用这一"情结"解读文学及其历史，得出符合自己愿望的结论，他可以只凭猜想、假设而立论，然后演绎开去，统揽一切。哪怕是明知其逻辑起点错误，也绝不悔改。《列奥纳多·达·芬奇和他对童年的一个记忆》就是很好的说明。

弗洛伊德是把这部著作当作精神分析传记来写的。1909年10月，他在写给荣格的信中说："传记的领域，同样是一个我们必须占领的领域。"接着又说，"达·芬奇的性格之谜突然间在我面前开豁了。靠着他，我们将可在传记的领域踏出第一步"。他把达·芬奇当作一个精神病患者来分析和认识，告诉朋友说"自己有了一个'显赫'的新病人"①。弗洛伊德不是从达·芬奇的作品入手展开分析，而是以俄狄浦斯情结为前提，从达·芬奇浩如烟海的笔记中找到一个童年记忆，由此记忆生发开去，得出符合他自己理论期待的结论。达·芬奇在笔记中写道："我忆起了一件很早的往事，当我还在摇篮里的时候，一只秃鹫向我飞来，它用尾巴撞开了我的嘴，并且还多次撞我的嘴唇。"从这个记忆出发，弗洛伊德认定：第一，"在古埃及的象形文字中，秃鹫的画像代表着母亲"，达·芬奇刚出生就失去父爱，秃鹫是达·芬奇生母的象征，秃鹫的尾巴就是母亲的乳房，"我们把这个幻想解释为待母哺乳的幻想"②。第二，达·芬奇在三岁或五岁时，被当初弃家另娶的生父接到一起生活，达·芬奇有了两个母亲的经历，"就是因为幼年时有过两个爱他的漂亮年轻妇人，他后来所绘画的蒙娜丽莎，才会流露出那样暧昧的、朦胧的笑容。蒙娜丽莎的永恒性，正是达·芬奇在经验与记忆间跳跃所产生的创造性火花所造就的"。这就是达·芬奇的恋母情结，正是这一情结造就了达·芬奇的千古

---

① [美]彼得·盖伊：《弗洛伊德传》上，龚卓军等译，鹭江出版社2006年版，第302页。
② [奥]弗洛伊德：《列奥纳多·达·芬奇和他对童年的一个记忆》，刘平译，车文博主编：《弗洛伊德文集》第4卷，长春出版社1998年版，第459、464页。

名作。

  秃鹫这一意象来源准确吗？作为全部立论的前提，它是可靠的吗？不幸的是，早在1923年，弗洛伊德还在世时，就有人指出，他使用的那个达·芬奇笔记的德译本是有错误的，"nibbio"一词的原意是"鸢"而非"秃鹫"。"鸢"是一种普通的鸟，与母亲形象毫无关联。立论的前提错了，无论有怎样的理由，"弗洛伊德建筑在误译上面的整个上层建筑，却仍然无法逃避整个垮下来的命运"①。更让人无法接受的是，就算没有误译，弗洛伊德又是如何确认，达·芬奇了解并按照他的愿望来使用这个意象呢？没有什么考证，也无确切的根据，弗洛伊德靠的是猜测和推想。他推测说，达·芬奇"熟悉一则科学寓言是相当有可能的"，因为"他是一个涉猎极为广泛的读者，他的兴趣包括了文学和知识的全部分支"，"他的阅读范围怎么估计都不会过高"，"我们在列奥纳多的另一幅作品中找到了对我们猜想的证明"②。弗洛伊德的用词是"可能的""估计"，而没有任何实际的根据，尤其是"猜想"，几乎是这篇文章的基本方法，他由猜想出发，千方百计寻找证明，哪怕被事实证明是错误的，也要恪守"猜想"。由"鸢"到"秃鹫"的误译，弗洛伊德是知道的，但"终其一生，却从未就此做出更正"③。为什么会如此？原因很多，但根本而言，弗洛伊德明白，放弃了这一前提，全部猜想就会被推翻，他最得意的这一作品就难

---

  ① ［美］彼得·盖伊：《弗洛伊德传》上，第308页。
  ② ［奥］弗洛伊德：《列奥纳多·达·芬奇和他对童年的一个记忆》，刘平译，车文博主编：《弗洛伊德文集》第4卷，第465、489页。
  ③ ［美］彼得·盖伊：《弗洛伊德传》上，第308页。

以被接受。

二是理论的逻辑。在《释梦》中，弗洛伊德为了证明其精神分析理论的正确，提到了 50 部以上西方古代和近代的重要文学作品，远至古希腊的《荷马史诗》，近到与他同时代的乔治·艾略特的《亚当·贝德》。但无论怎样广博深厚，他的立足点都是援引文学作品，证明释梦理论的正确。我们不否认弗洛伊德的一些文学感受是有见识的，开辟了新的研究方向，但细读其文本，可以认定，弗洛伊德从理论而不是从文学经验出发的文学批评，在根本上颠倒了理论和实践的关系，颠倒了认识和实践的关系，并且在逻辑上，他的推理和证明方法有重大缺陷。

对古希腊悲剧《俄狄浦斯王》的分析，被视作弗洛伊德重要的文学批评文本，但其本意只是要利用这一文本论证"恋母情结"。弗洛伊德从"亲人死亡的梦"说起，总的线索是，人们会经常梦到自己的亲人死亡，"男子一般梦见死者是父亲，女子则梦见死者是母亲"[1]，而这种现象是由儿童的性发育所决定的。儿童的性欲望很早就觉醒了，"女孩的最初感情针对着她的父亲，男孩最初的幼稚欲望则指向母亲。因此，父亲和母亲便分别变成了男孩和女孩的干扰敌手"。这一类感情很容易变成死亡欲望，由此经常出现"亲人死亡的梦"。弗洛伊德进一步补充说，通过"对精神神经患者的分析毫无疑问地证实了上述的假设"[2]。在此前的表述中，弗洛伊德未对这种现象作指

---

[1] [奥]弗洛伊德：《释梦》，孙名之译，商务印书馆 2011 年版，第 252 页。
[2] 同上书，第 253 页。

称明确的命名，他一直在阐释梦。而接下来的论证值得我们讨论。弗洛伊德说：

> 这种发现可以由古代流传下来的一个传说加以证实：只有我所提出关于儿童心理的假说普遍有效，这个传说的深刻而普遍的感染力才能被人理解。我想到的就是伊谛普斯王的传说和索福克勒斯以此命名的剧本。①

这就是"俄狄浦斯情结"的原始论证。其逻辑方法是，第一，作者的"发现"，即儿童心理的假说在先。第二，这个"发现"要由一个"古老的传说"来证实。第三，这由古老传说证实的"发现"，又用来证实（作者用的是"理解"）那个"古老传说"。第四，"我想到的就是"一句进一步证明了作者的论证程序是先有假说，再想到经典；用经典证明假说，再用假说反证经典。

此处的逻辑问题是，弗洛伊德关于儿童性心理的假说与俄狄浦斯王的相互论证是循环论证，是典型的逻辑谬误。可以表达为：假说是 P，传说是 Q，因为 Q，所以 P；因为 P，所以 Q。这种循环论证在逻辑上无效。

接下来，弗洛伊德关于莎士比亚《哈姆雷特》的论证犯了同样的错误。在对文学史上有关主人公性格的长期争论表达了自己的立场后，弗洛伊德对他的"恋母情结"做了如下证明：

——"我是把保留在哈姆雷特内心潜意识中的内容转译为

---

① ［奥］弗洛伊德：《释梦》，孙名之译，商务印书馆 2011 年版，第 257 页。

意识言词"①。这是用剧中人的故事证明精神分析理论的正确,哈姆雷特自己没有察觉的俄狄浦斯情结就是对弗洛伊德理论的验证。

——"如果有人认为他是一个癔症患者,我只能认为那也是从我的解释中得出的推论。"② 意即只有用他的理论才可以证明剧情的合理性,深入理解了剧情,就能更深入地认识弗洛伊德的理论有效性。

这仍是一组循环论证。用《哈姆雷特》的剧情证明自己的理论正确,再用该理论去证明剧情的合理与正当。

这种脱离文学经验、直接从其他学科截取和征用现成理论的做法,不是文学理论生成的本来过程,尽管也会对文学理论和批评的发展产生积极影响。弗洛伊德写作《释梦》时,既无意研究文学理论,也无意于文学批评,其本意是借用各种理论,当然也包括文学,证明精神分析理论和方法的正确。脱离了文学经验和实践,弗洛伊德的精神分析文论无法提出科学的审美标准、指明文学理论生成和丰富的方向,更无法指导文学的创作和生产。这不仅是精神分析文论的重大缺陷,而且是西方当代文论诸多学派的通病。发展到文化研究更是达到极端,理论的来源不是文学实践,甚至连研究对象也偏离了文学本身,扩展到无所不包的泛文化领域。

(二) 偏执与极端

从理论背景来看,许多西方文论的发生和膨胀,都是基于

---

① [奥]弗洛伊德:《释梦》,孙名之译,商务印书馆2011年版,第262页。
② 同上。

对以往理论和学说的批判乃至反叛。西方文论的"两大主潮""两次转移""两个转向"①，基本上是对以往理论和方法的颠覆。从立场表达和技术取向上分析，它的深度开掘以致矫枉过正，是可以理解的。但是，任何具有合理因素的观点若推衍过分，都会因其偏执和极端而失去合理性。从20世纪初开始，在一百多年的时间里，当代西方文论流派繁多、更迭迅速，最终未能形成相对完整系统的理论，原因正在于此。在这方面，俄国形式主义就很能说明问题。

俄国形式主义的出现给传统文学批评以强烈冲击。相对于此前以社会学批评为主流的理论传统，形式主义的批评家苦心致力于对文学形式的理论探讨与研究，并做出极富创造性的理论贡献，其价值不容否定。形式主义的诸多优长特质已渗透于当代文论的肌理之中，如人体自主呼吸般地发挥着作用。但是，把形式作为文学的唯一要素，并将其作用绝对化，主张形式高于内容，用形式规定文学的本质，这种理论上的偏执与极端，最终让包含诸多合理因素的形式主义走上了末路。"尽管俄国形式主义后期已开始注意把文艺作为社会诸多系统中的一个系统，但仍未完全摆脱对文艺进行形式结构分析的束缚，这也从根本上影响了他们试图解答文艺的特殊性问题的初衷"②，在批评史上留下了遗憾。

---

① "两大主潮"指的是当代西方人本主义和科学主义两大哲学主潮；"两次转移"指的是当代西方文论研究重点的两次历史性转移，即从重点研究作家转移到重点研究作品文本，从重点研究文本转移到重点研究读者和接受；"两个转向"指的则是"非理性转向"和"语言论转向"。参见朱立元主编《当代西方文艺理论》，华东师范大学出版社2005年版，第2—8页。

② 朱立元：《西方美学思想史》下，上海人民出版社2009年版，第1261页。

俄国形式主义的重要代表雅各布森认为，现代文艺学必须使形式从内容中解放出来，使词语从意义中解放出来，文艺是形式的文艺。为证明这一点，他具体阐发说，造型艺术是具有独立价值的视觉表现材料的形式显现，音乐是具有独立价值的音响材料的形式显现，舞蹈是具有独立价值的动作材料的形式显现，诗则是具有独立价值的词的形式显现。雅各布森的观点有合理的一面。形式是文艺的表现方法，文艺的形式确证了文艺的存在。形式的演进和变化是艺术进步发展的重要标志。各种文艺形式有其独立的价值。我们可以独立于艺术的内容，仅对其形式做深入探索。但是，文艺并非为形式而存在，文艺因其所表现的内容而存在，形式为表现内容服务。艺术形式的独立是相对的，在艺术创作和表演的实际过程中，形式不能离开内容而独立存在。从文艺的起源来说，无论音乐、舞蹈还是各种造型艺术，总是先有内容，后有不断创造和繁衍的形式。形式演进的目的只有一个，就是更好地表达内容。没有了内容，形式就不复存在。诗歌也不例外。无论怎样强调形式本身的独立价值、执着于词语本身的意义，最终还是要落在它所要表达的内容上，形式无法逃离内容。我们可以用形式主义大师自身的理论阐释来证明这一点。

日尔蒙斯基的形式主义立场是极端的。他长于讨论诗歌的节奏和旋律。在诗歌的形式上，他执着地强调诗歌的"音乐灵魂"，赞成"音乐至上"，并为此引用德国语言学家西威尔斯的观点："在诗语里，音不仅是对内容的'本能的补充'（ungesuchte beigabe），而且常常具有独立的、或者甚至是主导的艺术意义。"① 但是，在有关《浮士德》一段对话的讨论中，日尔蒙斯基传达了与其本身立场并不相同的信息。为了驳斥一些人对西威尔斯的质疑，日尔蒙斯基转述了西威尔斯对歌德《浮士德》中第一段独白的"精辟分析"。这段分析大意是说，在这部剧里，诗歌朗诵的音调高低是诗歌艺术的重要表现形式，"语调程序的意义在于对个别独白部分及说话人变化着的情绪进行艺术表征"②。但是，这种艺术表征或者说形式表征，其目的是什么？是形式的显现吗？日尔蒙斯基强调：

> 我可以说，在浮士德与瓦格纳对话中，他们外表与性格之间的对比也是通过话语的特征来强调的：首先引人注目的是说话人与众不同的词汇和表达方式，此外还有语调。而其中的差别，某种程度上是在于这一点，即瓦格纳总是犹豫不决、欲言又止地提出问题，而浮士德则以毋庸置疑或者训导的口吻作出回答。③

这段话有三个要点值得注意。第一，它肯定了"话语特征"表达的是剧中人物的"外表和性格"，同时要显现他们之间的"对比"。第二，这里所说的"与众不同的词汇"，并不具有脱离本身能指和所指的独立意义。第三，"语调"在诗歌形式上似乎更具独立性，是日尔蒙斯基所执着的"音乐至上"的

---

① [俄]维克托·日尔蒙斯基：《诗的旋律构造》，什克洛夫斯基等：《俄国形式主义文论选》，方珊等译，生活·读书·新知三联书店1989年版，第307页。
② 同上书，第310页。
③ 同上书，第311页。

物质载体，也参与人物形象的塑造。由此提出的问题是，这些形式的目的是什么？结论只有一个，即表达瓦格纳的柔弱、浮士德的强悍。而这已经是内容。日尔蒙斯基自己的论述证明了我们的判断，形式主义强调的形式，无论怎样独立，最终是为内容服务。形式上的功夫，是为了更好地表达内容。此类例子在形式主义者的著作中俯拾皆是。

另一位形式主义大师埃亨巴乌姆有句名言："形式消灭了内容。"在《论悲剧和悲剧性》中，他通过分析席勒的古典悲剧《华伦斯坦》，证明形式如何消灭内容，是形式而非内容创造了悲剧效果。但是，细读席勒原著，似乎很难得出这一结论。华伦斯坦是历史上的真实人物，在17世纪欧洲三十年战争中发挥了重要作用，为以德意志帝国为主的天主教联盟屡建战功。由于与皇帝菲迪南二世的矛盾，也由于政治上的动摇和私欲，华伦斯坦背叛了天主教联盟，企图把自己的军队交给敌人。然而，在最后关头，华伦斯坦被自己的亲信暗杀。席勒在剧中用大量笔墨描写了华伦斯坦之死。埃亨巴乌姆对此作出结论：这部悲剧的价值是在审美上引起了"怜悯"，这种怜悯不是因为内容打动了观众，而是形式作用的结果。他说：

> 艺术的成功在于，观众宁静地坐在沙发上，并用望远镜观看着，享受着怜悯的情感。这是因为形式消灭了内容。怜悯在此被用作一种感受的形式。①

---

① ［俄］鲍里斯·埃亨巴乌姆：《论悲剧和悲剧性》，什克洛夫斯基等：《俄国形式主义文论选》，第40页。

他所说的形式有几个方面的含义，但主要指的是"延宕"，"用席勒本人的话来说，就应该'拖延对感情的折磨'"①。华伦斯坦在与敌手较量的最后关头，或因为性格，或因为命运，没有采取更有力、更彻底的手段解决问题，丧失了机会，无功而死。这个分析是有道理的。从原作看，在最后关头，即主人公将被暗杀的那晚，他明知面临危险，仍优柔寡断，直到最后的死亡。作者用最后一幕的第三至十二场戏"延宕"这一过程，把主人公以至观众的感情"折磨"至极处，让人们对华伦斯坦没有丝毫愤慨，反而满怀怜悯。延宕在起作用。但问题是，作者在延宕什么，或者说用什么在延宕？对此，应对以下一些细节进行分析。

第一，华伦斯坦与其妹迭尔次克伯爵夫人的对话。整个第三场都是主人公与伯爵夫人的交流，其核心内容是伯爵夫人的担心，表达对华伦斯坦的关忧。她不相信主人公的劝慰，她要带着他逃命。在此过程中，华伦斯坦走到窗前观察星相，表现了无法排遣的忧郁和彷徨。他反复安慰伯爵夫人，劝她安下心来早去就寝，可伯爵夫人一唱三叹、恋恋不走，说梦，说忧，说恐惧，让最后的会面充满温情，用伯爵夫人的亲情"折磨"主人公和观众。

第二，华伦斯坦的老朋友戈登的表现。从第四幕的第一场我们知道，戈登在30年前就与主人公共事，他们感情深厚。在

---

① ［俄］鲍里斯·埃亨巴乌姆：《论悲剧和悲剧性》，什克洛夫斯基等：《俄国形式主义文论选》，第37页。

第四、五场中,戈登和身边的人一起劝华伦斯坦放弃对皇帝的背叛。他们用星相暗示命运,用天启宣托劝导,甚至跪下恳请主人公退却,戈登的诚意和真情令人感动。第六场,当曾是主人公亲信将领的布特勒带人来刺杀华伦斯坦时,戈登在幕后做出了妥协软弱的选择:"我怎么做好呢?我是设法救他?"犹豫着,但还不失良心。接着他做出了决定:"啊,我最好还是听天安命。"否则,"那严重的后果不能不由我担任"①。然后,他又劝阻凶手,恳求他拖延一段,哪怕是一个小时,又象征性地阻挡了一下,最终还是软弱地让布特勒得手。老朋友的软弱和背叛,盘桓往复,令人唏嘘。

第三,伯爵夫人的死。华伦斯坦死后,维护他的伯爵夫人也要英勇地陪他去死。尽管有人劝她说皇上已经宽容,皇后也会同情。但她无意回头。她历数华伦斯坦一家人不幸的结局,冷静地安排了后事,甚至交出房屋的钥匙,既豪迈又怨愤地对劝慰者唱道:"你总不会把我看得那样低贱/以为我一家没落了还要苟活在人间。""与其苟且偷生/宁肯自由而勇敢地升天。"来人大喊救命,伯爵夫人却冷静而决绝地说:"已经太迟了/在几分钟内我便要了结此生。"② 这是最后的悲壮与伤情。伯爵夫人的死,让人们心底升起无尽的同情和怜悯。

作为一种艺术形式和手段,延宕有所依附。延宕是内容的延宕,空洞的、脱离内容的延宕没有意义。人们怜悯华伦斯坦,

---

① [德]席勒:《华伦斯坦》,郭沫若译,人民文学出版社1955年版,第455页。
② 同上书,第468、469页。

是因为他战功卓著却误入歧途；身边亲近的人背叛他，他却毫不知晓；为了实现野心，亲人无一存活；曾唯一幸免的妹妹也要为他陪葬。席勒用翔实具体的内容延宕着华伦斯坦的死，延宕着剧中人的命运，延宕着接受者的审美过程，他们对华伦斯坦质询、赞美、怨愤，于是，怜悯产生了。席勒用形式负载着内容，形式没有消灭内容，相反，形式借助内容而存在，并更好地彰显了内容。

考察文学批评史，"形式消灭内容"并非形式主义的原创，实际上最早出自席勒本人。埃亨巴乌姆用席勒的悲剧发挥此论，并将之推向极端。但是，席勒原文并非如此简单和偏执：

> 艺术家的真正秘密在于用形式消灭内容。排斥内容和支配内容的艺术愈是成功，内容本身也就愈宏伟、诱人和动人；艺术家及其行为也就愈引人注目，或者说观众就愈为之倾倒。①

席勒立意于"形式消灭内容"，这一表达有其具体含义。所谓"消灭内容"，不是弃绝内容，而是让内容隐藏于形式之中，通过成功的形式更好地表达内容，使内容而非形式深入人心。由此，艺术家及其艺术行为才能为人所注意，观众的赞扬和投入既指向形式也指向内容。形式永远消灭不了内容。埃亨巴乌姆片面使用了席勒的话，只强调了前一句，放弃了后两句，

---

① ［德］席勒：《论素朴的诗和感伤的诗》，转引自鲍里斯·埃亨巴乌姆《论悲剧和悲剧性》，什克洛夫斯基等：《俄国形式主义文论选》，第35页。

漠视内容的力量，把形式推向极端，表面上看是张扬了形式主义，实际上瓦解了这一本来极有价值的理论。这也恰恰是整个当代西方文论的悲哀。

（三）僵化与教条

当代西方文论的某些流派存在僵化与教条的问题。以格雷马斯的矩阵理论为例。法国结构主义文论家格雷马斯从语义学研究开始，从俄国学者普罗普的民间故事形态研究延伸，借助亚里士多德逻辑学命题与反命题的诠释，提出了叙事学上的"符号矩阵"。其理论初衷是，借用数学和物理学方法，将文学叙事推衍上升为简洁、精准的公式，构造一个能包罗全部文学叙事方式的普适体系，使文学理论的研究科学化、模式化。格雷马斯认为，所有的文学故事或情节均由若干人物或事件的对立构成，这些对立的人物和事件因素全部展开，故事就得以完成。他用矩阵符号表达这一思想。

用数学的眼光看，格雷马斯的所谓矩阵是一种幼稚的模仿，并不具备数学矩阵的严整性和深刻性，更无矩阵方法的精致和严密。符号矩阵只是一个文学比喻，徒有矩阵的模样。它可以用文字表述为：设正项X，则必有负项反X，同时伴有与正项X相矛盾但非对立的非X，以及与反X相矛盾但非对立的非反X。它们相互交叉，结构出多种关系，全部的文学故事就在这种交叉和关系中展开。以《西游记》为例，孙悟空和妖怪是X与反X；唐僧和猪八戒、沙僧是非X，那些放出妖怪的各路神仙则为非反X。利用这些要素和关系，就能说明这部古典小说的全部情节。四项要素，仅单项要素之间组合，就是24种选择。如果是单项对双项、多项对多项，其关系选择将是天文数字。并且，创作者还要在故事展开过程中不断引入许多新的因素，其变换选择数量可能更高得惊人。但无论如何变换，发明者认定，其定位和关系依旧可以用四个要素构成的矩阵模式来规定。

格雷马斯的符号矩阵在西方文学符号学理论中具有很高地位，代表了该学派的一般倾向和追求，其表述方法也有自身的优势。用符号学的方法研究文学的结构，寻找小说叙事的基本因子，并给予模式化的表达，有其合理的一面。但是，文学不是数学，文学创作和鉴赏不应该也不可能用数学的方法来规范。就格雷马斯的符号矩阵而言，且不论它能否真正揭示文学叙事的基本方法，仅从文本解读来看，它聚焦于文本自身，割断文学与社会实践的联系，忽视作者的创造性因素，这违背了文学的一般规律。更重要的是，文学本身的丰富性和生动性被完全抹杀，故事变成公式，要素变成算子，复杂的人物及情感关系变成推衍和逻辑证明，这从根本上否定、消解了文学，文学的存在成为虚无。我们不否认文学的要素分析，所有的文学故事都是由人物和情节构成的。从原始神话到当下各种主义的叙事，都可以找到主要角色和基本线索，都可以简化为表意的核心因子，而且，所有的文学创作者都是先有故事结构和主体线索的考量乃至设计，才开始展开并最后完成其叙事。所有的文学故事都必须采纳和使用一些基本元素，离开了这些元素故事就不存在了。同时，这些基本元素不仅是文学故事，也是其他艺术形式的构成要素。例如，一个舞蹈是有故事或情节贯穿的，表达着舞者的情感乃至思想,民间的口技亦可表达类似 X 与反 X 的纠缠。而文学的特质在于,它运用自己的艺术手段,例如比喻、隐喻、暗喻、延宕、穿插、联想等,使这些基本要素变幻为文学的文本。文学文本具有自己的特征,其他艺术形式无法替代。这正是文学的魅力所在,绝非一个简单的符号矩阵所能规范的。

1985 年,美国杜克大学教授、著名的西方马克思主义学者杰姆逊在北京大学演讲时,用格雷马斯的符号矩阵分析中国传统小说《聊斋志异》中的一个故事,以其分析为例,我们可以看出符号矩阵以至文学符号学的得失。为论述方便,以下全文引用这个故事《鸲鹆》。

> 王汾滨言:其乡有养八哥者,教以语言,甚狎习,出游必与之俱,相将数年矣。一日,将过绛州,而资斧已罄,其人愁苦无策。鸟云:"何不售我?送我王邸,当得善价,不愁归路无资也。"其人云:"我安忍。"鸟言:"不妨。主人得价疾行,待我城西二十里大树下。"其人从之。携至城,相问答,观者渐众。有中贵见之,闻诸王。王召入,欲买之。其人曰:"小人相依为命,不愿卖。"王问鸟:"汝愿住否?"言:"愿住。"王喜。鸟又言:"给价十金,勿多予。"王益喜,立畀十金。其人故作懊恨状而去。王与鸟言,应对便捷。呼肉啖之。食已,鸟曰:"臣要浴。"王命金盆贮水,开笼令浴。浴已,飞檐间,梳翎抖羽,尚与王喋喋不休。顷之,羽燥。翩跹而起,操晋声曰:"臣

去呀!"顾盼已失所在。王及内侍,仰面咨嗟。急觅其人,则已渺矣。后有往秦中者,见其人携鸟在西安市上。①

杰姆逊的分析,先是找出故事里的基本要素:人(鸟主人,文中称"其人");反人(买鸟者,文中称"王");非人(八哥)。根据格雷马斯的要求,一个符号矩阵必须是四项,这第四项杰姆逊颇费周折,最后将之定义为"人道"。随后,通过符号矩阵的深层解析,杰姆逊写道:"这个故事探讨的问题似乎是究竟怎样才是文明化的人,是关于文明的过程的。这个过程中包含权力,统治和金钱,而这个故事探讨的是应该怎样对待这些东西。一方面是人的、人道的生活,另一方面是独裁统治和权势,怎样解决这之间的冲突呢?八哥无疑是故事提出的解决方法。"② 且不论这一判断是否合理,是否能为我们接受,单就以下三个方面而言,杰姆逊的分析就存在明显的缺陷。第一,杰姆逊的结论不是一个文学的结论,而是一个伦理学甚至哲学的结论,这种社会学分析,不是文学符号学探讨文学自足形式的本意。第二,杰姆逊的方法是用先验的恒定模式套用具体文本,并根据人为的设计生硬地指定四项要素,没有也要生造齐全,那个本不存在的"人道",让他得出虽深奥却颇显离奇的结论。第三,就文本所表现的文学的丰富性、生动和情趣而言,这一矩阵分析抽象而生涩,既无审美又无鉴赏,完全

---

① (清)蒲松龄:《全本新注聊斋志异》上,朱其铠主编,朱其铠等校注,人民文学出版社1989年版,第400页。
② [美]杰姆逊:《后现代主义与文化理论》,唐小兵译,北京大学出版社1997年版,第122—123页。

第一编　当代西方文论：演变与趋向

失去批评的意义。这一点尤为重要。文学作品表达的理念无论如何深奥，必须是生动而可感的，否则，将失去文学的特质，与哲学、社会学、伦理学无异，甚至与数学、物理学无异，从而必将被其他思想表达形式所取代。符号矩阵以至文学符号学，甚至结构主义的失败就在于此。

可以认定《鸲鹆》是一篇短篇小说，叙事方式是单线的，其艺术性集中在对鸟（八哥）的刻画上。鸟被拟人化了，它极聪明甚至狡猾。它与主人的关系以"狎"为标志。狎者，亲近而戏习，戏耍味道甚浓，含下流色彩和浓重的贬义，所谓"狎妓"是也。"狎"定义了鸟的本质、主人的本质、故事的本质，各色人等的关系集中在这一"狎"字上。小说以"狎"为统领渐次展开：主人与八哥出游，游资耗尽，八哥出计，假意出售自己且售予达官贵人，得钱后于远处会合。在此框架下，作者精心设计了细节上的五狎：为达到目的，人鸟合作进入王邸，八哥诱王买下自己，并建议"给价十金，勿多予"，骗取重金，又做出与王同立场的姿态，此一狎；主人得钱疾走，鸟与王戏言"应对便捷"，先"呼肉啖之"，再求浴，逃离了鸟笼，此二狎；浴罢，飞起檐间，"梳翎抖羽"，一边继续与王"喋喋不休"，急于逃离却做亲热状，此三狎；羽毛一干"翩跹而起"，且"操晋声"戏王"臣去呀"，此四狎。最后一狎，"后有往秦中者，见其人携鸟在西安市上"，开辟了一个新的空间。表层意思是鸟与主人安全会合，狎计成功。然深层含义是，其人携鸟于"市"，是在故技重施，寻找以至创造机会"狎"人骗金。小说的文学性甚浓，结构并不复杂，只在细处的生动性上落笔：

— 22 —

"梳翎抖羽"，"喋喋不休"；不急不躁，"翩跹而起"；非出晋地却"操晋声"戏王。面对这种生动与丰富，格雷马斯的符号矩阵无法下手，所谓文学性的深度批评诉求很难实现。用恒定模式拆解具体文本，难免削足适履、谬以千里。按照中国传统习俗，旧时玩鸟且可出游者，大抵为市井流氓。文本中鸟与王的关系只是骗与被骗的关系。故事就是写王的愚蠢、鸟的下作。这里没有文明的意思，也没有人道的意思，更没有解决人道与独裁统治及权势冲突的意思。杰姆逊用其模式进行的分析可谓过度阐释，而更深层的，是用其恒定的思维模式做了过度阐释。套用科学主义的恒定模式解析文本，其牵强和浅薄由此可见一斑。

用恒定模式阐释具体文本，是科学主义诉求的直接表现。科学主义是推动当代西方文论发展的主要动力。它主张用自然科学的理论、原则、方法重构文学理论的体系，并付诸实践，分析和批评文学作品，强调文学研究的技术性，追求文本分析的模式化和公式化，苦心经营理论的精准和普适。这种努力在一定程度上可以改变文学批评的主观化和随意化倾向，用数学、物理学的方法总结文学发展的一般规律，并给人文科学研究的思维方式注入新的因子，带来新的概念、范畴以及逻辑方法，为文艺理论和批评研究打开新的思路。但是，人文科学特别是文学，毕竟不同于自然科学，二者在研究对象与路径上有根本差别。自然科学的研究对象是客观物质世界，其存在和运动规律并不以人的意志为转移，科学工作者必须以局外人的眼光观察和认识世界，不能以个人的主观意志和情感改变对象本身及其研究。文学则不同。文学创作是作家独立的主观精神活动。作家的思想和情感支配文本,以在场者的身份活动于文本之中。即便有真正的零度写作,作家的眼光以至呼吸仍左右文本内在的精神和气韵。作家的思想是活跃的,作家的情感在不断变化,在人物和事件的演进中,作家的意识引导起决定性作用。文学的价值恰恰聚合于此。失去了作家意识的引导和情感投入,文学就失去了生命。而作家的意识可以公式化吗?作家的情感可以恒定地进行规范吗?如果不能,那么文本的结构、语言、叙事的方式及其变幻同样不能用公式和模板来框定。进一步说,作家的思想情感以生活为根基,生活的曲折与丰富、作家的理解与感受,有可能瞬息不同,甚至产生逆转和突进,作家创造和掌握的文本将因此而天翻地覆,这是公式和模板难以容纳的。

二 西方文论与中国文化的错位

除了上述这些固有的缺憾和问题,理论的有限性也是我们在面对西方文艺理论时必须考量的因素。当代西方文艺理论是西方多种文化元素交互作用的结果,深刻地包蕴并体现着独特的历史、社会、风俗、宗教等的长久积淀。西方文化土壤上生长的理论之树被移植到中国后,很难真正落地生根、开花结果,尤其是与文学艺术关系密切的语言差异、伦理差异、审美差异,更决定了我们对其必须持审慎态度。

(一)语言差异

语言论转向是当代西方文论发展的重要标志和内容。"从俄国形式主义、布拉格学派、语义学和新批评派，到结构主义、符号学直至解构主义，虽然具体理论、观点大相径庭，但都从不同方面突出了语言论的中心地位。"① 语言中心论打破了西方文论的传统局面，开辟了一个重新认识、评价和指导文学发展的新视角，其意义不可低估。以语言中心论为基干，后来的诸多学派依附于此，生发了许多观点、学说，形成一个很大的局面。但是，所谓语言中心论，是西方语言的中心论，其全部理论依据西方表音语言的特质，其分析和结论更贴近表音语言系统及西方语言文学。一个基本事实是，西方语言与汉语言，无论在形式上还是表达上都有根本性的差别，用西方语言的经验讨论和解决汉语言问题，在前提和基础上存在一些根本的对立。不能简单照搬，也不能离开汉语的本质特征而用西方语言的经验改造汉语。与此相关，在汉语的语言学、语义学、语法学等诸多方向的研究上，远的不说，从《马氏文通》开始，一百多年的奋争，我们的经验和教训数不胜数。实践证明，语言的民族性、汉语言的特殊性，是我们研究汉语、使用汉语的根本出发点，也是我们研究文学、建构中国文论的出发点。离开了这一出发点，任何理论都是妄论。

西方的语言中心论以索绪尔的语言论为起点和主干。他的一系列观点和结论被西方学者无限制地推广到各个领域和学科，特别是西方文艺理论和批评。该领域的诸多学派以索绪尔的方法论为指导，一些重要观点以他的研究为基础，许多重要范畴

---

① 朱立元主编：《当代西方文艺理论》，华东师范大学出版社2005年版，第7页。

从他的概念中推衍出来。从语言与文学的关系看，索绪尔的影响无处不在。但是，索绪尔自己曾指出，世界上有两种文字体系：一是表意体系，其特质是"一个词只用一个符号表示，而这个符号却与词赖以构成的声音无关。这个符号和整个词发生关系，因此也就间接地和它所表达的观念发生关系。这种体系的典范例子就是汉字"；二是表音体系。索绪尔清醒地指出："我们的研究将只限于表音体系，特别是只限于今天使用的以希腊字母为原始型的体系。"① 这就证明，第一，索绪尔的语言符号理论不是普遍适用的，它主要适用于表音系统的印欧语系，它的一些支配着印欧语言的基本原则，对汉语言不会全部有效，它的结论对汉语言的有效性要认真评估，绝不可照抄、照转、照用。第二，索绪尔语言学的一些基本概念及其运用，不可直接推广到文字学领域，更不可无边界地推广到文学的研究上。它的基本原则、概念与文学理论、文学批评间的距离，需要合理借渡，简单推广不是索绪尔的本意。

根本而言，语言是民族的语言。世界各民族在漫长的生活和劳动中，创造了自己的语言。各民族语言之间，有的具有亲属关系，有共同的来源和相互影响、借鉴的关系。这类语言之间的相通程度较高，彼此的差异是相对的。但是，也有很多相互之间没有丝毫亲属关系的语言体系，它们没有共同的来源，彼此的差异是绝对的，"汉语和印欧系语言就是这样"②。造成这种语言差别

---

① [瑞士] 索绪尔：《普通语言学教程》，高名凯译，商务印书馆 2009 年版，第 38、39 页。
② 同上书，第 267 页。

的因素有很多，其中地理上的间隔是最表面的一种。最根本、最深刻的原因，在于民族的精神。对此，西方语言学家有丰富的论述。1806年，洪堡特就明确指出，语言是一个民族生存所必需的"呼吸"（Odem），是它的灵魂之所在。通过一种语言，一个人类群体才得以凝聚成民族，一个民族的特性只有在其语言中才能被完整地铸刻下来。① 1836年，洪堡特提出了著名的语言学论断："民族的语言即民族的精神，民族的精神即民族的语言。"在论及汉语的语法特点与汉民族精神时，他又指出："我仍坚持认为，恰恰是因为汉语从表面上看不具备任何语法，汉民族的精神才得以发展起一种能够明辨言语中的内在形式联系的敏锐意识。"② 对此，中国的语言学者也有精彩论述。徐通锵就曾指出："不同民族思维方式的差异、知识结构的差异和科学研究方法论的差异，等等，归根结蒂，都与语言结构的差异相联系。"③ 申小龙曾举例说，"对于中国人来说，由于'天人合一'的哲学精神，向来把人看作是自然的一部分，人与万物密不可分，所以语言中的以物喻人，以一物喻另一物、化物为人，化此物为彼物，将万物赋予人的情感色彩和思想观念的现象比比皆是"，"从中你可以体会到人、自然与神的同一"④。这可以看作语言与民族精神之间关系的生动说明。

---

① 姚小平：《译序》，见［德］洪堡特《论人类语言结构的差异及其对人类精神发展的影响》，姚小平译，商务印书馆2009年版，第39页。
② ［德］洪堡特：《论人类语言结构的差异及其对人类精神发展的影响》，第52、316页。
③ 徐通锵：《语言论：语义型语言的结构原理和研究方法》，东北师范大学出版社1997年版，第41页。
④ 申小龙主编：《语言学纲要》，复旦大学出版社2003年版，第315页。

第一编　当代西方文论：演变与趋向

　　语言的民族精神体现在其具体表达上，特别是在不同语言的转换之中，这种精神上的差别表现得尤其明显。这在中国古典诗词中随处可以找到例证。我们细读一首古诗及其英译版本，体味其本来精神，比较两种民族语言中包含的不同思想意蕴。

　　　　朝辞白帝彩云间，千里江陵一日还。
　　　　两岸猿声啼不住，轻舟已过万重山。

　　李白的七绝《早发白帝城》明朗简洁，没有生僻字和深奥用典，在中国被用作儿童学习古典诗词的样本、识字的教材，千百年来家喻户晓。它的音响、节奏，可为文盲所记诵；它的意境、情趣，可为村妇所共鸣。没有人会提出这样的疑问：这是谁辞白帝城？在什么时间、什么时候？"朝辞白帝彩云间"的"辞"为什么没有主语？"千里江陵一日还"是哪一日？这些在汉语中本非问题，而在不同民族语言的转换上，却产生很大歧义。以下是弗莱彻的英译：

　　　　Po-ti amid its rainbow clouds we quitted with the dawn,
　　　　A thousand *li* in one day's space to Kiang-ling are borne.
　　　　Ere yet the gibbon's howling along the banks was still,
　　　　All through the cragged Gorge our skiff had fleeted with the morn.①

---

① W. J. B. Fletcher, *Gems of Chinese Verse*, Shanghai: The Commercial Press, 1932, p. 26.

直译回来，第一句和第四句可以是这样的句子：

在白帝城它自己的虹云之间，我们已伴着黎明离开。
我们的小船已在早晨掠过全部多岩的峡谷。

先说主语。李白的原诗四句，本没有主体。他写的是一种感受。浩荡长江上轻舟一瞬掠过无穷景色，其迅捷、其美妙、其时光流淌，任人去体味。如果是归乡，可以是欣喜；如果是会友，可以是心切；如果是游玩，可以沉浸其中。这种体味，可以是我，可以是你，亦可以是我们和他们。只要是人，无论是谁，只要在场，其情境即如此。如果给出一幅水墨图画，小小轻舟凌波而下，舟上可有人影绰绰，亦可渺渺不见其人，就仿佛"野渡无人舟自横"的妙境。不需要主语，天地间自有人在，受者也在其中。清代乾隆御定《唐宋诗醇》卷7就有"顺风扬帆，瞬息千里，但道得眼前景色，便疑笔墨间亦有神助。三四设色托起，殊觉自在中流"的评语。这体现了中国古典美学精妙而宏大的追求，是古老民族的精神映照。英译因为主谓结构的要求，须有主语"我们"（we）。就如此一个小小的"we"，这千古绝唱的天地之浑美荡然无存。

再说时态。汉语本无词语时态的变化，它的时态暗含于字与词的调遣之中。《早发白帝城》本无须突出时态，何时发生的事情与美学的批评无关。四句诗强调的是迅捷，是变幻的景色与声响，有正在进行的味道。这是一个过程，它展开的时间可以任意。至于这只船，它的目的地，早到与晚到，到与不到，

第一编　当代西方文论：演变与趋向

是无关紧要的。诗性专注的是过程，无论何时展开或进行，它的关注点都在过程。林木高深，高猿长啸，空灵飞动的快意，瞬间穿越的时空之美，由古至今不曾消解。英译第一句用了一个过去时（quitted），说"已"离开；第四句用了一个过去完成时（had fleeted），说已完结，这符合英语基本语法要求。但并非原诗本意。原诗的"已过"，是要表达啼声未住，轻舟飞越，山影与猿鸣浑然无迹，把"快"和"疾"的物理概念上升为精神感受，绝非过程完结之意。这种理解包含了多重审美上的转换和移情，很难为不同美学背景的人所领悟。更易造成歧义的是对原诗最后一句"轻舟已过万重山"的解释。已者，完结也，汉语副词的标准含义。但这个"已"只是已过这一段的意思，时空还在延伸，审美继续深入，英语过去完成时的简单替代，使中国古典美学的时空意念和纯美境界破碎不堪。①

对此，20世纪法国诗人、批评家克罗德·卢阿深有体会："中国古典诗人很少使用人称代词'我'，除非他本人是施动者、文中角色和起作用的人。因动词的无人称和无时态造成的意义不确定、含混不清，代词的省略都不是中文的弱点。这是他们在天地万物间的一种态度。"② 他的话切中要害，很有"个中滋味"的意思。在中国古典诗词中，没有主语、没有时态的表达极为普遍。有许多作品，本人是动作者的，也基本不出现主语。主语和

---

① 对这句诗，中国学者翁显良译为："Our shoots my boat. The serried mountains are all behind"，见毛华奋《汉语古诗英译比读与研究》，上海社会科学院出版社2007年版，第188页。

② ［法］克罗德·卢阿：《〈偷诗者〉引言》，麻艳萍译，钱林森编：《法国汉学家论中国文学：古典诗词》，外语教学与研究出版社2007年版，第399页。

时态可以暗含,并推广为一般,诗人的感受由此趋向永恒。从现代叙事学理论来说,诗人和小说家用现在时替代过去时,具有特殊的诗学意义。消弭时空界限,用当下的情境、气氛、节奏,以及当事人的即时动作和对话,把历史暗换为现实,生出跨时空的体验和对话,这是文学独有的技巧和魅力。

我们无意评论弗莱彻的译作,何况它已是近百年前的旧译,只想借此说明,不同民族语言的特殊性,决定着各民族文学之间的巨大差异。这种差异不仅贯穿于文学创作和作品中,而且深深地灌注于民族的文学观念和理论之中。20世纪30年代,海德格尔在与日本学者手冢富雄的一次对话中尖锐地质疑:"对东亚人来说,去追求欧洲的概念系统,这是否有必要,并且是否恰当。"因为,他体会"美学这个名称及其内涵源出于欧洲思想,源出于哲学。所以,这种美学研究对东方思想来说终究是格格不入的"。在更根本的语言学角度上,"对东亚民族和欧洲民族来说,语言本质始终是完全不同的东西"①。这进一步启示我们,西方文论的语言学转向,是以索绪尔的语言学研究为基础的,它所指引的西方文学理论以至美学的巨大变化以印欧语言的本质为根据。这里不排除一般方法论的意义,但根本而言,它的全部法则、概念、范畴不能简单适用于其他语言体系,尤其是以象形和表意为基础的汉语言系统。萨丕尔说:"每一种语言本身都是一种集体的表达艺术。其中隐藏着一些审美因素——语音的、节奏的、象征的、形态的——是不能和

---

① [德]海德格尔:《在通向语言的途中》,孙周兴译,商务印书馆2009年版,第87、109页。

任何别的语言全部共有的。"他判定:"企图用拉丁、希腊的模子来铸造英语的诗,从来没有成功过。"汉民族语言,几千年的历史,丰富的文学经验,千古回响的传世绝唱,宏观指向字字珠玑,细微之处气象万千,绝非另一种语言能够比对。"艺术家必须利用自己本土语言的美的资源"①,这是萨丕尔的真诚劝诫。我们总是疑惑,西方语言学家、文学理论家、文艺批评家反复强调的东西方文明的差别,特别是其自身理论的有限性,是借鉴和运用任何外来理论的基本前提,为什么没有被中国的引进者所重视?难道是没有读到,抑或是不愿意读到?

(二)伦理差异

东西方伦理传统的差别是明显的。这种差别深刻影响甚至左右了文学的演变和发展。古老的神话和传说表现了民族的伦理和道德,同时又反作用于它们,为道德和伦理的习得与养成提供了最生动的载体和手段。原始的神话和传说对民族文学的影响同样是深刻的。某些神话和传说承载着混沌的原始意象,作为一种民族记忆,在民族文学的长河中潜动,自始至终。神话和传说也影响民族的审美取向,甚至决定着民族文学的接受和评价尺度。这就回到了我们的问题:立足于西方神话和传说的文学及其理论,会恰当贴合于其他民族的文学和批评吗?我们从有关人类起源的神话说起。

希腊神话从母子婚娶、众神弑父开始。两代神人持续弑父,成就了希腊神话故事的基本格局。古代希腊神话和传说开篇说

---

① [美]萨丕尔:《语言论:言语研究导论》,陆卓元译,商务印书馆2009年版,第206、210、207页。

到，天地之初，大地之神盖亚从混沌中诞生，自生了天神乌兰诺斯，乌兰诺斯反娶盖亚为妻，母子结合，繁衍后代，有了被统称为提坦神的群神家族。在这一家族中，母子结合而生的儿女形象恐怖狰狞，他们共同憎恨自己的父亲。父亲折磨母亲，幼子克罗诺斯受命于母，挥剑重伤生父，取代生父为新王。新王娶其亲姐为妻，生下宙斯，宙斯率领兄妹结成同盟，与生父征战十年，父亲被众儿女打入地狱，宙斯成为新王。这些故事在希腊神话和传说中不占有重要地位，后来的神话研究也少见深入的分析和论述。但是，恰恰是这些不为人重视的前神话（宙斯前的神话），传递了值得注意的信息：其一，母子结合或者说婚配，是众神及人类诞生的起始。混沌之初本无伦理，但作为神话能够被记录和流传，就证明这种婚配关系为希腊以至欧洲大陆诸民族所接受，没有在伦理认知上给予绝对的排斥，否则，不会产生和流传这样的神话。其二，在希腊初民的幻想中，两次类似弑父行为的记载和传播，证明了弑父、弑王是夺得统治权力的重要方式，它是政治，不是人伦，有其合理性。其三，从时间上判断，上述神话虽简单、原始，但相关传说在前，其他更复杂、更精致的同类传说在后，这就更加充分地证明，"娶母""弑父"，作为分立、单独的行为，在民族心理上是可以容忍的，为以后更深入的发挥做好了准备。从时间上判断，乌兰诺斯娶母为妻，克罗诺斯弑父为王，宙斯率众兄妹将其父打入地狱，后来的俄狄浦斯弑父娶母，是一种当然的延续。与以前的故事相比，俄狄浦斯故事的关键是，把弑父和娶母这两件事情集中到一起，用一个确切的结果，表达民族神话中蕴藏的伦理倾向。它从根本上改变了先前传说的性质，由人类起源和王位争夺的想象，转向人伦是非的辨析，突出了伦理判断的目的性。这种变化表现在：一是主人公弑父娶母的行为是神对其父作恶的惩罚；二是主人公为摆脱神谕命运而极尽挣扎；三是俄狄浦斯落难之后光荣赴死。这三方面的内容，既给予俄狄浦斯弑父娶母行为以充分的逻辑根据，又在情感上制造了强烈的悲剧气氛，引导人们得出一个结论，即俄狄浦斯是个好国王、好丈夫、好儿子，他弑父娶母的行为应该得到理解和同情，神话的承继与传播由此取得道德上的合理性。

俄狄浦斯的神话传说对西方文学影响深远。据弗洛伊德总结，有不同国家、不同时代的三位文学巨匠以此为主题，创作了戏剧或小说，令后人高山仰止。一部是索福克勒斯的希腊悲剧《俄狄浦斯王》，直接描写俄狄浦斯弑父娶母的故事，是此类作品的原始起点。一部是莎士比亚创作的悲剧《哈姆雷特》，我们只能说它被附会于这个神话，将过去被认为是命运不可抗争的主题，附会成哈姆雷特因恋母情结作祟而导致行动迟疑的心理表现。一部是陀思妥耶夫斯基的小说《卡拉马佐夫兄弟》，卡拉马佐夫的儿子弑父，是作者恋母情结的隐晦表达。[①] 就对这些作品的认识而言，我们不否认弗洛伊德另辟蹊径的视角和努力，但是，这种分析和推论并非普遍适用。

与西方文学相比，在这一问题上，中国文学有完全不同的面貌。我们可以从中国古代神话和古典文学作品中找到有

[①] ［奥］弗洛伊德：《陀思妥耶夫斯基与弑父者》，孙庆民、廖凤林译，车文博主编：《弗洛伊德文集》第4卷，第535—553页。

力的证据,如中国古代关于伏羲、女娲兄妹结为夫妻创造人类的神话:

> 昔宇宙初开之时,有女娲兄妹二人,在昆仑山,而天下未有人民。议以为夫妻,又自羞耻。兄即与其妹上昆仑山,咒曰:"天若遣我二人为夫妻,而烟悉合;若不,使烟散。"于烟即合。其妹即来就兄,乃结草为扇,以障其面。今时取妇执扇,象其事也。①

这一神话不仅为多种汉语言史料所记载,而且仍广泛保存于中国西南苗、瑶、壮、布依族等多民族的口头传说之中。这些传说在细节上各有差异,但伏羲、女娲由兄妹结为夫妻,创造或再造人类的主题则是一致的。这是与希腊神话与传说的重大区别。在中国古代,兄弟娶姐妹为妻,尽管仍是血亲,且"又自羞耻",但在伦理辨识上可以被接受。兄妹为夫妻造人补天能成为神话,并在各民族的传说中久远流传,本身就是证明。在婚配制度上,中国古代很早就禁止血亲兄妹通婚,但表兄妹,无论是堂表兄妹还是姨表兄妹通婚,则是一种普遍现象,表兄妹的通婚除了当事人相恋相亲以外,通常有两个原因:一是大家族的政治或经济目的,政治上为了结成更巩固的同盟,经济上为了财富被本家族所占有;二是氏族成员之间的信任和聚合,双方相互了解,甚至"青梅竹马",从而"亲上加亲"。但是,

---

① (唐)李冗:《独异志》(八)卷下,袁珂:《古神话选释》,人民文学出版社1979年版,第45页。

第一编 当代西方文论:演变与趋向

在中华民族的神话和传说中,没有母子为夫妻的记载,没有母子乱伦的传说。在中华民族的意识中,母子、父女不可乱伦,更不可婚配,这是不可触碰的伦理底线。在初民的幻想中,无论怎样夸张,婚配关系最终止于兄妹,绝无可能为母子或父女。像西方神话那样将婚配变换为母子,是绝对不可以接受的。在中国古代,可以为政权"弑父",但不可以娶生母,更不可以为了娶母而弑父。在种种亲属群体中可能发生乱伦,但绝不可"恋父""恋母"。这可以在中国古典名著中找到根据。

《红楼梦》是清代著名历史小说、社会小说、言情小说。在这部小说中,中国社会的万千人伦现象都有生动表达。它的表达基于历史和生活的真实,是作者对当时中国社会的深刻体验。关于性和人伦关系,生活中存在的,小说多有言及,梳理起来,大致可以分两类。一类是正当的人伦关系。贾宝玉爱的是林黛玉,他们是姑表亲;薛宝钗嫁给了贾宝玉,他们是姨表亲。三方互为表兄姐妹。贾宝玉爱林黛玉是出于真情,薛宝钗嫁贾宝玉是为了利益。这种关系是正当的人伦关系,在中国封建社会环境下甚为普遍。另一类为非正当关系。一种是封建社会所允许的所谓妻妾制,贾府中的贾赦、贾政以及贾琏、贾珍都有妻妾,有人甚至一妻多妾;另一种是制度和伦理都不允许的关系,最典型的是贾珍与秦可卿的苟且,他们是公媳关系。此外如王熙凤与贾蓉的暧昧不清,他们是婶侄关系。对于前一类关系,即正当的表兄妹的恋爱婚姻关系,在神话传说和文学经典中都有记载以至颂唱。南宋诗人陆游的一首《钗头凤·红酥手》,为后人吟唱;当代小说家巴金《家》中的主人公觉新与梅表姐的爱情,令世人惋叹。至于那些被归于乱伦的不正当关系,有些《红楼梦》里没有涉及,例如叔嫂不伦(如《水浒传》中潘金莲企图勾引武松)、子与父妾不伦(如武则天嫁唐高宗李治)、子与后母不伦(如《雷雨》中的周萍与繁漪),等等,都是中国传统伦理道德所严厉禁止的。无论怎样严厉,此类事情总要发生,且历朝历代禁而不止。而在中国历史和当下,母子乱伦、父女乱伦,无论是民间神话传说,还是正典的文艺作品,都不会有此类记载和表述。罕见案例也许会有,但绝不会以传说和文学的形式进入阅读和写作。这也是底线,否则意味着对这种极端乱伦行为的容忍和妥协,意味着对中国伦理道德的最后颠覆。

我们回到对西方文论的认识上来。自弗洛伊德始,精神分析学派提出人类共有的"俄狄浦斯情结",构造一套理论和方法,用于普遍的文艺理论研究和批评,其推广和应用的逻辑起点值得怀疑。东西方的伦理传统不同,立足于西方伦理传统的理论和批评并不适用于东方传统伦理影响下的文学经验。东方民族很难接受"俄狄浦斯情结"及其文学表达,个人的心理缺乏经验,民族的道德准则断然拒绝。汉语言民族的神话和传说、汉语言文学的景深,没有此类线索和轨迹。将根据西方神话和传说而生成的理论作为普遍适用的批评方法和模式,无限制地推广到所有民族的文学和批评,会生出极大的谬误。我们至少能够判断,以"恋母情结"为逻辑起点的精神分析方法不适用于中国的文学批评。用荣格的原型理论来分析,这一认识就更加清楚。荣格从神话以及他的病人的梦和幻想中发现了集体无意识。他认为集体无意识是人类自原始社会以来世世代代普遍性的心理经验的长期积累,其内容就是"原型"。原型作为潜在的无意识进入创作过程,在远古时代表现为神话,在各个时代转移为不同的艺术形象,并不断地以本源的形式反复出现在艺术作品与诗歌中。如果该理论有效,那么不同民族的不同神话会产生相同的集体无意识吗?如果自原始社会以来世世代代的普遍性心理经验有根本差异,那么它们经过长期积累会产生相同的内容吗?远古时代的神话形象不同,作为潜在的无意识进入创作,会有相同的结果和形象吗?道理很清楚,原型不同、本源不同、集体无意识不同,作为结果的文学当然不会相同。所以,汉语言民族的文学中没有弑父娶母的原型,更不要说反复出现。我们再用弗莱的文学是"移位的神话"(displaced myth)来阐明这一道理。就人类起源的猜测看,西方的神话是母子相交而生成,东方的神话是兄妹相配而繁衍。远古时期东西方神话互不交接,各自生长,作为神话移位的文学,必然有极大不同,甚至根本性的差别。文学对神话的移位只能是本民族神话在文学中的移位,而不是跨民族的移位。吉尔伯特·默里的"种族记忆"说也可证明该判断。默里由《金枝》的启发而认为,某些故事和情景"深深地植入了种族的记忆之中,可以说是在我们的身体上打上了印记",所以,原始的神话和传说将对文学产生血脉般的影响。中国社会有一种现象,青年男女相恋,许多以兄妹相称,尽管他们不是表兄妹,更不是亲兄妹,但是,无数的民歌、情歌都称情哥哥、俏妹妹,这能否从女娲伏羲的神话中找到"种族记忆"的线索?文学如此,依据西方文学史经验生成的理论和方法，更是如此。依据西方神话和传说生成的理论及方法，不可能无界限地适用于世界各民族文学的批评。

（三）审美差异

审美作为民族心理的重要组成部分，有着漫长的积累和演变过程。在此过程中，多种物质和文化元素参与其中，相互碰撞与融合，形成了各民族审美的独立特征，深刻影响文学艺术的创造和传播。民族审美心理的承继和演进，构造了民族审美的集体性倾向，这种倾向决定了民族的文学艺术呈现多向度的差别，决定了文学艺术产品的公众接受取向和评价标准。

民族审美心理和经验对文艺理论及批评的影响同样是深刻的。审美先于理论，理论服从审美，个体审美抽象升华为集体审美，集体审美决定理论走向，理论校正、归并个体审美。这是民族审美和理论的一般规律，背离这一规律，任何理论都难以行远。因此，西方文论对中国文学的有效性，取决于民族审美经验的接受程度。这一判断可以通过对法国荒诞派戏剧和理论的分析得到证明。

尤奈斯库是法国荒诞派戏剧及理论的代表性人物，他的名作《秃头歌女》是荒诞派的奠基性作品。这部以反理性、反真实、反戏剧面目出现的荒诞剧，从内容到结构以至题目本身都荒诞到极点，可以作为分析的样本。确切地说，《秃头歌女》是没有剧情的。剧中人物和对话都是荒诞的表征，就像台上站着或坐着几个神经不甚健全的男女在妄自呓语。

第一编 当代西方文论：演变与趋向

　　马丁夫人　我能买把小折刀给我兄弟，可您没法把爱尔兰买下来给您祖父。

　　史密斯先生　人固然用脚走路，可用电、用煤取暖。

　　马丁先生　今天卖条牛，明天就有个蛋。

　　史密斯夫人　日子无聊就望大街。

　　马丁夫人　人坐椅子，椅子坐谁？

　　史密斯夫人　三思而后行。

　　马丁先生　上有天花板，下有地板。

　　史密斯夫人　我说的话别当真。

　　马丁夫人　人各有命。

　　史密斯先生　你摸我摸，摸摸就走样。

　　史密斯夫人　老师教孩子识字，母猫给小猫喂奶。

　　马丁夫人　母牛就朝我们拉屎。①

　　从头到尾没有情节可言。如此对话，没有表情和声调，翻来覆去地重复；没有确指，更无逻辑；自说自话，互不搭界；几个人物场上场下随意转动，对话的夫妻之间互不相识。布景里有个英国式的大钟，不按时报点，一会儿十下，一会儿三下，表现得神秘鬼祟。

　　结构也是荒诞的。一个独幕剧，各场之间没有联系，前后颠倒也不会有太大影响。人物出场谁先谁后，台词多一句少一句，怎样开头和结尾，全无道理。例如结尾，剧作家的原本设

---

① ［法］尤奈斯库：《秃头歌女》，高行健译，黄晋凯主编：《荒诞派戏剧》，中国人民大学出版社1996年版，第331页。

想是，两对夫妇争吵以后，舞台空出，无人，无物，无声。藏在观众里的临时演员假装起哄，经理和警察上场。警察用机关枪扫射观众，经理和警长欢颜相庆。这样荒诞无比的结尾是不是有什么哲学、美学、戏剧学上的考量？对此没有资料可证。但有记载的是，剧作家认为如此结尾费用会很高，简单一些可以省钱。于是改成现在的样子，就是一切从头再来，马丁夫妇在台上重复史密斯夫妇开幕时的台词，好像是意味深长的循环往复。

甚至戏剧名称的产生都充满离奇荒诞色彩。剧中从头到尾根本没有"秃头歌女"这个角色。该剧原本打算题为"英国时间"或"速成英语"，只是因为在排练时，那位饰演消防队长的雅克先生不很敬业，错把"金发女郎"念成"秃头歌女"，在场的尤奈斯库大喜过望，认定把这个提法当作题目更能表达他的意思，于是"秃头歌女"这四个字便保留了下来。

尤奈斯库对传统戏剧理念的颠覆，关键在于对故事性和情节性的消解和拒斥，用荒诞的手法，极大地挑战了人们对"戏剧"本身及其核心要素的界定，重新建构起另一种戏剧。凭借引人入胜的故事和环环相扣的情节支撑起来的传统戏剧，在尤奈斯库看来低级拙劣。他曾强烈表达对传统戏剧的不满甚至厌恶，认为古希腊悲剧和莎士比亚的戏剧都不具备戏剧特点，并且，"高乃依使我感到厌烦"，"席勒对我来说，是不能忍受的"，"小仲马的《茶花女》充满了一种可笑的感伤"，"易卜生呢？滞重；斯特兰贝格呢？笨拙"。对传统戏剧倚重的情节，尤奈斯库更是不以为然,"情节,在我看来是任意安排的。我觉得整个戏剧,都有某种虚假的东西"①。只有像荒诞派那样消灭情节、不可理喻的戏剧,尤奈斯库认为才是真实的,而且是一种"超现实的真实"。

尤奈斯库用荒诞不经的理论标尺丈量西方传统戏剧经典,所得结论尽管偏激——事实上,那些伟大的剧作家和作品,因为动人的故事和跌宕的情节,以及艺术家精湛的表演,仍被全世界的民众所喜爱,充满生命力地活跃在舞台上,历经千百年而不衰,但必须承认,尤奈斯库及其荒诞派戏剧理论的探索是有意义的,他对西方社会的剖析和批判显示了卓越的见识和锐利的锋芒。荒诞派戏剧之所以能在西方产生,并在戏剧舞台风行几十年,受到各方面的称赞欣赏,证明它的存在是有道理的,更证明它反语言、反理性的极端立场在民众审美层面具备一定的接受基础。否则,不会有荒诞派戏剧的出现,即使出现也不会被接受,遑论流传下来。

类似于荒诞派理论所主张的非理性、无情节等,在中国的审美传统中则很难被接受。对故事和情节的天然亲近感深深融入中华民族的文化基因。一般认为,中国是诗的国度,抒情传统发达,叙事传统薄弱。这一说法有一定道理。但只要细加考察就会发现,中国古典文学在抒情传统之下,同时并行着坚实而绵延的叙事传统。"诗缘情而绮靡",但落实到操作层面,"情"往往"倚事"而发,倚事抒情,无事不情。这是中华民

---

① [法]尤奈斯库:《戏剧经验谈》,闻前译,黄晋凯主编:《荒诞派戏剧》,第45、46、39页。

族传统审美取向规约而成的表达习惯。因此，自《诗经》以降，几千年的中国文学史，小说、散文、戏剧等先天具备叙事色彩的文体自不必说，就是诗歌这一抒情为主的文体，也往往具有故事化、情节化的特点。哪怕是一首小小的抒情诗，也要讲故事、拟情节，以叙事表情写意。没有情节的文学作品，在丰富多彩的中国文学史上很难留下痕迹。民族的集体审美落实于作品的情节及其安排，这种心理世代传承，形成巨大的审美惯性，决定作品的接受和影响程度。我们不妨举一首小令为例：

  胡马，胡马，远放燕支山下。跑沙跑雪独嘶，东望西望路迷。迷路，迷路，边草无穷日暮。①

  这是中唐诗人韦应物的一首重在抒情的小令，以《调笑令》为牌，集中表达了主人公孤独而迷茫的意绪，凝聚和传递着无限凄迷而又于心不甘的寂寥。这首词的艺术和美学含量丰富，凭借线条、色彩、音响的重叠交织，把词这一文体的独特魅力发挥到极致。更重要的是，它用短短32个字，虚构了一个故事，拟设了一组情节。一匹被放逐的孤马，盘桓于大漠边塞的沙雪之上，没有同伴，去路难寻，湮没在苍茫草原上同样苍茫的落日之中。用情节延宕故事，用叙事统领抒情，抒情寄托于叙事，由事而情。

  这首小令的叙事要素完备。它的时间、地点、人物非常

---

① （唐）韦应物：《调啸词二首·其一》，《韦应物集校注》，陶敏、王友胜校注，上海古籍出版社1998年版，第596页。

清楚：早春的黄昏，燕支山下的大漠，失意寂寥的孤马；它的动作、声响、情绪交融于一体：寻觅的奔跑，不平的嘶叫，无路可去的迷茫；它有结局：困顿于此，与边草日暮为伴。

叙述者的身份颇有意味，叙事主体在场与不在场，造成了故事的几重悬念。第一，诗人就是主人公，拟化为马，在场直接叙述。事业上的失落和失意，情绪上的惶惑和不平，几番挣扎，依然空荡无凭，边草暮日投射一抹悲壮色彩，叙事者主观意图明显。第二，诗人是主人公，但不在场，他规定故事主人公的一切动作和企图，全方位地展开叙述。迷失方向，在忧虑和不甘中多方奔突，没有结果，不见希望，主人公消解于无边草莽的苍凉之中。叙事者隐身于场外，客观描述色彩浓厚。第三，他既不是主人公，又不在场，完全叙述一个他者的故事。无助也好，独嘶也好，大漠落日只是个背景，冷静、客观、无情无义，最终感受由读者自主推进，与作者无关。这种叙事方式给我们多重阅读期待。诗人究竟是什么身份？为什么要创作这首词？为什么要这样写？对此尽可任意猜想：他是戍边大漠的孤独将士，因思乡难归而郁闷；他是流放边塞的失意文人，因怨谤受贬而不甘；抑或他就是一位多愁善感的闲人，一种传说、一个眼神，甚至是半阶音响，激起他心底丰饶的诗意。

应该说，这首小令并非唐宋词中的极品，我们只是解读它叙事抒情的意图和技巧。此类表达在中国古代诗词中俯拾皆是："儿童相见不相识，笑问客从何处来"，将少小离家老大回的五味杂陈推演为问答；"马上相逢无纸笔，凭君传语报平安",将故园东望路漫漫的伤感演绎于对话;"今宵剩把银釭照,犹恐相逢在梦中",把刻骨相思索隐成动作;"松下问童子,言师采药去,只在此山中,云深不知处",简直是对话式的短篇小说。重故事,重情节,欲抒情而叙事,依叙事而抒情,已经积淀为民族诗学的基本法则,体现了民族审美取向的基本特征。美总是具体的。寓道理和情感于故事和情节之中是美的,叙事者和感受者融为一体的视角是美的,将虚幻无形的体验物化为实在和有形的具象是美的。形而下地表达形而上的道,是民族审美的追求。用这一标准衡量,符合它的就易于被接受,背离它的就要被疏离,任何理论、任何作品,恐怕难有例外。

从一定意义上说,西方的文学艺术是西方审美传统的凝练和外化,西方的文艺理论反过来又体现和强化着这种审美传统,从而在总体上形成了互相契合的整体。中华民族积淀和遵从的审美传统,无论宏观取向还是微观特征,与之有千差万别。罔顾这一事实,对西方文艺理论横加移植,结果只能是既与审美传统主导下的文艺创作有隔,又与中华民族在审美传统支配下的接受规律相违。理论由此成为无效的理论。

三 中国文论建设的基点

对西方文论的辨析和检省,无论是指出其局限和问题,还是申明它与中国文化之间的错位,最后都必须立足于中国文论自身的建设。明确了这一点,接下来的问题就是,当代

第一编 当代西方文论：演变与趋向

西方文论为中国的文论建设提供了哪些借鉴？我们应从中吸取哪些经验和教训？在世界文论频繁的范式转换中，中国文论如何自处？这是我们当前迫切需要解决的问题。

（一）全方位回归中国文学实践

中国的文论建设，必须从中国文学实践出发。

提出这一命题，可能遇到如下质疑：为什么要从中国文学实践出发？实践之于理论，是必需的前提和条件吗？文学理论究竟应从哪里来？这是文学理论的一个基本原点问题。这一问题解决不好，文学理论的发展必然从根本上走向偏误。

之所以出现这样的疑问，是因为近一个世纪以来文学理论的发展，尤其是当代西方文学理论的发展，似乎越来越有力地证明，文学理论的来源未必就是文学实践。佛克马、易布思就曾明确表达过这种观点："弗洛伊德的心理学对心理分析学派的文学批评理论无疑产生过影响。马克思文学批评理论与特定的政治学和社会学观点纠结在一起。格式塔心理学派对于人们探讨一种文学系统或结构肯定具有启发的作用。俄国形式主义不仅受惠于未来主义，而且也受惠于语言学的新发展。有些文学理论派别与文学创作的新潮流更接近一些，有些则直接由于学术和社会方面的最新进展，还有一些处于两者之间。仅将现有各种不同的文学理论派别的产生原因，给予一种概括性的解释，是没有多大裨益的。"① 他们拒绝承认文学理论是"一种概括性的解释"，实际上是认为，文学理论的来源未必是文学

---

① ［荷］佛克马、易布思：《二十世纪文学理论》，林书武等译，生活·读书·新知三联书店1988年版，第2页。

实践。

这一结论犯了一个基本的逻辑错误，即混淆了"实然"和"应然"的关系。两位学者在上文中所描述的现象是真实存在的。20世纪以来的西方文学理论，确实越来越多地"受惠于"包括心理学、语言学、人类学等其他学科的理论创造。但是，仅凭这些并不足以证明文学理论可以甚至应该离开文学实践。

从文学发生学的角度来说，总是先有文学，后有文学理论。这一点举世皆知。没有文学的产生和存在，也就不可能有文学理论的出现。可以肯定地说，如果没有古希腊悲剧的繁荣发展，就不会有亚里士多德的《诗学》；没有莎士比亚的戏剧探索和1766年汉堡剧院的52场演出，历史上也不会留下莱辛的《汉堡剧评》；同样，没有现实主义、浪漫主义、象征主义的创作潮流，也不会诞生相应的文学理论思潮。文学理论来自文学实践，并以走向文学实践为旨归，这是一切文学理论合法性的逻辑起点。

文学理论是关于文学的理论，本质上是对某一特定时期文学实践的经验总结和规律梳理。其中最重要的，是文学理论对文学创作取材、构思、技法，以及对文学作品审美风格、形式构成、语言特质的理论归纳和概括。在总结和梳理过程中，理论的应有之义还包括"问题域"的拓展和思维方式的切换。例如，在文学实践环节，"文学是什么"这类"元问题"，不是创作者或接受者需要思考的问题，而文学理论一旦出现，类似问题就成为无法绕过的核心问题。答案从哪里来？——来自实践。

第一编　当代西方文论：演变与趋向

理论家要想给出一个令人信服的回答，必须以实践为对象，认真梳理、仔细甄别。例如，在西方有人将文学的本质界定为"摹仿"。无论这种"摹仿"指的是对自然的模仿，还是对"理式"的模仿，得出这一结论的前提，无一不是对文学实践的理解、把握，以及在此基础上对文学与自然、与"理式"之间关联的考察。理论的编码体系，是把感性的、直接的、朴素的经验理性化、一般化。经此演练后，文学实践的影子可能已经淡化，甚至荡然无存，但文学理论最原始的出发点依然在文学实践，否则就难以被称为文学理论。

当代西方文论中的某些思潮流派，直接"征用"其他学科的现成理论，不但不能证明文学理论可以越过文学实践，反而暴露了其自身存在的致命缺陷。我们提出这样的论断，并不意味着文学理论要自我封闭，打造学科壁垒。在当下的学术研究中，无论是自然科学还是人文社会科学，学科间的碰撞和融合已成为重要趋势，在相当程度上推动了学术研究的进步。但这种学科间的碰撞和融合，只能是研究方法和思维方式的启迪，而不能是理论成果的简单翻版，落实到文学理论也是如此。然而，实际情况却是，包括弗洛伊德、索绪尔、哈贝马斯、德里达、福柯、赛义德、列维－斯特劳斯等在内，以及文化研究兴起后暴得大名的一大批学者，都被归置在文学理论家的行列，相关理论也被当作文学理论。事实上，这些学者及其思想为文学理论提供的仅仅是一种观念启迪或思维工具。正如乔纳森·卡勒所言，"这种意义上的理论已经不是一套为文学研究而设的方法，而是一系列没有界限的、评说天下万物的著作，从哲学殿堂里学术性最强的问题到人们以不断变化的方法评说和思考的身体问题，无所不容"①。当代西方文论因为有这些思想资源，就省略和放弃了对文学实践的爬梳，其结果是，文学理论无关文学、没有文学，或者文学只是充当了理论的佐证工具，其学科特性受到了前所未有的削弱，成了凌空蹈虚的"空心理论"。有些西方学者甚至由此对文学理论本身产生了怀疑，认为"事实上并没有什么下述意义上的'文学理论'，亦即，某种仅仅源于文学并仅仅适用于文学的独立理论"②。这是近年来西方文论饱受质疑的重要原因之一。正如有学者所言，文学理论的初衷"是试图从自身外围的学术领域中来获得启发、寻找出路，结果却邯郸学步，丢掉了自身"③。

文学理论在生成过程中接受其他学科研究方法、研究思路的启迪和影响，这无可厚非，不应排斥，但其前提和基础一定是对文学实践的认真研习和深刻把握。缺少了这一点，一切文学理论都是没有生命力的。

中国当代文学理论建构始终没有解决好与文学实践的关系问题。与西方情况稍有不同的是，西方文学理论脱离实践，源自对其他学科理论的直接"征用"，中国文学理论的问题则源自对外来理论的生硬"套用"，理论和实践处于倒置状态。20世纪50年代，苏联的文学理论以体系化的整体形式被平移到中

---

① [美]乔纳森·卡勒：《文学理论入门》，李平译，译林出版社2013年版，第4页。
② [英]伊格尔顿：《二十世纪西方文学理论》，伍晓明译，北京大学出版社2007年版，第二版序言。
③ 姚文放：《从文学理论到理论——晚近文学理论变局的深层机理探究》，《文学评论》2009年第2期。

第一编　当代西方文论：演变与趋向

国，迅速居于主导地位。它所确立的"现实—本质—反映"的理论框架，成为中国文学理论建构的宏观前提。季摩菲耶夫的《文学原理》、毕达可夫的《文艺学引论》等苏联教材成为中国文学理论的直接思想来源。这种状况持续了30年。进入新时期后，文学理论风向陡转，苏联的文学理论迅速被西方文学理论刷新和覆盖。遗憾的是，这种变化只是理论引渡空间的转移，理论的诞生方式依然如故。

当前中国文学理论建设最迫切、最根本的任务，是重新校正长期以来被颠倒的理论和实践的关系，抛弃对一切外来先验理论的过分倚重，让学术兴奋点由对西方理论的追逐回到对实践的梳理，让理论的来路重归文学实践。

这种回归必须是全方位的回归。文学实践是一个复杂的有机系统，由创作、文本、接受等若干环节组成。回归中国文学实践，就是要把中国文学理论的建构基点定位在中国文学的现实上，系统研究中国文学创作、文本、接受规律，在此基础上形成有中国特色的文学理论体系。例如，东西方作家各自依托的文化母体不同，思维方式也有差异，那么，中国作家的创作在选题、运思、表达上有什么独特性？又如，在文学接受层面，"期待视阈"是姚斯接受美学的核心概念，按照这一概念的意涵，"一部文学作品，即便它以崭新面目出现，也不可能在信息真空中以绝对新的姿态展示自身"[①]，必然受到既往审美体验和生活经验的左右和限制。不同接受主体存在个体差异，但中华民族作为一个文

---

① ［德］姚斯：《走向接受美学》，见《接受美学与接受理论》，周宁、金元浦译，辽宁人民出版社1987年版，第29页。

化共同体，必然存在通约性。这种通约性是什么？这需要通过对中国文学接受实践进行认真考察后方能得出。

中国文学理论建设全方位回归中国文学实践，有一点不可或缺，也至关重要。那就是以文本为依托的个案考察。这是建构中国特色文学理论体系最切实有效的抓手，也是最具操作性的突破点。以诗学理论为例。要想准确把握中国当代诗歌的意象设置特征、诗性营构技巧、语言运用规律，基本路径是，将大量当代诗歌汇集在一起，选取一定数量有代表性的诗作，逐一进行文本细读。一行一行地品读，一个意象一个意象地分析，一个字一个字地推敲，千百首诗歌完成后，中国当代诗歌的基本特征就自然呈现。具备了这一扎实的基础后，再进行由个别到一般、由特殊到普遍、由具象到抽象的归纳演绎，使之系统化、理论化。这才是中国诗学及中国文学理论应有的生成路径。与西方现成理论的直接引进相比，这种理论建构方式或许要艰难、迟缓得多，甚至略显笨拙，但却是最有效、最坚实、最经得住历史考验的理论。更重要的是，这样的文学理论才能是中国的文学理论。

这并不是要重蹈西方文本中心主义的老路，也与英美新批评所倡导的细读法批评存在本质差异。西方文论中的文本中心主义以及由此催生出的文本细读，其逻辑前提是将文本视为独立自足的封闭体系，无视甚至否认作者、读者以及时代环境等外部因素对文本产生的规约和影响。布鲁克斯甚至认为只有文本研究才是文学批评。我们倡导的文本细读，并不以狭隘的文本观为基础。文本只是整个文学实践活动中的一个重要环节，其生成和定型受到各种复杂因素的影响和制约。文本在文学理论建构中只是依托,而不是全部;文本细读也只是所有理论建构行为的第一步,而不是终点。在文本细读中归纳概括出的结论,要放置在文学实践的有机系统中进行综合考量,由此探寻更深层的规律、奥秘。

由具体到抽象,再从抽象走向具体,这是理论运行的基本方式。是否以文学实践为出发点,不但决定着理论的前提是否正确、恰切,以及理论本身的形态和合理性,还直接关系到抽象的理论能否再一次走向具体、指导实践,也即理论的有效性问题。这是由理论内部的逻辑自洽规律决定的。可以说,从中国文学实践出发,是所有中国文学理论建构的核心和关键。

(二)坚持民族化方向

文学理论有没有民族性,文学理论建设是否需要坚持民族化方向?近年来,国内学界对此问题的讨论并不充分,认识上也混沌模糊。要么躲躲闪闪,避而不谈;要么折中处理,底气不足。而对西方文论的大肆追捧和直接移植,事实上暗含了这一判断:文学理论没有民族边界,具有放之四海而皆准的普适性。基于此种认识,在近些年的中国文学理论建设中,对民族性的热情渐渐让位于对普适性的追求。

文学理论以文学为研究对象,文学理论的民族性很大程度上由文学的民族性传递而来。

任何一个国家或民族的文学创作,都是其历史记忆、风俗传统、审美习惯或直接或间接的发散,不可避免地打上鲜明的民族文化烙印。每个人都生活在民族文化传统织就的巨大场域之中,作家也不例外。在文学创作中,这种积淀在作家意识深处的文化基因,无论本人情愿与否,都会不可遏止地灌注在作品的肌理之中。题材的偏好、主题的设定、气质的凸显、韵味的生成，等等，每个方面都包含着丰富的民族精神信息。

有一种观点认为，文学的民族性只存在于前现代社会的封闭形态中，如今，全球化时代已经到来，各民族之间的交流、碰撞、互融成为常态，在世界一体化格局中，文学的民族性不复存在，取而代之的是"世界的文学"。常见的举证是马克思和恩格斯在《共产党宣言》中的一句话："民族的片面性和局限性日益成为不可能，于是由许多种民族的和地方的文学形成了一种世界的文学。"我们认为，将这句话作为否定文学民族性的根据，有断章取义之嫌。为了清晰完整地还原马克思和恩格斯"世界的文学"之本义，不妨将该段原文照录于此：

> 资产阶级，由于开拓了世界市场，使一切国家的生产和消费都成为世界性的了。……旧的、靠本国产品来满足的需要，被新的、要靠极其遥远的国家和地带的产品来满足的需要所代替了。过去那种地方的和民族的自给自足和闭关自守状态，被各民族的各方面的互相往来和各方面的互相依赖所代替了。物质的生产是如此，精神的生产也是如此。各民族的精神产品成了公共的财产。民族的片面性和局限性日益成为不可能，于是由许多种民族的和地方的文学形成了一种世界的文学。①

---

① [德] 马克思、恩格斯：《共产党宣言》，《马克思恩格斯选集》第1卷，人民出版社2012年版，第404页。

第一编 当代西方文论：演变与趋向

要准确理解"世界的文学"，如下几个关键点须引起注意：其一，在这里，马克思和恩格斯是在以批判的立场，分析和预言资本主义如何实现对世界的经济主宰，以及在此基础上的文化占领，而并不是对未来理想世界的预言和想象。其二，这里所说的"文学"，与我们今天使用的"文学"有本质的不同。德文"Literatur"一词泛指包括科学、哲学、宗教、艺术等一切书写的著作和文本，实际上是指一切精神生产的产品和文化。因此，"不能简单地狭义地套用马克思和恩格斯这个论断，而应该理所当然地在作为精神生产的共同性和一般意义上来理解马克思和恩格斯对'世界的文学'的论述"①。其三，"民族的片面性和局限性"不等于民族性。联系上文，马克思和恩格斯先阐述的是物质生产的世界性，指出"过去那种地方的和民族的自给自足和闭关自守状态"，已经被世界范围内的往来和交换所取代，重在强调地方性和民族内部的"小循环"发展成为一种世界性的"大循环"。精神的生产与之相同。所以，这里"民族的片面性和局限性"，应指精神生产的自给自足、闭关自守状态，而非精神产品的民族性。其四，所谓"世界的文学"，是由"许多种民族的和地方的文学"形成的。也就是说，作为"世界的文学"的汇集要素，"民族的和地方的文学"属于自身的一些特征还存在，包括民族性特征。

的确，信息化和全球化的裹挟，会在一定程度上对一个国家或民族的文化传统造成冲击和影响，但这并不意味着文学民

---

① 陆贵山、周忠厚编著：《马克思主义文艺论著选讲》，中国人民大学出版社2011年版，第146页。

族性的丧失。首先,一个民族文化传统的生成,经过了长期的凝练、沉淀、塑形,具有稳定性,并不像想象的那样脆弱。其次,即便这种文化传统被另一种更强势的力量完全瓦解或同化,其结果也只是一种文化传统对另一种文化传统的替代,文学的民族性依然存在。

文学实践活动的展开和文学理论的生产,都生发于同一个文化母体,氤氲其中,受其影响。从这个意义上说,文学理论的民族性也是一个国家或民族特有的文化传统、思维定势和审美惯性作用的结果。

很长时间以来,一直存在这一否定文学理论民族性的辩解:"文艺理论是一门严肃的探究真理的科学,而科学是没有国界的。"[1] 文学理论究竟应被称为"科学"还是"学科",学界争论已久。从近年来文学理论的发展来看,多数学者倾向于"科学"称谓。将文学理论归为"科学",事实上包含了对历史上文学理论主观化、随意性的抵制,具有积极意义。对此,也有学者持不同意见,如韦勒克就有所保留。他说:"文学研究,如果称为科学不太确切的话,也应该说是一门知识或学问。"[2] 实际上,文学理论是不是"科学",这或许并不是一个十分重要的问题,关键是我们对"科学"这一概念本身如何理解和界定。即便我们将文学理论视为科学,也应意识到它与自然科学存在本质不同。

---

[1] 金惠敏:《马克思主义文艺理论民族化异议》,《文学自由谈》1986年第1期。

[2] [美]韦勒克、沃伦:《文学理论》,刘象愚等译,江苏教育出版社2005年版,第3页。

第一编 当代西方文论：演变与趋向

这种不同体现在自然科学理论主要行使的是"发现"的职能，即通过科学的手段和反复的研究达到对世界的深层认知，或者说是对世界的某种规律和机制的把握。这种规律和机制是客观的，不以人的意志为转移，也不随社会历史条件的变化而变化。所以，自然科学是没有国界、没有民族性的。一旦人类掌握了这种客观规律，不但可以解释自然界的各种现象，还可以超越已知、预测未知。① 而包括文学理论在内的人文科学与此不同。我们承认，人文科学领域也有规律的存在。例如，在中国诗歌发展过程中，诗人们渐渐发现，如果按照一定的句式排列、满足一定的韵律，诗歌吟诵起来就朗朗上口，易于传播，由此出现了相关诗学理论。但是，这类规律不是超越时空的绝对存在，其形成建立在当时汉语言的构词特征、发音特征，以及人们长期以来形成的审美接受习惯的基础之上。而语言是不断变化的，人们的审美接受习惯也不是恒定不变的，所以，与之相对应的规律随之处于动态之中。这种规律若放置在另一套语言体系上，或移植到另一种审美传统中，可能是无效的。人文科学领域中的许多事实，如文学创作，掺杂了很多主观性、历史性因素，很难用一套绝对的规律把握，必须充分考虑到其有限性，即其发生和成立的因素、条件、语境等诸多限制。以自然科学的普适性否定文学理论的民族性，是对人文科学独特性的抹杀。

---

① 众所周知的例子是，1871年，门捷列夫发现了化学元素周期律，并根据这一规律预言了当时人们不曾发现的三种新元素。其后不久，三种元素相继被发现，预言被证实。

与上述对文学理论民族性的否定同时存在的,还有另一种观点:承认文学理论的民族差异,但拒绝文学理论建设的民族化方向,认为未来的文学理论建设,应过滤掉民族差异性,探求适用于所有文学的共同本质、原理、规律,从而建构起一套具有普适价值的"世界性的文学理论"。刘若愚的《中国文学理论》就存在这一理论冲动。在"导论"中,作者坦言,写作该书的终极目的,"在于提出渊源悠久而大体上独立发展的中国批评思想传统的各种文学理论,使它们能够与来自其他传统的理论比较,从而有助于达到一个最后可能的世界性的文学理论(an eventual universal theory of literature)"①。这种颇具折中主义意味的理论设想似有一定道理,但稍加追问就会发现,这同样是一厢情愿的幻想。

实际上,这一设想人为地将文学理论进行了分层化处理,目的是区分出"哪些特征是所有文学所共同具有的,哪些特征是限于以某些语言所写以及某些文化所产生的,而哪些特征是某一特殊文学所独有的"②。持类似观点者多倾向于认为,基于实际文学作品或距离文学实践活动较近的那部分文学理论,如作品构成论中的语言、类型、风格、叙事策略、抒情手法等具有民族性,一般不可通约,而本体论层面的原理、本质、规律,各民族之间是相通的,因此是普适的。这种观念的可疑之处在于:首先,对文学理论而言,是否存在这种

---

① 刘若愚:《中国文学理论》,杜国清译,江苏教育出版社 2006 年版,第 3 页。
② 同上。

泾渭分明的层级架构?换言之,关于文学的所谓本质、原理、规律,与文学实践及其他具体文学理论之间有无关联?难道它们不是出自对文学实践的梳理和提升,而是另有来路?如果同样来自文学实践,为什么偏偏它们没有民族特性?其次,对文学而言,是否存在一套固定的、唯一的本质、原理和规律?我们并不认同后现代主义的"反本质主义"提法。本质是存在的,只是事物的本质总是随着时空条件的发展变化而发展变化。文学理论是关于文学的一种历史性、地方性(民族性)知识建构,不存在凌驾于历史和民族之上的终极本质。正是由于这一原因,近年来文学研究的理路发生了深刻的变化。传统的文学理论惯于追问"文学到底是什么",今天,理论家更倾向于追问"到底哪些因素促使我们作出了这样的论断"。事实上,在刘若愚"宏大"的理论抱负中,他本人也始终处于矛盾的心态:一方面踌躇满志地要创建"世界性的文学理论";另一方面又不得不承认这是一种"遥远而且被认为不可达到的目标"①。

　　正视文艺理论的民族性,坚持民族化方向,是中国未来文艺理论建设必须遵循的原则。落实到具体实践层面,一是要回到中国语境,二是要充分吸纳中国传统文论遗产。中国语境,包括中国特有的历史文化、鲜活的现实经验,是中国文艺理论滋长的天然土壤,不可疏离,不可替代。中华民族五千年的历史文化,是中国文艺理论最丰实的精神给养,也是永远摆脱不

---

① 刘若愚:《中国文学理论》,杜国清译,江苏教育出版社 2006 年版,第 4 页。

了的文化脐带。而当代中国在文学艺术领域积累的大量经验，正有待文艺理论的整理、提升。同时，还要对中国传统文论遗产进行价值重估和精神接续。这并不是要把中国传统文论原封不动地翻检出来，不加改造地重新启用。中国传统文论面对的是古典文本，提炼归纳的是彼时彼地的文学经验。时代变了，语境变了，中国文学的表现方式也变了，甚至汉语言本身也发生了巨大的历史变异。在此情势下，用中国古典文论套用今天的文学实践，其荒谬不亚于对西方文论的生搬硬套。我们所说的吸纳传统，指的是要从更根本、更宏观，即思维和方法的意义上，吸收古典文论的正面经验。唯有如此，中国未来的文艺理论所发出的，才是中国的声音。

（三）外部研究与内部研究的辩证统一

在韦勒克、沃伦的著作《文学理论》中，文学研究第一次被区分为"外部研究"和"内部研究"。按照这种说法，20世纪以来的当代西方文艺理论，经历了从"外部研究"到"内部研究"，最后又返回"外部研究"的复杂过程。当代西方文论一个世纪以来的探索和演进，对中国的文艺理论建设当不乏启示意义。

在19世纪和20世纪初期，以作者为中心的外部研究是文学理论的主要范式。浪漫主义、现实主义和实证主义作为19世纪占主流地位的理论思潮，尽管在观念上彼此存在诸多差异，但都以作家研究为重点。浪漫主义文论所格外看重的主体性、重情主义和表现理论，无一不指向创作主体。现实主义文论亦如此，强调作家要真实地再现社会生活，以理性眼光和批判精神塑造典型环境和典型人物。实证主义则更注重作家的种族、时代、环境及生平经历的研究，使之与作品形成印证关系。20世纪初，当代西方文论仍承袭这一路向。象征主义、意象派和表现主义文论自不必说。在理念上有重大突破的精神分析批评和意识流文论，尽管其理论已经清晰呈现出20世纪文论的非理性主义和人本主义哲学取向，表现出与此前文论明显的断裂痕迹，但其研究重点没有发生位移。

以俄国形式主义为发端，当代西方文论的研究理路开始发生重大变化。包括作家研究在内的外部研究逐渐受到质疑乃至最后被摒弃，以文本为中心的内部研究日益受到重视并成为时尚。形式主义之后，语义学和新批评派声名鹊起，至此，抛开一切外部因素，以文本为本，执着于在文本内部搜寻文学规律，成为文论研究的主流。到了结构主义，之前西方文论家一直津津乐道的作者中心被颠覆，"作者死了"成为结构主义者最响亮的口号。在这一时期的西方文艺理论家眼中，只有文本，别无其他。内部研究由此风行西方数十年，可谓声势浩大。

20世纪六七十年代，情况再次发生变化，名噪一时的内部研究式微，西方文论又一次回到外部研究的轨道上。但这次回归不再是回到作者中心，而是走向读者中心，研究重点落在文学作品的接受问题上。解释学和接受理论就是这种理论转向的产物。当代西方文论这次向外部研究的回归走向了更加开放的"外部"，即文化研究的兴起。它与传统文论的外部研究的不同之处在于，后者的研究视野虽徘徊于文本外部，但其指向在文本，文化研究则走向了与文学文本关系更为遥远和脆弱的"泛文化"领域,比如对大众文化、流行文化、文化工业甚至日常服饰、生活方式、身体政治的关注和研究。

那么,如何看待西方文论这一百多年的轮转?中国的文艺理论建设应从中汲取怎样的经验和教训?

必须承认,西方文论从外部研究到内部研究的历史切换有不容否定的积极意义。美国当代学者 M. H. 艾布拉姆斯在《镜与灯——浪漫主义文论及批评传统》一书中曾提出文学四要素的观点。他认为,文学作为一种活动,总是由世界、作家、作品、读者四个要素构成。四个要素中的核心是作品,即文本。没有文本,作家无所谓作家,读者的阅读行为也无法展开。在文学活动的链条中,正是文本将其他三个要素勾连起来成为整体。此外,文学理论既然以总结、提炼文学规律为要务,对文学文本奥秘的揭示就应成为文学研究合情合理的主要任务。但是,传统的外部研究始终没有进入文本内部,"过分地关注文学的背景,对于作品本身的分析极不重视,反而把大量的精力消耗在对环境及背景的研究上"[①]。在这种情况下,内部研究的出现具有积极意义。把文学研究的重点从社会学意义上的因果印证拉回文本,一定程度上就是让文学研究回归文学。深入文本肌理内部,通过微观、具体的文本细读,梳理和把握文学作品的形式特征、叙事特征、语词特征、修辞特征、结构特征等,对把握文学自身规律、找到文学之为文学的根本要义不可或缺。

---

① [美]韦勒克、沃伦:《文学理论》,刘象愚等译,江苏教育出版社2005年版,第155页。

但是，内部研究只局限于文本，一叶障目，不见泰山，最终必然陷入困境。当代西方文论所有的内部研究，本质上都是一种"文学技术学"的研究，只从技术操作层面分析阐释，寻找规律。形式主义执着于形式技巧；叙事学归纳总结的是文学叙事的一般模式；结构主义则从索绪尔的结构语言学出发，探寻文学作品作为有机整体呈现出的表层和深层结构特征，把文学文本当作封闭的自足体，乃至一堆无生命的普通物件，运用物理学的办法，挥动解剖刀，从材料到质地到结构一一拆解，以为如此便能窥探到文学的真正奥秘。这种研究思路虽因迎合了自然科学的治学理路而得到不同程度的支持，但其致命的缺陷在于，无法从"意义"层面对文学作品作出解释。而意义，即情感和思想，是文学作品的灵魂。任何文学作品，其意义获取都是由作者完成的，至多在读者接受中进一步添加，仅仅通过语词或形式进行一定规律的组合，并不能生成各不相同的意义。又如，内部研究一直认为，文学是一个封闭自足的体系，它发展演进的动力源于自身。那么，如何解释以下现象：如果没有现实的种种不堪和丑恶，何以产生批判现实主义？如果没有现代资本主义社会人的异化现象，荒诞派戏剧从何而来？如果鲁迅不是生活在旧中国那样的现实环境中，没有目睹国人精神的麻木和自欺，又如何有《阿Q正传》这一经典面世？推动文学之流滚滚向前的力量，当然包含着自身的内动力，但是，外力的作用，如政治、经济、文化等的影响和促动也显而易见。内部研究企图用文本解释一切，最终难以为继。

恩格斯在《反杜林论》中曾说："当我们通过思维来考察

自然界或人类历史或我们自己的精神活动的时候"，只"正确地把握了现象的总画面的一般性质，却不足以说明构成这幅总画面的各个细节"，这是不够的，因为"我们要是不知道这些细节，就看不清总画面"。"为了认识这些细节，我们不得不把它们从自然的或历史的联系中抽出来，从它们的特性、它们的特殊的原因和结果等等方面来分别加以研究。"① 文学研究亦是如此。传统的外部研究只是总体上厘清了文学活动的一般特性，仅限于将文学活动放在人类其他生产实践活动和社会活动的维度内考察，这种宏观把握是必需的和重要的，但不应是我们认识活动的全部或终点。为了对文学实践活动有更清晰、更细腻的认识，我们不得不将之从纷繁复杂的社会存在中抽离出来，只专注于文本，从形式、语言、结构等各个方面加以考察。这就是当代西方文论内部研究，即俄国形式主义、英美新批评、结构主义等诸多流派存在的必要性和合理性。

恩格斯曾说，"把自然界分解成各个部分，把各种自然过程和自然对象分成一定的门类，对有机体的内部按其多种多样的解剖形态进行研究，这是最近400年来在认识自然界方面获得巨大进展的基本条件"②，但是，恩格斯马上指出了另一个问题："这种做法也给我们留下了一种习惯：把各种自然物和自然过程孤立起来，撇开宏大的总的联系去进行考察，因此，就不是从运动的状态，而是从静止的状态去考察；不是把它们看

---

① ［德］恩格斯：《反杜林论》，《马克思恩格斯选集》第3卷，人民出版社2012年版，第395页。
② 同上。

作本质上变化的东西,而是看作固定不变的东西;不是从活的状态,而是从死的状态去考察。这种考察方式被培根和洛克从自然科学中移植到哲学中以后,就造成了最近几个世纪所特有的局限性,即形而上学的思维方式。"① 恩格斯这段话并非针对文学研究,但由于他阐释的是一种思维方式,所以对文学研究也有极强的适用性。当代西方文论的内部研究所存在的问题,正是恩格斯早在19世纪70年代就指出的思维模式上的错误。只看到一个个孤立的文本,斩断文本与其他一切外部联系,否定文学活动与政治、经济、文化等"宏大的总的联系",甚至连作家的作用也一并否定,这种"只见树木,不见森林"的思维方式,如恩格斯所说,"迟早都要达到一个界限,一超过这个界限,它就会变成片面的、狭隘的、抽象的,并且陷入无法解决的矛盾"②。所有坚持内部研究的诸多流派,最后无一例外走向终结,正是这一论断的佐证。

  中国的文艺理论建设,必须从中吸取教训。对文学研究来说,外部研究是必要的,但只有外部研究远远不够;内部研究也是必需的,但只满足于内部研究也万万不可。关键是要认识、处理好外部研究与内部研究的关系问题。事实上,文学活动作为人类特有的一种精神现象,本身就是由一系列外部特性和内部特性共同组成的。其运演既受外部的"他律"制约,也受内部的"自律"驱动。两者之间不是对立的存在,而是和谐统一

---

① [德] 恩格斯:《反杜林论》,《马克思恩格斯选集》第3卷,人民出版社2012年版,第396页。
② 同上。

的关系，它们的合力决定了文学的样态和发展。不能用外部研究取代内部研究，也不能用内部研究否定外部研究。中国的文艺理论建设，如果不想重蹈当代西方文论的覆辙，不走西方理论家的歧路，就必须建构外部研究和内部研究辩证统一的研究范式。

我们从未否定外来理论资源对中国文论建设产生的积极影响，但需要强调的是，面对任何外来理论，必须捍卫自我的主体意识，保持清醒头脑，进行必要的辨析。既不能迷失自我、盲目追随，更不能以引进和移植代替自我建设。遗憾的是，近代以来积贫积弱的特殊历史，以及当前中西话语间的总体失衡，导致很多学者缺乏应有的理论自信，并片面认为只有追随西方潮流，才是通达世界的捷径。事实证明，这不但不是捷径，反而是歧途。融入世界，与西方平等对话，这种企望本身无可指摘。但是，对话的前提必须是我们的理论与西方相比要有异质性，有独特价值。拾人牙慧、邯郸学步，充其量只是套用西方理论，将中国的文学文本作为西方理论的佐证，如此怎能拥有对话的资质和可能？因此，实现与西方平等对话的途径，一定是在积极吸纳世界文艺理论发展经验的基础上，立足本土，坚持以我为主，坚持中国特色，积极打造彰显民族精神、散发民族气息的中国文艺理论体系。

分期、定位及基本走向

一 历史分期的标准及意义

近年来,如何认识和评价当代西方文论,已成为国际学界的重要话题。各方面的争论很多,意见精彩纷呈,诸多深刻见解影响广泛而深远。但总体上看,对西方文论的现状和前途的讨论,依然纷纭混乱,迷茫和困惑越来越深,对"理论已死"的判断、对理论向何处去的追问,依然没有甚至难有科学的辨析和回答。我们认为,对一个时代理论的整体状况及其在历史发展谱系中所处的位置进行科学评估,是判断这个理论的实际价值,进而确定其未来发展走向的基本前提,也是学科成熟和进步的重要标志。本部分试图从西方文论的历史分期入手,提出新的认识与预测,就教于学界。

(一) 理论发展的四个阶段

从时间的流程来说,当代西方文论是20世纪的产物,与19世纪乃至更久远的年代相比,它历史地处于时代前列。但是,从科学发展的实际进程来看,它的定位和性质却另有标准。同文学和艺术的发展紧密相关,作为一门科学,从发生、发展的总体趋势来说，文艺理论的演进和成长有自己的独特进程。鸟瞰西方文论近三千年的历史，如果以古希腊早期哲学家的文艺思想为起点，西方文论的生成发展历经了多个重要阶段，在每个阶段里，一定都有杰出的代表人物和学说，奠定一个时代的理论地位，构成其理论特征。这些重要的理论家超越前人的新的思想和新的方法，标志着理论的发展从一个阶段转向另一个阶段。总体上看，这个过程是连续的。尽管有诸多超越历史的突变和漂移，理论成长的路线依然清晰可辨。我们可以以重要的理论人物为代表，大致准确地给出一个时代、一个阶段的定位，并在此基础上，描述未来理论持续生长和延续的路线。如果从西方文论的萌芽生长开始算起，我们可以把近三千年西方文论的历史，大致分为四个阶段。第一个阶段是混沌发生期。在这个时期，各种相关思想和认识的探索刚刚开始或是重新开始。在理论生成的早期，它是幼稚的、粗浅的，以猜想和假设为主，同时充满批判的精神。没有共同的认识，没有公认的方法，有的只是纠缠不清的思潮和学说的争论，各种观点、方法的相互抵牾和否定。第二个阶段是稳定共识期。在这个时期，因为前一时期的探索和争锋，各种理论逐渐趋向成熟，总体理论框架次第构建起来，形成了各方面认同的基本规范和可以普遍接受的一般方法，学科的主要任务是搜集和整理材料，开展更多具有论证意义的实际研究，破解共识范围内出现的新的难题。证明和推衍是这个时期的主要逻辑方式。第三个阶段是震荡调整期。在这个时期，已经形成的传统认识被怀疑，旧的共识或主流方法被颠覆，新学派、新思潮喷涌而出，怀疑、否定、

第一编　当代西方文论：演变与趋向

解构成为主要方法，争论、分歧、混乱成为主流方式，理论上的交叉增补，方法上的除旧布新，破而不立，立而不稳，成为理论生成的基本形态。尽管如此，这个阶段的总体走向依然明确，那就是在震荡中不断归纳调整，为达成新的共识做好思想上和理论上的准备。第四个阶段是系统整合期，也是新的稳定共识期。在这个时期，因为上个阶段更加激烈的竞争和淘汰，新的理论规范逐步成形，大量的新概念、新范畴、新定律，组合熔炼为新的完整体系，学科以及理论建设进入稳定共识的更高阶段。应该指出，这四个分期只是大致的。各时期之间的基本特征也是相对的。它们可能有交叉相似的地方，也有混沌难识的方面，但其主要界线是清晰的。在理论发展的整个进程中，四个时期有序演进，由低级到高级循环进步，没有穷尽。

总的路线如此，但一些具体现象需要深入讨论。这些现象使理论分期问题呈现出十分复杂的状态。

第一，就以往西方文论的总体演进状态来说，它可以分为四个时期。但就未来的发展说，因为它早已完成自身的学科建设，基础框架趋于稳定，此后的演进会发生重大变化，将主要演化为两个阶段，即震荡调整期和系统整合期。两个时期反复轮回，不可能再回到理论发生时期的混沌状态，也不可能有长期停滞的稳定共识。稳定共识将与系统整合基本统一起来。在理论发生的早期，稳定共识的基础是重要思想家、理论家的独立贡献，随着理论的成长和成熟，特别是因为整个社会政治、经济、文化的影响，近现代的稳定共识通过对前代的理论整合而实现，是在系统整合的基础上实现稳定共识。震荡调整与系统整合的轮回是必然的，因为这是理论进步的本来方式。震荡是理论前进的动力，稳定是成就的应用和积累。稳定是相对的，且越来越短暂，理论自身的成长要不断地打破平衡，不断地对已有学说和观点提出挑战并发生新的创造，这是所有理论发展前进的一般规律。同时，理论的积累，一切合理的新学说、新方法，确定为常规性存在，并上升为知识性成果传播后人，递补为成熟学科的组成部分，成为理论持续传承的基本方式。从调整到共识同样如此。调整是一个没有完结的过程，调整本身就是进步，就是向共识前进。共识是相对的，没有永远和完全的共识，共识通过调整实现，就是在稳定共识的阶段，调整也不会停止，只是调整幅度没有那么巨大和明显，扩充和积累的意义更加突出而已。整合不同于调整。调整可以是对旧学说的完全否定和抛弃，整合则更侧重扬长避短，优化组合，在充分发挥多种学说独特优势的基础上，构建新的学说或方法。系统整合高于单向调整。比如，自亚里士多德始，西方文艺理论进入了第一个稳定共识期。这个时期的稳定与共识，主要以柏拉图和亚里士多德个人的理论贡献为基础，此前的理论猜想和假设，除非被重新证明，其影响越来越小以至消失。柏拉图与亚里士多德理论之间对立和矛盾的方面很多，但仍长期并存，各得其所，尤其是亚里士多德，充分吸取柏拉图理论的优长，调整和完善自己的理论，使他的理论比自己老师的理论更加系统完整。三百多年以后，古罗马的杰出诗人与批评家贺拉斯，继承他们的遗产，既主张罗马文艺向古希腊学习，又不是简单地复古倒退，而是企图有所变革和前进，提出古典主义和理性主

第一编　当代西方文论：演变与趋向

义的原则，丰富了古希腊传下来的理论。在这个过程中，因为前辈留下的资源有限，文艺创作的实践有限，理论建设只能以小的调整为主，而少有甚至没有理论的整合，难以成就大的境界。

第二，四个阶段之间的一些基本特征有相似的方面，但从根本上讲，是不同阶段的相似，所谓相似只具其表，理论本身的水平和性质已发生根本性变化。这种变化是质的上升，是经过否定调整后的高级形态，绝非本来面貌的简单重复，否则，理论无从进步。比如，震荡调整期与混沌发生期的特征有相似之处，都有源头探索的冲动，都普遍借用假说和猜测的方法，都有逻辑上的自相矛盾和彻底否定，此外，新的学说不断兴起，颠覆性的观点横空出世，等等。但是，这些相似的方面在本质上已完全不同，后者的震荡已非前理论的完全混沌，哪怕是离奇的猜想，也会有前理论的线索可循，有大量的实践为依据，是在稳定共识的基础上产生的更高水平的探索，且可能实现对前者的飞跃。同样，后续的稳定共识与早前的稳定共识也完全不同。虽然两者都是经过震荡调整期的革命性变革而实现的，但是，历史的进步使震荡调整的内容完全不同，在这个基础上达成的共识当然是更高层次的共识。这个共识不仅包括前一阶段震荡调整的成就，而且延续和积累了以往各阶段的优秀成果，是站在更多巨人肩膀上摘取的更优质的果实。这个过程中所生产的能量，有力地推动学科建设发生结构性变革、思维方式发生质的进步，远不是早前的稳定共识所能比拟的。学界普遍认可，同是理论发育的高峰，18世纪末19世纪初的康德、黑格尔与古希腊的柏拉图、亚里士多德相比，其理论更为丰富和成熟。从形式上看，柏拉图没有专门的文艺学著作，其主要文艺观点散见于各类哲学、伦理学对话之中。后人的理解和发扬光大，主要依赖于对其中的碎片式表达作出新的组合与理解。亚里士多德有文艺理论的专著流传，其《诗学》《修辞学》应是西方历史上最早的文学理论著作，但是，由于此前的历史遗产有限，也就是前人创造和保留的理论材料有限，也因为那个时代的文学实践和经验偏少，比起后人，其理论生产能力单薄无力。后来的康德、黑格尔则完全不同。经过两千多年的历练和积累，思想领域和文学艺术方面的进步，已非古希腊罗马时代的先贤所能想象，特别是近代以来，人类创造的物质和精神成果为文学艺术的发展注入无限活力，就是在此基础上，德国古典哲学的创始人系统总结了西方两千多年文艺实践的经验，推衍整套的独特概念和范畴，构建了博大精深、逻辑严密的宏大系统，远远超越了古希腊罗马时期的理论。同是稳定共识的起点，此起点之高前人无法比拟；同是调整丰富前人理论，其丰富度与广度已有天壤之别。历史向前进，理论永远不会简单地回到过去。

　　第三，各阶段之间的分界是模糊的，越到近现代，这种区别越加混沌，甚至出现难以辨识的状态。但大体而言，各阶段之间的界线是有的，各时期的代表人物的地位鲜明。这种现象在西方文论的早期就有表现，到近现代则更加突出。使我们感到有些困难的是，由于理论发展的多样性，也由于一些学说和观点的自身矛盾和冲突，重要人物的代表性意义很难确定，理论的时代价值也模糊不清，造成历史分期的复杂多变和认识混乱。例如，文艺复兴时期的文艺理论究竟处于一个什么样的位置，对此就有完全不同的看法。韦勒克曾经指出："从意大利文艺复兴开始，至十八世纪中叶，这段时期的批评史建立、深化和传播了一种文学观点，它在1750年和在1550年实质上是相同的。""在将近三个世纪的历史中，这些原理和见解，仅仅经历过一些相对来说较小的变化"，"三百年来，人们翻来覆去，重复的是亚里士多德和贺拉斯所主张的观点，争辩不已的还是这些观点，而且将它们编入教材，铭记在心"①。这就意味着，在韦勒克的眼里，这个时期的理论完全可以归位于古希腊罗马理论体系。有的学者则认为，虽然文艺复兴时期的文艺理论没有形成有深度的理论体系，"但是，这个时期的理论家们完成了历史赋予他们的使命，他们出色地消除了中世纪以来文艺理论发展道路上的种种障碍，为文艺理论的进一步发展和繁荣作了必要的准备"②。在对当代西方文论的评价上，这种复杂性表现得更为突出。就西方理论界本身而言，各种各样的主义和学说，此起彼伏，相互冲突，对立否定，各领风骚又衰败而去，我们很难定位它们的价值和意义。对德里达的争论就是例子。以他为代表的解构主义，显盛时在云端，冷落时在渊底，很难有柏拉图、亚里士多德，以及康德、黑格尔等旧时代表人物的持久性和凝聚力。

---

① ［美］韦勒克：《近代文学批评史》第1卷，杨自伍译，上海译文出版社2009年版，第7—8页。

② 马新国主编：《西方文论史》，高等教育出版社2002年版，第98页。

第四，理论发展以一条基本共识线为主线索，震荡与调整围绕这条主线波动式展开。但是，在一个大跨度的历史坐标上，这条主线不是与坐标横轴平行的直线，而是一条总体跨越式上升的斜线。在这个坐标上，横轴表示时间，纵轴表示理论的进步，震荡围绕上升的理论主线起伏，在某些时间点上，甚至背离主线，呈现了理论在前进中的混乱和探索，而且越到近代，震荡与调整就越加猛烈，既显示理论进步的速度，也表达了理论危机的深度。如果我们在一个平面坐标上做出图示，它会表现为：一方面是上下震荡大幅度地偏离稳定共识的主线；另一方面是震荡频率密集，在极短时间里产生诸多方向相反、冲突剧烈的理论和学说，象征理论变革的深刻和迅疾。这种现象在当代已是一种常态。这里有一个问题，所谓理论围绕主线震荡调整，那么这个主线是什么？有没有这样一条主线？上面言及的背离主线而震荡是一种什么现象？它的理论意义在哪里？我认为，西方文艺理论近三千年的发展，是有一条主线的。这条主线就是历代文艺实践的经验总结，是历代理论家对诸多文学理论的原点问题不断砥砺、创造并达成共识，从而形成的一些基本观点。这一原点问题，犹如韦勒克所言："在批评方面，我们可以说，柏拉图或亚里士多德所探讨的问题，当今仍然摆在我们面前。沃·伯·加利出语惊人，称之为'本质上引起争议的概念'的问题"[①]。如果没有围绕原点问题所形成的这条主线和基本共识，文学理论的主体框架不复存在，文学理论不会

---

① [美]韦勒克：《近代文学批评史》第 5 卷，上海译文出版社 2009 年版，第 7 页。

成为成熟学科。所谓震荡，就是围绕这些基本问题展开不同方向的讨论，其中正向波载是巩固和丰富共识，负向波载是否定和消解共识，它们推动或决定了这条主线成为逐步上升的直线。这条直线承载了历史上积淀流转的理论成就，使之作为知识性财富传承下去。任何一种理论，哪怕是最先进、最革命的理论，如果不能上升为知识性成果而进入这条主线，其最后结果只能是被淘汰。历史可以留下印记，但只能是一点难被辨识的印记。这条主线是不断被丰富的。比如，形式主义、新批评的某些分析方法就会加入主线，结构主义、存在主义的一些有益贡献也当汇入其中。至于背离主线的非连续震荡，是当代西方文论特有的现象。20世纪出现的许多所谓革命性理论，彻底颠覆了以往人们对文学和文学理论的认识，打碎了诸多曾被视为真理的共识。这些理论背离共识而上下独自震荡，其主要意义在否定和解构，既有革命的一面，也有危机的一面，更是迷乱与失却自我的当然形态。还有一种现象应该注意，某些理论的离线震荡，与其前后时间相连的理论震荡是断裂的，是间断性曲线的表达。这意味着理论之间的相互联结被否定，历史的概念、传承的概念在这里不复存在。这也是西方当代文论特有的表现。

（二）20世纪前西方文论史阶段划分

我们可以用上述方法，对20世纪以前演进了几千年的西方文论历史作一个阶段划分。粗线条地看，以《荷马史诗》为起点，到20世纪当代西方文论的兴起，大致可以分成四个阶段，构成一个完整的周期。

第一阶段：理论发生期。从公元前 9 世纪开始，至公元前 5 世纪，是西方文论生成的开端。《荷马诗史》中有关文学理论问题的求索，应该是文学理论混沌生长的起始，其后，早期的希腊哲学家，在其留下的哲学残篇中对文学理论问题的推测和猜想是它的延续。毕达哥拉斯学派从宇宙万物本源是"数"的观点出发，试图从数量比例关系上寻找艺术的形式美，得出美是和谐统一的结论，"音乐是对立因素的和谐的统一，把杂多导致统一，把不协调导致协调"①。赫拉克利特从朴素辩证法的观点出发研究艺术和美，认为"自然是由联合对立物造成最初的和谐，而不是由联合同类的东西。艺术也是这样造成和谐的，显然是由于模仿自然"②。德谟克里特提出："在许多重要的事情上，我们是摹仿禽兽，作禽兽的小学生的。从蜘蛛我们学会了织布和缝补；从燕子学会了造房子；从天鹅和黄莺等歌唱的鸟学会了唱歌。"③ 这些思考为后来的理论家、批评家的思想成长提供了丰富的滋养，直接促进了古希腊罗马文艺理论的形成和发展。但是，从严格意义上说，这个时期的研究和表达还不能称为理论。它的主要实现方式是猜想、假设和模拟，是对文学现象和规律的混沌认识，不具备理论本身所应有的完整品格。同时也应该看到，这个阶段的理论特征是明显的。不同的猜想繁多，多种假说对立，合理的萌芽在争辩和对质中生

---

① 北京大学哲学系美学教研室编：《西方美学家论美和美感》，商务印书馆 1980 年版，第 14 页。
② 《古希腊罗马哲学》，商务印书馆 1961 年版，第 19 页。
③ 伍蠡甫等编：《西方文论选》上卷，上海译文出版社 1979 年版，第 4—5 页。

长，整个状态混沌却充满生机。柏拉图在《理想国》中提到过一场发生在哲学与诗歌之间的长期论争，就是一个颇有说服力的事实。

第二阶段：稳定共识期。从公元前4世纪开始至欧洲文艺复兴伊始，可定义为稳定共识阶段。它的起点和旗帜是柏拉图和亚里士多德，后经贺拉斯、朗吉努斯到但丁，其理论成就极为辉煌，不仅在以后近1500年的时间里，几乎无人能够突破，且其深刻影响延续至今，诸多原点问题依旧为时下所讨论争执，成为理论进步的顽强生长点。由柏拉图和亚里士多德总结前人的成就并大力原创的文艺理论，作为一种知识性财富，统一了几代甚至十几代人对诸多文学基本问题的认识，从根本上决定了后世文学理论发展的总体格局和面貌。先看柏拉图的贡献。柏拉图从"神力凭附"的猜想系统讨论灵感说，从抽象的理念论出发总结模仿论，从理想国的文艺政策入手赋予文艺以政治、道德、宗教的功能，以讨论爱情为借口提出美是涵盖一切、统摄一切的最高理念。因此，有学者评价："从某种意义上说，柏拉图是西方文学批评的真正开创者。这不仅是因为他第一次赋予文学批评以完整的理论形态，建构了一套系统的文学理论，而且也由于他是文学批评史上第一个对后代产生巨大影响的人物。"[1] 再看亚里士多德。他的《修辞学》尤其是《诗学》，是西方文艺理论和美学研究最重要的文献。车尔尼雪夫斯基评论亚里士多德的《诗学》，是西方"第一篇最重要的美学论文，

---

[1] 杨冬：《文学理论：从柏拉图到德里达》，北京大学出版社2012年版，第16页。

也是迄今至前世纪末一切美学概念的根据"。无论后人怎样评价，必须承认，亚里士多德的《诗学》确为不朽经典，其中包含的许多理论观点，至今没有过时。毫不夸张地说，在两千多年的文艺理论演进的过程中，亚里士多德的声音一直在回响。他和柏拉图一起，统治了文艺复兴以前文艺理论研究的全部领域。此后，尽管有贺拉斯、朗吉弩斯等人的努力，但西方文艺理论的存在状态总体上是稳定的，是以柏拉图和亚里士多德的理论成就为中心展开、推衍的，阐释和应用古希腊的丰富理论成为共识。值得注意的是，亚里士多德是柏拉图的学生，但从哲学到文学，他们基本上是对立的。传统的提法，哲学上是唯心主义与唯物主义的对立，文学上是浪漫主义与现实主义的交锋。贺拉斯更多地继承亚里士多德的传统，朗吉弩斯则更多地倾向于柏拉图的学说。但这并不妨碍大局的稳定共识，直至文艺复兴时期才开始改变这种局面。

第三阶段：震荡调整期。经过中世纪的漫长停滞，欧洲文艺复兴开始了它的伟大革命。虽然其旗帜和目标是复兴古希腊罗马传统，但在几百年的岁月里，通过对中世纪黑暗统治的斗争和批判，许多重要的文学观念得以产生。此后，特别是18世纪新古典主义开始解体与浪漫主义的兴起、19世纪前半期文学创作的丰富实践，为西方文艺理论的生长注入强大动力。在这个调整震荡时期，文艺复兴创造的革命性力量，一些国家的资本主义革命，包括俄国民主主义者同沙皇统治的斗争，在精神上和思想上，给文学理论的发展以导引。表面上看，这个时期的主要倾向是恢复对古典理论的膜拜，但文艺复兴时期的伟大思想家们，不断冲破旧传统的束缚，贡献了众多新的观念和理论。特别是启蒙主义时期，英国、法国的文学艺术创作精彩纷呈，奇花怒放，许多伟大的诗人和剧作家，从自身文学创作的切身经验出发，提出了许多重要的思想和观念。碰撞、冲突、纷争，尤其是现实主义与浪漫主义的交融、争锋，涂抹了这个时代的基本色调，构成思想解放和理论震荡的总体特征。但丁是这个时期的起点。作为中世纪最后一位诗人和新世纪的第一位诗人，他倡导文学写人而不写神，人文主义的旗帜从这里高高举起。他主张民族语言的写作，提出并实践"那些最伟大的主题……应该用最伟大的俗语加以处理"①，追求语言，讲究语言，很有后来形式主义的味道。莎士比亚以其伟大的文学成就横空出世，并在创作实践中提出艺术的目的、艺术的真实与想象等一些重要的理论题目，使英国的文艺理论从创作到批评都走在前列。因为有文艺复兴的伟大潮流的指引和培育，大批的思想家、理论家、批评家不断出现，从布瓦洛到伏尔泰，从莱辛到歌德，以至施莱格尔兄弟和斯达尔夫人，真可谓群星璀璨。在理论的进程上，新古典主义的复兴和死亡，浪漫主义的兴起和衰退，现实主义的顽强生长和强大，从理论到观念的震荡，真正可以和当时发生在整个欧洲的伟大革命相媲美，或者就是那场伟大革命的浩荡组成部分。司汤达说："一切都使人相信：我们在诗的领域中同样也处于革命的前夜。"② 雨果振臂疾呼：

---

① 伍蠡甫等编：《西方文论选》上卷，上海译文出版社1979年版，第172页。
② ［法］司汤达：《拉辛与莎士比亚》，王道乾译，上海译文出版社1979年版，第4页。

"我们要粉碎各种理论、诗学和体系。我们要剥下粉饰艺术的门面的旧石膏。什么规则,什么典范,都是不存在的。"① 这已经很有20世纪中叶兴旺起来的解构主义的症候了。革命当然是要有结果的。不会因为推翻了一切规则,就永远没有规则。理论的革命最终也要有革命的理论,不可能永远没有结论而无休止地震荡下去。历史走到这里,总会推出几个甚至一大群代表,登上时代高峰,彰显时代成就。新的历史时期就这样必然地隆重开启。

第四阶段:系统整合期。这个时期,以德国的康德和黑格尔、法国的丹纳和波德莱尔,以及俄国的车尔尼雪夫斯基、丹麦的勃兰兑斯为旗帜,一些重要代表人物集各方探索,创造新的理论,达成新的共识。在这样的时期,著名的理论家都是新的"集大成者",传统与当下、哲学与文学、理论与创作等各方面的成就和优长融会贯通,多种理论相互结合,多种纷争取长补短,对古希腊罗马时代理论的选择继承、对中世纪理论的合理吸取、对当时各国文艺创作及表演实践的介入和总结,使这个时期的理论充满生机。诗人与剧作家的大胆宣言、哲学家与思想家的理论批判,既有争鸣,又有主导;既有创造,又有整合;既有合唱,又有领唱,造就了一个前所未有的辉煌局面。毫无疑问,无论赞成还是反对,黑格尔的理论当然是这个时代的鲜明标志。皇皇三大卷《美学》,系统总结了前人艺术哲学上的各方探索,提出了许多前人没有涉及或没有结论的重要观点,深刻影响了后来几乎

---

① 《雨果论文学》,柳鸣九译,上海译文出版社1980年版,第58—59页。

所有重要的文艺理论流派。他的批评实践，给后人以广大的方法论启迪。黑格尔的历史地位，是后来者难以企及和动摇的。同时，在这个时期，以圣勃夫为代表的传记式批评方法，以丹纳为代表的文艺社会学批评方法，先以别林斯基、后以车尔尼雪夫斯基为代表的俄罗斯革命民主主义文论，使现实主义的理论和批评牢牢占据了上风，成为这个阶段最显著的特征。尽管时间不长，从1835年黑格尔的《美学》到1872年尼采的《悲剧的诞生》，也就是几十年的光阴，却为文艺理论的发展史，造就了一个新的大致稳定的时期。前面已经指出，越到近代，稳定共识的时间越短。与以前相比，特别是与古希腊罗马时代以后漫长时期的稳定共识相比，这个新的以系统整合为主要特征的稳定期，留存的时间很短。更重要的是，在这个时期里，理论的分化与多元化也越加显著。不是一种理论，也不是一位或几位领袖人物独霸天下，而是多种理论占据显赫位置，多个重要人物各领风骚。虽然一些领军者还是走在前列，但是，新的理论和思潮竞相迸发，唯美主义、象征主义及各种新的学说已初见端倪，稳定中的震荡、共识中的分歧，为新时期的稳定涂上斑斓色彩，注入极大活力。至此，西方文学理论的发展走过一个基本完整的周期，从混沌到共识，从震荡到稳定，历史遵循着螺旋式上升的路线，重复着层次和质量完全不同的阶段，浩荡曲折地前进。当然，这个过程不会完结。历史的某些重复，为新的进步提供条件，后人就在这个既定条件下，创造自己新的历史。

我们认为，从20世纪初叶开始，西方文艺理论步入一个新的混沌震荡时期。这个时期的开端，在哲学上，实际上由此前的尼采开启。"上帝死了"，这个惊世骇俗的口号，彻底颠覆了人类的理性膜拜，推动了20世纪西方文论的根本转向。一百多年过去了，文艺理论的成长路径蜿蜒曲折，混沌交错，模糊了几千年来人们对文学和艺术的基本认识，撕裂了上一个时期的理论稳定和共识，消解了曾经相对统一的规范和基本认同的方法，各种新的观点、学派、思潮兴起且混杂，各种对立、分歧、论争尖锐且充满生气。就目前西方文论的发展状况看，这是一个前所未有的剧烈震荡期，它的发展趋势和进一步的走向尚未清晰。但是，种种迹象表明，当代西方文论正面临并开始一个重要的转折。这个转折的基本方向是向一个新的系统整合阶段迈进，即上文所定义的"新的理论规范逐步成形，大量的新概念、新范畴、新定律，组合熔炼为新的体系，学科以至理论建设进入稳定共识的更高阶段"。对此，我们将另文专论。

（三）历史分期的必要性

为什么要讨论历史分期问题？我们认为，其基本意义有以下三点。

第一，科学把握文论历史的趋势。理论发展阶段的划分，可以为我们提供一个新的视角，这就是从西方文论的生长和发展轨迹上，找到历史进步的基本走向，找到理论演进的一般线索和成长动因，对西方文论的发展形成一个连续的、整体的认识。历史是分阶段的，这是不言而喻的事情。文论史的研究，不应仅仅是对个别思想、个别人物的研究，而应是"既有批评

第一编　当代西方文论：演变与趋向

家的肖像描绘，又有关于趋势和概念的探本溯源，分析与综合，要兼而有之"①。韦勒克的这段话有一个意思值得深究，这就是"趋势"。什么是趋势？历史研究的重要目的，就是从纷繁复杂的实际活动中，找到历史发展的规律。研究历史不能仅限于考证和描述，而应从考证和描述起步，找到历史发展的基本趋势，找到这个趋势的核心动因。任何历史的演进，都不以人的意志为转移。哪怕是人的主观意识的历史，比如人类思想史、精神史，都是由作用于历史的无数内因和外因共同影响，决定其走向。文论本身的发展历史也不例外。从古希腊罗马的诸多文学基点问题出发，到今天当代西方文论的创新与混沌并存的现状，三千年的文论一路成长而来，各种思想和学说、各种主义和流派，它们的产生和消亡、兴盛和衰败，都有其背后的实际动因在发挥作用。趋势，应该是文论史着力探寻的重要目标，舍此，文论史的研究将失去意义。趋势又如何显现？历史的阶段性就是一种表达。每一个阶段的进步，都是历史自身的发展要求和规律的显现。历史从一个阶段到另一个阶段的跨越，是历史显现要求和规律的最重要的节点，抓住这个节点，就能够找到历史发展的规律，找到理论演化的动因。我们从形式主义隆重开启20世纪文艺理论新阶段的事实来说明这个问题。形式主义在俄国发端，据介绍是在1913年12月。著名的形式主义创始人什克洛夫斯基，当时还是彼得堡大学语言系一年级的学生，他在一个学术讨论会上作了《未来派在语言史上的地位》的报

---

① ［美］韦勒克：《近代文学批评史》第4卷，杨自伍译，上海译文出版社2009年版，第633页。

告，引起了轰动。1914年2月，他出版了一本仅有16页的小册子《词语的复活》，开创了标志为"20世纪西方文论"的崭新时代。为什么一个青年大学生，仅用一次演讲和一本小薄册子就开启了一个时代？这不是偶然的。19世纪以来的西方文论，尽管视角众多，范围广大，方法多元，但是，占统治地位的依然是对文本以外的社会历史环境和作家、艺术家生平及思想背景的批评，即所谓社会历史批评或社会学批评。当然也有别的概括。比如，伊格尔顿就说："作为一个富有战斗和论争精神的批评团体，他们拒绝前此曾经影响着文学批评的不无神秘色彩的象征主义理论原则，并且以实践的科学的精神把注意转移到文学作品本身的物质实在之上。"① 无论怎样认识，形式主义以前的文学理论及批评有诸多长处，并且在一些根本性问题上的见解高于并强于形式主义文论，但是，凡事走向极端就要破产，就要被超越。文学就是文学，对文学本身主要是文学形式的研究不予重视，专注于文学以外的社会历史批评，这种理论一定要变革。更何况在形式主义兴起以前，许多理论家和艺术家早已注意并批评了这种倾向。匈牙利的卢卡奇早在1909年就说过："文学中真正的社会因素是形式。"② 再向前追溯，《荷马诗史》的六音部诗格，就是形式的规定；波德莱尔批评雨果，"在他全部的抒情和戏剧的画面中让人看到的是一整套排列整齐的直线和匀称划一的对照。在他那里，怪诞

---

① ［英］伊格尔顿：《二十世纪西方文学理论》，伍晓明译，北京大学出版社2007年版，第3页。
② ［英］伊格尔顿：《马克思主义与文学批评》，文宝译，人民文学出版社1980年版，第24页。

本身也具有对称的形式"①，也显示了对形式的重视。这样的例子不胜枚举。然而，为什么没有形式主义理论的突起和兴旺？俄国形式主义的兴起是历史的必然，是旧的偏执的理论走到尽头的结果，是难以阻挡的潮流，是历史新阶段的必然开启。只有看到并抓住这个节点，才能抓住理论发展的趋势，找到历史进步的动因。

第二，正确判断历史理论的实际价值。西方文论史的阶段划分，不是以时间为节点的，尽管它有时间的概念。一个阶段更根本的标志，体现在它的性质上。对这个阶段性质的判断，是找到历史发展趋势、辨明其前进方向的核心所在。很明显，阶段的划分是以阶段的基本性质为根据的，划分了阶段，阶段本身的深入定位就有了可能。我们的目的极为明确，就是为一个阶段的理论定位和定性。前面说韦勒克的方法是"分析与综合，要兼而有之"，在理论分期问题上具体应用这个方法，划分阶段就是分析，理论价值的定性就是综合。在诸多文论史的著作中，小的阶段划分很多。从一定意义上讲，没有阶段的划分就没有文论的历史。韦勒克的近代批评史起笔就说："十八世纪中叶是意义深远的一个探讨起点，因为文艺复兴时期以来确立的新古典主义学说体系此时开始解体。"然后，他又说："十九世纪三十年代似乎是我们叙述内容的自然分水岭：当时欧洲的浪漫主义运动已成强弩之末，歌德和黑格尔、柯尔律治、哈兹里特以及莱奥帕尔迪相继谢世，

---

① 《波德莱尔美学论文选》，郭宏安译，人民文学出版社 1987 年版，第 229 页。

现实主义的新信条开始出现。"① 这就是一种划分。但他的划分只是一种分析，也就是说，他是从人物的生死、学说与思潮的兴起与衰败来划分阶段的。这种划分是一种"点"的划分，即通过多种现象的精细分析，确立一个时期的起点。这样的划分是必要的，但是，还缺少大范围的深度综合，缺少"段"的划分，尤其缺少对历史阶段的总体性划分，缺少对一个理论阶段的综合定位。特别是对一些重要的历史阶段，它的定位是什么，它的理论性质如何，缺少更宏观的综合判断，没有做到他所期望的"分析和综合，兼而有之"。对此，朱光潜就有过批评。他认为韦勒克的《近代文学批评史》"过分着重每个时代的个别代表人物，而对每个时代的总的精神面貌则往往没有抓住"②，那么，朱光潜所说的"每个时代的总的精神面貌"又是什么？我们认为，应该可以将其理解为一个时代理论的定性。韦勒克也有做得好的。比如，为了说明近代文学批评史为什么从18世纪中叶开始起笔，他就对此前文学理论面貌做了一个综合性判断。他认为，不要说古希腊罗马时代的理论，就是文艺复兴至18世纪中叶的理论也是没有多少意义的"古籍研究"，意即那个时期的理论状态是停滞不前、无所作为的，只有古籍研究的意义。③ 这就是判断，无论这个判断是否准确，但意义重大，它指出了一个阶段的理论的性质，为划分近代文论史的

---

① ［美］韦勒克：《近代文学批评史》第1卷，杨自伍译，上海译文出版社2009年版，前言。
② 朱光潜：《西方美学史》下卷，人民文学出版社1979年版，第748页。
③ 参见［美］韦勒克《近代文学批评史》第1卷，杨自伍译，上海译文出版社2009年版，前言。

起点提供了有力的根据。更进一步的问题是，对一个时代、一个阶段的理论所做出的定位和定性，其具体含义是什么？韦勒克的历史观给了我们答案。作为批评史家，他反对所谓"中立"的历史研究，认为"没有一种方向意识，对未来的预感，某种理想，某种标准，以及由此而来的后见之明，就不可能撰述任何史书"①。在我们看来，这里的预感、理想、标准，尤其是方向意识，就是我们所期望的定位。方向感的首要含义是，某一阶段的理论处于何种状态，其总体方向是向前的，还是停滞的、倒退的。按照韦勒克的看法，从古希腊罗马始，到18世纪中叶，包括文艺复兴，这一阶段的文论史是停滞的，因为复古崇古，甚至是倒退的。韦勒克说，"方向感也意味着渴望变化"②，一个时代的理论自身的变化进步，应该是自在的，应该有理论创新发展的冲动。这种冲动既来自外部的刺激，而更多的是理论自身的内在动力发生作用。失去方向的理论是混乱的理论。理论的内生动力要有方向的保证，否则难以持久。从思维方式上说，方向感已是综合，是在具体分析基础上的理论的综合。历史的叙述给人以启迪，不仅是在史料和史实上，更重要的是给人以评价和判断。这就需要"分析与综合，兼而有之"，由分析入手，落脚于综合，给历史和后人以交代。

第三，预测理论发展的可能走向。把握历史趋势，判断历史定位，最终是为了一个目的，即预测历史的可能走向。在社

---

① ［美］韦勒克：《近代文学批评史》第5卷，杨自伍译，上海译文出版社2009年版，第10页。

② ［美］韦勒克：《近代文学批评史》第4卷，杨自伍译，上海译文出版社2009年版，第632页。

会领域,在政治、经济以至纯粹的历史学范围,指出和预测未来走向,是非常要紧的学术追求和取向。非此,理论和理论历史的研究将失去其意义,甚至是存在的意义。关键的问题是,文学理论和批评理论也应该如此追求吗?我们通过对两个口号的比较,来回答这个问题。没有人能够否认尼采哲学对20世纪西方社会和文化的影响。他的著名口号"上帝死了",甚至决定了当代西方文艺理论的基本走向。这个口号,从它的产生动机来说,首先是旨在否定,即对以往全部哲学尤其是人类理性的否定,在这个口号的指引下,尼采要"重估一切价值"。但是,从它生成的背景和影响来说,它是一个预言,是对世界未来思想和理论走向的预言。对这个预言,有人如此评价:"当其他人在19世纪的欧洲看到权力与安全的象征的时候,尼采却以预言家的洞察力,看到现代人所信守的传统价值支撑即将倒塌。"尼采的出发点是什么?他认为,传统哲学的理性力量受到质疑,二元对立的限制要被打破,一切历史上的结论都将被否定,"他感觉到一个虚无主义的时代正在到来,其种子已经播下"。德国军事力量和科学的不断发展,恰恰证明了一个无可争辩的事实,"即对基督教上帝的信仰已经完全衰落,以致他可以自信地说'上帝死了'"[①]。在尼采以前,意大利文艺批评家德·桑克蒂斯,也借德国古典哲学家费希特的名头,对"上帝"表达不敬。当然,他是从批评家和作品的关系提出问题的。桑克蒂斯认为,批评家应该认同艺术家,应该对艺术品

[①] [美]斯通普夫、菲泽:《西方哲学史》,匡宏等译,世界图书出版公司2009年版,第353页。

进行再创造，批评家应该"赋予作品第二次生命，带着费希特的傲气说：——我创造上帝"。据韦勒克转述，费希特的原话是"我天天创造上帝"①。可惜他的话没有产生影响，在西方文论史上几乎无人再提起。同是在对历史提出批评，同是拿"上帝"说话，桑克蒂斯也是满怀傲气，为什么没有像尼采的"上帝死了"那样有惊世骇俗的影响？根本的差别在于，尼采是一种预测，是思想性的颠覆，是对未来理论走向的指点，而桑克蒂斯只是一个比喻、一个具体的理论上的小小诉求，尽管借了费希特的名头。正是因为有了这样的预测，尼采的理论目标明确，自觉地集中于目标，写出了许多影响深远的重要著作，而不是盲目追随别人，湮没于时髦的潮流之中。我们再回到韦勒克的立场上来。他说："如果只是描述一部又一部的书本，同时按照年代的先后，阐说各种体系，我宁可放弃一个史学家的职责。"这个职责又是什么？他继续坚定地说："历史，我们应该承认，不可能在没有方向感、没有一种对未来的预感的情况下撰写出来。我们必须知道历史正在趋向何方；我们要求有某种理想、某种标准、某种后见。"②韦勒克是这样说的，只可惜他做得不够好。大的历史分期是以时间为界线的，小阶段的划分也少了一点启发后人的定性。尤其令我们疑惑的是，企图"知道历史正在趋向何方"，这本是预测性的要求，但又为何要求"某种后见"，莫非是通过后见而预测走向，抑或是一种思

---

① 参见［美］韦勒克《近代文学批评史》第 4 卷，杨自伍译，上海译文出版社 2009 年版，第 140 页。
② 同上书，第 632 页。

想和立场的模糊？无论怎样，我们可以讨论，也许这是他的《近代文学批评史》缺少更大格局的重要原因。那么，阶段划分及其定性，能够有效预测未来理论的走向吗？社会历史的阶段划分，比如从原始社会到社会主义社会的划分，直接推动了历史力量的生成和历史方向的转变。更值得文论史研究充分借鉴的，是库恩对自然科学史的阶段划分。库恩从科学革命的视角将全部科学史分为四个阶段。这四个阶段各自处于独特的位置，以对科学进程产生独立影响的姿态容纳于历史。这个理论引起极大反响，评价不一，但总体上是有积极的开创意义的。借鉴这个方法，用以思考西方文论史的分期及其定位，我们相信是有探索和开创价值的。

二　基本定位

从 20 世纪初期开始，当代西方文论一百多年来高歌猛进，取得了重大成就。它所确立的许多重要思路和方法，早已贯通于学科建设及批评实践的全过程，显示了以往任何时代都无法比拟的丰富和深刻。另外，人们也确实看到，近些年来，对一百多年来西方文论的发展各方面的认识和批评很多，西方文论界的自身反思也越加集中和强烈。但是，大多数评论仍处于微观体察和分析的层次，满足于对个别思潮、学派的具体辨识和品评，始终未有大的境界。停留在这个水平，我们很难对当代西方文论做出总体的判断和认识，也很难改变当下国内学术界普遍存在的盲目崇拜和追随西方理论的现状。同其他各种理论

第一编 当代西方文论：演变与趋向

发展的进程动因相同，当代西方文论处于今天的状态绝不是偶然的，更不是哪一位或哪几个理论家群体就能够左右和制造的。这种状态的多年持续和逐步演进，未来的理论走向和结果，都是历史决定的。正确认识这个问题，必须从西方文论近三千年的历史分期入手，追索其发展路线，把握其发展趋势，给当代西方文论一个基本定位，探索和预测其可能走向，为当代文论建设提供一点有价值的建议。特别是当下，经过学界三十多年的努力，当代中国文艺理论发展已处在一个重要的历史性拐点，我们应该和能够从西方文论的发展经验中吸取有益的经验和教训，大胆地走出自己的发展道路，实现所谓"弯道超越"。这对自觉推动当代文艺理论的发展具有重要而实际的意义。

（一）总体特征分析

学界普遍认可，20世纪初期的西方文论，以突破19世纪浪漫主义、现实主义的文学理论和批评为指向，把文学研究的重点，从其外部转向内部，由对文本的社会历史批评，转到对文本自身的形式和艺术研究上来。这是西方文论史上的一次重大的变革。这个变革，彻底改变了以往的文学批评仅仅是历史学、社会学、心理学以至思想史附庸的僵化状态，使文学的批评理论归属于文学，开辟了文论发展和学科自立的新时代。20世纪中期，新的阐释理论与接受美学的兴起，将当代西方文论的关注中心从文本转向读者。在接受美学诞生的标志性文献中，姚斯发挥了英伽登和伽达默尔有关"文学作品的存在方式"的思想，将文学的历史界定为作品的接受史，断然否定了以往全部文学史的考察方式和结果。西方文论再一次开启新的变革大幕。从文学理论自身的发展来说，形式主义、存在主义、结构主义、解构主义、女权主义、生态主义等各种主义的理论纷纷登场，20世纪的西方文论场域，因此而浩大混沌，创造了巨大的生机与活力。如果说以浪漫主义、现实主义理论为代表的19世纪，依然算作一个有大体共识，稳定而略有震荡的理论时期，那么，以形式主义为先锋的20世纪文学理论，则由旧的稳定共识期进入新的震荡调整期。其典型特征是，短短百年的时间里，大量的思潮、学派相互否定和替代，大量的思想家、理论家不断产生和消失，许多曾经宏大盛行的学说和方法不断走上顶峰并衰落，许多难以为传统所接受的观点和见解如流星般升起又瞬间陨落。众声喧哗，却难有主流声音；学派林立，却只见矛盾和冲突，当代西方文论的最终价值和走向始终混沌不清。可以从以下几个方面找到见证。

第一，学派杂多，观点林立，没有形成一个或几个能够达成基本共识的系统思想和方法，并较为持久地存在。1944年出版的《30年代至80年代的美国文学批评》概括了13种流派。中国的朱立元先生编著的相关教材大尺度地概括了19个学派或学说。在此之后，又有许多新的"主义"诞生。彼得·巴里在其批评史著作第一版中概括了12个流派或思潮，其中有一些是上面提到的著作中所没有的。待到2002年他推出第三版的时候，却又被迫增添了新的一章"理论之后的理论"，介绍的"当下论""跨界诗学""新唯美主义""历史形式论""认识诗学"等新流派，都是20世纪与21世纪之交前后20年间出现的，而且他说明："本书既名为《理论入门：文学与文化理论导论》,我也就不打算涉及理论的一些最新发展,如伦理理论、空间理论、身体理论等。"① 只可惜这些新的理论,甚至比在它们之前的许多理论的命运更悲惨,一些学说甚至未等被世人认可,就已没落而去。这种现象是不是可以证明,历经一百多年的努力、抗争,历尽数不清的建构和消解,20 世纪西方当代文论,终究没有形成代表这个时代恒久稳定的学说,使人无法判定这个时代理论的方向和主旋律,没有形成被历史承认,并可以流传后人的知识性遗产。学派繁多是理论兴旺的表现,但是,它的标志性理论是什么,有没有可以代表这个时代理论发展和成就的核心体系,有没有可以统合各种思潮、学派的理论优势并创造具有实践指导意义的一般方法,应该是为一个时代的理论科学定位的基本准则。20 世纪的西方文论,似乎没有为我们树起这样一面令人信服的旗帜。学界一直争论,20 世纪的文论英文表述,到底是单数的 theory,还是复数的 theories,暴露的正是这种困惑。理论上的标新立异被极度推崇,历史的连续和继承被轻蔑,既是因为传统理论难以突破,也是因为建立学派和体系的诉求强烈。新的主义层出不穷,不能说其中完全没有继承甚至回归的因素,但更多的是反叛与否定,倾心制造概念,热心游戏文字,无根基、非连续性地标新立异,几乎成为潮流。我们必须肯定,一个时代学派林立是好事,因为这可以证明这个时代的学术生长开放而生动。20 世纪的大多数学派,尤其是那些产生广泛影响的理论和学说,每一种观点

---

① [英]彼得·巴里:《理论入门:文学与文化理论导论》,杨建国译,南京大学出版社 2014 年版,序言。

和方法都一定有其优长,否则,就根本不会被张扬和运用。但重要的是,任何学派的理论和方法,其真理性价值都是相对的,其适用边界也一定有限,如果硬把它们无约束地推广,把原本确当的诉求强加于非确当领域,这个理论一定要失效。形式主义是有强大合理性的,但把它推向极端,说文学就是形式,肯定要被打倒。反本质主义在一定界限内是有效的,但绝对否定事物的本质存在及其追索是片面的。一种理论长于或高于另一种理论,可能是在一个或几个点上,全面抛弃其他理论将使已有的长处失去根基。空间理论开拓了文学批评的新视角,但把这个理论作为唯一合理的理论就是极大的谬误。在这个意义上讲,不能简单地判断学派繁多就一定是学术的繁荣,也许恰恰相反,可能是一个学科迷失方向的突出表征。这正是我们判断当代西方文论处于一个震荡摇摆时期的重要根据。

第二,突破文学界限,转向理论和后理论,文学理论不再简单地面对文本和文学,理论泛化的倾向明显,成为哲学、历史学、社会学、伦理学以至数学物理学的附庸。在这个时期,文学场外的理论大量涌入,文学的理论被泛化,消解了理论的文学性,膨胀了的哲学、政治、文化性,转移为一般意义上的社会批判理论。我们可以做一个有趣的比较:同为复旦大学两位重量级学者编著的两种学术理论著作,一部为当代西方哲学史,另一部为当代西方文艺理论,在它们的目录中,相同的理论介绍竟达10种以上。弗洛伊德、海德格尔、胡塞尔、萨特、德里达、福柯、拉康、萨义德等同时出现,以他们为代表的各种"主义"、思潮被作为主题集中介绍和推举(参见刘放桐

第一编 当代西方文论:演变与趋向

《新编现代西方哲学》,朱立元《当代西方文艺理论》)。在汗牛充栋的国外哲学和文艺理论著作中同样可以找到此类例证。这种现象,非常客观地表现了当代文艺理论的基本走向:文学理论的功能不再是文学的阐释和实践经验的总结,而是社会批判的武器。进入后现代时期,文艺理论距离文艺更加遥远,对文艺的阐释已成为对它的野蛮征用,即,理论通过文学和文本的援引,或者说以文学为借口和理由,实现理论的社会批评目的,文学的工具性、服务性,甚至是奴仆性不可逆转。在文学研究的意识形态方向上,这一点尤其明显。伊格尔顿曾指出:"雅克·德里达现在声称,他始终把他自己的解构主义理论理解为一种激进化的马克思主义。这话无论对错,解构有一段时间在东欧的一些知识圈里曾一度成为反共产主义歧见的一种准则。"① 这不仅是解构主义,也是后现代理论的普遍特征。许多号称消解意识形态倾向的理论批评,实际表现出鲜明的意识形态取向。以结构主义为代表的现代主义,曾强烈批评马克思主义的文艺批评是政治批评、社会历史批评、意识形态批评。而在这个旗帜下的诸多文学批评,哪个不是意识形态批评?女权主义、生态主义、后殖民主义,乃至酷儿理论、身体理论,等等,无一例外,都是尖锐锋利的意识形态批评,文学只是它们证明自己理论的注脚。当然,我们不否定这种批评的存在意义,不否定西方文论对西方社会制度及其现状的理论批评。我们也赞成发挥文学的批评功能,特别是努力实现与其他学科理论的深入完美的融合,使文学成为有力的批判武器,更广泛地产生

---

① [英]特里·伊格尔顿:《理论之后》,商务印书馆2009年版,第35页。

影响，深入人心。但是，从文艺理论本身的建设讲，一个学科的相对独立，学科边界的相对清晰，是建立学科和学科得以发展的最基本的要求。如果把文学理论的发展混淆于其他学科理论，进而依靠其他学科的存在才可能发展，文学学科的独立性将遭到怀疑。在这个问题上，韦勒克的认识比较符合实际："我们必须把批评视为一种相对独立的活动，只有相对割裂开来看待，只有把其它一切，借用现象学的术语'置入括弧'，否则迄今为止任何一门学问，都无法取得半点进展。"①

第三，否定式轮回。当代西方文论历史特征之一，就是学派更迭迅速，哪怕是一个席卷了历史的学派，没有太长的时间，就会被淘汰，真正是"各领风骚没有几年"。但是，我们也经常看到，一种曾经被冷落抛弃的理论，经过一段时间，短则十几年，长则几十年，它会又重新蓬勃起来，以新的名称或名义重复昨天的理论。形式主义否定了历史主义，近百年的时间，经过新批评、结构主义、解构主义、后现代主义，历史主义早已被刷洗得支离破碎。卡尔·波普尔对历史整体论、历史决定论的批判更是如雷贯耳，几乎没有人敢涉及这个话题。但是，60年以后，以格林布拉特为代表的"新历史主义"或称"文化诗学"兴起，成为新的学派引领一个方向的研究进程。新历史主义为什么能够回归文论舞台？检省后现代主义的思想历史，它俨然就是一部颠覆合法的历史意识和叙事，彻底瓦解主体、意义、元话语的历史。在后现代的意旨下，诸种理论，诸多人

---

① [美]韦勒克：《近代文学批评史》第5卷，杨自伍译，上海译文出版社2009年版，第7页。

物，以否定目的论、本质论、因果律，以至人类理性为目标，使历史的客观存在、后人对历史正当理解与阐释，统统失去其合法性。特别是解构主义各种矫枉过正的手法，将历史主义的危机深化为人类精神的危机，理论的反弹和回击就成为必然。新历史主义以马克思主义的名义，重新张扬历史化、意识形态化，破除文本中心论和语义操作论，挽救不断消隐的主体和历史，为历史主义的回归确立了充分理由和价值。当然，新历史主义对历史主义的回归，绝非传统历史主义的简单回复。新历史主义既"接受了德里达的观点，文本之外无他物，并将其运用到自己的特定领域中，认为只有通过文本的形式，以往的一切才能为人所接触"，同时，"它以文学批评中常用的'细读'法去阅读非文学文本。所选中的非文学文本也很少以完整的面貌出现，而是抽取其中的一段，然后做深入细致的分析"。[①] 在这方面，更典型的是意识形态批评的命运。从根本上讲，自象征主义、浪漫主义开始，历史上曾经占据主导地位的类似历史主义、社会学批评的意识形态批评就被否定。由形式主义到后现代主义，意识形态批评，特别是政治批评，完全被消解。但是到了20世纪60年代，以阿尔都塞为代表的结构主义意识形态理论突起，所谓霸权理论造成了声势浩大的"葛兰西转向"。这个转向，深刻影响了文化研究的主题和进程。新左派史学家佩里·安德森指出，葛兰西的政治活动和政治斗争生涯，造就了他独树一帜的理论家地位，他的理论观点直接源于他的政治

[①] ［英］彼得·巴里：《理论入门：文学与文化理论导论》，杨建国译，南京大学出版社2014年版，第172—173页。

经验和他饱受的无度的政治压迫。对于葛兰西来说，马克思主义因此并不仅仅是解释世界的方法，而首先是一种为工人阶级谋求解放的政治理论。葛兰西转向，某种程度上是文学上的政治、历史、意识形态批评的转向。尽管那些纯文学、纯形式的诉求，作为一种具体的批评方法仍然像空气一样无处不在，但是，对文学、对文本的整体判断，对文学意识形态功能的重新认识，深刻改变了当代文论的面貌。后来，声势日益浩大的女权主义批评，后殖民主义批评，以至同性恋批评，本质上说都是意识形态批评。毫无疑问，这种轮回也不是简单的轮回，而是充满抗争意味的轮回，有否定之否定的进步意义。但遗憾的是，这种轮回也往往犯有同样的错误，否定历史，否定他者，所谓回归，堕落为片面的、极端的回归。

上述特征，是典型的震荡调整期的特征。在这个时期，对普遍方法的怀疑和否定，对基本规则的挑战和僭越，对传统理论的蔑视和冲击，使理论的生成毫无约束，任意挥洒，甚至突破一般常识和逻辑界限。从坐标曲线的变化上看，其表达已不是围绕传统的基本共识上下波动的连续曲线，而只能是非连续的间断漂移，远离共识底线，难以预测其走向和趋势。在震荡与调整之间的博弈，震荡明显占据上风，震荡压倒调整。这种现象，既体现了理论的批判精神和创造精神，也给理论发展带来混乱和冲突。其直接的结果是，在这个时期里，缺失能够代表时代水准的旗帜，缺失能够凝聚思想精华的核心，理论不能为实践指明道路，不能为后人提供可供传承的知识性遗产。理论发展陷入深刻危机。

（二）离散的思维方式

一个时期的总体理论状态，充分体现着这个时代理论生产及理论生产者的总体思维方式，反之，一个时代的总体思维方式又决定了总体的理论生产和增长的状态。按照一般的分期理论，在其变化和发展的两个主要阶段，即稳定共识期和震荡调整期，其理论生产的总体思维方式是完全不同的。对前者而言，因为理论生产领域的总体选择，是向经过讨论、交锋，进而取得大致共识的理论观点的集合，因此，这个时期的思维方式总体上只能是收敛的，即集合于对中心理论的证明和运用，且成熟并巩固为知识性遗产留存于后人。比如，古希腊以后，大多数时间及大多数人在复述和阐释柏拉图、亚里士多德的学说及影响时，其思维活动的主要趋势当然是向内的、聚拢的，向着一个方向甚至一个焦点集合。它的总体状态是收敛的、保守的。后者则完全不同。在震荡调整期，理论生产及理论群体的总体思维方式是离散的，既无向心力的吸引，也无相互作用的制约，呈多向放射状态，总体上是自由、开放的。在这个时期，因理论生产群体的主要目标，是背离旧的成见、消解中心和本质，多维度地表达充满叛逆的思想与观念，制造新的理论和学说。比如，我们在前面曾经引用过的雨果名言就是一个典型。为了向传统诗歌理论挑战，为了彰显他对诗歌创作的最新理解，他断然宣称"我们要粉碎各种理论、诗学和体系。我们要剥下粉饰艺术门面的旧石膏。什么规则、什么典范，都是不存在的"①。表面上看，这只是一个极富煽动性的口号，以其战斗力、号召力而激荡人心，颇有后来人们所说的"宣

---

① ［法］《雨果论文学》，柳鸣九译，上海译文出版社1980年版，第58—59页。

传"的味道。但深入地考察它,这个表面上看有些张扬和浅薄的口号,不仅彰显制造者的思想立场,而且表露其特殊的思维方式。这个方式与传统的思想方法相悖,离散于占据统治地位的收敛式思维,充满挑战和探索精神。这种离散式思维,在克尔凯郭尔那里,则表现为以他少年的孤独、恐惧,以至战栗,直至后来几近疯狂的精神状态。作为他的哲学生成与发展的立足点,他"用非理性的个人存在取代客观物质和理性意识,以个人的非理性的情感,特别是厌烦、忧郁、绝望等悲观情结代替对外部世界和人的理智认识的研究,特别是代替黑格尔主义对纯思维、理性和逻辑的研究来作为其哲学的主要内容"①。这是当然是充满挑战意味的离散式的思维。克尔凯郭尔也因此被视为促使欧洲哲学发展发生方向性转折的重要人物。在尼采那里,如此的离散思维更是登峰造极。在大多数人还沉醉于理性主义的思想体系之中的时候,尼采竟然高呼"重估一切价值",以"上帝死了"的离经叛道,给世人以翻天覆地的震撼。他背弃以理性主义为支配的传统形而上学,主张"权力意志"主宰一切,认定意志的本质是"增长""改善""超越"。人不能仅仅满足于"已经如此",而是代之以"我愿如此"。所以,他宣布"上帝已死""超人诞生",借此终结以绝对真理概念为基础的基督教和理性派哲学的死亡。②史家普遍认可,正是他的这种离散式思维,以及用这种思维操作起来的理论,启动了20世纪当代西方文论进程的巨大震荡。离

---

① 刘放桐:《新编现代西方哲学》,人民出版社2000年版,第42页。
② 参见[德]尼采《查拉图斯特拉如是说》,钱春绮译,生活·读书·新知三联书店2007年版。

第一编　当代西方文论：演变与趋向

散式思维，对科学和理论的发展是绝对必要的。在客观物质世界及人类创造的认识成果面前，如果仅仅墨守成规，安于现状，一切进步和发展都失去可能。在个体的理论研究中，离散式思维也是一种主导力量。任何有作为的理论家，都应该在深入掌握和了解现有理论要旨，熟练运用传统方法的基础上，不断突破旧思想和旧观念，创造新理论和新方法，并以此开创历史的新进程。要做到这一点，必须依靠离散式思维，离开中心和旧说，向更广阔的未知散射，在实践中寻求新理论，形成新认识。但是，思维的离散度是有限的。必须同时以收敛式思维加以校正和检点。离散式思维的作用通过收敛式思维而显现和固化。这表现在两个方面。一方面，离散思维依然是理性思维，它必须遵循正确的思维规律而展开。它依然是有中心、有目标的。它的最终结果是要经过理论思维并得出结论，没有结论的思维失去认知意义。而得出结论本身的过程就是思维收敛的过程。另一方面，离散式思维取得的成果，需要校验和修正，否则，思维的确定性无法落实，思维的成果难以稳定。而围绕成果展开校正，其过程本身就是一种收敛和集中，是离散思维的回归形态。收敛式思维是理论进步的必要方式。

由此，我们就可以讨论20世纪当代西方文论的总体思维方式及其优长与缺陷。

先说总体特征。我们认为，当代西方文论各主要流派，主要以离散式思维处理传统、制造理论的。最典型的是席卷整个西方思想界的解构主义。浅显一点说，解构主义到底是什么？是一种理论吗？显然不是，没有人能够概括解构主义的理论要点是什么。德里达自己说:"解构主义也不是哲学,既不是流派也不是方法,它甚至也不是话语、不是行为、不是实践。"那它到底是什么?我们认为,在解构主义那里,解构是认识和处理一切事物的纯粹方法。碎片化、相对化、虚无化,否定本质,背离中心,这种认知和处理事物的方法,从个别到一般,从特殊到普适,已经成为认知和再现所有领域与现象的确定思想路径,成为与主客观世界实际运行无关的纯粹思考程序,是从一个完全独特的视角看待世界的方法,因此,它是一种思维方式。德里达说:"它(解构主义)是发生的事物,是现如今在他们所称的社会、政治、外交、经济、历史现实等领域正在发生的事物。"很明显,他认为世界本身就在解构,就在同传统的一切,同正在行进的现状发生背离,这是普遍的现象,人就应该如此认知事物。但问题的要害是,这种背离是不是事物本身的状态?如果不是,在解构主义的意义上,它是如何出现或者制造的?伊瑟尔评论,德里达所说的各类事物的解构,"并非自愿发生的",其发生的原因,简单地回答,就是解构主义的"阅读过程"。在伊瑟尔看来,"解构主义是一种阅读模式,它并不像这一说法狭义上所表示的那样,仅仅局限于对文本的阅读,而是可以应用于任何具有文本性的事物"[①]。毫无疑问,无论这个阅读过程的实际内容和程序如何,它本身只能是一个主观过程。人们用这个主观过程构造对事物的基本看法,进而去说明和证实世界,并得出一般的认识和结论,这就形成

---

① [德]伊瑟尔:《怎样做理论》,朱刚等译,南京大学出版社2008年版,第143页。

了一种基本的思维方式,或者说思维的基本方式。康德曾经把时间、空间、因果性、必然性等概念作为主观的先天思维形式来定义。他认为,这个主观的思维形式是人的理智所应有的形式,并不依赖于人的感性经验而生成。人的思维正是凭借这些先验的主观形式整理感性经验,使经验上升为知识。按照实际演练行为看,解构主义是把解构作为一种纯粹主观的思维方式来处理的。解构主义对一切事物的解构,是一种纯粹的主观判断,是康德所说的主观先验形式。即,用解构的方式,认识、分析、判断并定论一切事物,毫无边界约束。这就是解构主义的要害所在。在文本的阐释上,解构主义的思维方式更加直接而彻底。巴尔特高呼"作者死了",拆解了文本同创造者的关系;米勒主张批评是"孩童拆解手表",打碎了文本的整体存在。从形式主义开始,西方文论的主要学派,都是以离散式思维对待文本和历史的,都是从自身的理论需求和立场出发,背离和抛弃传统。从这个角度来认识,我们可以部分地证明,以解构主义为典型的离散式思维,是20世纪当代文论界的基本思维方式。当然,就20世纪的理论背景说,这种离散式思维,其优长是明显的。进入20世纪,人类历经两次世界大战,世界文明图景发生深刻变化。人们对近代以来形成的理性主义的崇拜受到怀疑,现代生活的实践开启新的理论思维。人们对传统的认识规则及成果重新评价,打破旧的成规对人类实践与思想的束缚,用新的理论概括和表达人们的生活感受和认识。首先是近代西方哲学的终结;其次是现代哲学的转向,带动了包括文艺理论在内的种种人文理论的超越。打破一切旧说,提出新的口号，成为20世纪理论增长的基本诉求。离散式思维，离弃一切中心甚至底线，无限度地向外散射，成为制造新思想的根本思维方式。舍此，无法冲破旧传统，无法创造新观念。早已定型的整套理论传统，从规则到标准，难以脱胎换骨。因此，对20世纪的理论界而言，离散式思维是十分必要和宝贵的。20世纪西方文论成就斐然，也正建功于此。然而，凡事有度。离散式思维与收敛式思维相补充才是认识进步的根本之道。孤立且极端的离散式思维重在消解和否定，革命性意义大于建设性意义。理论的完成不仅要"破"，而且要"立"，更重要的一定还是在"立"。我们很遗憾地看到，当代西方文论界的一些重要学派，其思维方式的极端离散，严重伤害了自身建设，其理论意义和价值遭到怀疑。这种离散思维的极端性主要表现为以下几个方面：

第一，彻底的否定性。否定成为理论的基本思维方式和方法。这种否定是全面的、颠覆性的。对于历史，断崖式自绝于一切传统。一些重要的批评理论决绝地声称，自己的理论是全新的理论，与一切传统无关。形式主义的文论从作者转向作品，取消了一切与作者有关的研究，一直到后来喊出响亮的口号"作者死了"。结构主义被解构主义彻底粉碎，一切传统的批评方法都被抛弃了。不仅如此，有人坚决宣称：解构主义不是一个哲学、诗、神学或者说意识形态方面的术语，而是牵涉意义、惯例、法律、权威、价值等最终有没有可能的问题。这不仅是对文学，而且是对以往全部价值的彻底颠覆。不仅学派如此。就是一些理论家个人，对自己的理论进程不断否定和自新,也能看到这种断崖式否定的症候。米勒从新批评到意识批评再到解构主义,他对自己的持续否定,既体现了其不断进取、不断创新的革命精神,也体现了西方文论一波又一波无限延宕的自我否定。

第二,极端的相对主义。无限夸大事物存在的相对性,一切都是变动不居的,没有确定的事物,更没有确定的含义,把握事物的确定意义是不可能的。任意夸大认识的有限性,否定认识的相对稳定,停留于模糊性、多义性,质疑确定认知的存在和可能。拒绝一切中心和本质,消解真理的确定性和客观性,一切都是流动的、非决定的、不可比较与不可公度的。德里达声称:"没有真理自身,只有真理的放纵,它是为了我、关于我的真理,多元的真理。"① 这就把事物、认识、真理的相对性完全地绝对化。对文本的阐释而言,这种绝对的相对主义结论是:"文学文本的语言是关于其他语言和文本的语言;语言是不确定的;一切阅读都是'误读';通过阅读会产生附加的文本,破坏原有的文本,而且这个过程永无止境。"②

第三,完全的碎片化。反抗事物及认识的整体性和普遍性,主张碎片就是一切。在理论的整体性上,否决系统整一的理论追求,推崇学派与方法的孤立。新的学说一旦形成,便自绝于其他任何理论,声称与他人的理论没有任何联系。

---

① 刘放桐:《新编现代西方哲学》,人民出版社2000年版,第638页。
② 王逢振:《米勒:修辞的解构主义》,见米勒《重申解构主义》,中国社会科学出版社2000年版,第3页。

新批评的优越性，没有人能够否定。但新批评绝对地强调文学的内部因素，否定外部因素，彻底抛弃文学外部因素研究的理论要求，片面认定只有这个方法符合文学规律，陷入了极大的片面性。姚斯创立了接受美学，开辟了文学理论和批评的新空间，这是一个重大贡献。但是，如果声称"文学史不是别的，就是作品的接受史"，如此把其他因素完全排斥于文学之外，一切有益的理论和方法都弃之不顾，这样不仅是对其他理论意义的轻贬，而且也使自己处于单兵突进、孤立无援的状态。解构主义也是如此。任何客体的存在总是结构性的。无论这个结构是否合理。任何理论文本都是有结构的，包括解构主义的解构文本。但解构主义要彻底地否定结构，以为结构是不存在的，解构才是正宗。那么，没有结构何以解构？解构本身的程序和方法不同样是结构的吗？从方法论上说，理论的建构与扩张趋向偏执，以单体优势否定总体优势，以单项方法取代综合方法，以单向理论取代系统理论，如此偏执地狂飙突进，其理论后果只能是时代的理论图景流于破碎和混沌。对此，伊格尔顿坦言，对所谓后现代主义"粗率地说，意味着拒绝接受下列观点的当代思想运动：整体、普遍价值观念、宏大的历史叙述、人类生存的坚实基础以及客观知识的可能性"①。

（三）理论的生成方式

理论的生成方式，呈现时代理论的基本特征。20世纪当代

---

① ［英］伊格尔顿：《理论之后》，商正译，商务印书馆2009年版，第14页。

第一编　当代西方文论：演变与趋向

西方文论的生成，主要依靠从理论到理论的方式，也就是说，理论的主要来源不是文学的实践和经验，而是从理论到理论的繁衍。这从根本上决定了当代西方文论的生态状况。理论到底应该从哪里来？它为什么会决定一种理论，以至一个时代的理论特征？就总体的理论生成说，比如，我们称作的文学理论，它一定生成于实践和经验。是文学创作过程及成果在先，才有创作经验的总结和批评的实践发生。一个民族的文学理论，是本民族文学实践的总结。在这个过程中，可以而且应该有其他方面理论的渗透和交叉，应该有更抽象、更具有一般意义的理论的指导和推动。一个时代的思维水平和理论能力，也一定会对专业理论的发生与发展产生重大影响。但是，从根本上说，理论是实践产生的。推动理论生长的根本力量是实践，而不是理论自身。理论可以走在实践前面，否则，理论将失去意义。但是，所谓走在前面的理论，它的根基也必须是实践的，是一个时代的实践，包括物质和思想行为实践在内的理论总结。最根本的是，无论理论状况如何，生活的、创作的实践总是蓬勃地走在理论的前面，不会因为理论的混乱或落后而停止。企图用理论决定实践的念头是虚妄的。一般地讲，总是实践推动理论，而且，只有因为实践需要，围绕实践而生产的理论，才更有意义，同时，也才能具备更集中、更专业的领导力量。围绕文学实践或文本阐释展开理论，它的焦点相对集中于实践。实践的集束力量将理论吸引于自身，无论如何争锋对峙，无论怎样意见纷纭，其中心应该是明确的，就是要回答文学本身提出的问题。形式主义境界狭小，但它集中于文学文本,就文学的形式构造提出自己的理论。新批评肢解、破坏了文本,但是它受文本约束,其面貌是文学的,而非哲学、政治学及其他的理论。相反,如果理论主要依靠理论自身的繁衍而生成,特别是以文学场外的理论为中心而生成,文学只是其脚注和证词,它相对文学的离散程度一定会很高,很难避免因理论背离文学中心或本质问题而震荡,甚至完全迁移于文学以外而无边游走。我们以西方文论中两种理论的不同生成及效应来说明这个问题。

一是神话原型批评。以弗莱的原型理论的生成为例。我们认为,弗莱的原型理论是从现实的文学现象,以及文学自身的本来意义出发,总结和生成的。它是一种向心的力量,推动文学理论的发展向中心调整,抵消震荡。它的理论生成意义集中于以下两点。

其一,它是经验的。原型批评直接来源于对原始的民俗生活,特别是对原始祭祀仪式及神话的考察,并以现代精神分析理论为借鉴。弗雷泽的《金枝》是原型批评的主要理论资源之一。无论对这部著作的认识和评价如何,我们必须承认,它首先是一部对远古时代、原始部落人群实际生活的考察,其全部基础是经验的。弗雷泽对各民族古老巫术仪式、神话和民间习俗为对象进行的比较研究,为神话原型批评提供了实证基础和研究方法,使神话原型批评建立在可靠的经验基点之上。荣格的集体无意识学说,也是神话原型批评的重要理论来源。但是,集体无意识的理论,最终建立于对人类精神现象的研究。荣格更注重的是事实,即人类精神现象的事实,而不是抽象的理论。

他面对的首先是精神病患者的精神现象,他是由观察出发上升为理论的。"不幸的是,我很少采用新理论,因为我经验的脾性使我渴求新事实更甚于对这些事实的思索,尽管后者是——我必须承认——一种智力的愉快的消遣。"① 荣格的话证明了集体无意识理论,或者说原型理论的经验根据。对上述两种理论的经验基础,弗莱说:"弗雷泽在其巨著《金枝》中以朴质戏剧的仪式为基础所展开的研究工作,和荣格及荣格学派根据朴质的传奇作品对梦幻进行的研究工作,对原型批评家来说具有紧密相关的价值。"② 在这里,我们注意到,弗莱看重的是以"朴质的戏剧仪式"和"朴质的传奇作品"为基础的研究,而不是脱离经验的虚幻和空想。作为神话原型批评的集大成者,弗莱的理论建构也是依靠于经验的。尽管他就教于多伦多大学,一生潜心于书斋里的研读,但有资料显示,他曾深入原始部落里实地考察,其方式虽然有别于当今时代的田野考察,但对于原始历史和事实的认识,仍是一种"在场"的实际感受。这明显进步于弗雷泽的纯资料研究,哪怕他深入和驻留田野的时间很短。对此,弗莱是充分自信的。他认为基于观察的实际材料很难被驳倒:"读者任何时候都可向我提出像'某个问题如何解释?'这样的质疑,但是他们未必能摧毁笔者根据所搜集到的许多观察结果作出的论述。"③ 同时,弗莱认为,文学批评本

---

① [瑞士]荣格:《分析心理学的理论与实践》,成穷等译,生活·读书·新知三联书店1991年版,第2页。
② [加拿大]弗莱:《批评的解剖》,陈慧等译,百花文艺出版社2006年版,第155页。
③ 同上书,第41页。

身也是经验的,应该立足于社会事实,从事实中获取。他说:"由于原型是一种交际象征,所以原型批评主要把文学当作一个社会事实,一种交际类型。"① 因此,要从文学这个"社会事实"中发现和建构理论,就必须坚持对文本和作品进行详细的阅读和分析,通过对文学事实的归纳整理,找到批评的规律和根据,而不能从理论出发,又结束于理论。弗莱要求自己:"批评的基本原理需要从它所研究的文学艺术中逐渐形成。文学批评家应做的第一件事就是阅读文学作品,用归纳法对自己的领域有个通盘的了解,并且只有从关于该领域的知识中才能形成他的批评理论。"②

其二,它是文学的。弗莱的理论是为了纠正新批评琐碎的理论倾向,并建立自己整体的批评系统。他始终以文学为对象和中心,坚决抵制场外理论对文学批评的非正当侵蚀。他认为当时的文学批评在所谓科学性方面,存在诸多问题,往往成为脱离文学的"离心"运动。这种运动,一方面转向历史事件;另一方面转向哲学。他对他之前所有的批评理论提出批评,认为那些理论没有独立的地位,具有明显的寄生性,深重地依附于哲学、历史学、社会学、心理学,等等。弗莱主张,文学批评的客体必须是文学艺术,文学批评理论要有界定清晰的研究对象,是一门独立的学科。他认为,"称批评隶属于一种来自于外部的批评态度,无异是夸大了文学中那些与其他外部根源有联系的价值,不管这是什么

---

① 转引自朱刚《二十世纪西方文论》,北京大学出版社 2006 年版,第199页。
② 同上书,第8—9页。

根源。把一种文学之外的系统方法强加给文学委实太容易了,这类系统方法往往是一个宗教—政治的滤色镜,既可使一些诗人崭露头角,又可使另一些诗人黯然失色"①。他进一步批评:"所有的决定论,无论是马克思主义的、托马斯主义的、自由人文主义的、新古典主义的、弗洛伊德的、荣格的还是存在主义的,通通都是用一种批评态度来顶替批评本身,它们所主张的,不是从文学内部去为批评寻找一种观念框架,而都是使批评隶属到文学以外的形形色色的框架上去。"他尖锐地指出,批评不是文学外的某种东西,"批评原理无法从神学、哲学、政治学、科学或这些学科的任意结合中现成地照搬过来"②。在弗莱本人的理论实践上,我们可以清楚地看到,尽管弗雷泽和荣格都是其神话原型理论的重要思想来源,但是,弗莱与他们的最大区别就是,弗莱的理论以文学为中心,系统解决文学自身的问题,提出关于文学理论的系统观念和方法,且不评论这些观念与方法的价值。而后者则集中于人类学和心理学,文学只是一种理论需要的引证或注脚。对此,荣格也有清醒的认识。他知道心理学对艺术研究具有极大的局限性。"如果宗教和艺术的本质真可以从心理学角度去解释,那么它们岂不成了心理学的分支","艺术的本质是什么?这一问题,不可能由心理学家来回答,只能从美学方面去探讨"③。

二是解构主义理论。以德里达的理论生成为例。我们认为,

---

① [加拿大]弗莱:《批评的解剖》,陈慧等译,百花文艺出版社2006年版,第9页。
② 同上。
③ [瑞士]荣格:《心理学与文学》,冯川等译,生活·读书·新知三联书店1987年版,第120页。

德里达的解构主义是从其哲学、政治理论出发的。尽管它对文学理论的建构影响深远,但是,它讨论的文学现象及理论的根本目的,是证明解构主义的立场和思维,是为丰富它的一般社会批评理论填充的内容。从文学理论的建设上讲,它是一种离心的力量,推动文学理论的发展背离中心,因此而生产巨大的震荡。其表现集中于以下两点。

其一,如果从文学理论的意义上讲,它的生成是非文学的。众所周知,解构主义思潮生成于20世纪中叶西方社会重大演变时期。特别是与"五月风暴"的兴起与受挫直接相连。伊格尔顿不无嘲笑地说:"后结构主义是从兴奋与幻灭、解放与纵情、狂欢与灾难——这就是1968年——的混合中产生出来的。尽管无力打碎国家权力的种种结构,后结构主义者发现还是有可能去颠覆语言的种种结构的。总不会有人因为你这样做就打你脑袋吧。学生运动被从街上冲入地下,从而被驱入话语之中。"[1]就在这个时期,哲学家德里达作为代表,以他的一系列重要著作宣示了解构主义的核心理论。其基本出发点是对古希腊以来文明传统中根深蒂固的"二元对立"政治制度及思维传统以解构。通过这种解构,不仅打破原有系统的封闭状态,同时也要引领一个完全解构的局面,用无中心、无本质、无等级的新秩序,替代他所深恶痛绝的"逻各斯中心主义"。用伊格尔顿的评述说:"'后现代主义',我认为,粗率地说,意味着拒绝接受下列观点的当代思潮运动:整体、普遍价值、宏大的历史叙

---

[1] [英]伊格尔顿:《二十世纪西方文学理论》,伍晓明译,北京大学出版社2007年版,第139页。

述、人类生存的坚实基础以及客观知识的可能性。它怀疑真理、一致性和进步,反对他所认为的文化精英主义,倾向与文化相对主义,赞扬多元化、不连续性以及异质性。"① 对德里达而言,解构主义从来就不是"文学批评理论",而是广泛的"批评理论";其理论的"能指"和"所指",本意上从来就不是文学,而是政治和社会。"德里达显然不想仅仅发展一种新的阅读方法:对于他来说,解构最终是一种政治实践,它试图摧毁特定思想体系及其背后的那一整个由种种政治结构和社会制度形成的系统借以维持自己势力的逻辑。"②

其二,消解文学的文学性。从解构主义的理论倾向来看,它的主要锋芒应该是哲学和政治的。颠覆传统与社会批判是它的理论旨归。作为尼采式的哲学家,德里达一方面要打破哲学和文学之间的壁垒,主张哲学也是"一种特殊的文学类型",应该"从它的形式结构、修辞组织、文本类型的特殊性和多样性、其表述和生产的各种模式来研究哲学文本"。另一方面,他从根本上质疑,是否存在一个文学理论家所痴迷的"文学性"意义。德里达说:"文学空间不仅是一种建制的虚构,而且也是一种虚构的建制","没有内在的标准能够担保一个文本实质上的文学性。不存在确实的文学实质或实在"。由此,追求文学的本质就成为徒劳。③ 在解构主义的学派上,

---

① [英]伊格尔顿:《理论之后》,商正译,商务印书馆2009年版,第14页。
② [英]伊格尔顿:《二十世纪西方文学理论》,伍晓明译,北京大学出版社2007年版,第128页。
③ [法]德里达:《访谈:称作文学的奇怪建制》,见《文学行动》,赵兴国等译,中国社会科学出版社1998年版,第39页。

哲学和文学的关系也是以哲学为主,文学为辅,所谓文学理论只是一个传声的工具。一个事实好像很难否认:许多欧洲哲学家的著作和思想,是通过文学理论家而非哲学家传播到英美的。海德格尔、法兰克福学派、萨特、福柯、德里达、塞瑞、利奥塔、德勒兹,基本上如此。就这一意义而言,正是文学理论家,在建构"理论"这个新的文类中,作出了最大的贡献。更进一步的是,随着理论的转向和消解,文学理论已不再是文学的理论,对文本的阐释沦落为其他理论的脚注,对文学已确乎为隔靴搔痒了。对此,卡勒评论说:"文学理论的著作,且不论对阐释发生何种影响,都在一个未及命名,然经常被简称为'理论'的领域之内密切联系着其他文字。这个领域不是'文学理论',因为其中许多最引人入胜的著作,并不直接讨论文学。"①"这使理论,或者说文学理论,成了一块热闹非常的竞技场。"②

以上比较,并不代表我们对这两种不同理论及方法的评价。它们各有自己的历史价值。从理论生成的路线讲,神话原型理论扎根于文学经验和实践,更符合理论创造的规律,但这并不意味着其结论都是正确合理的。比如,弗莱的春夏秋冬的循环论就有些荒唐。从文学理论的历史走向上看,它是一种向心的力量,它在失去20世纪西方文论的震荡后向内聚拢。我们绝不否认解构主义的批判力量,更不否认德里达

---

① [美]乔纳森·卡勒:《论解构——结构主义之后的理论与批评》,陆扬译,中国社会科学出版社1998年版,第2页。
② 同上书,第5页。

的理论贡献和对当代西方理论发展的巨大影响。但是，必须承认，解构主义的理论主体，不是从文学本身生长的，不是文学经验的归纳和总结。它的影响越大，对文学理论本身生成的离心力就越大。它造成了当代西方文论发展的巨大震荡，鲜明地表达了当代西方文论的基本特征，并表明这种震荡趋向顶点，这既是教训，也是贡献。

三　基本走向

危机孕育了革命。按照理论发展的一般规律，在经历过混沌期后，常态的理论生长必然是稳定共识期、震荡调整期、系统整合期这三个阶段的周期性演变。[①] 在前一部分，笔者重点探讨了当代西方文论的基本定位问题，"如果说以浪漫主义、现实主义理论为代表的19世纪，依然算作一个有大体共识，稳定而略有震荡的理论时期，那么，以形式主义为先锋的20世纪文学理论，则由旧的稳定共识期进入新的震荡调整期。其典型特征是，短短百年的时间里，大量的思潮、学派相互否定和替代，大量的思想家、理论家不断产生和消失，许多曾经宏大盛行的学说和方法不断走上顶峰并衰落，许多难以为传统所接受观点和见解流星般升起又瞬间陨落。众声喧哗，却难有主流声音；学派林立，却只见矛盾和冲突，当

[①] 参见张江《关于西方文论分期问题的讨论》，《外国文学研究》2015年第2期。

代西方文论的最终价值和走向始终混沌不清。"① 由此出发，笔者认为，经过一百多年的震荡和调整，当代西方文论的发展，接下来应该进入一个稳定共识的新时期。在笔者看来，这既是理论发展规律衍生出的自然结果，也是当代西方文论未来发展的应有范式。

（一）转型的条件已经具备

目前，当代西方文论向稳定共识期跃进的基本条件已经具备，大规模的系统融合已见端倪。

第一，当代西方文论发展演进至今，一些重要的理论流派及其思想方法，已经成熟、强大起来，潜移默化地影响着其他理论流派的生成和发展，逐步形成聚合效应。对当代西方文论一百多年的发展而言，历史上和当下流行的各种理论，大多都有应该给予充分肯定的优势。许多重要学派和理论，对文学理论的重新构建，做出独特而重要的贡献，一些优秀的理论方法，产生巨大的影响力和带动力，引领了当代西方文论的基本走向。马克思主义文论就是如此，在文学基本理论的阐释上，它不仅具有系统性和完整性，而且方法论意识鲜明，具有其他文论所不具备的广度和深度。按照齐泽克的解释，这种优势在于马克思主义能够提供一种社会科学的分析批判基体，几乎所有看上去与政治、经济无关的现象，诸如文学、艺术、道德、法律、宗教等，都能在基体中得到充

---

① 参见张江《西方文论分期问题讨论——当代西方文论基本定位》，《外国文学研究》2015 年第 3 期。

分澄清。① 如果用库恩的理论来说明,那就是因为马克思主义文论采用了历史唯物主义的科学范式,它的理论力量就在"应用范围和精确性两方面"凸显出来,成为左右当代西方文论发展的核心力量之一。② 结构主义、后结构主义、解构主义、女性主义、后殖民主义等,无不与马克思主义文论有着承继关系。世纪之交兴起的发生学批评、新亚里士多德主义、幽灵批评、超物质批评、空间批评等,也浓烈地透露着马克思主义文论的色彩。从某种意义上说,马克思主义文论已经成为各种新生理论的先导和基础,未来出现的文论流派几乎很难绕过它。当然,海德格尔与伽达默尔的新解释学文论,姚斯和伊瑟尔等人的接受美学文论,萨特与雅思贝尔斯的存在主义文论,拉康和齐泽克的新精神分析文论,等等,也都因为其新的方向性开拓和方法的进步性而取得了建树,从费耶阿本德的"理论增生"原则来说,这些具有范式引领作用的文论必将起到聚集、融合作用,引领当代西方文论走出繁杂曲折的震荡调整期,步入新的稳定共识期。

第二,百年理论扩张的过程中,各种学说和观点的相互交锋与冲撞,多种思潮和学派的摩擦与融合,特别是一些重要观点的进退起伏,推动理论生长走上一条波浪式前进的道路。一些学派和思潮,经历了自身的否定之否定,偏执的结论趋向温和,狭窄的视野转向宽阔,以容纳和接受对立面的合理认知为

---

① [斯洛文尼亚]齐泽克:《意识形态的崇高客体》,季广茂译,中央编译出版社2002年版,第22页。
② [美]托马斯·库恩:《科学革命的结构》,金吾伦、胡新和译,北京大学出版社2003年版,第21页。

新的生命因子，为理论的调整和丰富捕捉了重大生长机遇。根据辩证法的理论，矛盾的运动经过自身"否定之否定"，其相互对立的因素被扬弃，事物将进入一个似乎回归原点的更高境界，新的要素占据主导位置，事物的性质发生根本变化。当代西方文论的发展也难逃这个基本规律，众多流派你来我往，各种思潮相互融合，形成相互依存又相互批判的矛盾统一体。这个矛盾统一体尽管前后抵牾、否定和批判的特征明显，但是它们在前后更迭的运动中也一定要相互搭接、借鉴，不断地改造和超越自己，形成平行四边形的合力，构成既是自身又不同于自身的全新形态。

最明显的莫过于后结构主义和解构主义的反超与混合。解构主义以否定结构主义而生，但是，在否定中解构对结构的"范式"借鉴十分明显。海登·怀特就曾指出德里达解构主义面具后隐藏着彻底的结构主义，甚至说他是"结构主义的俘虏"[1]。解构主义同时借鉴了语言学和符号学，运用新批评的"文本细读"实现自己。这表明，理论的否定和扬弃，本身就是一种整合、否定和扬弃的结果，是新理论的生成。

另一个典型的例子是新历史主义文论。尽管新历史主义的代表人物彼此之间在理论上具有相当的差异性，但他们总体上都反对形式主义、结构主义和新批评。后者强调摒弃历史语境而对文学语言和文本结构作封闭式研究，无视作者存在与读者

---

[1] White Hayden, "The Absurdist Moment in Contemporary Literary Theory", In Murray Krieger & L. S. Dembo eds., *Directions for Criticism, Structuralism and Its Ternatives*, Madison: The University of Wisconsin Press, 1977, p. 85.

的创造，无视文学文本的历史意义和文化精神。新历史主义也否定传统历史主义，否定所谓"历史决定论"，强调"文本的历史性"与"历史的文本性"。但就新历史主义对文艺复兴文学的研究事实看，它既没有忽视文学语言和文本结构的研究，也没有放弃马克思主义关于文学与历史的互动研究。他们只是通过理论整合提出一种新的文学分析方法，极端放大了"文本的历史性"。看看格林布拉特对莎士比亚等其他 6 位文艺复兴时期作家的研究，不仅重视作家气质的形成及其意识形态性，而且"关注这些人物创作中字词与生存权力结构的'错位'状态"①。由此我们也能看到新历史主义试图恢复文学研究的整体性和系统性的努力，尽管它实际上并未做到这一点。从个体文论家的理论生成来说，融合旧的理论以形成有效解决文学之谜的新理论，也成为一种趋势。罗兰·巴特从"写作的零度"起步，把结构主义、马克思主义、符号学等融为一体，开辟了后结构主义文论；雅克·拉康将精神分析、语言学和结构主义融合，拓展了后结构主义；杰姆逊的政治批评吸纳了拉康、福柯、马克思主义、后现代主义等诸多理论；米勒的解构主义批评融合了新批评、接受理论、精神分析。这样的例子数不胜数。如前所言，融合本身即扬弃和否定，即在剔除前在理论的片面性的基础上，努力实现整合理论的目标，应该说是一种明显的趋势。这种扬弃、否定式融合，隐匿在剧烈的震荡表象之后，有力地推动文论生长的系统整合。这一趋势也将会引领当代西方

---

① 王岳川：《当代西方最新文论教程》，复旦大学出版社 2008 年版，第 395 页。

文论步入新的稳定共识期。

　　第三，重要的理论基点不可阻挡地趋向统一。首先，文学理论基本建构整合倾向。符号学、哲学、社会学、心理学、政治学、人类学等，这些曾经引发当代西方文论剧烈震荡的学科，为文学理论的发展提供了丰富的思想资源，一些重要的理论观点，转化为以文学为对象的阐释理论，在本体论、认识论、方法论上，有效地消解各方面的分歧，形成渐进统合的理论图景。海德格尔、伽达默尔的新阐释学，罗曼·英伽登的文学作品层次论和价值论，荣格、弗莱的神话原型批评，姚斯、伊瑟尔的文学接受理论，福柯、拉康、巴特等人的后结构主义文学理论，或将文学作品作为精神观照的核心，或聚焦于文学的接受机制和阅读理论，或探寻文学演进的机制，文学化地推动了当代文论的扩张。如果从不是很挑剔的角度来说，这些理论在很大程度上已经将哲学、符号学等学科的思维模式和经典方法内化于文学的理论。文学理论对于比邻学科的借鉴，甚至于对自然科学方法的借鉴，必须有一个文学化的过程，即将其他学科的理论转化为文学的理论和具体批评的方法，简单而生硬地套用其他学科的理论，必将造成强制阐释的后果，进而影响文学理论自身的建构。在倡导多元化实践的时代，有效吸收比邻学科的理论来系统建构文学理论，已经成为一种趋势。其次，文学理论回到文学，已经成为强烈信号。拉曼·塞尔登在《当代文学理论导读》的最后部分详尽地描述了这种认识趋势：卡宁汉呼吁人们要"老练地"细读文本；乔纳森·贝特呼吁老师和学生们应当首先掌握文学研究的基本功——版本目录学，而不是什么"主义";朱夫林和马尔帕斯则强调文学研究要突出文学"作为审美现象的独特感"①。这些观点本质上并非怀旧,而是对文学理论内在发展趋向的一种把握,因而他们同样重视文学与社会、政治、文化之间的"正确关联"。20世纪90年代末兴起的新唯美主义,同它以前的各种主流文学理论相对抗,强烈呼吁回到文学自身,其代表人物伊莎贝尔·阿姆斯特朗在2000年发表的专著中写道:"要提出新诗学,就必须挑战反审美的诗学,第一桶金理论基础,改变讨论的术语。"她批评伊格尔顿的《审美意识形态》是"反审美政治表达",直接挑战把十四行诗看作"巩固阶级纽带"的"怀疑阐释学"②。这是一个不应该忽视的倾向性回归。再次,系统整合既有文论的时机趋向成熟。这种认识已经部分地体现在已有的文论流派评价中。比如人们对待西方马克思主义文论诸派别的看法,大多是肯定性的,这是因为它们不仅侧重文学与政治、社会的关系,同时也兼顾作者、读者与文本的研究。相反,那些完全否定文学研究其他可能的文论派别,如新批评、形式主义、结构主义、解构主义等,却饱受诟病,而各种"后主义"——后结构主义、后现代主义、后殖民主义、酷儿理论、复杂性理论等,更是因为打断了"文学四要素"的关联而遭到更强烈的反对。这表明,文学理论的系统整合要求已经构成共识。笔者曾明确表示,文

---

① [英]拉曼·塞尔登等:《当代文学理论导读》,刘象愚译,北京大学出版社2006年版,第331—334页。
② [英]彼得·巴里:《理论入门:文学与文化理论导论》,杨建国译,南京大学出版社2014年版,第299页。

学研究必须走"外部研究和内部研究辩证统一"的路线①,也正是在探究各种理论流派的褊狭基础上得出的结论。

第四,学界近年来对当代西方文论的深刻反思为理论整合提供了有利条件。当代文论场内的反思激情一直未见消退,而从21世纪开始,热情和努力高潮迭起。尖锐而深刻的批评和反思不断挑战着占据舞台中心的狂舞者。首先,体现在对当代文论悖论性运行的反抗上。主义一个接着一个地诞生,相互之间既有借鉴又有否定,而否定甚于借鉴。后结构主义和解构主义对结构主义的质疑,提出"新阅读理论";而意识批评、主体批评和思想分析等新社会学批评又构成了对新阅读理论的抗争。安德鲁·鲍伊直言不讳地指出:"法国那种过分的后结构主义已经导致英语文论界的反击,它自20世纪70年代末期就已遭到有意的蔑视,而原先对之持有好感的人也发生了转向,文学并非单纯的意识形态,是到停止解构的时候了。"② 从反思的结果上看,它呈现出一枚硬币之两面:一面是"单数的、大写的理论迅速地发展成了小写的、众多的理论,……孵化出了大量的、多样的实践部落";另一面则"出现了一种表面上更传统的立场和偏好的转向"③。21世纪初叶的文学理论似乎印证了这一点,不断扩张的"散居族裔批评"、身份理论、跨性别批评、空间批评、超物质批评等,无非是传统社会学批评的改头换面,

---

① 张江:《当代西方文论若干问题辨识》,《中国社会科学》2014年第5期。
② 参见[英]安德鲁·鲍伊《对德国哲学与英国批评理论之调解》,周晓亮译,载《差异》第2辑,河南大学出版社2004年版,第275—276页。
③ [英]拉曼·塞尔登等:《当代文学理论导读》,刘象愚译,北京大学出版社2006年版,第9页。

它们只是戴着"后"时代的面具而已。质疑、批判、解构之后的反思总是伴随着建设性的意图,人们重新诉求,文学理论应该提供文学的阅读经验和文本的文学批评。其次,大规模反思也无例外地加入震荡与调整的过程,以震荡推动调整,以调整产生震荡,在周而复始的震荡与调整中,建构新的现代文学观念。乔纳森·卡勒、米歇尔·福柯、保尔·萨特、罗兰·巴特等人,不断追溯现代文学观念如何跳离传统文论规约的范畴,在消解的历史中建构出一种现代文学概念发展史。当代文论不同观点之间的相互解构,也揭示了当代文论建构的方向,即必须进行相互包容与接纳的系统整合,生发新的共生共容的理论与方法,文学理论的建构才有更大的时代性成果。向什么方向建构,我们无法规定,但是,依据文学自身特征,依据文学发展的基本规律,依据文学的服务对象对于文学的本质要求,选择和决定文学及文学理论的走向,应该是个基本道理。有一个事实值得重视,就连解构主义盛行的美国文论界都开始呼喊"文学性"了,出现了一股不小的"反对……'政治化'或'政治正确化'的新潮流"[①]。当然,这种批判潮流并非一味地强调审美的"文学性",而是强调依据文学事实的批评和理论,强调检阅文学运转的环境和机制,强调梳理文学理论的核心范畴,不仅是回归传统,而是企图在系统整合震荡期内的理论基础上建构符合共识的文学理论。

(二) 系统发育及其必要性

何谓系统发育?在理论层面上定义这个范畴,总的是指:

[①] 李欧梵:《文学理论·总序》,参见[美]韦勒克、沃伦《文学理论》,刘象愚等译,江苏教育出版社2005年版,第7页。

（1）一个成熟学科的理论，大体上应该是一个完整有序的系统，在这个系统中，各方向的专业分工相对明确，配套整齐，互证互补。（2）在理论生成和发展的整个过程中，某个方向的理论可能走得超前一点，快一点，具有开拓和引领的作用。但是，随之而来的，其他方向的配套理论必须接续上来，逐步构成一个能够解决本学科基本问题的完整体系。（3）同时，系统内不同方向的研究，其水平和深度应该大抵相当。某一方向的单兵突进，各方向之间的相互隔绝，会使整个系统处于不健全、不完整、不稳定的发育状态。无是非的矛盾，无标准的争论，无意义的相互诋毁，使整个学科面临常态化的危机，理论的有效性受到质疑，理论的发展成为空话。管理学上的所谓"短板理论"就是很好的说明。

当代西方文论百余年的努力，各个学派，各种思潮，诸多思想家、理论家的发明创造，让我们继承了前所未有的理论和精神财富。同样，各种理论的隔阂，各种学派的矛盾，以至于一个独立学说，一位独立的思想家自身学说内部的自相矛盾，让理论的未来走向混沌不清。对理论充满热情和自信的伊格尔顿，对此也一筹莫展。这让我们想起一个学者在总结19世纪自然科学发展历程时留下的启示。其大意是，每一门科学在其刚刚开始创立的时期，其主要工作是掌握现有的材料，这是一项基础性工作，在每一个领域都必须从头做起。然后，经过漫长的努力，经验的科学获得了巨大的发展和极其辉煌的成果，达到了一个可以证实自己各个领域之间联系的水平，进入这个阶段，科学家要做的另外一件事情是，在深入掌握全部已有材料

第一编　当代西方文论：演变与趋向

的基础上，展开全面的归纳、概括、整合，把以往的经验科学提升为理论科学，转化、跃升为完整的知识系统。由此，一个重要的时代就要庄严开启，在这种概括与综合当中，新的伟大的发现将喷薄而出。在19世纪的当时，影响人类历史命运的三大发现（能量守恒定律，细胞学说，进化论），就是遵循这一过程和路径产生的。我认为，这个总结是对人类一般认识进程的总结，是对理论生成、发展、上升路径及其规律的总结。这是不是可以启示我们，当代文论的构建、发展也进入了这样一个时代——一个归纳、概括、整合前人伟大成果的时代？

"19世纪后期的文学批评呈现了一种前所未有的多元化格局。还从未有过以往哪个时代，像这一时期的文坛那样派别林立，意见纷呈；也从未有过以往哪个时代，像这一时期的批评那样充满对峙，争执不已。现实主义、自然主义、唯美主义、象征主义、科学主义、印象主义……各种文学思潮和批评方法在一时间纷纷登场，而且每一种见解都被推向了极端，使19世纪后期文学批评成了一个人声鼎沸的争论场所，一个行情动荡的证券交易市场。"[①] 这是一位中国学者在描述和评价19世纪后期西方文论状况时写下的一段话。事实上，这仅仅是当代西方文论的一个序曲，正式演出的大幕尚未开启。在此后一个多世纪的时间里，当代西方文论纷乱复杂的局面远超于此。从积极的意义上说，这种流派林立、思潮迭起、众声喧哗的局面，极大地释放了理论的活力，没有权威，没有遮蔽，人人皆可发

---

① 杨冬：《文学理论：从柏拉图到德里达》第2版，北京大学出版社2012年版，第220页。

声,话语权平等。但是,其消极意义也显而易见。在这样一个嘈杂的话语场中,躁动和偏执成为普遍的症候,没有人愿意理智而客观地回望既往的理论成果,进而从中汲取合理的要素,寻找新的突破口,建立一套新理论。结果,推翻,重建,再推翻,再重建,成了理论发展的常态。自身的内耗严重阻碍了理论向纵深发展。正如有学者总结的那样,"当今西方的各种文学理论和批评不仅呈现出碎片化、杂糅、拼贴的特征,而且都极力表明自身与众不同的特色,力图成为'马赛克'中的一种色彩,既不愿意吸纳他者,也不愿意被他者吸纳。这种各自为政的'马赛克'局面,正是极力追求'多元化'的后现代的典型特征,也是当今西方思想和文化的基本面貌"[①]。基于此,在我看来,文艺理论发展至今,我们目前最迫切的任务,不是再创出几个流派,也不是再造出一套或几套迥异于以前的理论,而是将心态放平和,重新检省和打量以往取得的成果,开放视野,打通壁垒,让文艺理论在汲取以往成果的基础上走向系统发育。

需要说明的是,从震荡调整到系统发育,这个理论演进的路线,不仅是一个成熟学科的演进规律,而且是一种成熟理论、一个有成就的理论家的进步路线。当然,前提是这个理论和理论家是始终处于进取和上升状态,这个演进路程也是有限的,基本只能是一个周期。为说明这个理论生长的完整周期,我们可以与一位理论家的成熟理论做一比较。按照海克尔个体发育

---

① 阎嘉主编:《文学理论精粹读本》之《导论:21世纪西方文学理论和批评的走向与问题》,中国人民大学出版社2006年版,第2页。

第一编 当代西方文论:演变与趋向

与系统发育一致性的理论,个体发育过程重演系统发育历程,个体发育与系统发育历程呈现平行关系,我们来看希利斯·米勒的理论生长路线,是怎样完成从稳定共识到系统整合的。米勒的文学批评是从新批评起步的。在此之前的学习积累,如何走上新批评的道路,笔者没有考察。但有一点可以肯定,他是经过比较、选择而确定了新批评的方向。对米勒的学术生涯而言,这是一个稳定的时期,在这个时期里,他的各种思想和观点,他对文学及文本的认识和分析,都共识于新批评的框架之内。然而,这个过程不长,新的思想、新的理论、新的观点,在他的稳定期中不断产生,震荡和调整悄然发生,大约在他25岁以后,受法国现象学批评家布莱的影响,他转向了意识批评。《狄更斯的小说世界》是这个时期的代表作。这个转向是一个过渡,是他最终形成自己解构主义立场和思维方式的震荡调整,大约15年的时间,他的理论倾向实现了从意识批评向解构批评的转化,一些文章和著作鲜明表露了他的演变和进化。20世纪60年代的后半期,米勒与艾布拉姆斯展开论战,完成了他解构主义转向的宣言书《作为寄主的批评家》,终于开始了他的解构主义的进程,以《小说与重复——七部英国小说》为代表,成为"耶鲁四人帮"的重要成员,美国解构主义学派的代表人物。

从他的思想演变进程来看,第一,他的理论进程是完整的。从稳定共识开始,经过震荡调整,达到自身理论的系统整合。特别是在20世纪60年代末到70年代初的这一段时间里,从意识批评到解构主义的震荡与调整是明显的。第二,这个过程是连续的，具有合理的否定和继承，由文本细读到作品整体分析再到解构的颠覆，新批评的传统和方法贯穿始终，这在著名的解构主义代表作《小说与重复——七部英国小说》中体现出来。有学者评述："如果说，他的批评生涯从语言开始（新批评），而后离开语言而走进意识（意识批评），那么，当他接受解构主义之后，他重新回到语言，用米勒自己的话来说，就是'运用语言谈语言'。"① 这个轮回与调整是鲜明的。第三，作为理论家个体，他的周期完整性已经实现，生命和限制，理论创造性的限制，使理论进步的无限周期得以终止。米勒的个体理论发生与演进，与系统的文艺理论发生及演进方式是一致的，可以从一个侧面证明我们的理论分期的正确意义。

我们还可以从一条独立的理论线索来证明理论分期与定位的合理性。以叙事学为例，远在2500年前，柏拉图在他的《理想国》第三卷中就给"纯叙事"下了定义。亚里士多德的《诗学》中的文学六要素，"情节"就在首位。用现在的眼光看，亚氏的情节就是叙事。但这个叙事是史诗的叙事。19世纪以后，以法国的福楼拜、美国的亨利·詹姆斯为代表的现代小说理论奠基人，将小说创作的注意力转向叙事技巧。但这也没有形成气候。早年的形式主义注重了这方面的研究，但历时不长；新批评对叙事的研究重在诗歌而对小说叙事的影响很小。从整个叙事学的生成和发展历史来看，直至20世纪60年代结构主义兴起以前，小说叙事学处于一个混沌生成时期，也就是一种

---

① 朱立元：《前言》，见［美］J. 希利斯·米勒《小说与重复——七部英国小说》，王宏图译，天津人民出版社2008年版，第4页。

独立的理论生长的第一阶段。叙事学的真正成熟，按照伊格尔顿的评价，应该以格雷马斯、托多洛夫、罗兰·巴特，以及热拉尔·热奈特的理论建树为标志。① 笔者认为，这就是叙事学理论生长的第二阶段。在这个阶段，以热奈特为代表的叙事学理论完成的早期的探索，形成了成熟且被普遍接受的理论形态，学科建设进入稳定共识阶段。然而，因为结构主义的退场，解构主义的兴盛，叙事学的稳定共识期很快就过去了。对于这个时期的叙事理论，20世纪末就被称作经典叙事学了。所谓经典，是因为它坚持了形式主义以来的传统，仅仅聚焦于文本的形式技巧的研究和分析，而隔断了作品与社会、历史、文化的联系。近二十年来国内外学界有一个共识：结构主义叙事学即经典叙事学脱离文本语境的偏执立场是错误的。解构主义对单一的普遍的理论模式深恶痛绝。对结构主义叙事学做出重大贡献的巴特就这样嘲笑自己过去的立场："据说某些佛教徒凭着苦修，终于能在一粒蚕豆里看出一个国家。这正是前期的作品分析家想做的事：在单一的结构里……见出全世界的作品来。他们认为，我们应该从每个故事里抽出它的模型，然后从这些模型里得出一个宏大的叙事结构。我们（为了验证）再把这个结构应用于任何故事。"② 新的震荡和调整由此开始，解构主义要彻底颠覆经典的叙事学理论，更重要的是立场，经典的叙事学要维护自己的学说，坚持自己的立场。就是这种震荡，这种

---

① ［英］伊格尔顿：《二十世纪西方文学理论》，伍晓明译，北京大学出版社2007年版，第100页。

② ［法］罗兰·巴特：《S/Z》，转引自朱立元《当代西方文艺理论》，华东师范大学出版社1999年版，第298页。

相互冲突中的调整，让充满困惑的叙事学面临新的道路和选择。它的未来应该向哪里去？我不能预测。但有一点我们满怀信心：按照理论生长发展的基本规律，它必将进入一个新的历史阶段，这就是系统整合阶段。在这个阶段里，叙事学会将以往的全部理论精华及合理因素集合熔炼起来，创造新形态，达成新共识。进而又是新的震荡和调整，以至无穷。

（三）如何走向系统发育

系统发育，理论之后的理论。这是笔者想提供的一个思路，也可以称作理论的系统发育思想。这个系统发育体现在两个方面。从历时性上说，它应该吸取历史上一切有益成果，并将它们贯注于理论构成的全过程；从共时性上说，它应该融合多元进步因素，并将它们融为一体，铸造新的系统构成。理论的系统发育不仅是指理论自身的总体发育，而且是指理论内部各个方向、各个层面的发育，相对整齐、相互照应，共同发生作用。系统发育是理论成长的内生动力，也是一个理论、一个学科日趋成熟的重要标志。这一思想，在笔者之前的系列文章和访谈中，已有零散的呈现。①

笔者曾经在文章中提出过本体阐释这一概念。② 本体阐释和系统发育在基本理路上是一致的。本体阐释无意缔造体系，但希望给出正确的认识和阐释路线，以及多学说共生发育的理论系统。本体阐释的基本思路是，坚持以文本和文学为本体，

---

① 参见《当代文论重建路径：从强制阐释到本体阐释——访中国社会科学院副院长张江教授》，《中国社会科学报》2014年6月16日。
② 参见《本体阐释论》，《中国社会科学内部文稿》2014年第5期。

核心阐释、本缘阐释、效应阐释三重阐释互补互证，对文本的原生话语、次生话语、衍生话语做确当阐释。指出正确的阐释路线，确定恰当的阐释边界，承认和肯定再生话语的界外发生意义，刻画一个相对完整、自洽的整体批评方法。也许会有一种误解，以为本体阐释只是将已有的各种理论杂糅起来，重走前人的老路。这是可以理解的。本体阐释的目标之一，就是尽可能地汲取各学派之优长，努力克服其所短，并充分考量理论和批评面临的矛盾和困境，提出具有系统性、规范性意义的理论和批评方法。本体阐释为跨越理论断崖、消除理论鸿沟、推动理论持续共生进步提供可能的思路。本体阐释主张的各方向的阐释，历史上都有过极端的理论和实践。但是，真理迈多一步就是谬误。任何好的理论和方法，单兵突进，不及其余，终究要走向末路。系统发育是优化理论、最大限度发挥理论潜力和作用的根本之道。本体阐释拟构建稳定共生的发育系统，不是简单的理论综合，而是多方面成熟理论的融合共生。社会历史研究，读者接受研究，传统的承载与延伸，文本的形式艺术研究，等等，都不是孤立的、分裂的，而是相互融合，相互照应和相互补充并证明的。正因为如此，我们希望，本体阐释能够成为一个具有系统发育构成和超强张力的优长理论，是一个有前途的理论。

关于系统发育，有三个问题必须说明。

其一，如何吸纳不同流派、不同学科的思想成果。不同流派之间思想成果的吸纳似乎容易一些，同一学科之内，面对的研究对象相同，面临的基本问题相通。在这里笔者着重谈一下如何吸纳不同学科的思想成果。近年来，跨学科的研究范式成为新趋势。文学理论也加入这一趋势当中。我们承认，文学理论的发展需要借鉴学习其他学科理论和方法。在一些语境下，其他学科理论的应用是必须的，具有重要而积极的意义。但是，要注意的是，其他学科理论及其研究方法被引渡到文学学科之内，必须立足于一个正确的前提，即其他学科理论的文学理论化。否则，生硬地嫁接和移植，很难给文学及其理论的发展以更多的、积极的意义。比如，自然科学领域内的诸多理论和方法，因其严整性和普适化，晚近以来常被挪用于文学场域，淬炼成文学批评的有力武器。符号学移植数学矩阵方法，生态批评使用混沌理论概念，空间理论起点于天文学和物理学时间与空间范畴，等等，都属此类。但是，这些借用并不都是成功的。法国结构主义文论家格雷马斯借用数学的方法，设立了叙事学上著名的"符号矩阵"：任何一部叙事作品，都可以将其内部元素分解成思想因子，纳入这个矩阵。矩阵的四项因子交叉组合，构成多项关系，全部的文学故事就在这种交叉和关系中展开。詹姆逊曾用这一方法分析过中国古典小说《聊斋》中的篇章，结果令人失望。究其原因，就是因为在将数学研究方法纳入文学的过程中，并没有进行文学理论化。

其二，对研究者个人而言，系统发育不是要求做面面俱到的研究。系统发育，强调更多的是作为宏观的文学理论，各个维度之间、各个理论流派之间要形成有机的整体，构建一个健全而完整的体系。而不是彼此割裂，互相隔绝，或者单支茂长，畸形膨胀。这种系统性，对于全面完整地把握文学的本质、特征、规律，具有非常重要的意义。但是，对于单一的研究者个体，不能做这样的苛求。从文学研究的自身规律来讲，无论是阐释文学的本体属性，还是形成一篇批评文章，都需要确定一个角度，企图囊括所有角度、博取所有研究方法，是根本不可能的。换言之，在实践中，面对一部文学作品，研究者可以从形式的维度去阐释它，分析它的语言、韵律、节奏等，进而将这些规律上升为理论。也可以从神话原型的角度去探寻文本的历史秘密，揭示某一文学母题的历史轨迹。还可以从读者接受的视点重点考察作品的阅读接受规律，等等。这都是被允许的、合理的。重要的是，研究者一定要明白，这仅仅是切入和阐释作品的一种方式，而不是偏执地认为这是唯一的方式。并且，以接受美学理论为例，如果研究者在立足读者接受这一视点的同时，能够更加理性和客观地认知到世界、作者、文本、受众之间不可割裂的内在关联，认识到作者在文本意义赋予中所占据的地位，而不是狂傲地宣称"作者死了"，我相信，这对他自身的研究也会大有裨益。

其三，系统发育不是要用一元取代多元。有人可能会产生误解，以为倡导系统发育，就是要打造出一种囊括所有理论和方法优长的研究范式或批评模式，进而用它来取代当下多元并存的格局。从一元到多元，这是历史的进步，我们不可能推历史的倒车，逆历史潮流而动。在前文中我就强调过，无论是本体阐释，还是系统发育，都无意缔造体系。系统发育，不是一种理论，而是理论发展的一种状态，一种超越震荡调整期芜杂、繁乱、无序的新状态，是理论发展的更高阶段。对现有的理论和学说，它不是替代，而是充盈，即通过有机的系统发育，让各种流派、各种理论、各种思潮都能在捍卫自身的前提下彼此借鉴、吸纳，最终更好地发展自己。在人文社会科学领域，没有任何一种理论是十全十美的，无论这种理论诞生于哪位大师之手。打破狭隘的单一视角，从横向和纵向的更广阔领域汲取智慧，是理论自我完善、自我发展的必由之路。多元胜于一元。但是，当下文学理论的多元并存，徒有其多，多而无序。多元并存应有的彼此砥砺、相互促动效应并没有真正发挥出来。引入系统发育的思想，不但不会将多元扼杀为一元，相反，还会更加有利于多元的发展，从而在整体上推进文学理论的繁荣。

当代文论发展到今天，繁荣喷薄的局面并没有给人带来多少欣喜，相反，疑虑和困惑越来越多。"理论已死"的宣告，"理论向何处去"的追问，已是20世纪末以来文学理论界屡见不鲜的话题。就连在文学理论上耕耘一生的伊格尔顿，面对理论之后的理论发展，也不无苦恼地发问："新的时代要求什么样的新思维呢？"[①] 我们似乎能够听到他苍老的声音，忧心忡忡又满怀期望。历史决定论有其偏颇之处，这个早已被历史所证明。但是，历史之于当下，仍然有价值和意义。从历史中梳理出文学理论发展的基本规律，以此作为指导，给文学理论的未来走向做一个预判，是理论研究的题中应有之义。并且，理论研究者有责任和义务，积极主动地推动理论尽早尽快地迈向系统发育。这个时代要求我们，以极大的理论勇气和宽广视野，对包括中国文论在内的以往一切有益成果，对20世纪西方文论

---

① ［英］伊格尔顿：《理论之后》，商正译，商务印书馆2009年版，第4页。

第一编　当代西方文论：演变与趋向

狂飙突进的理论遗产，以科学的概括和总结，形成一个完整的理论和批评方法的体系，或许是我们解决伊格尔顿困惑的有效途径。

一百多年的纵横激荡，当代文论在这个周期内停留的时间已经足够长，它在这一阶段的历史任务已经完成。今天，它向下一个周期跨越的条件和时机已经成熟。但是，这仅仅是条件和时机。系统发育的真正实现，还有赖于整个学界有意识的推动。需要说明的是，系统发育虽然包含诸多合理要素，也是当前理论发展的必要选择，但是，这并不意味着它永远是理论发展的理想状态。当系统发育形成的新的稳定共识期达到成熟，再一次的震荡调整又将形成。如此周而复始，不断前进。按照分期论的观点，这是理论发展的必然规律。

中国文学理论的发展也迫切需要引入系统发育思想。长久以来，我们一直在呼吁和期盼中国文学理论体系的建构，但时至今日，收效甚微。有学者曾不无自豪地讲，新时期以来的三十多年，我们终于完成了对当代西方文论的追赶，也就是说，我们今天的理论发展已经与西方同步。细究起来，这里面存在很大的问题。其一，我们所谓的追赶，仅仅限于对西方理论的搬运和移植，所谓的同步，无非是西方流行什么，我们也在第一时间引入什么。真正源于本土、富有自己民族特色的文学理论还相当匮乏。其二，国内对当代西方文论的引入，基本是历时性的。从20世纪80年代开始，精神分析批评、存在主义、西方马克思主义文论、结构主义、符号学、接受美学、解构主义、后殖民主义，等等，潮水一般轮番登场。这其中虽然也有共时性的交叉和重叠,但主体是历时性的浪浪相逐,一种学说进来没几年,旋即被另外一种学说洗刷替代。这就导致了中国文学理论在横向和纵向的有机性、系统性方面更为薄弱的结果。浪潮涌过,即成历史,不停地在追逐所谓的"新",对"旧"的东西缺少反思的兴趣。中国文学理论体系的建构,要吸纳一切有益成果。在理论上,没有所谓的新和旧,每种理论都是一种独特的看世界和文学的角度和方法,都有合理的因子存在。尤其要积极吸纳中国传统文论的智慧和精华。中华五千年的历史,积累了大量文学理论遗产,这是打造中国文学理论体系的重要思想资源。要做到这些,必须实现文学理论的系统发育。事实上,所谓体系,本身就包含了系统发育的意指。

理论中心论

从 19 世纪末到 20 世纪后期，西方文艺理论的发展经历了从"以作者为中心"到"以文本为中心"再到"以读者为中心"的三个重要阶段。在这三个历史阶段中，各个中心话题分别生成和衍化出诸多重要理论和学派。这些理论和学派各有优长，彼此之间的交叉渗透和主题论争也时有起伏。但是，直面当下，我们可以做出这样一个判断，即经过百年发展和嬗变，西方文论的总体格局已经发生深刻变化，从 20 世纪 80 年代开始，以后现代主义特别是解构主义的兴起为标志，当代西方文论总体放弃了对以"作者—文本—读者"为中心的追索，走上了一条理论为王、理论至上的道路，进入以理论为中心的特殊时代。其基本标志是，放弃文学本来的对象；理论生成理论；理论对实践进行强制阐释，实践服从理论；理论成为文学存在的全部根据。短短 100 年间，西方文艺理论的中心话题多次转移、变换，后者否定、阻绝前者，从以作者为中心到以理论为中心，从没有文学的庸俗社会学批评到没有文学的文学理论，经过一条闭合循环的行进路线，无奈地回到起点，给我们以深刻的警醒与启示。

一　对象的变换与迁移

任何一种成熟的理论，都有自己确定的对象。理论依据对象而生成，没有对象就没有理论。放弃和改变对象，理论就不再是关于该对象的理论。从发生学的意义上讲，对象先于理论而存在，对象在自身运动中展现其规则和动律，提供给人们以逻辑和理论归整的必要条件。理论的成长，由感性和表象的体验出发，经过反复归纳推理，零碎散乱的表象集合抽象为概念、范畴，再由实践多重调整校正，形成与对象本身生成及运动规律相一致的规则、范式，最终达到深入本质、把握规律的理论目的。从功能论的意义上讲，理论的功能是认识和把握对象，指导乃至改造对象，实现理论到实践的转化。理论依据对象丰富发展自己，对象依靠理论服务指导自己，理论在与对象的互动中显现和印证自身，对象在理论的指导下调整和丰富自身。对象的存在决定理论的存在，对象消失了，理论就失去了存在的根据，或早或晚也要随之消失。就学科发展而言，任何一个学科的创生都是以具体对象的创生和存在为前提的。具有实践能力的对象，在其发展进程中，不断地提出问题、创造话题、建制论域，由此保证和推动学科的生成和延续。从学科独立的意义上说，其研究对象的清晰存在是学科成立并保持下去的第一根据。失去了确定的对象，学科及其理论将不复存在。离开确定的学科论域，学科的理论也难以维系。一个对象模糊、论域失范的学科，不可能成为有生命力的学科。对象的存在和生

第一编　当代西方文论：演变与趋向

长是学科存在和生长的必备条件。

20世纪的西方文论，经过分别以作者、文本、读者为中心的不同阶段的演进，其历史脉络清晰而完整。对此，学界早有共识。在演进过程中，尽管"三个中心"的理论盘亘交错且多有融合，但主流的思潮和学派的地位难以动摇。19世纪及以前的文学理论和批评，以文本生成的社会历史背景为主要指向，其阐释与批评的锋芒集中于作者，与作者相关的历史传统和社会语境分析构成文学批评的基本内容。以作者为中心，弃绝或忽略对文本自身的研究，此类非文学的社会分析与考量，远离文学的本来意义，为理论的变革和进步提供了有利契机。因此，20世纪初期的俄国形式主义，开始推进当代西方文论的语言论转向。这个转向以索绪尔的深刻创意为主线，把文学理论的核心目标集中为文本的形式与技巧。由此起始，经过语义学和新批评学派，特别是经过结构主义、符号学、叙事学的延宕和深化，牢固确立了以文本为中心的立场与倾向。一些重要口号，如所谓"作者死了"和"文本之外别无他物"等，把这个历史性追索推向极端，为新的理论生产打开了缺口。20世纪60年代，以姚斯为代表的接受美学，直指以文本为中心的弊端，瓦解了单纯以文本为中心的理论的历史。作者不在，文本不在，读者成为决定文本以至文学存在的唯一根据；没有读者，一切文学创作和文本书写都不可能完成和实现；文学史成了作品被接受的历史。接受美学以对作者和文本的双重否定，再一次改变了西方文论的行进方向，以读者为中心的理论开始引领潮流。无论如何评价以前"三个中心"的理论意义和得失，至少有一点可以断定，以作者、文本、读者为中心的理论和批评,其追索目标及思维路线是基本一致的,即都是以理论自身之外的文学实践及活动结果为对象,构建和丰富理论本身。应当说,在这个历史过程中,理论与自身对象的关系是清晰的。以作者为中心,其理论对象是作者。作为文学实践的行为主体,他们(作者)的创造与书写构成文学活动的核心。研究作者,通过作者关涉文本,其理论的对象是正当的,理论的合法性据此而成立。以文本为中心,理论的对象是文本。文本是文学活动的结果,是具体文学过程的重要节点。以文本为中心展开研究和阐释,是以对象为基点建构和推进理论,为理论生产确立了实践依据,理论生成的认识论根基牢固而可信。以读者为中心,理论的对象是读者及读者对文本的理解和阐释,其合理性在于,读者作为文学活动的直接参与者,他们对文本的理解和阐释,对作者的书写及其文本意义产生影响。通过对读者的理解的分析,既可考察作者书写是否确当表达其意图,也可证明文本播撒的意义和影响。读者参与的文学活动,应该是理论研究的确切对象,是理论生成的重要源头与根据。据此,我们判断,"三个中心"的理论以现实文学实践、文学结果、文学传播过程为对象,通过对实践活动的认识和总结生成理论并指导实践,理论的对象集中于文学,为文学的生长服务,理论的存在是必要的,且理由充分。

但是,从20世纪后期诸多思潮和流派的演变来看,当代西方文艺理论似乎离此渐行渐远。其基本流变和倾向是,文艺理论不以文艺为对象,而以文艺场外的理论为对象,借助或利用文艺作品膨胀和证明自己,"文艺理论"的存在受到质疑。具体表现在以下三个方面。

一是放弃对象。文学理论不讨论文学,而是以自身为目的,借助文学讨论和证实自己;文学理论的骨干线索远离文学,成为理论本身的自我膨胀和无边界话语。乔纳森·卡勒认为,20世纪60年代以来的文学理论,"已经不是一套为文学研究而设的方法,而是一系列没有界限的、评说天下万物的著作,从哲学殿堂里学术性最强的问题到人们以不断变化的方法评说和思考的身体问题,无所不容。'理论'的种类包括人类学、艺术史、电影研究、性别研究、语言学、哲学、政治理论、心理分析、科学研究、社会和思想史以及社会学等各方面的著作"①,但就是没有文学,文学理论放弃文学对象而自成一统,文学理论不再有自己特定的边界,文学理论不再论文学,不再是关于"文学"的理论,而是飘摇和徘徊于文学之外的他物。

二是关系错位。理论与对象的关系被彻底颠倒,文学理论不是来源于对象并依靠对象而存在,而是文学对象依靠于文学理论,离开了文学理论,文学研究和评论活动便失去理由,一切都从理论出发,由理论生成对象。在一个具体的批评展开以前,必须首先立足于一套现成的理论,以这个理论为框架去规范和制约批评的方向与结果。比如,没有拉康的导引,就没有资格谈论抒情诗;不用"福柯关于如何利用性征和女性身体的歇斯底里化的阐述,还有加亚特里·斯皮瓦克对殖民主义在建构都市主体中所起的作用的认证",也就没有资格评论维多利

---

① [美]乔纳森·卡勒:《文学理论入门》,李平译,译林出版社2013年版,第4页。

亚时期的小说。① 于是，人们抱怨文学研究中"非文学的讨论太多了，关于综合性问题太多了（而这些问题与文学几乎没有任何关系），还要读太多很难懂的心理分析、政治和哲学方面的书籍"②。这充分证明了理论与对象关系的严重错位，非对象性的理论在生成和建构理论的对象。

三是消解对象。"'理论'已使文学研究的本质发生了根本性变化。"③ 文学是什么，文学理论是什么，这样一些基础性的文学元问题被彻底消解。既然理论本身把哲学、语言学、历史学、政治理论、心理分析等各方面的思想融合在一起，所谓的文学研究就没有必要去正视他们所要研究和解读的文本究竟是不是文学。由此，人们对西方文艺理论的最普遍的责难，当然就是"它借用其他学科的概念来统治文学"，"主张一切阐释均等有效"，从而"威胁到文学研究生死攸关的存在理由"④。

现在的问题是，以理论为中心的理论有没有自己的对象？回答是肯定的，理论在以自身为对象，而这正是后现代文艺理论以理论为中心持续展开的重要标识。这些对象是理论自己制造和培植的，主要来自文学场外的其他学科。文学理论放弃自己的对象展开自身，并自称为"理论"，这个理论不研究文学，对文学实践活动没有任何认证或指导作用，其文学的价值和意义又在哪里？历史上一些理论和学派的生成之所以可能，且可

---

① ［美］乔纳森·卡勒：《文学理论入门》，李平译，译林出版社2013年版，第16页。
② 同上书，第1—2页。
③ 同上书，第1页。
④ ［美］乔纳森·卡勒：《论解构——结构主义之后的理论与批评》，陆扬译，中国社会科学出版社1998年版，第10页。

第一编 当代西方文论:演变与趋向

以留存下来持续发生影响,甚至会成为基本思想因子,像空气和影子一样无意识、非自觉地发挥作用,无一不是对象明确、指称清晰、为对象所生的理论。形式主义就是一个很好的证明。形式主义的确立,是以对象的确定性为前提的。前面说过,形式主义以前的理论,其研究对象是作者,是文本生成的哲学、政治、科学、宗教等历史话语,或社会、经济、文化现实对作者及其书写的影响。毫无疑问,这些背景内容是与文学直接或间接相关的,且最终落实于文本和文学。但是,形式主义并不满足于此,它要以更精确的独立对象为目标,确立自己的理论基点,使文学理论进一步文学化。

艾亨鲍姆特别强调:

> 在"形式主义"者看来,唯一涉及原则问题的,不是文学研究的方法,而是作为研究对象的文学。①
>
> 我们所从事的工作从实质上讲,并不是要建立一种永恒的"形式方法",而是要研究语言艺术的特殊性;它所涉及的不是方法而是研究对象。②

---

① [俄]艾亨鲍姆:《"形式方法"的理论》,参见[法]茨维坦·托多罗夫编选《俄苏形式主义文论选》,蔡鸿宾译,中国社会科学出版社1989年版,第19页。同时见艾亨鲍姆《关于"形式主义者"问题的争论》中的表述:"问题不在于文学研究的方法,而在于建构文学科学的原则,亦即该学科的内容,研究的主要对象,以及建构作为特殊科学的文学问题。"参见[爱沙尼亚]扎娜·明茨、伊·切尔诺夫编《俄国形式主义文论选》,王薇生编译,郑州大学出版社2005年版,第256页。

② 艾亨鲍姆:《"形式方法"的理论》,参见[法]茨维坦·托多罗夫编选《俄苏形式主义文论选》,中国社会科学出版社1989年版,第48页。

真可谓一语中的。形式主义能够成为一个重要的学术流派而发生作用,其根本点就在于重新确立具有广阔理论空间的对象,并锁定对象作持续深入的研究和开掘。正是这个对象选择,使形式主义流派取得重大成就,开辟了20世纪西方文艺理论研究的新方向。对象的清晰,决定理论的清晰;对象的确定性,决定了理论的确定性。这就从根本上保证了形式主义的研究方法,成为普遍的研究范式,深刻影响了整个西方文论研究的走向,引导和带动了诸如新批评、符号学,甚至结构主义旗帜下的诸多理论思潮和学派,成就了20世纪西方文艺理论的阔大格局。现在看来,虽然形式主义的一些观点和方法已经过时,但它确立的理论对象,更确切地说它以文学自身的独立性为对象,建立和展开理论,使文学理论成为关于文学的理论,其影响广大而深远。形式主义作为文学理论进入历史,没有人能够怀疑。

二 理论的生成路线

理论的生成路线,即理论从哪里出发,落脚于哪里,是我们判断西方文论发展进入以理论为中心的历史阶段的重要标志。其总体倾向是,文艺理论不是从文艺经验和实践出发,而是从概念和范畴出发;概念生成概念,范畴生成范畴;理论是唯一的出发点和落脚点,理论成为研究和阐释的中心。从原生理论看,以场外理论的强制征用为基础,自我推演、自我认证,制造凌驾于文学之上的空洞话语。强制征用之所以能够大行其道,几乎成为当代文艺理论的基本建构方式,就是因为理论本身失去了从文艺经

第一编 当代西方文论：演变与趋向

验与实践生成和发展理论的能力，只能从文艺场域之外，强制征用本来与文学和艺术无关的各种理论，规约和解构文艺。与此同时，诸多场外理论，强制反征文学艺术，借经典之名，膨胀和播撒自己。从次生理论看，仅以原生理论的已有概念和范畴为对象，制造新概念，模拟新命题，推演新范式。许多次生理论，仅仅是为了阐释原生理论，为原生理论作注解或说明，重复的理念，重复的语言，为"论"而生，因"论"而亡，既不必创新，亦不能守成，似乎就是为了理论而理论。从理论的应用看，以歪曲文学经验、强制阐释经典的方式，推行和认证理论。文学成为理论的侍女，任人随意打扮。同一个文本，置于不同的理论之下，生产完全不同的意义；同一个理论，针对不同的文本，生产完全相同的意义。目的论、独断论的阐释，令人难以理解和接受。"作者死了，文学与世界全然无关，同义现象本不存在，所有的阐释都有价值，经典乃非法概念。"[①] 理论成为与文学现实没有联系的纯粹思维运动，成为从概念到概念、从范畴到范畴的随意堆砌和推演。理论本身成为无须证明似乎也无法证明的东西，它不仅是自身的标准，而且是不可拒斥的现实的裁判。理论成为真正的王者，被赋予天马行空般的神秘力量。

这样的理论路线，鲜明地承袭了近代以来从笛卡尔起始，经过休谟、康德一直到黑格尔的唯理论路线，将绝对的理性主义进一步推向极端。20世纪中后期大行其道的后现代主义，曾奋力超越理性的束缚，极力否定逻各斯中心主义、本质主义，

---

① ［法］安托万·孔帕尼翁：《理论的幽灵》，吴泓缈等译，南京大学出版社2011年版，第244页。

抵抗宏大叙事，然而，无论怎样挣扎，却依然挣脱不了传统理性的巨大惯性，以更加极端的方式，让脱离现实、脱离实践的理论彻底主宰了自己。这样一条思想和理论路线，是黑格尔早已走过并做了系统规整的老路，他的"绝对精神"的展开和演变，就是当下文论路线的直接映照。这条路径的大致方向，从概念论的意义说，主观概念是客观事物生成的根据。事物之所以能够产生并存在，完全依赖于主观概念，概念外化为客观事物。概念在先，存在为后。"概念最初只是主观的，无须借助于外在的物质和材料，按照它自身的活动，就可以向前进展以客观化其自身。"① 从真理论的意义上说，真理并不是主观认识对客观事物的正确反映，而是概念自身的实现。"理念就是真理"，一切客观事实符合理念就是真理，概念及理性成为认证真理的标准。"概念的形式乃是现实事物活生生的精神。现实的事物之所以为真，只是凭借这些形式，通过这些形式，而且在这些形式之内才是真的。"② 从绝对观念论的意义上说，绝对观念是最深刻、最具体的概念，是一切对立的统一，理念实现并超越自己，生命与认识、主观与客观、理念与意志完全统一起来，纯粹思想、纯粹概念转化为自己的反面，外化为客观自然和客观实在。理念以自身为对象，理念包含了全部的真理。"理念作为主观和客观的理念的统一，就是理念的概念。——这概念是以理念本身作为对象，对概念来说，理念即是客体。——在这客体里，一切的规定都汇集在一起了。因此这种

---

① ［德］黑格尔：《小逻辑》，贺麟译，商务印书馆1980年版，第378页。
② 同上书，第331页。

第一编　当代西方文论：演变与趋向

统一乃是绝对和全部的真理，自己思维着自身的理念，而且在这里甚至作为思维着的、作为逻辑的理念。"① 检点后现代主义理论武库，诸多思潮和学派，包括那些坚定反对理性主义、主张非理性、主张意志论的学说，依然在重复着黑格尔一直崇尚并实际运作的老旧手法，在思维方式和理论推演路线上了无新意。就某些所谓后现代主义理论而言，伊格尔顿认为，其出发点就是"拒绝接受下列观点的当代思想运动：整体、普遍价值观念、宏大的历史叙述、人类生存的坚实基础以及客观知识的可能性。它怀疑真理、一致性和进步，反对他所认为的文化精英主义，倾向与文化相对主义，赞扬多元化、不连续性以及异质性"②。这是从1968年以法国"五月风暴"为肇始的欧洲政治运动的"兴奋与幻灭、解放与纵情、狂欢与灾难的混合中产生出来的"政治和社会理论及思潮，③ 而非文学场域内自生的经验和理论。有人把它们移植到文学场域之内，碾碎了文学理论依据文学经验和实践自我生长的规律，生造出诸多强加于文学的概念，曲解和消费文学，使文学理论远离文学。比如，解构主义本是一种思想和思维运动，是形而上的哲学思辨，作为"一种政治实践"，"它试图摧毁特定思想体系及其背后的那一整个由种种政治结构和社会制度形成的系统借以维持自己势力的逻辑"④，但是，僵硬甚至暴力地把它挪进文学场域中来，以

---

① ［德］黑格尔：《小逻辑》，贺麟译，商务印书馆1980年版，第421页。
② ［英］伊格尔顿：《理论之后》，商正译，商务印书馆2009年版，第14页。
③ ［英］伊格尔顿：《二十世纪西方文学理论》，伍晓明译，北京大学出版社2007年版，第139页。
④ 同上书，第128页。

这个理论——如果是一种理论的话——为基点制造理论，文学话语突变为"理论"和对文学历史及经典文本的解构之旅，文学理论走上以理论为中心的歧途。解构主义的出发点不是文学，它的思想根源和历史根基，它的理论企图和价值取向，都不是文学和文学经验的诉求。但是，在当代西方文论中，包括当下中国文论领域，以德里达的理论为理论的"理论"汗牛充栋，甚至成为一个难以躲避的灾难。德里达生生制造了"延异"这个概念，其造词的目的，从大的方面说，是要抗击逻各斯中心主义，颠覆西方哲学传统；从小的方面说，是要使他"关于文字不能被简单视作言语之再现的说法，使每一种意义理论同时既被确认又被颠覆的问题"更加鲜明地凸显出来。① 这是标准的哲学概念，思辨至极，生涩至极。造词者使用这个词，揭露和批评索绪尔语言学中被遮蔽的逻各斯中心主义。文学理论家运用这个词，无中生有地阐释文本，让文本幻化为解构主义的谜团，或者去让文本"自动地解构自己"，以证明文学从来就是解构语言的游戏。显然，这已不是文本的确当阐释，而是一种理论的展开，是一个概念依附于文本展开和实现自己，借文学证明理论、扩大影响。在这里，文学既不是对象，也不是目的，只是一种用以证明自身的工具而已。这种以理论为中心，以概念制造客体，以抽象规定颠覆文本的理路，在后现代主义的文本观上表现得更加突出。文本的含义由理论任意生成和决定，完全是理论的自由展开和自我实现。以概念的"延异"显

---

① ［美］乔纳森·卡勒：《论解构——结构主义之后的理论与批评》，陆扬译，中国社会科学出版社1998年版，第82页。

现自身，以理论的能动外化客观意义，颠覆文本，解构文本，强迫文本服从概念并反证概念，将文本据为己有，使对象成为"自己的"私产，实际上就是黑格尔的"实践的理念"，也就是所谓的"意志"，在对客观对象的改造甚至颠倒重建的过程中，外化自己、实现自己的当代镜像，透彻显现了理论中心的主导和决定意义，经验与实践的被动与从属的消极处境。理论外化文本，文本证明理论，解构主义，就是以"陌生化"的场外理论，颠覆对文学本身的研究，极大地歪曲了文学理论的学科形态，文学理论失去了对文学的意义。

同性恋批评也是如此。从起点上看，"同女性主义批评一样，同性恋批评有着自己的社会和政治目标，尤其体现出针对社会的'对抗性设计'"[1]。正是在一种"对抗同性恋恐惧，对抗异性恋……以及在对抗异性恋为理想和制度，赋予其特权的行为中，同性恋研究日益增长"的社会政治潮流下，同性恋话语进入文论领域，同性恋批评成为同性恋研究的组成部分，成为同性恋运动的借助力量。同一切从场外进入文学研究的理论一样，同性恋批评要做的最重要的事情就是，寻找确立载入正典的同性恋作家，寻找主流文学中与同性恋有关的情节，制造同性恋话语的文学图景，证明同性恋批评的正当性与合法性。他们就是要尽一切努力，把正典作家和经典文本，紧紧贴附于同性恋诉求重新加以审视，并以此为主线，重写全部文学历史。凡此种种，诸多场外理论大肆侵袭的直接结果是，文学理论的整体气象与文学无关，成

---

[1] ［英］彼得·巴里：《理论入门：文学与文化理论导论》，杨建国译，南京大学出版社2014年版，第137页。

为各种深奥繁复的非文学概念和范畴的无序组合,"就是一大堆名字(而且大多是些外国名字)比如雅克·德里达、米歇尔·福柯、露丝·依利格瑞、雅克·拉康、朱迪恩·巴特勒、路易·阿尔都塞、加亚特里·斯皮瓦克"①,成为"竞新斗奇或骇人听闻的理论"的竞技场。②

后现代主义的文艺理论,就以这些名字为中心开展,以这些名字构建学科,文学理论研究者,就以这些名字为中心,成就或顿挫自己的事业,什么作者、文本、读者,包括文学及其理论,不再是文学理论的主流话语。理论以及理论的名字成为文学理论的中心。

三 阐释的强制方式

以理论为中心,理论成为文学存在的根据。文学的研究与批评从理论出发,研究、阐释文学和文本,再反证理论。问题的关键在于,各种所谓理论,包括形而上学的思辨哲学,都要入侵文学,以文学为武器,宣扬自己的学说,而这些理论却不是从文学生成或出发的理论,不是文学的直接经验的映照和总结,理论者却硬要以理论为基准阐释和规整文学。这就迫使理论的阐释方式发生根本性变化,所谓强制阐释也就成为必然。

---

① [美]乔纳森·卡勒:《文学理论入门》,李平译,译林出版社2013年版,第2页。
② [美]乔纳森·卡勒:《论解构——结构主义之后的理论与批评》,陆扬译,中国社会科学出版社1998年版,第5页。

第一编 当代西方文论:演变与趋向

强制阐释是指,阐释者从既定的立场和目的出发,对文本作符合论者主观意图及前置结论的阐释,而不论这个文本是否具有与论者主观意图和结论相关的任何线索和因素。[①] 在人们的理解与阐释的过程中,强制阐释是经常可见的方式。中国古代就有"我注六经""六经注我"的治学之道。在许多学者那里,"注我"与"注经"就是以强制阐释的方式展开和实现的。南宋理学家朱熹对此就有批评,称以经典为名强制阐释文本的方法是"只借圣人言语起头,自演一片道理","直以己意强置其中"[②]。几乎同一时期,中世纪的罗马教会,全权掌握和垄断了对《圣经》的阐释。路德宗教改革的目的之一,就是改变教会对《圣经》的独断论阐释,意即教会按照自己的意志和利益,对文本实施的强制阐释,回到经文的本义。但是,当时这些强制阐释的现象还是无意识和非自觉的,或者说还是非理论化的。然而,到了19世纪中期以后,由尼采的"重估一切价值",到李凯尔特的价值哲学,特别是经过克罗齐的绝对历史主义,断定"一切历史都是当下的历史",再到海德格尔、伽达默尔的本体论阐释学,从阐释者意志出发,以理论为先导、理论主宰文本的强制阐释似乎已成为正统。在这种思想潮流的主导下,各种各样的理论纷纷涌入文艺理论与批评领域,努力寻找同情和佐证。

为什么会出现这种局面?乔纳森·卡勒说得好:"有鉴于文学以全部人文经验为其题材,尤重于经验的整理、解释和联

---

① 张江:《强制阐释论》,《文学评论》2014年第6期。
② 转引自潘德荣《西方诠释史》,北京大学出版社2013年版,第530页。

结，各种理论工作之受益于文学。"① 文学是经验的，男人与女人之间的关系，是文学亘古不变的主题，女权主义的政治和社会诉求，会在这里找到无数同情的眼泪；文学要描写人类万千复杂的心理并猜想它的生产机制，精神分析学说以至实证病理研究，能够得到神话般的确证；社会物质生活条件对人类的束缚，人类追求自身解放和自由的斗争，是文学最生动的历史和当下书写，存在主义、文化唯物主义、后殖民主义都会在这里攫取巨大的阐释空间。更为重要的是，文学的虚构性，为理论的扩大与膨胀提供非逻辑推演的巨大空间，所有的理论都可以挤进文学，而无须逻辑证明。对此，德里达从不隐瞒自己。他承认要颠覆二元对立的统治，要实现如此沉重阔大的抱负，必须"通过一种双重姿态，双重科学，双重文学，来在实践中颠覆经典的二元对立命题，全面移换这个系统"②。德里达毫不隐晦他"双重文学"的追索意义，在他那里，文学是实现解构主义目的的文学，是表达和证明解构主义的文学。然而，现实的问题是，文学是否能够担负起这个责任，具体说，那些被历史选择和为读者承认而流传经久的文本，能够驯服地为理论服务，或者说理论能够在文本中如愿找到自己吗？似乎很难。在许多时候几乎难以实现。安贝托·艾柯坚决反对神秘主义的符指论者把兰花的两个球径类比于睾丸；③ 伊格尔顿调侃："莎士比亚

---

① ［美］乔纳森·卡勒：《论解构——结构主义之后的理论与批评》，陆扬译，中国社会科学出版社1998年版，第4页。
② 同上书，第72页。
③ ［意］安贝托·艾柯：《诠释与过度诠释》，王宇根译，生活·读书·新知三联书店1997年版，第59页。

第一编　当代西方文论：演变与趋向

不太可能认为自己是在描写核战争"①。马尔克斯在与门多萨谈及《百年孤独》时，说自己在其中临时设计情节，引诱批评家上当，果然有人受骗，让作家本人极尽嘲笑。②但是，玄妙的理论家们不会就此罢休，他们要实现自己的理论目的，要以理论为中心，强制阐释文学为理论所用，无论这个文本的核心内容是否符合理论。特别是在溯及历史经典文本的情况下，当下的理论、后人的理论，强制套用于历史文本，以今天的立场和视角重新编排历史，其理论野心霸道无边界地弥漫与膨胀。且不论那种毫无文本根据和依靠的强制阐释，就是那些似乎有相关迹象的线索的强制阐释，是否合理、确当，也值得我们认真讨论。

其一，文本中呈现某种理论试图阐释的情节和意识，但这种书写是作者无意识的书写，或者说非主题、非自觉的书写，文本中涉及与理论相关的片断现象和感受，此时此地，阐释者硬把某理论套用于文本，证明文本是这个理论的结果，文本证明了理论的正确。对这种现象应该如何认识？比如，我们用当代的生态批评理论来阐释中国古代陶渊明的山水田园诗，并给他贴上生态主义者的标签，且更加夸张地指出，陶渊明是全球生态主义运动的先驱者，是不是合理的？在陶渊明的诗歌里，"采菊东篱下，悠然见南山"一类的句子俯拾皆是，音韵优美，词语清新，立场鲜明，生态意蕴丰富，理论家可以用当下生态

---

①　[英] 伊格尔顿：《二十世纪西方文学理论》，伍晓明译，北京大学出版社2007年版，第68页。
②　[哥伦比亚] 加西亚·马尔克斯、P. A. 门多萨：《番石榴飘香》，林一安译，生活·读书·新知三联书店1997年版，第104页。

理论的所有概念、范畴、逻辑,给陶诗以尽情演绎和发挥。但是,我们必须正视的是,陶渊明退隐田园、寄情山水的根本动因是,"他对当日的政治社会,表现了强烈的厌恶",面对当时的环境与现实,他既无力拨乱反正,又不能同流合污,"逼得他不得不另找寄托生命的天地","追求他的理想,保全自己的品质"①。陶渊明寄情田园,歌颂或者描写自然,并非生态的自觉,更非主义的斗争,而是对他所处时代政治与社会的反抗。

其二,相关书写,而且是自觉的相关书写,虽然只是片断而非主旨,甚至可以看成是某理论的表现或端倪,但如果扩大为自觉的主旨描写,而且是在某理论指导下的自觉书写,对这类现象该如何认识?劳伦斯的名著《查特莱夫人的情人》,相信没有人认为这是一部生态主义的文本。如果我们抱定这个立场,用生态主义的眼光去寻找有关自然与环境的描写,男女主人公对自然的热爱,对大自然的欣赏和敬畏,对现代工业及其造成的环境污染的痛恨与谴责,绝对可以做出生态批评的优秀文本。但是,书写者的本意不是如此,文本的核心意义也不是如此,如果我们硬要做出生态主义的强势压迫,阐释的公正性、合法性当然要受到质疑。

其三,碎片扩张,亦即从文本中找到若干与理论相关的碎片化描述或议论,便根据理论需要,作出符合论者意志的阐释,甚至扩大为对整个文本及作者书写意图的定性分析。对这种现象应该如何认识?众所周知,奥威尔的《一九八四》是一部政

---

① 刘大杰:《中国文学发展史》上卷,上海古籍出版社1997年版,第306—307页。

治小说。奥威尔自己就明确表达,他为政治而定,写的是政治。在整个文本中,只有不是很多的几处描写与自然和环境有关。文本的起笔,就是一段对风和沙土的描述。风是阴冷的;大厦的玻璃门挡不住旋风卷着沙土。小说主人公温斯顿与人偷情时,一路上"盛开欲迷人眼的蓝铃花","树林更深的地方,传来了斑鸠的咕咕叫声",主人公甚至抱怨了"伦敦那混合煤烟的空气已经渗进他的皮肤毛孔"①。很明显,这些对自然和环境的描写,是为小说的政治主旨服务的。如果我们根据生态批评理论的需要,将文本借题发挥为生态主义文本,可以肯定,这样也可以做得非常玄妙和学术,然而,越是如此,就越是牵强和暴力,完全是令人难以接受的强制阐释。

我们从来没有否定生态主义理论的积极意义,我们质疑的是以理论为中心的思维方式与批评方法。以理论为中心考察文本,必须处理好以下三个问题。

一是自在与自觉。文本中的理论表达,有自在和自觉之分。对文本的定义,应该以文本的自觉表达为基准。自在的、非自觉的相关描写,不是理论决定的结果。以理论裁剪文本,以文本比附理论,其结果只能是强制阐释。譬如,自在的生态描写古已有之。其中诸多精彩因引发读者强烈感受而成为经典。这正是后人借题发挥的空间。但是,我们必须体察,这些描写并非出于书写者的自觉目的,只是他为实现另外目的的具体手段,这样的文本不应该定性为生态文本。阐释者为了理论的目的,

---

① [英]奥威尔:《一九八四》,孙仲旭译,译林出版社2013年版,第122—123页。

把一切关于环境生态的描写,都视为作者的自觉意识,借此把作者鼓吹为自觉的生态主义先锋,如此强制阐释,当然要被质疑。上面提到的陶渊明的诗歌就是很好的证明。对陶诗而言,其政治反抗意义是自觉的目的,只是借田园负载而已。忽略这个事实,否认这个大势,再强制的阐释也难以立论。

二是边缘与中心。中心话语是文本的核心,决定了文本的主旨意蕴。在一个具体文本中,多重话语的存在与混响是一种常态,但真正优秀的文本,不会为混响优美而放弃主题深入。因为理论的立场否认主旨话语的核心引导,以边缘消解并冒名中心,使文本成为理论自己的文本,其阐释办法只能是强制的、暴力的。众所周知,去中心、反本质是20世纪西方从哲学开始到其他多种理论的核心追索。为达到这个目的,许多理论走上了非理性、非逻辑的迷途,从形而下的常识到形而上的思辨,为了反证而反证,为了颠倒而颠倒,撒下一地碎片。但是,现实却如盲人摸象,各有各的感受和表达,对局部而言都是真切的,然而,大象是存在的。一只鼻子一条腿,不是大象。就生态主义而言,如果任一文本中有几处环境描写,就是生态主义文本,那么,甚至一本旨在鼓吹法西斯主义的文本,因为有环境描述,也可以定义为生态主义文本。上述劳伦斯的作品也是一例。《查特莱夫人的情人》中有关环境和生态的描写几乎随处可见,但无论怎样的理论压榨,都不会有人信服此文本是生态主义文本。

三是溯及既往。这是需要深入讨论的问题。当下的先锋理论,首先是当下政治、经济、文化生活的总结,由当今时代的物质和思想实践淬炼而成。理论的形成当然有传统的积淀和影响，其历史源头甚至可以追溯至远古的神话与传说。但是，此类成果一定要转化为当下生活的运动逻辑，由实践出发，归于实践。用当今时代的理论溯及既往，不能把今天的话语强加于历史。还以生态主义理论为例，如果有一点环境描写就可以是生态主义，那么《诗经》《希腊神话与传说》都是生态文本了。我们认为，由当下理论溯及既往，必须正视这样几个问题：其一，文本是否具有理论展开自身所必备的可靠根据。特别是历史的经典文本，几百年前甚至几千年前的文学文本，是否能够包含当下阐释者强迫自己必须阐释的思想；其二，文本的书写者是否具备阐释者所希望的高度自觉；其三，迫使理论强制于文学，因为这些理论不是依靠文学自身的切实经验而生成并展开的，理论与文学之间存在着巨大阻隔，理论阐释者硬以目的论的动机介入和切割文本，必须解决理论展开自己的逻辑和实践根据，不能简单地从意志出发，强制文本实现和证明自己。韦勒克曾对海德格尔关于荷尔德林诗歌的阐释评论说，"论者需要提出两个问题。他的那些解释是否照明荷尔德林的诗作，还是海德格尔为其所用，作为印证他本人思想情感的佐证？"[①] 在我看来，这应该是对以当下理论溯及既往并证明理论的最好警示。

以理论为中心，依循理论的意志展开和运行自己，是20世纪西方文艺理论生成和发展的基本特征。理论放弃对象，理论生成理论，大领域的强制阐释成为可能，此类倾向对理论本身的有

---

① ［美］韦勒克：《近代文学批评史》第7卷，杨自伍译，上海译文出版社2009年版，第159页。

效性伤害尤重。更为重要的是，在以理论为中心的时代，绝对的唯理论和相对主义占据中心，成为理论家们的主要思维方式和逻辑演绎方式。从此表象出发，我们可以更深入地分析当今名目繁多的西方理论，它们的结论和成果，它们的价值取向和方法论立场，对人类精神科学及思想进步的影响，应该如何批判借鉴，进而改变过去曾经有过的盲目依从和追随，推动中国自己的理论健康壮大。这不只是当代文论领域面临的重大问题，也是人文社会科学诸多学科应该深入思考和回答的重大问题。

作者能不能死

第二编　当代西方阐释：
　　　　强制与独断

强制阐释：总论

从 20 世纪初开始，当代西方文论以独特的理论力量和影响登上了历史舞台，在一百多年的时间里彻底颠覆了自古希腊以来的理论传统，以前所未有的巨大动能冲击、解构了历史和理论对文学的认识。一些重要思潮和流派、诸多思想家和理论家，以惊人的想象力和创造力，造就和推出无数优秀成果，为当代文论的发展注入了恒久的动力。但回顾百年历史，我们体会到，当代文论的缺陷和遗憾同样很多。一些基础性、本质性的问题，给当代文论的有效性带来了致命的伤害。割断与历史传统的联系、否定相邻学派的优长、从一个极端转向另一个极端，以及轻视和脱离文学实践、方法偏执与僵化、话语强权与教条等问题随处可见。特别是在最近三十多年的传播和学习过程中，一些后来的学者，因为理解上的偏差、机械呆板的套用，乃至以讹传讹的恶性循环，极度放大了西方文论的本体性缺陷。对此，许多学者已有清醒的认识和反思。然而，当代西方文论的根本缺陷到底是什么，如何概括和提炼能够代表其核心缺陷的逻辑支点，对中国学者而言，仍是应该深入研究和讨论的大问题。笔者在此提出"强制阐释"的概念，目的就是以此为线索，辨识历史，把握实证，寻求共识，为当代文论的建构与发展，提供一个新的视角。

强制阐释是指背离文本话语，消解文学指征，以前在立场和模式，对文本和文学作符合论者主观意图和结论的阐释。其基本特征有四：第一，场外征用。广泛征用文学领域之外的其他学科理论，将之强制移植文论场内，抹杀文学理论及批评的本体特征，导引文论偏离文学。第二，主观预设。论者主观意向在前，前置明确立场，无视文本原生含义，强制裁定文本意义和价值。第三，非逻辑证明。在具体批评过程中，一些论证和推理违背基本逻辑规则，有的甚至是逻辑谬误，所得结论失去依据。第四，混乱的认识路径。理论构建和批评不是从实践出发、从文本的具体分析出发，而是从既定理论出发、从主观结论出发，颠倒了认识和实践的关系。

一　场外征用

场外征用是当代西方文论诸多流派的通病。弗莱说过，在他看来，无论是马克思主义、托马斯主义、自由人文主义，还是弗洛伊德学派、荣格学派，或是存在主义，都是以文学之外的概念框架来谈论文学的。[①] 我们可以做一个大致的统计，从20世纪初开始，除了形式主义及新批评理论以外，其他重要流派和学说，基本上都是借助于其他学科的理论和方法构建自己

---

① Frye, Northrop, *Anatomy of Criticism: Four Essays*, Princeton: Princeton University Press, 1957, p. 6.

的体系,许多概念、范畴,甚至基本认知模式,都是从场外"拿来"的。这些理论本无任何文学指涉,也无任何文学意义,却被用作文学理论与批评的基本范式和方法,直接侵袭了文学理论与批评的本体意义,改变了当代文论的基本走向。特别是近些年来,当代国际政治、经济、文化发生深刻变革,一些全球性问题日趋尖锐,当代文论对其他前沿学科理论的依赖越加深重,模仿、移植、挪用,成为当代文论生成发展的基本动力。

场外理论来源的大致方向是,第一,与文学理论直接相关的哲学、史学、语言学等传统人文科学理论。特别是哲学,成为当代西方文论膨胀扩张的主要资源。一些重要的思潮和流派都是由哲学转向文学,借助文学实现、彰显其理论主张。德里达承认:"我常常是在'利用'文学文本或我对文学文本的分析来展开一种解构的思想。"[1] 罗蒂也指出:所谓"文学理论",就是"有意识地、系统地把这种功能政治化的企图"[2]。第二,构造于现实政治、社会、文化活动之中,为现实运动服务的理论。因为这些理论的实践和先锋意义,它们被引进场内,为文学理论打开新的方向。女权运动生发了女性主义批评,反殖民主义浪潮催生后殖民理论,法国"五月革命"驱动罗兰·巴尔特由结构主义转向后结构主义,性别问题挑起同性恋批评,全球环境持续恶化反推生态批评不断高涨。第三,自然科学领域的诸多规范理论和方法,因为其严整性和普适化,也被挪用于

---

[1] [法] 德里达:《书写与差异》上册,张宁译,生活·读书·新知三联书店2001年版,第20页。

[2] [美] 理查德·罗蒂:《后哲学文化》,黄勇编译,上海译文出版社1992年版,第98页。

第二编 当代西方阐释：强制与独断

文论场内，淬炼成文学批评的有力武器。符号学移植数学矩阵方法，生态批评使用混沌理论概念，空间理论以天文和物理学时间与空间范畴为起点，等等，均属此类。

场外理论进入文论场内的方式大致有三种。一是挪用。这在一些与符号学有关的理论中表现得尤为突出。法国结构主义文论家格雷马斯曾用数学的方法，设立了叙事学上著名的"符号矩阵"：任何一部叙事作品，其内部元素都可以被分解成四项因子，纳入这个矩阵。矩阵内的四项因子交叉组合，构成多项关系，全部的文学故事就在这种交叉和关系中展开。① 二是转用。伽达默尔的解释学文论就是由其哲学解释学扩展而来的。作为海德格尔的学生，为了建立与19世纪方法论解释学相区别的本体论解释学，伽达默尔把目光转向了文学和艺术。他说："艺术的经验在我本人的哲学解释学起着决定性的、甚至是左右全局的重要作用。它使理解的本质问题获得了恰当的尺度，并使免于把理解误以为那种君临一切的决定性方式，那种权力欲的形式。这样，我通过各种各样的探索把我的注意力转向了艺术经验。"② 就此，有人评论，"伽达默尔对艺术的思考显然不是出于一般艺术学学科研究的需要，而是他整个解释学大厦的一部分"③。很明显，伽达默尔是为了构建他的哲学解释学而转向文学的，其目的是用

---

① 1985年，詹姆逊曾用这个方法阐释过中国古典小说《聊斋志异》中的《鸲鹆》故事。参见［美］杰姆逊《后现代主义与文化理论》，唐小兵译，北京大学出版社1997年版，第119—124页。
② ［德］伽达默尔：《〈美的现实性〉中译本前言》，郑涌译，《外国美学》第七辑，商务印书馆1989年版，第357页。
③ 朱立元主编：《当代西方文艺理论》，华东师范大学出版社2005年版，第277页。

文学丰富和扩大哲学，用艺术解释证明哲学解释。三是借用。空间理论借用的色彩极为浓厚。作为地理学家的迈克·克朗，用地理学的观念和方法讨论、认识文本的另外意义，主张"在文学文本内部探究特定地域和特定空间的分野，这些分野见诸作者对小说情节的构思以及作者的性格和自传。……文本创造了纯地理性的家或故乡的感觉，构成了一个'基地'，由此我们可以深刻认识帝国时代和当代世界的地理"[1]。就是用这种方法，他重新阐释了古希腊史诗《奥德赛》，阐释了雨果的《悲惨世界》，指出文本当中的空间意义，以及对文本的地理学认识。他认为雨果的这部小说"通过地理景观揭示了一种知识地理学，即政府对潜在威胁（贫穷市民的暴动可能性）的了解和掌控，所以，它也是一种国家权力地理学"[2]。

场外理论与文学理论特别是文学批评有很大区别。把场外理论无缝隙、无痕迹地运用于文论场内，并实现其理论目的，需要许多技巧。这些技巧既能为理论包装出文学能指，也能利用文学为理论服务，其本身就是一种很高超的理论和艺术追索。概括起来，大约有这样几种方式。一是话语置换。这是指为贯彻场外理论的主旨诉求，将批评对象的原生话语转换为场外理论指定的话语，可以称作"再生话语"。这个话语既不是文本的主旨话语，也不体现作者创造的本来或主要意图。为适应场外理论的需要，征用者暗调背景，置换话语，将批评对象的主题锁定在场外理论需求的框架之内。二是硬性镶嵌。这是指搬

---

[1] Crang, Mike, *Cultural Geography*, London: Routledge, 1998, p. 47.
[2] Ibid., p. 50.

第二编 当代西方阐释：强制与独断

用场外理论的既定方法，将批评对象的原生结构和因子打碎分割，改变其性质，强硬镶嵌到场外理论所规定的模式和程序之中，以证明场外理论的前在判断和认识。所谓硬性，是指批评对象的原生结构和因子并不符合征用理论的本意和指征，使用者单方强行编码，将它们塞进既定范式之中。三是词语贴附。这是指将场外理论既有的概念、范畴、术语直接贯注于批评对象，无论其原本概念和外延如何，都要贴附上去，以创造一个场外语境，作出文本以外的专业评述。这里，"贴"是粘贴，意即将场外理论的术语粘贴到批评对象上，使其在表面上与场外理论相似；"附"是附加，意即将场外术语变换为批评对象的内生含义，使批评对象依附于场外理论，获取自立的意义。四是溯及既往。这是指以后生的场外理论为标准，对前生的历史文本作检视式批评。无论这个文本生成于何时，也无论文本自身的核心含义是什么，都要用后生的场外理论予以规整，以强制姿态溯及既往，给旧文本以先锋性阐释，攀及只有后人才可能实现的高度。

生态理论的一个批评文本很能说明问题。《厄舍老屋的倒塌》是爱伦·坡的经典之作，描写了一个古老家族的一对孪生兄妹住在一座令人窒息的幽暗古屋里，妹妹疾病缠身，哥哥精神分裂。妹妹病笃，哥哥活埋了妹妹。雷雨之夜，妹妹破棺而出，冲到哥哥怀里，哥哥就此吓死，古屋在风雨中倒塌。这原本是一部恐怖小说。小说诞生以后，对这一文本的无数阐释尽管形形色色，众说纷纭，但对文本主旨的理解大致相同，应该说符合文本的原意，符合作者的意图。但在一百多年后，有人用生态批评理论对这部小说做了另外方向的阐释，得出了与生态和环境有关的结论。① 这里的手法和技巧，首先是话语置换。小说原本讲的是人和事，无关生态与环境，但批评者却把原来仅仅作为背景的环境描写置换成主题，将小说变成一个生态学文本。其次是词语贴附。把文本中散在的情境描写集中起来，连缀演绎为生态符号。比如，古屋不是房子，而是能量和熵；古屋倒塌不是砖瓦的破碎，而是宇宙黑洞收缩；主人公的生活是一个星球的日渐冷却；主人公怕光的生理表现是人与自然的对立……再次是硬性镶嵌。按照批评者的需要，把精心挑选的意象镶嵌到整个生态理论的图谱中，最终完成对原有文本的重构和改造。最后，小说诞生时，还没有出现生态理论，生态批评者却用当下的认识对在此之前诞生的文本进行强制规整。这就是溯及既往。

很明显，这种脱离文本和文学本身，裁截和征用场外现成理论，强制转换文本主旨的做法，不能恰当地阐释文本，也无法用文本佐证理论。如此阐释，文学的特性被消解，文本的阐释无关于文学。这样的阐释已经不是文学的阐释。这里提出两个问题。第一，各学科之间的碰撞和融合已成为历史趋势，跨学科、跨领域的交叉融合已成为科学发展的主要动力，文学征用场外理论难道不是正当的吗？我们承认，从积极的意义上说，这种姿态和做法扩大了当代文论的视野，开辟了新的理论空间和方向，对于打破文学理论自我循环、自我证明的话语怪圈是

---

① ［英］彼得·巴里：《理论入门：文学与文化理论导论》，杨建国译，南京大学出版社2014年版，第250—251页。

有意义的。但同时也应承认，理论的成长更要依靠其内生动力。这个动力首先来源于文学的实践，来源于对实践的深刻总结。依靠场外理论膨胀自己，证明当代西方文论自身创造能力衰弱，理论生成能力不足，难以形成在文学和文论实践过程中凝聚、提升的场内理论。近百年来，新旧理论更迭淘汰，从理性到非理性、从人本主义到科学主义、从现代到后现代，无数场外理论侵入和张扬，当代文论的统合图景却总是活力与没落并行。场外理论的简单征用挽救不了西方文论不断面临的危机。当然，指出场外征用的弊端，并不意味着文学理论的建设就要自我封闭，自我循环，在僵硬的学科壁垒中自言自语。我们从来都赞成，跨学科交叉渗透是充满活力的理论生长点。20世纪西方文论能够起伏跌宕，一路向前，正是学科间强力碰撞和融合的结果。但必须强调的是，文学不是哲学、历史和数学。文学是人类思想、情感、心理的曲折表达。文学更强调人的主观创造能力，而人的主观特性不可能用统一的方式预测和规定。用文学以外的理论和方法认识文学，不能背离文学的特质。文学理论在生成过程中接受其他学科的研究方法和思路，其前提和基础一定是对文学实践的深刻把握。离开这一点，一切理论都会失去生命力。其必然结果是，理论的存在受到质疑，学科的建设趋向消亡。盲目移植，生搬硬套，不仅伤害了文学，也伤害了被引进的理论。20世纪末出现的索卡尔事件应该给我们以警醒。有人把这个事件归结为文学理论史上的十件大事之一。[1]

---

[1] ［英］彼得·巴里：《理论入门：文学与文化理论导论》，杨建国译，南京大学出版社2014年版，第281页。

索卡尔是物理学家,他杜撰了一篇"诈文",投给了一个著名的文化研究杂志。这个杂志没有发现索卡尔有意捏造出来的一些常识性科学错误,也没能识别出索卡尔在后现代主义与当代科学之间有意识捏造的"联系",发表了这篇"诈文",引起了知识界的轰动。索卡尔写这篇"诈文"的目的,是对文学理论界尤其是法国理论界滥用数学物理学成果表达不满。索卡尔事件证明,文学理论向场外理论借鉴的,应该是科学的思维方式和研究方法,而不是对现成结论和具体方法的简单挪用。特别是一些数学物理学方法的引用,更需要深入辨析。强制性的照搬照抄只会留下笑柄。

第二,新的理论一旦形成,能否运用这个理论重新认识和改写历史文本?这是一个关于解释学的老问题。几经轮回,终无定论。历史地看,文本永远是即时的,这个观点从尼采开始就有,海德格尔、伽达默尔把它推上了巅峰。"解释只是添加意义而并非寻找意义"[①],由此,对文本的理解永远是漂移的,居无定所。21世纪初兴起的"当下论",对抗有鲜明历史主义倾向的新历史主义及文化唯物主义,主张"更注重文本的当下意义,以区别于注重历史意义的历史主义方法"[②]。我们赞成对文本作当下理解,并通过使用文本更广泛地发挥文学的功能,但是,对文本的历史理解与当下理解是不同范畴的实现过程。对文本历史的理解,也就是对文本原生话语的理解,是一切理

---

① [德]伽达默尔:《真理与方法》,洪汉鼎译,商务印书馆2010年版,第426页。
② [英]彼得·巴里:《理论入门:文学与文化理论导论》,杨建国译,南京大学出版社2014年版,第288页。

解的前提。只有在这个基础上，当下的理解才有所附着，才有对文本的当下理解。对文本的当下理解可以对文本原意有所发挥，但是不能歪曲文本的本来含义，用当下批评者的理解强制文本。用新的理论回溯旧的文本更应警惕，可以用新的眼光认识文本，但不能用今天的理论取代旧日的文本。或许文本中有批评者希望存在的理论一致，但偶然的认识巧合、碎片化的无意流露，不是自觉的理论，不能作为作者的主导意念而重新定义作品。生态主义对《厄舍老屋的倒塌》的批评就是很好的说明。爱伦·坡的写作时间是19世纪中叶，那个时代人类的生态环境意识基本空白。硬把百年后兴起的自觉理论强加到作者头上，不是科学的态度。中国魏晋时代的陶渊明隐逸山水之间，"采菊东篱下，悠然见南山"，我们可以说他是自觉的生态主义者吗？他比梭罗早了很多，我们可以说他是环境保护主义的伟大先行者吗？这显然是荒唐的。用新的理论认识旧的文本可以，这是批评者的权利，但是，改写不行。文本的存有与他人的理解不能等同。一旦改写，理解就不是文本的理解，而是理解者的理解。两者的关系应该是：存有在先，理解在后；存有生发理解，理解依附存有；失去存有就失去理解。

二 主观预设

主观预设是强制阐释的核心因素和方法。它是指批评者的主观意向在前，预定明确立场，强制裁定文本的意义和价值。主观预设的批评，是从现成理论出发的批评，前定模式，前定结论，文本以至文学的实践沦为证明理论的材料，批评变成对文本和文学作符合理论目的的注脚。其要害有三。一是前置立场。这是指批评者的站位与姿态已预先设定，批评的目的不是阐释文学和文本，而是要表达和证明立场，且常常为非文学立场。征用场外理论展开批评，表现更加直白和明显。其思维路线是，在展开批评以前，批评者的立场已经准备完毕，批评者依据立场选定批评标准，从择取文本到作出论证，批评的全部过程都围绕和服从前置立场的需要展开。批评和阐释选取文学文本，只是因为文学广泛生动的本体特征，有益于提升前在立场的说服力和影响力。二是前置模式。这是指批评者用预先选取的确定模板和式样框定文本，作出符合目的的批评。批评者认为，这个模式是普适的，具有冲压一切文本的可能，并据此作出理论上的指认。当代西方文论的诸多流派中，符号学方法，特别是对场外数学物理学方法的征用，其模式的强制性更加突出。通过这种方式，理论和批评不再是人文表达，文学抽象为公式，文本固化为因子，文学生动飞扬的追求异化为呆板枯索的求解。三是前置结论。这是指批评者的批评结论产生于批评之前，批评的最终判断不是在对文本实际分析和逻辑推演之后产生，而是在切入文本之前就已确定。批评不是为了分析文本，而是为了证明结论。其演练路径是从结论起始的逆向游走，批评只是按图索骥，为证实前在结论寻找根据。

在历史文本的解读上，女性主义批评家肖瓦尔特站在女权主义的前置立场上，带着女性解读的模式，对诸多作品强制使用她的前置结论，无遮蔽地展现了主观预设的批评功能。在

第二编 当代西方阐释:强制与独断

《阐释奥菲利亚:女性、疯癫和女性主义批评的责任》中,肖瓦尔特对《哈姆雷特》的解读一反历史和作品本意,推翻以主人公哈姆雷特为中心的批评立场,提出要以奥菲利亚——莎士比亚剧中的一个配角——为中心重新布局。她认为,奥菲利亚历来被批评界所忽视不是偶然的,而是男权主义征霸的结果。"文学批评无论忽略还是突出奥菲利亚,都告诉我们这些阐述如何淹没了文本,如何反映了各个时代自身的意识形态特征。"① 但是,从女权主义的立场出发,这个角色就有着非同寻常的意义。她历数以往的批评历史中对奥菲利亚的多种解读,锋利地表达了不满:"女性主义批评应该怎样以它自己的话语描述奥菲利亚?面对她以及与这个角色一样的女人,我们的责任是什么?"② "要从文本中解放奥菲利亚,或者让她成为悲剧的中心,就要按我们的目的重塑她。"③ 肖瓦尔特的追索是鲜明的。第一,必须改变以往的批评标准,以女权主义的既定立场重新评价作品。在这个立场下,无论作者的意图是什么,作品的原生话语如何,都要编辑到女权主义的名下,作品是女权主义的作品,作者是女权主义的作者。不仅这部作品如此,以往的文学史都要如此,要按照女权主义的企图重新认识和书写,女性经验是衡量作品以至文学价值的根本标准。对女性主义批评家而言,这个立场是前置的,是开展全部批评的出发点。离

---

① Showalter, Elaine, "Representing Ophelia: Women, Madness, and the Responsibilities of Feminist Criticism." In Geoffrey H. Hartman & Patricia Parker eds., *Shakespeare and the Question of Theory*, New York and London: Methuen, 1985, p. 91.
② Ibid., p. 78.
③ Ibid., p. 79.

开这个立场，女权主义的批评将不复存在。第二，要重新评价人物，"就要按我们的目的重塑她"，让以往被忽视、被曲解的角色，作为女权主义的代表，站到前台，站到聚光灯下，集中表达对男性父权制的反抗。第三，为此，必须重新设置剧目的主题，其中心不是哈姆雷特的故事，而是奥菲利亚的故事。这个故事是一段"被再现的历史"。这个历史是作者有意识的书写，是莎士比亚反抗男权主义的证明，也是文学史中女权主义早已存在的证明。对此，肖瓦尔特的态度是坚定的，她将此视为女性主义批评家对文学和妇女的责任。

在这个主观预设的指挥下，莎士比亚的经典剧目被彻底颠覆。尽管全剧20幕中只有5幕出现奥菲利亚，她和哈姆雷特的爱情也只由几个模糊的倒叙提起，但现在必须重新审视她，以往所有被忽略的细节都要被赋予特定的含义加以阐释。奥菲利亚头戴野花被赋予双重的象征：花是鲜花，意指处女纯洁的绽放；花是野花，象征妓女般的玷污。她死的时候身着紫色长裙，象征"阴茎崇拜"。她蓬乱的头发具有性的暗示。至于她溺水而逝，更有特殊的意义："溺水，……在文学和生活的戏剧中成为真正的女性死亡，美丽的浸入和淹没是一种女性元素。水是深奥而有机的液体符号，女人的眼睛是那么容易淹没在泪水中，就像她的身体是血液、羊水和牛奶的储藏室。"[1] 肖瓦尔特还仿拟法国女性主义的批评，认为在法国父权理论话语和象征

---

[1] Showalter, Elaine, "Representing Ophelia: Women, Madness, and the Responsibilities of Feminist Criticism." In Geoffrey H. Hartman & Patricia Parker eds., *Shakespeare and the Question of Theory*, New York and London: Methuen, 1985, p.81.

第二编　当代西方阐释：强制与独断

体系中，奥菲利亚"被剥夺了思想、性征、语言，奥菲利亚的故事变成了'O'的故事，这个空洞的圆圈或女性差异之谜，是女性主义要去解读的女性情欲密码"①。这些阐释要证明什么？就是要证明在莎士比亚的戏剧里，以至于在漫长文学的历史中，女性是被男权主义所蹂躏、所侮辱的集体，是被文学所忽视、所误读的对象，在女权主义的视阈中，女性形象必须重新解读，或揭露男权主义的暴力，或歌颂女权主义的反抗。一切文学行为和结果都要符合女权主义的阐释标准，都要用这个标准评价和改写。但问题是，这种预设的立场与结论是莎士比亚的本意吗？或者说他写哈姆雷特的目的中，含有轻视和蔑视女性的动机及意图吗？女权主义者把自己的立场强加给莎士比亚，是不是合理和正当的阐释？如果说以上分析只是一个具体文本和个别作家的分析，那么女权主义的名著《阁楼上的疯女人》则对此作了更远大的推广。桑德拉·吉尔伯特和苏姗·格巴对 19 世纪前男性文学中的妇女形象作了分析，划分了两种女性塑造的模式，认为以往的文学中只有两种女性形象——天使和妖妇。这些天使和妖妇的形象，实际上都是以不同方式对女性的歪曲和压抑，反映了父权制下男性中心主义根深蒂固的对女性的歧视和贬抑、男性对妇女的文学虐待或文本骚扰。作者举了一些具体例证。② 应该承认，这种一般性概括具有强大的

---

① Showalter, Elaine, "Representing Ophelia: Women, Madness, and the Responsibilities of Feminist Criticism." In Geoffrey H. Hartman & Patricia Parker eds., *Shakespeare and the Question of Theory*, New York and London: Methuen, 1985, p. 79.
② ［美］桑德拉·吉尔伯特、苏姗·格巴：《镜与妖女：对女性主义批评的反思》，董之林译，张京媛主编：《当代女性主义文学批评》，北京大学出版社 1992 年版，第 271—297 页。

冲击力，因为它已经从个别上升为一般，为女权主义学说涂抹了普适性和指导性色彩。但我们也更加疑惑，预设立场以类归人物来证明立场的正确性，到底有多少令人信服的理论力量？

我们不否认女性主义批评的理论价值和有益认识。它提出了一个认识和阐释文学的新视角，对文学批评理论的生成有重要的扩容意义。我们要质疑的是文学批评的客观性问题：文学的批评应该从哪里出发？批评的结论应该产生于文本的分析还是理论的规约？理论本身具有先导意义，但如果预设立场，并将立场强加于文本，衍生出文本本来没有的内容，理论将失去自身的科学性和正当性。更进一步，如果我们预设了立场，并站在这个立场上重新认识甚至改写历史，企图把全部文学都改写为这个立场的历史，那么历史事实的真实性和历史文本的真实性又在哪里？预设立场，一切文学行为和活动都要受到质询和检验，这种强制阐释超越了文学批评的正当界限。文学阐释可能是多元的，但不能预设立场。预设了立场，以立场的需要解读文本，其过程难免强制，结论一定远离文本。立场当然可以有，但只能产生于无立场的合理解读之后。对此，有几个疑问应该解决。

第一，经验背景与前置立场的区别。我们承认，置身批评实践，批评家的心灵经验不是洛克所说的"白板"。[①] 伽达默尔有"前见"说，姚斯有"期待视阈"说，如何才能抛弃先见，"清白"地开始理论的批评？必须要明确，作为主观的经验背

---

① 参见洛克《人类理解论》上册，关文运译，商务印书馆1983年版，第68页。

景，如读书必须识字，表达要符合逻辑等，此类知识准备，是人类认知的必要前提，不是我们指认的立场。强制阐释的立场是指主观指向明确的判断性选择，这个选择是具体的、结论前在的。其具体操作办法是，考察文本之前，确定主观姿态，拼凑立论证言，甚至不惜曲解文本实际，以文本证实立场。与伽达默尔的前见不同，强制阐释的立场目标是清晰的，不是前见的"隐而不显"；立场的外延是明确的，不是前见的"模糊"混沌。前见是无意识地发挥作用，立场是自觉主动地展开自身。至于期待视阈，更多的是指读者的审美期望，而非批评家的理论判断。在意向选择上，期待是"作品应该如何"，立场是"作品必须如何"。很明显，预设立场的批评，是从理论出发的批评，是强制文本意义和价值的批评，文本的全部意义是证明理论的材料，文本以至文学的实践，成为前在立场的同谋。前在立场与经验背景的区别就在于此。

第二，理论指导与前在立场的不同。任何实际研究，都应该以正确的理论为指导。那么，以理论为指导本身是不是前在立场？正确的理论指导与强制的前在立场之间的界线在哪里？可以确定，理论的正确指导与强制的前在立场是完全不同的。前者是世界观、方法论的指导，是研究和实践的指南。所谓指南，是方向性的预测和导引，不是先验的判断和结论。在具体研究过程中，理论服从事实，事实校准理论。后者则是主观的、既定的标准。这个标准，内含了确定的公式和答案，研究的过程是执行标准，用公式和答案约束、剪裁事实，强制事实服从标准，前在的立场是刚性的。对此，恩格斯有明确论述。19世纪末期，德国社会主义运动中出现了一批青年著作家，这些著作家以唯物主义的立场，对德国历史及正在推进的社会主义运动作出许多错误的判断和结论。恩格斯深刻地指出："如果不把唯物主义方法当做研究历史的指南，而把它当作现成的公式，按照它来剪裁各种历史事实，那它就会转变为自己的对立物。"①恩格斯强调，不要把理论当作"套语"和"标签"贴到各种事物上去，而不再对事物作深入研究。用唯物主义解决历史问题，"必须重新研究全部历史，必须详细研究各种社会形态存在的条件，然后设法从这些条件中找出相应的政治、私法、美学、哲学、宗教等等的观点"②，这样才可能对历史作出正确的认识。恩格斯的话提示我们：首先，理论不能是公式和标签，用以套用事物；其次，以理论为指导研究事物，必须从头研究事物的全部存在条件和内容；最后，要从事物本身"找出"观点，而不是把理论强加给事物，更不能根据理论需要剪裁事物。否则，一切理论都将走向反面。界线十分清楚：把理论作为方法，按照事实的本来面目认识事物，根据事实的变化和发展校准和修正理论，是理论指导；把理论当作公式，用公式剪裁事实，让事实服从理论，是前在立场。科学的理论指导与公式化的立场强制是完全不同的。

第三，统一模式的可能。西方文论的科学主义转向，一个很艰苦的探索是，努力寻找和建构理论和批评的统一模式，用超历史的、置诸一切时代和文本而有效的统一方法，阐释文本

---

① 《马克思恩格斯选集》第4卷，人民出版社1995年版，第688页。
② 同上书，第692页。

和文学。结构主义特别倾注于此,符号学、叙述学就是典型。这些理论竭力探寻文本世界乃至人文世界的支配性要素和统一性形式,企图运用一种大一统的普适模式组合结构纷繁变化的现象。对此,詹姆逊不无嘲讽地指出:结构主义追求独立超然的"统一性",这只是一种幻觉,"它本质上就是康德的自在之物不可知论的翻版"①。我们并不否认结构主义等各类主义的探索态度和取得的有益成果,但问题的前提是,人文科学,特别是文学,本质上不同于自然科学,我曾经论述过它们在研究对象与路径上的根本性区别:自然科学的研究对象是客观物质世界,它的存在和运动规律不以人的意志为转移,科学工作者不能以个人的主观意志和情感改变对象本身及对它的研究。文学则完全不同。文学创作是作家独立的主观精神活动,作家的思想和情感支配着文本。作家的思想是活跃的,作家的情感在不断变化,在文本人物和事件的演进中,作家的意识引导起决定性作用,文学的创造价值也恰恰聚合于此。而作家的意识、情感不能被恒定地规范,由此,文本的结构、语言,叙事的方式和变幻同样不能用公式和模板去挤压和校正。此外,作家的思想情感基于生活,而生活的曲折与丰富、作家的理解与感受,甚至会有前一秒和后一秒的差别,抑或为惊天动地的逆转和突进,作家创造掌握的文本会因此而天翻地覆,这不是公式和模板能够容纳的。

第四,批评的公正性。这表现在对文本的确当认知上。

---

① [美]詹姆逊:《语言的牢笼——马克思主义与形式》,钱佼汝译,百花洲文艺出版社1997年版,第89页。

从认识论的意义上说，认识事物，首先是认识事物的本真性，认识其实际面目。对一个文本展开批评的首要一点，也必须是对文本存在的本体认知。这包含以下三个方面：其一，文本实际包含了什么，意即文本的客观存有。其二，作者意欲表达什么，其表达是否与文本的呈现一致。其三，文本的实际效应是什么，读者的理解和反映是否与作品表现及作者意图一致。这是正确认识、评价文本的最基本准则。我们赞成对文本的深度解析，承认作者意图与文本实际呈现存在的分离，欣赏批评家对作品的无限阐释和发挥，但是，所有这一切都应以上述三点为基准，在这个基准上开展超越文本的批评。批评的公正性集中在对文本的公正上。文本中实有的，我们承认和尊重它的存在。文本中没有的，我们也承认和尊重它的缺失。因为理论和批评的需要而强制阐释文本，影响甚至丢失了批评的公正性。从道德论的意义上说，公正的文本阐释，应该符合文本尤其是作者的本来意愿。文本中实有的，我们称之为有，文本中没有的我们称之为没有，这符合道德的要求。对作者更应如此，作者本人无意表达，文本中又没有确切的证据，却把批评家的意志强加于人，应该是违反道德的。当然，文本的复杂性决定了批评的复杂性，文本的自在含义并不是容易确定的。多义文本使得批评的准确性难以实现，作者的表达可能与文本的实际呈现差别甚大，深入地讨论和辨认是非常必要的。批评家可以比作者更深刻地理解文本，找到文本中存在而作者并不自觉认知的内容，这都是认识论和道德论本身可以承纳的。然而，强制阐释不在此列。强制阐释是事前决定的结论,对文本的阐释是目的推论,即以证实前在结论为目的开展推论,作品没有的,要强加给作品,作者没说的要强加给作者,以论者意志决定一切,在认识路线和程序上违反了规则,在道德理性和实践上违反了律令。正确的认识路线和基本的道德律令保证批评的公正性。

三 非逻辑证明

非逻辑证明是指,在具体批评过程中,理论论证和推理违背了基本的逻辑规律,有的甚至是明显的逻辑谬误;为达到想象的理论目标,批评无视常识,僭越规则,所得结论失去逻辑依据。更重要的是,一些逻辑上的明显错误,恰恰是因为强制阐释造成的。

一是自相矛盾,即一个学者自己的各种观点之间,或理论与方法之间相互矛盾,违反了矛盾律。这是用理论强制文本的常见现象。跟随德里达一路走来的希利斯·米勒就是典型,他坚持认为"解读的不可能性"是个真理。在《作为寄主的批评家》中,米勒强调任何阅读都会被文本自身的证据证明为误读,文本就像克里特迷宫一样,每个文本都"隐居着一条寄生性存在的、长长的连锁——先前文本的摹仿、借喻、来客、幽灵",文本自身因为吸食前文本而破坏了自身。[①] 因此,企图在文本中寻找确当的单一意义是不可能的,文本已经在连续运动

[①] [美] J. 希利斯·米勒:《重申解构主义》,郭英剑等译,中国社会科学出版社1998年版,第104页。

的寄主与寄生物的关系中形成无限联想的结构，从而导致文本话语表现为语义的模糊和矛盾。虽然认为解读是不可能的，但是米勒并不放弃入侵解读的冲动，而是以全新的解构主义立场，深入解读了七部经典名著，提出了具有独创性意义的"重复"理论。米勒阐释这些小说，其目的是要"设计一整套方法，有效地观察文学语言的奇妙之处，并力图加以阐释说明"。① 这就出现了矛盾，既然阐释是不可能的，为什么还要去阐释？设计"一整套方法"，从"重复"入手解析文本，是一个大的方法论构想，绝不会以阐释七个文本为终结。如果是要建立一个以重复论为核心的批评体系，并用这个方法解释所有文本，就偏离了解构主义无中心、无意义的根本取向。《小说与重复——七部英国小说》的实践证明，米勒不是不要解读，而是要用解构主义的立场来解读。他反复强调，哈代的文本包含多重因素，这些因素"构成了一个相互解释的主题系列，每个主题存在于它与其他主题的联系之中"。我们"永远无法找到一个最重要的、原初（或首创）的段落，将它作为解释至高无上的本原"。但是，阐释的结果呢？尽管复杂缠绕，扑朔迷离，米勒的各种解释，最终还是要读者去"探索苔丝为何不得不重蹈自己和其他人的覆辙、在那些重复中备受折磨这一问题的答案"②。这不是在说哈代的小说是有主旨的吗？这个主旨就是苔丝难逃宿命，终究要重蹈自己和他人的覆辙，无论怎样挣扎都无法改变。如

---

① ［美］J. 希利斯·米勒：《小说与重复——七部英国小说》，王宏图译，天津人民出版社2008年版，第23—24页。
② 同上书，第144页。

第二编　当代西方阐释：强制与独断

果这是误解，那么再看米勒开篇的表白："我们说苔丝的故事发人深省，为什么苔丝的一生'命中注定'要这样度过：其本身的存在既重复着以不同形式存在的相同的事件，同时又重复着历史上、传说中其他人曾有过的经历？是什么逼使她成为被后代其他人重复的楷模？"米勒还说："我将苔丝遭遇的一切称作'侵害'（violation），将它称作'强奸'或'诱奸'将引出这部作品提出的根本性的问题，引出有关苔丝经历的意义和它的原因等问题。"① 他引用了哈代的一首诗——《苔丝的悲哀》——继续揭示："和序言、副标题一样，这首诗以另一种方式再次道出了这部小说的主旨。"而这首诗的第一句就是："我难以忍受宿命的幽灵。"② 这就把哈代文本的主题或主旨揭示得更清楚了。尽管这只是米勒的认识，但是哪里还有找不到主题或主旨的问题？米勒的立场和他阐释的结果构成了矛盾。这样的自相矛盾在其他大师那里也常常会见到。如此基本的逻辑错误，对当代西方文论的有效性构成了致命的伤害。③

二是无效判断。判断是理论与批评的主要逻辑形式，假言判断又是其中最基本的推理方法。假言推理以前后两个要件构

---

① ［美］J. 希利斯·米勒：《小说与重复——七部英国小说》，王宏图译，天津人民出版社2008年版，第145页。
② 同上书，第132页。
③ 海德格尔认为，文本意义完整的、总体性的理解永远不可能达到，因而文本意义不可能是确定不变的。但海德格尔在分析、解读、评价特拉克的诗歌时却认为："特拉克所有优秀诗作中都回响着一个未曾明言但却贯穿始终的声音：离去。"（参见朱立元主编《当代西方文艺理论》，华东师范大学出版社2005年版，第148页）既然在解释学的总体原则上已经确定，文本意义的完整性、总体性理解是永远不可能达到的，那么具体作品的分析又如何有了"贯穿始终"的声音呢？这个贯穿始终是不是一个总体性的理解？

成,一般表达为P→Q。其中,前件P为后件Q的必要条件。P真,Q未必真;P假,则Q一定假。违背这个规则,判断无效。不仅简单判断如此,复杂的判断过程亦如此。前提为假,结论一定为假。海德格尔为证明一对充满隐喻性的概念,即"世界"与"大地"及其关联,用了一个例子来证明,即凡·高的一幅关于"鞋"的油画。海德格尔首先假设了这双鞋是一个农妇的鞋,然后充满诗意地描述道:"从鞋具磨损的内部那黑洞洞的敞口中,凝聚着劳动步履的艰辛。这硬梆梆、沉甸甸的破旧农鞋里,聚积着那寒风料峭中迈动在一望无际的永远单调的田垄上的步履的坚韧和滞缓。鞋皮上沾着湿润而肥沃的泥土。暮色降临,这双鞋底在田野小径上踽踽而行。在这鞋具里,回响着大地无声的召唤,显示着大地对成熟谷物的宁静馈赠,表征着大地在冬闲的荒芜田野里朦胧的冬冥。"写这样长的一段文字,海德格尔的意图是,从这双农妇的鞋(这是P),来证明大地与世界的关系,证明鞋子是世界与大地之间的存在(这是Q)。他为什么假言这鞋子是农妇的鞋子?因为他的论证目的是"大地"。他为什么要言及那么多有关田野、泥土的文字?因为这才是大地的实在表征。接着他又说:"这器具浸透着对面包的稳靠性无怨无艾的焦虑,以及那战胜了贫困的无言喜悦,隐含着分娩阵痛时的哆嗦,死亡逼近时的战栗。"① 这段几乎与鞋子无关的话意图又是什么?显然在"世界",是农妇的世界。世界与大地就这样关联起来,论证者的目标由此而实现。可是

---

① [德]马丁·海德格尔:《艺术作品的本源》,孙周兴编译:《依于本源而居:海德格尔艺术现象学文选》,中国美术学院出版社2010年版,第24—25页。

这个假言推理不能成立，很彻底的打击就是，"据后来美国艺术史家梅叶·夏皮罗的考证，这双因为海德格尔的阐释而无人不知的鞋子并不是农妇的鞋，相反，它们是城里人的鞋，具体说是凡·高自己的鞋子。德里达则更进一步告诉我们，这两只鞋甚至不是'一双'"①。这就违反了假言推理的规则。P 已为假，Q 一定为假。海德格尔犯了一个低级的逻辑错误。农妇鞋子的阐释，不能为真。②

　　三是循环论证。这是指在批评过程中，论据的真实性依赖于论断的真实性。论断是一个尚未确知为真的判断，需要利用论据和论证确定其真实性。但在论证过程中，论据的真实性却要由论断的真实性来证明，两个都未确定为真的判断相互论证，最终的结论在逻辑上无效。这是强制阐释的文学批评中常见的错误。众所周知，"恋母情结"是弗洛伊德精神分析学说及其文学理论的立论基础。为了论证俄狄浦斯情结，弗洛伊德从"亲人死亡的梦"说起。总的线索是，人们会经常梦到自己的亲人死亡，这种情况的发生证明儿童的性欲望很早就觉醒了，"女孩的最初感情针对着她的父亲，男孩最初的幼稚欲望则指向母亲"③。由此，弗洛伊德开始了他的论证：

---

　　① 陆扬主编：《20 世纪西方美学经典文本》第 2 卷，复旦大学出版社 2000 年版，第 414 页。
　　② 弗洛伊德对达·芬奇的名画《蒙娜丽莎》的解释也有同样的错误。参见张江《当代西方文论若干问题辨识——兼及中国文论重建》，《中国社会科学》2014 年第 5 期。
　　③ [奥] 弗洛伊德：《释梦》，孙名之译，商务印书馆 1996 年版，第 257 页。

这种发现可以由古代流传下来的一个传说加以证实：只有我所提出关于儿童心理的假说普遍有效，这个传说的深刻而普遍的感染力才能被人理解。我想到的就是伊谛普斯王的传说和索福克勒斯以此命名的剧本。①

这一论证的逻辑方法是，第一，作者的"发现"，意即儿童性心理的"假说"在先。这个"假说"来源于作者其他方面的研究，按照作者自己的表述，主要是精神和神经病人的案例分析。第二，这个"假说"要由一个"古老的传说"来证实。这表明，在此处，作者是在借用传说特别是由传说而衍生的经典文本证明自己的假说。第三，这个被经典文本证明了的"假说"，又使那个"古老传说"得到证明。其用意是，古代经典文本的有效性是不被充分承认的，只有运用他的"假说"，人们对经典文本的理解才有可靠的证明。第四，"我想到的就是"进一步证明了作者的论证程序：先有假说，再想到经典；用经典证明假说，再用假说反证经典。非常明显，弗洛伊德关于儿童性心理的假说与俄狄浦斯王的相互论证是循环论证，是典型的逻辑谬误。这可以表达为：假说是 P，传说是 Q，因为 Q，所以 P；因为 P，所以 Q。这种循环论证无法得出正确判断，逻辑上根本无效。

四是无边界推广。这是指在逻辑上的全称判断靠个别现象和个别事例，亦即单称判断来证明。普通逻辑的规则是，完全归纳可得出一般结论。完全归纳不可能实现，大概率统计亦可

---

① ［奥］弗洛伊德：《释梦》，孙名之译，商务印书馆1996年版，第260页。

第二编　当代西方阐释：强制与独断

以有近似的全称判断。个别事例无论如何典型，只能是单称判断的根据，不能无约束地推广为普遍适用的全称结论。在一些文艺理论问题的讨论上，单个文本甚至词语分析，若无进一步的演绎推理，亦无相应的概率统计，任意推广开来，强加于其他文本，甚至上升为普遍规律，违反逻辑规则。在一些流派的理论和学说中，我们遇到这样的情况，即用个别现象和个别事例证明理论，用一个或几个例子推论一般规律。这是强制阐释的基本逻辑方法。普洛普的神话学研究是做得比较好的，他从阿法纳西耶夫故事集里的 100 个俄罗斯神话故事中排列出 31 个功能项，作为神话故事的基本要素，并推论这是所有神话及文学的共同规律。然而，逻辑上是不是应该持续提出疑问，从这 100 个故事中提炼的规律适用于所有的俄罗斯神话吗？其他民族、其他时代的神话故事也一定如此吗？推广为对全部文学构成的判断，是否有可靠的可以证实的根据？个别事例的典型性是大范围推广的基础，但要作出全称意义的可靠判断，必须依靠恰当规则的命题演绎或大概率统计归纳。文学理论和批评似乎缺少这样的意识，有人把一个例子或研究结果无约束地推广到全部文学，使文学理论的可靠性遭到质疑。

这里要讨论两个问题，一是文学理论构建的统计支持是不是必要。回答应该是肯定的。首先要区别文学和文学理论。文学不是科学，而是人的创造性的自主表达，包括人的潜意识、无意识的表达。把文学作为科学来对待，企图让它像自然科学一样有完整的符号体系、定义系统、运算法则，并由此规定和推衍文学创作，既不应该，也不可能。文学理论则不同，它是探寻和总结文学规律的科学。小说家和诗人不考虑的诸多元问题，比如文学的起源、功能及多种创作方法、风格等，文学理论必须给予回答。文学理论是指导并评判文学创作的。理论的规则和定义必须是科学的，是能够重复并经得起检验的，否则，所谓的理论行则行矣，却难以行远。特别是那些由特殊起步，却要规定一般的理论企图，更需要坚实的统计支撑。具体如拉康对爱伦·坡《窃信案》的文本分析，试图"利用某一文本来对一切文本的本质予以说明，用结构精神分析来描绘所有文本的运作机制"①，这显然需要更大样本的统计支持，否则就是猜测，无法令人信服。一般如弗莱，"弗莱相信，批评处于可悲的非科学的混乱之中，因而必须严加整饬。它只是种种主观的价值判断和无稽之谈，极其需要受到一个客观系统的约束"②。弗莱的愿望是好的，几乎是所有文学理论家的愿望。但是，他把古往今来的文学概括为春夏秋冬的循环往复，这就有些可疑。尤其可疑的是，他的根据是什么？是几千年文学史的一般规律吗？如果是，那么做过切实的统计，也就是有可靠的统计计量的支持吗？如果没有，则很难令人信服，可以新鲜一阵，但无法持续。他的理论日渐消殒不见光大，这应该是主要原因。二是文学的统计是否可能。我们已经看到许多有意义的尝试。如文体学家证实海明威的简洁风格，他们会列举小说中海明威的

———

① 参见朱刚编著《二十世纪西方文论》，北京大学出版社2006年版，第152页。
② ［英］伊格尔顿：《二十世纪西方文学理论》，伍晓明译，北京大学出版社2007年版，第88页。

独特语言用法,然后根据统计得出结论:"海明威的某某小说中,73%的名词没有形容词和副词修饰。同时,还会把海明威同那些公认不那么朴实无华的作家做一番比较,指出那些作家笔下,没有形容词和副词修饰的名词仅仅占总数的30%。"① 此类统计或许远远没有成熟,但是,建立一种统计意识,增强理论的说服力,是非常必要的。同时应该指出,在今天大数据、云计算的网络时代里,过去无法做到,甚至难以想象的海量数据的统计与分析,已经成为可能,理论的统计应该大有作为。②

四 混乱的认识路径

反序路径是指理论构建和批评过程中认识路径上的颠倒与混乱。构建理论以预定的概念、范畴为起点,在文学场内作形而上的纠缠,从理论到理论,以理论证明理论。开展批评从既定的理论切入,用理论切割文本,在文本中找到合意的材料,反向证实前在的理论。在局部与全局的关系上,用局部经验代替全局,用混沌臆想代替具体分析。获取正确认识的路径不是从实践到理论,而是从理论到实践,不是通过实践总结概括理论,而是用理论阉割、碎化实践,这是强制阐释的认识论根源。

---

① [英]彼得·巴里:《理论入门:文学与文化理论导论》,杨建国译,南京大学出版社2014年版,第206页。
② 在逻辑规则上,单个例证即可否定一个全称肯定判断。例如,某公式是否具有全称意义,最终确定为真的例证必须为事件全部,确定为假,只一例便可证伪。此处以单个例证所做的否定判断,逻辑上有限指涉相关学说或学派,并不推延概称到西方文论的全部学说。

一是实践与理论的颠倒。理论来源于实践,文学理论生长于文学实践,这样的例证很多。"从文学发生学的角度来说,总是先有文学,后有文学理论。这一点举世皆然。没有文学的产生和存在,也就不可能有文学理论的出现。可以肯定地说,如果没有古希腊悲剧的繁荣发展,就不会有亚里士多德的《诗学》;没有莎士比亚的戏剧探索和1767年汉堡民族剧院的52场演出,历史上也不会留下莱辛的《汉堡剧评》;同样,没有现实主义、浪漫主义、象征主义的创作潮流,也不会诞生相应的文学理论思潮。文学理论来自文学实践,并以走向文学实践为旨归,这是一切文学理论合法性的逻辑起点。"① 关于这一点,米勒指出:"伟大的文学作品常常是在它们的批评家前面。它们先已候在那里。它们先已清楚地预见了批评家所能成就的任何解构。一位批评家可能殚精竭虑,希望借助作家本人不可或缺的帮助,把自己提升到像乔叟、斯宾塞、莎士比亚、弥尔顿、华兹华斯、乔治·艾略特、斯蒂芬斯,甚至威廉斯那样出神入化的语言水平。然而他们毕竟先已候在那里,用他们的作品为神秘化了的阅读敞开着门扉。"② 米勒的话是对的。文学的创作生产在文学理论的前面,文学的实践造就文学的理论,这是不需要辩驳的道理。但在西方文论的成长路径上,这却成了一个很大的问题。首先,因为一些西方文艺理论直接移用其他场外理论,并形成极大势力和影响,造成了理论来自理论的假象。

---

① 张江:《当代西方文论若干问题辨识——兼及中国文论重建》,《中国社会科学》2014年第5期。
② 转引自[美]乔纳森·卡勒《论解构——结构主义之后的理论与批评》,陆扬译,中国社会科学出版社1998年版,第245—246页。

第二编 当代西方阐释:强制与独断

伊格尔顿说:"事实上并没有什么下述意义上的'文学理论',亦即,某种仅仅源于文学并仅仅适用于文学的独立理论。""从现象学和符号学到结构主义和精神分析,都并非仅仅(simply)与'文学'作品有关。"① 这是对现象的评述,但不意味着真理。这有两重意思。一是仅仅源于文学的理论是有的,中国古典文论的许多观点就是仅仅来源于文学,比如众人皆知的各种诗话。这不排除与其他理论的联系与相互作用。二是一种仅仅适用于本学科的理论也是存在的,不排除这种理论对其他学科的影响,但这种影响常常是外在的,是一种应用,不能否定它主要适用于本学科的骨干意义。更主要的是,我们说西方文论的场外征用,有些是完全的非文学理论,这类理论对文学的阐释是外在的强制,应用于文学领域,如果不能很好地改造其基本范式并与文学实践深度融合,终将被淘汰。当代西方文论的潮流更替证明了这一点。其次,一些重要流派,展开批评不是依据文本分析得出结论,而是从抽象的理论出发,用理论肢解改造文本,迫使文本服从于理论。这给人造成错觉,以为文学的理论可以脱离文学的实践,并且理论高于实践。理论和实践的关系可以从两个视角来把握。一是现实性视角。从这个视角看,实践明显高于理论,因为它有改造客观世界的特殊品格。二是普遍性视角。从这个视角看,有人会以为,只有理论才有这个特性,而实践没有,因此,理论高于实践,不仅可以指导而且可以阉割实践,如同一些当代文论用理论阉割文本一样。

---

① [英]伊格尔顿:《二十世纪西方文学理论》,伍晓明译,北京大学出版社2007年版,"第二版序",第88、199页。

这是错误的。实践同样具有普遍性品格。因为现实中的实践含有共同的规律，只要具备了大体相同的条件，就可能得到大体相同的结果。这恰恰是普遍性的含义。所谓理论的普遍性品格也正来源于此。① 从实践到理论的认识次序不应该颠倒。最后，一个普遍的现象是，一种理论被另一种理论否定，不是依据文学实践，不是实践否定理论，而是以理论否定理论，是一种理论瓦解了另一种理论。这会产生误解，以为理论的自言自语也是自身成长的动力。理论对理论的批判同样要以实践为根据。"人的思维是否具有客观的真理性，这不是一个理论的问题，而一个实践的问题。"② 离开了实践，再冲动的理论也难以为继。费尔巴哈企图否定黑格尔的道德论，其根据是他所谓爱的幻想。恩格斯批评说："费尔巴哈的道德论是和它的一切前驱者一样的。它是为一切时代、一切民族、一切情况而设计出来的；正因为如此，它在任何时候和任何地方都是不适用的。"③ 克罗齐以"艺术即直觉""直觉即表现"的表现主义理论，否定社会历史批评，然而汤因比从历史哲学的角度否定了他："毫无疑问，社会环境是决定一个艺术作品的形式与内容的首要因素"，尽管"艺术中所包含的见识的效力却会超越创作时的历史时空的暂时性和地域性"，但是因为"艺术综合了人的感知和思考"，艺术作品的历史背景和时代因素还是能够被迅

---

① ［苏联］列宁：《哲学笔记》，人民出版社 1974 年版，第 230 页。
② 参见《马克思恩格斯文集》第 1 卷，人民出版社 2009 年版，第 500 页。
③ 《马克思恩格斯选集》第 4 卷，人民出版社 1995 年版，第 240 页。

速地判断出来。① 德里达仅仅从消解意义的目的出发，用解构主义取代结构主义，然而"德里达所称的逻各斯中心论的最大讽刺在于，它的阐释（即解构主义）和逻各斯中心论一样张扬显赫，单调乏味，不自觉地参与编织系统"②。海登·怀特说得更辛辣一些："德里达以为自己的哲学是对结构主义的超越，殊不知却是对结构主义的彻底崇拜，成了它的俘虏。"③

二是具体与抽象的错位。这有两个维度的问题。一方面，理论生成不是从具体出发，上升为抽象，而是从抽象出发，改造、肢解具体，用具体任意证明抽象；另一方面，隔绝抽象，抵抗抽象，用碎片化的具体替代抽象，理论的统一性、整体性、稳定性遭到瓦解。正确关系应该是，文本的批评必须从具体出发，立足于具体，从具体的分析和研究中上升为抽象；抽象应该指导具体，具体的分析和研究应该上升为抽象，而不能停滞于碎片化的具体。符号学批评就是从抽象出发的批评。符号学把文学抽象为无感情、无意义的符号，并构造近乎数学模型的方法，用以文本分析。符号学由瑞士语言学家索绪尔和美国哲学家皮尔士分别创立，其生成基点与文学无关。格雷马斯在叙事学研究中引进符号学方法，在文本分析上用抽象统治了具体。前面我们提过的詹姆逊对中国古典小说的矩阵阐释就是一个例

---

① ［英］汤因比：《历史研究》，刘北成、郭小凌译，上海人民出版社 2005 年版，第 407 页。
② Wolin, Richard, *The Terms of Cultural Criticism*, New York: Columbia University Press, 1992, p. 200.
③ White, Hayden, "The Absurdist Moment in Contemporary Literary Theory." In Murray Krieger & L. S. Dembo eds., *Directions for Criticism, Structuralism and Its Ternatives*, Madison: The University of Wisconsin Press, 1977, p. 85.

子。这种从抽象出发的文本分析把握不好,极易消抹作品的文学特征,得出令人难以接受的别样结论。巴特更把符号方法推向极端,认为"符号就是符号本身,并不代表任何事物","文学评论应当从语言的上下文来了解,不能涉及现实内容与思想内容"①。这种不涉及内容的符号方法充分表明,在符号学理论中,抽象是主导一切的,是文本批评的出发点和落脚点,具体服从于抽象,是证明抽象的工具。这种由抽象出发强制具体的批评,其缺陷是明显的。其一,在文本批评上,用抽象集纳具体,具体存在的思想和内容凝缩于抽象结论,导致文本内容尤其是思想内容的虚无。特别是用抽象符号解构文本,将承载复杂思想和情感的文本演变为无意义符号的叠加,内容的碎片化、思想的碎片化难以避免。福柯批评德里达"完全陷入文本之中","作为批评家,他带着我们进入文本,却使我们难以从文本中走出来。超越文本轴标的主题与关怀,尤其是有关现实问题,社会结构,权力的主题与关怀,在这个曲高和寡的超级语言学框架里完全看不到"②。其二,如果说文学是审美,是独具创造性的意义表达,那么具体对文学的意义就重于抽象。更确切地说,没有抽象的文学,只有具体的文本。离开具体的文本,离开对具体文学的具体分析,就没有文学的存在。无感情、无意义的符号必然导致对文学特性的消解,导致理解的神秘化。海登·怀特批评德里达"攻击整个文学批评事业","编出令人

---

① 参见刘放桐等编著《现代西方哲学》下册,人民出版社1990年版,第738页。
② Wolin, Richard, *The Terms of Cultural Criticism*, New York: Columbia University Press, 1992, p. 203.

第二编 当代西方阐释：强制与独断

眼花缭乱的符号游戏，使理解无法进行。阅读原本面对大众，属于大众行为；但是现在文本被符号化，语言被神秘化，阅读成为少数人的智力游戏和炒作的资本"①。其三，共性本身就是消解和规约个性的。用共性的抽象强制个性的具体，固守单一的抽象方法，阐释变幻无穷的文本，当然要导致批评的僵化。从相反的方向说，拒绝抽象，满足于具体也是片面的。所谓"逻各斯中心主义"有它的短处，但这不意味着可以放弃对本质和中心的探究，使批评停留于琐碎而无联系的具体。晚近的米勒十分重视解构批评的操作实践，通过对大量文学作品的分解式阅读和评论，赋予文本的具体以极丰富的意象。然而，"米勒把解构批评看成为将统一的东西重新拆成分散的碎片或部分，就好像一个小孩将其父的手表拆成一堆无法照原样再装配起来的零件"②。这样的解构主义拆分，具体确是具体，但是整体不在了，合理的抽象不在了，对文本的阐释、对文学的理解，成为零乱飘飞的一地鸡毛，这样的批评没有意义。如果将文本比喻为手表，其中各个零件都有确定的作用，单独存在时，它只是零件，作用是明白的，功能却无效。拆解了零件作透彻的分析是必要的，但是，这种分析必须落实在功能上，只有在整体中发挥功能，这个零件才是有用的零件。文本中的具体都是文本的具体，离开了文本，具体就是另外的味道，无论怎样

---

① White, Hayden, "The Absurdist Moment in Contemporary Literary Theory." In Murray Krieger & L. S. Dembo eds., *Directions for Criticism, Structuralism and Its Ternatives*, Madison: The University of Wisconsin Press, 1977, pp. 107 – 108.

② ［美］J. 希利斯·米勒：《小说与重复——七部英国小说》，王宏图译，天津人民出版社 2008 年版，第 135 页。

细致精密,都要失去它本来的意义。只有在文本的总体框架中,在对文本的抽象总结中认识具体,认识各个具体之间的联系,并把握其抽象意义,才是科学的批评。再进一步,我们说的抽象,不是空洞的强制的抽象,而是由感性具体上升而来的理性抽象。解构式的拆分是必要的,但不能停留于拆分。拆分是为了抽象的意义,没有对拆分的意义整合,没有对文本的意义认识,具体的拆分仅仅是技术分析而非文学分析。用技术分析代替文学分析,对文本批评而言,是强制的片面阐释。

三是局部与全局的分裂。这是指在文学理论的建构中,诸多流派和学说不能将局部与全局有机统一起来,形成一个相对完整、自洽的体系。从局部始,则偏执于一隅,对文本作分子级的解剖分析,且固执地停留于此,声称这就是文学总体,以局部代替全局。从全局始,则混沌于总体,面向总体作大尺度宏观度量,且离开具体的研究作无根据的理论臆想。应该说,新批评是一种具有独特优势的批评方法,细读应该成为一切文本批评的基点。新批评的历史作用没有人能够否定。但问题是,新批评绝对地强调文学的内部因素,否定外部因素,彻底抛弃文学外部因素研究的理论和学说,尤其排斥社会历史批评理论,声称只有其自身理论符合文学的规律和批评的要求,由此陷入了极大的片面性。姚斯创立了接受美学,开辟了文学理论和批评的新的发展空间,这是一个重大的贡献。但是,如果声称"文学史不是别的,就是作品的接受史",把其他文学因素完全排斥于文学研究之外,将其他理论和方法弃之不顾,这样不仅是对其他理论的意义和作用的轻贬,而且也使自己的理论处于单兵突进、孤立无援的状态,难以对文学的整体发展发挥更大的作用。同时,我们也很怀疑,说"文学史就是作品的接受史",如此决绝,文学难道不是作品的创作史吗?没有创作,没有作品,何来接受?在与传统和历史的关系上,也有一个全局和局部的关系。如果把总的历史图景看作全局,把某一历史片断,包括当下的即时研究作为局部,那么一些重要的批评理论,把自己同历史做断崖式的割裂,严肃声称这是一个全新的理论,和一切传统无关,这也是一种认识路线上的混乱。从形式主义开始,西方文论的主流从作者转向作品,取消了一切与作者有关的研究,一直到后来出现响亮的口号"作者死了",社会历史研究的有益因素被全部抛弃。结构主义被解构主义彻底碎片化,不仅如此,德里达坚决地宣称:"解构主要不是一个哲学、诗、神学或者说意识形态方面的术语,而是牵涉到意义、惯例、法律、权威、价值等等最终有没有可能的问题。"① 这不仅是对文学,而且是对以往价值的彻底颠覆。不仅学派如此,就是一些理论家个人也对自己的理论进程不断否定和自新,我们从中也能看到这种断崖式否定的症候。米勒就是一个典型。他从新批评到意识批评再到解构主义,对自己的持续否定既体现他不断进取、不断创新的精神,也体现了西方文论一波又一波无限延宕的自我否定。

这里有两个问题需要讨论。第一个问题关涉西方文论的理

---

① Derrida, Jacques, "The Time of a Thesis: Punctuations." In Alan Montefiore ed., *Philosophy in France Today*, London: Cambridge University Press, 1983, pp. 44 - 45.

论范式。西方文论发展中各思潮和学派的狂飙突进，以抵抗传统和现行秩序为目的。提出一个方向的问题，从一个角度切入，集中回答核心的焦点问题，攻其一点，不及其余，不求完整，不设系统，以否定为基点澄明自己的话语，这是一种很普遍的范式。其长处是突出了理论的锋芒和彻底性，但弱点也是致命的。这种单一化、碎片化的理论走向本身就是解构，其结果必然是文学理论及其学科的存在受到质疑。面对各种主义丛生、各种方法泛滥的现象，"你可以讨论这位诗人的有气喘病史的童年，或研究她运用句法的独特方式；你可以在这些'S'音中听出丝绸的窸窣之声，可以探索阅读现象学，可以联系文学作品于阶级斗争状况，也可以考察文学作品的销售数量"①。这是伊格尔顿的调侃。20世纪西方文论的方法远不止这几种，各种主义创造的方法数不胜数，每一种方法都以独到、新风而自诩。但是，由于场外理论的征用移植是当代西方文论生成的主要方式，一些理论和方法之间几乎没有联系和照应。新批评与历史主义之间、结构主义与文化研究之间、女性批评与东方主义之间，如鸿沟般相互割裂。各种理论的隔阂、各种学派的矛盾，以至于一个独立学说、一位独立的思想家自身学说内部的自相矛盾，让理论的未来走向混沌不清。任何从相对系统、整一的角度界定理论的企图，都成为妄想。如此，就提出第二个问题，当代西方文论的理论范式是不是意味着文学理论和批评就不应该有一个完整的构成或体系？

---

① ［英］伊格尔顿：《二十世纪西方文学理论》，伍晓明译，北京大学出版社2007年版，"第二版序"，第88、199页。

第二编　当代西方阐释：强制与独断

理论构成的局部与全局是什么关系？实践证明，一个成熟学科的理论，大体上应该是一个完整有序的系统，在这个系统中，各方向的专业分工相对明确，配套整齐，互证互补。在理论生成和发展的整个过程中，某个方向的理论可能走得快一点，具有开拓和领军的作用。但是，随之而来的，其他方向的配套理论必须接续上来，逐步构成一个能够解决本学科基本问题的完整体系。同时，系统内不同方向的研究，其水平和深度应该大抵相当，某一方向的单兵突进，各方向之间的相互隔绝，会使整个系统处于不健全、不完整、不稳定的发育状态。无是非的矛盾、无标准的争论、无意义的相互诋毁，使整个学科面临常态化的危机，理论的有效性受到质疑，理论的发展成为空话。英伽登就曾指出，作品的艺术价值是一种集合性构成，任何孤立看待某一价值特征的做法都可能不得要领："'审美价值'是某种仅仅在审美对象内、在决定对象整体性质的特定时刻才显现自身的东西。"[①] 文艺作品如此，文艺理论是不是也应该如此？从20世纪理论发展的事实来看，各种学说和流派的单兵突进，并不意味着那些理论的创立者否定和放弃理论的统一性，只不过这种统一性的追求，一方面，是通过自身理论的统一性而实现；另一方面，则表现为试图以自己的理论替代他人的理论而成为唯一的理论。解构主义主张无中心，以往的一切理论都要被否定。若真如此，解构主义不是成为理论中心，而且是唯一的中心吗？形式主义、新批评、结构主义、后现代主义，

---

① ［波兰］英伽登：《艺术的和审美的价值》，蒋孔阳主编：《二十世纪西方美学名著选》下册，复旦大学出版社1988年版，第278页。

以至于文化研究、新唯美主义，哪一个不是以对以往历史的完全否定、对场内其他理论的完全否定而表达自己理论的整一性和全局性的？一个成熟学科的理论必须是系统发育的。这个系统发育体现在两个方面。从历时性上说，它应该吸取历史上的一切有益成果，并将它们贯注于理论构成的全过程；从共时性上说，它应该吸纳多元进步因素，并将它们融为一体，铸造新的系统构成。理论的系统发育不仅是指理论自身的总体发育，而且是指理论内部各个方向、各个层面的发育，相对整齐，相互照应，共同发生作用。系统发育是理论成长的内生动力，也是一个理论、一个学科日趋成熟的重要标志。期望以局部、单向的理论为全局、系统的理论，只能收获畸形、偏执的苦果。

若干问题再辨

一 概念解说

我们认为,"强制阐释"作为一个支点性概念,能够比较集中地概括当代西方文论的主要缺陷和问题,更好地把握其总体特征。对"强制阐释"作深入的理论补充和完善,能够更好地表达中国学者对百年西方文论的检省和认识。

首先要明确"强制阐释"的概念。我对"强制阐释"给出的定义是:背离文本话语,消解文学指征,以前在立场和模式,对文本和文学作符合论者主观意图和结论的阐释。这话有些绕,我一句句解释。所谓"背离文本话语"是指阐释者对文本的阐释离开了文学文本,对文本作文本以外的话语发挥。这些话语可以离开文本独立存在,无须依赖文本而发生。文本只是借口和脚注,是阐释者阐释其理论和学说的工具。所谓"消解文学指征"是指阐释者对文本和文学作非文学的阐释。这些阐释是哲学的、历史的、社会的,以及实际上并不包含文学的文化阐释,它们没有多少文学意义,不能给出具有文学价值的理论研讨,把文学文本释作政治、历史、社会的文本。所谓"前在立场和模式"是指在文本阐释之前,阐释者已经确定了立场,并以这个立场为准则,考量和衡定文本。在这个立场面前,文本是第二位的,是张扬立场的证词,一切阐释都围绕立场,立场决定阐释。这里的模式也是阐释展开以前先定的。阐释者用一个前定模式,对文本作符合要求的剪裁,将文本因子镶嵌于模板,而无论文本含义是否符合模板。这种方式常见于语言学或数学、物理学方法的演练。至于"对文本和文学作符合论者主观意图和结论的阐释",是个目的论的企图,意即论者的阐释不是为了揭示文本的本来含义或意义,而是为了论证阐释者的主观意图和结论。很明显,这个意图和结论也是前在的。在阐释文本以前,意图和结论就已确定,阐释者要利用文本证明结论,实现意图。在认识路线上,意图和结论是两个不同但又相续的过程。意图是指,论者持有现成的理论,去寻找文本,捕捉证据,证明理论;结论是指,论者一旦明确意图,结论随之而出,他要得到的结果,必须与结论相符。意图决定结论。

如果说强制阐释作为一种总体性缺陷,是20世纪西方文论诸多学说的明显特征,那么,这种缺陷在一些晚近的理论方法中表现得更加突出。比如"幽灵批评"。这种理论提出,作为一种非人性的特定存在,幽灵对人类很重要。对"幽灵的反感和悖论深藏在我们称之为文学的特定事物中,以多种的、挥之不去的方式被不停地铭刻在小说、诗歌和戏剧中",因此,"'幽灵'是批评的本质主题"[①]。正因为如此,幽灵批

---

① [英]朱利安·沃尔弗雷斯编著:《21世纪批评述介》,张琼、张冲译,南京大学出版社2009年版,第352页。

评要用幽灵般的眼光去审视和阐释文本,同时,它也要用这种眼光去审视和重读一切文学经典。德里达说,"按照定义,一部名著,总是以幽灵的方式在变动",班内特和罗伊尔将它进一步阐释为"经典总是一种幽灵事件"[1]。对理论的认识亦如此。在幽灵批评看来,以往的批评理论早已暗含幽灵,克里斯蒂娃研究了所谓"异质"(幽灵)的概念,这个概念也一直暗含在弗洛伊德的理论中,"但是在近二十年来,它又在批评中(也在文学作品里)以特殊的力量涌现出来"[2]。后殖民主义理论也被"幽灵"化,因为它反复地让人们关注后殖民主义文本中的幽灵存在,据说"后殖民主义文本是关注暴力、帝国主义和剥削的历史,它们是构成后殖民主义写作的前提;根据这些观点,历史被再次理解为是关于幽灵、幻象、鬼魂出没之地之类的事物"[3]。在幽灵批评的剑下,所有文本都将是幽灵,只有用幽灵的眼光去认识和检省,我们才能理解和阐释文本。《哈姆雷特》被称作"英国文学中可被证明的最伟大的'幽灵作品'"[4],"经典总是一种幽灵事件"。试问,这是不是一种背离文本话语的强制阐释?

还有一种所谓的"混沌理论批评",更加令人困惑。从20世纪80年代中期开始,在自然科学领域兴起的混沌理论热,带动了一批热衷于数学、物理学方法的文学理论和批评家投入其

---

[1] [英]朱利安·沃尔弗雷斯编著:《21世纪批评述介》,张琼、张冲译,南京大学出版社2009年版,第371页。
[2] 同上书,第359页。
[3] 同上书,第362页。
[4] 同上书,第370页。

中。他们模仿这个理论,将之迁移到文学场内,用以研究解决文学以及与文学相关的人文社会科学问题。这个理论的最核心观点是,世界是一个混沌系统,在这个系统中,随机性和先天性同时存在,一切事物包括人的身份都是不可确定的,是混乱而无秩序的。用这个理论阐释文学的文本,对文本的认识将远远背离文学。斯图亚特·西姆如此阐释了18世纪著名感伤文学作品《项狄传》,认为:"《项狄传》描述了这样一个世界,其中的机会和命定共同作用,阻止了稳定的个人身份的形成,因此,无论是作品的主题还是其结构,都指向混沌和复杂性的话语。"在西姆看来,小说中的所有情节,几乎都可以同混沌理论挂钩,都是混沌理论的证明。最突出的是所谓"蝴蝶效应",根据这个理论,南美某地一只蝴蝶翅膀的振动,会引起数千公里之外某地的巨大风暴。给主人公特里斯特兰起个名字,其结果被放大为一种忧郁的性格,影响其一生的命运。"同样,他母亲在怀上特里斯特兰时所提的问题'亲爱的……你没忘了把钟的发条上紧吧?'则消散了'动物精神',从而导致了无秩序的、混乱的生活"——"看起来是一点点的投入,却会对特里斯特兰的后期发展产生灾难性的效果",这就是蝴蝶效应的文本证明。[①] 再看这个家族,这一家人命中注定要频繁地陷入混乱之中,所有的事件都证明"先定的混沌会有多么可怕"。混沌理论的这种阐释可以接受吗?表面看来,理论与文本事实可以对应,叙述没有缝隙,但是,我的疑问是,套用这样的理论

[①] [英]朱利安·沃尔弗雷斯编著:《21世纪批评述介》,张琼、张冲译,南京大学出版社2009年版,第135页。

第二编 当代西方阐释:强制与独断

机械地阐释文本,其文学意义在哪里,还是不是文学的阐释?用场外理论对文本作非文学阐释,我视之为强制阐释是不是有道理?

从解释学的意义上讲,我希望强制阐释能够是这个理论链条上的一个新节点。从桑塔格的反对阐释(1964),到赫施的解释的有效性(1967),再到艾柯的过度阐释(1990),强制阐释这个论点是有所推进的。从海德格尔和伽达默尔开始,当代阐释学彻底否定了传统阐释学的客观主义立场,认为阐释"以解构存在论历史"为使命,"具有强行施暴的性质"①。这种暴力阐释是无限的,文本没有确定的含义,不体现作者意图,只能在读者的阅读(阐释)中实现自己。桑塔格提出反对阐释,认为现代风格的阐释是一种挖掘,"而一旦挖掘,就是在破坏;它在文本'后面'挖掘,以发现作为真实文本的潜文本"②。赫施坚定地反对伽达默尔的立场,坚持文本的含义和意义的区别,提出"保卫作者",主张阐释的客观主义立场③。我一直没弄清楚桑塔格反对阐释的真实本意是什么,就在那本以"反对阐释"为题的文集中,其余的文字都是在阐释。赫施的立场是明白的,但看起来,他的言说无法对抗伽达默尔引领的潮流。后来兴起的接受美学彻底淹没了他的客观主义抗争。在我看来,安贝托·艾柯的过度诠释是有分量的。他既没有极端地反对阐

---

① [德]海德格尔:《存在与时间》,陈嘉映等译,生活·读书·新知三联书店1999年版,第355页。
② [美]苏珊·桑塔格:《反对阐释》,程巍译,上海译文出版社2003年版,第8页。
③ 相关论述参见[美]赫施《解释的有效性》,王才勇译,生活·读书·新知三联书店1991年版。

释,也没有在宏大的阐释主题上发出"主义"的诉求,作为小说家和文论家,他以别人对他本人作品的阐释为例,翔实地说明和证明过度阐释的实际含义,令人信服。① 因此,我认为,过度阐释作为一种阐释现象是普遍存在的,是可以进入教科书加以说明的。

强制阐释与过度阐释有很多相同之处。比如,两者都承认批评的有限性,不认同"读者无拘无束、天马行空地'阅读'文本的权利"②;他们都认为,强制阐释和过度阐释的结果都超越了文本,对文本作了在作者看来是多余的阐释;它们都认为作者——在艾柯那里是"经验作者"——有权利判断哪些是"合法阐释",其余阐释应排除于合法阐释之外(关于这一点,我在《本体阐释论》③里有详尽的讨论)。尽管有诸多相似之处,但我还是要强调,强制阐释不是过度阐释,前者可以包含后者,后者无法代替前者。最根本的区别是,强制阐释的方式不仅体现在结果上,而且体现在动机和路线上。阐释的动机和路线,决定了强制阐释的基本特征和结果。

先说动机。过度阐释虽然对文本及作者意图作了过度阐释,但意图依然是阐释文本。强制阐释则不同。它的目的不是阐释文本,而是要阐释理论。这个理论是阐释者先前持有的,他要借文本来说明和证明理论。桑塔格这样批评弗洛伊德:"用弗洛伊德的话说,所有能被观察到的现象都被当作表

---

① 相关论述参见〔意〕艾柯等《诠释与过度诠释》,斯特凡·柯里尼编,王宇根译,生活·读书·新知三联书店2005年版。
② 同上书,第9页。
③ 张江:《本体阐释论》,载《中国社会科学内部文稿》2014年第5期。

面内容而括入括号。这些表面内容必须被深究，必须被推到一边，以求发现表面之下的真正的意义——潜在的意义。"这个意义是什么？桑塔格一语中的："对弗洛伊德来说个人生活中的事件（如神经官能症症状和失言）以及文本（如梦或者艺术作品）——所有这些，都被当作阐释的契机。"① 我以为，这就是强制阐释的一种表达。桑塔格的批评是有道理的。弗洛伊德不是文学批评家。他的学说首先是作为精神心理学说提出的。早在1896年，他就创造并使用了"精神分析"一词，1900年完成《释梦》，构造了他精神分析的理论框架。从此，他的精神分析理论闻名于世。他的文学观，他对文学和文艺的批评，都是在这个理论成形以后，作为对精神分析学说的证明和应用而逐步完成的。《作家与白日梦》（1908）、《列奥纳多·达·芬奇和他对童年的一个记忆》（1910）、《米开朗基罗的摩西》（1914）、《歌德在其〈诗与真〉里对童年的回忆》（1917）、《陀斯妥耶夫斯基及弑父者》（1928），这些时间偏后的著作，都衍生于他的精神分析理论，而不是文学实践和经验的总结。弗洛伊德撰写这些著作的目的和意义，是要证明其精神分析理论的正确，宣传这个理论。更具体地说，弗洛伊德关于文学和艺术的各种观点，是有既定前提的，这就是所谓的"俄狄浦斯情结"，这也是他研究和讨论全部文学问题的根本出发点。为了用这个"情结"说明全部文学作品、文学现象、文学历史，作出符合自己愿望的结论，他可

---

① ［美］苏珊·桑塔格：《反对阐释》，程巍译，上海译文出版社2003年版，第8页。

以只凭猜想、假设而立论，然后演绎开去，统揽一切。在一些问题上，哪怕明明知道是错误的，并由此陷入理论危机，也绝不悔改。①桑塔格这个词用得好——"契机"，弗洛伊德就是要以阐释文本为契机阐释自己的理论。文学和文本是他证明理论的工具。

再说路线。阐释本身是一种认识，就认识来源而言，它以实践为起点。对文本的阐释，应该从文本出发，从实际阐释中得出认识。过度阐释似乎不应涉及这个问题，至少我们不这样讨论过度阐释。看看艾柯提到的过度阐释他文本的例子，会有些启发。有些读者或批评家对艾柯小说中的人物名字作了许多阐释，艾柯认为，那都是一些主观臆想。比如《福柯的钟摆》，

---

① 弗洛伊德的《列奥纳多·达·芬奇和他对童年的一个记忆》就是很好的说明。

达·芬奇在笔记中写道："我忆起了一件很早的往事，当我还在摇篮里的时候，一只秃鹫向我飞来，它用尾巴撞开了我的嘴，并且还多次撞我的嘴唇。"从这个记忆出发，弗洛伊德认定：第一，"在古埃及的象形文字中，秃鹫的画像代表着母亲。"达·芬奇刚刚出生就失去父爱，秃鹫就是达·芬奇生母的象征，秃鹫的尾巴就是母亲的乳房，"我们把这个幻想解释为待母哺乳的幻想"。第二，达·芬奇三岁或者五岁时，被当初弃家另娶的生父接到一起生活，达·芬奇有了两个母亲的经历，"就是因为幼年时有过两个爱他的漂亮年轻妇人，他后来所绘画的蒙娜丽莎，才会流露出那样暧昧的、朦胧的笑容。蒙娜丽莎的永恒性，正是达·芬奇在经验与记忆间跳跃所产生的创造性火花所造就的。"很清楚，这就是达·芬奇的恋母情结，正是这个情结造就了达·芬奇的千古名作。

秃鹫这个意象来源准确吗？作为全部立论的前提，它是可靠的吗？不幸的是，早在1923年，弗洛伊德还在世的时候，就有人指出，他使用的那个达·芬奇笔记的德译本是有错误的，nibbio这个词的原意是"鸢"而不是秃鹫，"鸢"是一种普通的鸟，它和母亲形象毫无关联。立论的前提错了，无论怎样的理由，"弗洛伊德建筑在误译上面的整个上层建筑，却仍然无法逃避整个垮下来的命运"。由"鸢"到"秃鹫"的误译，弗洛伊德是知道的，但"终其一生，却从未就此做出更正"。为什么会如此？原因很多，但根本上说，弗洛伊德明白，放弃了这个前提，全部猜想就会被推翻，这篇弗洛伊德最得意的作品就难以被接受。

第二编　当代西方阐释：强制与独断

是艾柯小说的名字。他用这个名字,"是因为我小说中的钟摆是里昂·福柯所发明的。如果它是弗兰克林发明的话,那么书的名字就可能是'弗兰克林的钟摆'而不是'福柯的钟摆'了"。艾柯开始就想到会有人把这个名字与大名鼎鼎的米歇尔·福柯联系起来,而的确有"不少聪明的读者已经作出了这种发现",但是,作者本人说,"我对这样一种联系并不感到很高兴","我希望我的'标准读者'不要试图去发现其与米歇尔·福柯之间表面上的联系"①。因为这样的联系听起来像一个不太高明的笑话,这对理解作品没有益处。这种阐释——如果可以称为阐释的话——无论怎样拙劣,有一点是肯定的,阐释者立足于文本,立足于在文本中找到阐释的话题。阐释者没有离开文本说话,更没有从一个现成的理论出发裁剪文本。这个阐释的路线是正确的。而强制阐释的出发点是理论,是一个现成的、用以裁剪文本、试图证明其正确的理论。这就颠倒了认识起点和终点的关系,合理的、确当的阐释的基础已经丢失。强制阐释用凝固的理论、规范套用于天下所有文本,这大概是过度诠释可望而不可及的吧。

为什么要提出"强制阐释"这个概念?需要说明一下。

这个概念的诞生,首先来源于近年来我对当代西方文论的反思。众所周知,以20世纪70年代末80年代初为节点,当代西方文艺理论开始在中国产生影响,并逐渐演变为显学,受到学界的高度推崇。文艺理论研究言必及西方,西方文艺理论成

---

① [意]艾柯等著,斯特凡·柯里尼编:《诠释与过度诠释》,王宇根译,生活·读书·新知三联书店2005年版,第101页。

为评价和检验中国文学艺术实践的标准、文艺理论建设的基本要素。当下，我们面临一个难以解脱的悖论：一方面是理论的泛滥，各种西方文论轮番出场，似乎有一个很"繁荣"的局面；另一方面是理论的无效，能立足中国本土，真正解决中国文艺实践问题，推动中国文艺实践蓬勃发展的理论少之又少。中国文艺理论建设和研究渐入窘境。我们必须深刻反思：究竟应该如何辨识当代西方文论？事实证明，当代西方文论不但不能全盘移植过来用以阐释中国的文学作品和文学现象，有时候甚至在阐释西方的文学作品和文学现象时也很难让人认同。

随着研究的深入，"强制阐释"这个概念逐渐从对西方文论的反思和批判中满溢出来，发展成为一个具有普泛意义的阐释学现象。也就是说，"强势阐释"并非当代西方文论所独有，而是较为普遍地存在于古今中外的诸多阐释活动中。就当前国内文学研究的情况来看，"强制阐释"的情况较西方有过之而无不及。一些年轻学者，往往抱着"赶时髦"的心态追逐理论新潮。一种新的理论思潮出现，立刻就会有人将之运用到文本阐释之中，至于这种理论是否适合于该文本，这种阐释角度是否确当，根本不在考虑范围之内。其结果就是，诸多理论思潮在文本上轮番演练一遍，但对文本的阐释和解读并没有产生多少助益，文本不是越阐释越清楚，反而是越阐释越糊涂。

这就涉及阐释的有效性问题，也是催生"强制阐释"概念的因素之一。文本阐释的目的是什么？仅仅是为了满足阐释者的表达诉求，为阐释而阐释？我们承认，阐释行为中必然包含了阐释者的独特经验和独特体验，这赋予了阐释差异存在的合理性，但是，从主观目的角度来讲，阐释肯定是为了更好地解读文本。任何一种阐释，无论它所运用的理论如何玄妙，一旦不能有效阐释文本，它就是失败的。强制阐释从根本上说就是一种无效阐释。

言及此，我猛然想起纳博科夫调侃弗洛伊德的那些好玩的文字。在阐释福楼拜《包法利夫人》时，讲"马的主题"，纳博科夫先选了一个情节："查理寻找马鞭，慌里慌张地俯在爱玛身上，帮她从一袋小麦背后拾起鞭子来。"然后，他给了一个括号，括号里说："弗洛伊德，那个古板守旧的江湖骗子，一定能从这一场面中分析出许多名堂来。"他再选了一个情节："爱玛送给罗道耳弗一根漂亮的马鞭。"他又调皮地在括号中说："老弗洛伊德在九泉之下发笑了。"第三个情节："爱玛讥讽地提到他马鞭杆上昂贵的装饰品。"他再阴险地加了括号："黑暗中的那个笑声会更加放肆了。"①

禁不住莞尔。老纳博科夫。老弗洛伊德。

二 场外征用

概括说来，我把"强制阐释"的话语特征总结为四点。一是场外征用。在文学领域以外，征用其他学科的理论，强制移植于文论场内。场外理论的征用，直接侵袭了文学理论及批评的本体性，文论由此偏离了文论。二是主观预设。批评者的主

---

① ［美］纳博科夫：《文学讲稿》，申慧辉等译，生活·读书·新知三联书店1991年版，第244—245页。

观意图在前，预设明确立场，强制裁定文本的意义和价值，背离了文本的原意。三是非逻辑证明。在具体批评过程中，一些论证和推理违背了基本的逻辑规则，有的甚至是明显的逻辑谬误。为达到想象的理论目标，无视常识，僭越规则，所得结论失去逻辑依据。四是反序认识路径。理论建构和批评不是从实践出发，而是从现成理论出发，从主观结论出发，认识路径出现了颠倒与混乱。

在强制阐释的诸多特征中，我先来分析一下场外征用。场外征用是当代西方文论诸多流派的通病，诸多"学派"和"主义"都立足于此，对文本和文学做了非文本和非文学的强制阐释。我们可以做一个大致的统计，从20世纪初开始，除了形式主义及新批评理论以外，其他重要流派和学说，基本上都是借助于其他学科的理论和方法构建自己的体系。特别是20世纪中叶科学主义的兴起，以及近些年来当代国际政治、经济、文化的深刻变革，导致一些全球性问题日趋尖锐，当代文论对其他前沿学科理论的依赖愈加深重，模仿、移植、挪用，成为当代文论生成发展的基本动力，改变了当代文论的基本走向。

近一个世纪以来文学理论的发展，尤其是当代西方文学理论的发展，似乎越来越有力地证明，文学理论的来源已经不是，起码主要不是文学实践，而是其他学科的横向移植。对此，早在1977年，荷兰学者佛克马、易布思就曾在其合著的《二十世纪文学理论》一书中明确表达过这种观点："弗洛伊德的心理学对心理分析学派的文学批评理论无疑产生过影响。马克思文学批评理论与特定的政治学和社会学观点纠结在一起。格式塔

第二编 当代西方阐释:强制与独断

心理学派对于人们探讨一种文学系统或结构肯定具有启发的作用。俄国形式主义不仅受惠于未来主义,而且也受惠于语言学的新发展。有些文学理论派别与文学创作的新潮流更接近一些,有些则直接由于学术和社会方面的最新进展,还有一些处于两者之间。"① 并且借此认为,"仅将现有各种不同的文学理论派别的产生原因,给予一种概括性的解释,是没有多大裨益的"。他们拒绝承认文学理论是"一种概括性的解释",实际上是承认,文学理论已经不能再被视为对文学实践的"一种概括性的解释"。用"强制阐释"的术语来表达就是,这些理论多来自场外征用。

"场外征用",是我反复考量而确定的概念,尤其是征用之"征"字,强制阐释的一些核心特征凝聚其中。必须对此有个说明。所谓"征",一般意义可为"取",比如《正韵》:"征,取也。"如此使用也无不可,场外理论的"取用"嘛。但立意在"取",不能切中场外征用的要害。在这里,我宁愿选《韵会》的解释:"征,伐也"。而且是孟子的"征者,上伐下也"。这样的"征"有两重意思,也就是场外征用的两个核心特征。第一个特征,强制。"征"本身就有强制的意思。比如"征税""征兵",这是国家的强制权力。场外理论的征用充分体现了这种强制。一方面,是方法引入上的强制。强制阐释者,为实现自己的理论目的,在文学领域以外,强制征用其他学科理论,移植施用于文论场内。这些理论,本无任何文学指涉,也无任

---

① [荷]佛克马、易布思:《二十世纪文学理论》,林书武等译,生活·读书·新知三联书店1988年版,第2页。

何方法论意义，却被强加于文学场内，许多概念、范畴，甚至基本认知模式都从场外直接取来，强行用作文学场内的基本范式和方法，直接侵袭和消解了理论与批评的本体意义，使文学的理论背离了文学；另一方面，是文本阐释上的强制。用场外理论强制阐释指定文本，对文本做符合理论需要和论者意图的阐释。无论文本主旨是什么，无论文本的历史价值如何，更不顾及受众的普遍感受为何物，文本必须符合理论的需要，符合论者的前在意图。如果达不到这个目的，论者就要对文本做强行解构，做出新的安排。这就引出场外征用的第二个特征：解构。从认识的路线讲，用场外理论阐释文本，其逻辑起点就是，理论第一，文本第二，用理论裁剪实践。事实当然是，因为文本在前，特别是绝大多数经典在前，不是所有的文本，甚至可以说几乎没有现成的文本可以符合理论的需求。但是，为了达到目的，阐释者必须用理论强制文本，使文本服从理论。这就有"伐"的意思了。而且是以上伐下，以引进的理论为上，居高临下地对文本做任意阐释。如此，在阐释结果上，就必然生产场外征用的第三个特征：重置。为贯彻场外理论的主旨诉求，使文本贴附于理论，征用者常常将文本的原生话语打散，转换为场外理论指定的话语。这个话语既不是文本的主旨话语，也不体现作者创造的本来或主要意图，而仅仅是征用理论的单向诉求，将文本主题锁定于场外理论需求的框架之内。这就是一种重置。重置的魔法神通广大，不仅可以暗换主题，也可以调结构，更可以变换文本人物的角色——由边缘走向中心。总之，经过征用者的重置，文本变成了理论的婢女，一切都是理论的结果。

  这三重特征在阐释路径上是递进的关系。因为强制，所以要解构，结果只能是重置。对此，生态主义理论及其诸多文本阐释是一个很有说服力的证明。1996 年，生态批评家贝特对拜伦 1816 年的作品《黑暗》做了生态学的阐释。贝特发现，当时拜伦笔下极其险恶的天气情况，和气象记录是相符的，根据他的探究，当时印度尼西亚博拉火山的喷发，导致了地球温度下降，并波及欧洲，引发了日益严重的呼吸疾病。贝特就是从这个视角切入，"将自然环境的角色放到了重要的位置，以此来看待这个作品的产生，这种做法实际上与诗歌本身的视角完全一致，它渲染了自然环境发生重大变故所带来的潜在的灾难性后果：在这首诗中，这一后果就是人类我们失去了赋予生命的阳光"。[①] 毫无疑问，从拜伦《黑暗》的本体来看，贝特的视角不是没有道理的，因为这首诗通篇在写自然，在写阳光和黑暗。但是，同样也毫无疑问的是，拜伦不是一个生态主义者，他的这首诗绝非立意于生态，它想象的生态局面，是为他浪漫主义的反抗激情服务的。这是一种隐喻，黑暗只是他的"喻"而已，将隐喻转为主旨，这是错误的重置。很明显，这种脱离文本和文学本身，蛮横征用场外理论，强制转换文本主旨的做法，不能确当地阐释文本，也无法用文本佐证理论。如此阐释，文学的特性被消解，文本的阐释无关乎文学。这样的阐释已经不是文学的阐释。走得更远一些的，是生态批评对《创世记》

---

  ① ［英］朱立安·沃尔弗雷斯：《21 世纪批评述介》，张琼、张冲译，南京大学出版社 2009 年版，第 211 页。

的开发。美国历史学家怀特把批评目标直指《圣经》,他从生态主义的立场出发,认为《创世记》第一章中虚构的故事,"不仅建立了人类对自然的二元对立关系,而且认为是在上帝的意愿下,人类才为了自身的合理目的而开发自然",因此,西方基督教"把对自然界的科学探索、技术运用,以及经济开发合理化,导致这些行为在今天已经达到了从未想象的地步,甚至可能让《创世记》的作者都感到恐慌"。① 怀特的认识是一种新思维。他的正确与错误我们不去评价,但是,我在这里看到了一种"ambition",野心,抑或是雄心,生态理论要由此出发,以生态主义的立场和模式重写历史,而且不仅仅是文学的历史。这种场外征用的强制,是不是让我们有一点点异样的感觉?就像我在一篇文章里看到,女权主义者认为液体力学公式应该改写,因为流水冲击男人和女人身体时水流变化和压强会有不同,目前只有一个公式完全是男权主义统治的结果。令人瞠目结舌啊。

言及此,我当然要面对一种诘问:在各学科之间的碰撞和融合已成为历史趋势,跨学科、跨领域的交叉融合已成为科学发展的主要动力,文学征用场外理论难道不是正当的吗?我们承认,从积极的意义上讲,这种姿态和做法扩大了当代文论的视野,开辟了新的理论空间和方向,对打破文学理论自我循环、自我证明的理论怪圈是有意义的。但同时也应承认,理论的成长,更要依靠其内生动力。这个动力,首先来源于文学的实践,

---

① [英]朱立安·沃尔弗雷斯:《21世纪批评述介》,张琼、张冲译,南京大学出版社2009年版,第207页。

来源于对实践的深刻总结。依靠场外理论膨胀自己，证明了当代西方文论自身创造能力衰弱，理论生成能力不足，难以形成在文学和文论实践过程中凝聚、提升的场内理论。近百年来，新旧理论更迭淘汰，从理性到非理性、从人文主义到科学主义、从现代到后现代，无数场外理论侵入和张扬，当代的文论统合图景却总是活力与没落并行。场外理论的简单征用挽救不了西方文论不断面临的危机。当然，指出场外征用的弊端，并不意味着文学理论的建设要自我封闭，自我循环，在僵硬的学科壁垒中自言自语。我们从来都赞成跨学科交叉渗透是充满活力的理论生长点。20世纪西方文论能够起伏跌宕，一路向前，正是学科间强力碰撞和融合的结果。但必须强调的是，文学不是哲学、历史和数学。文学是人类思想、情感、心理的曲折表达。文学更加强调人的主观创造能力，而人的主观特性不可能用统一的方式去预测和规定。朱立元先生的《当代西方文艺理论》第3版增加了20世纪末出现的索卡尔事件。有人把这个事件归结为文学理论史上的十件大事之一。索卡尔是物理学家。他杜撰了一篇"诈文"，投给了一个著名的文化研究杂志。这个杂志的主编没有发现索卡尔有意捏造出来的一些常识性科学错误，也没能识别出索卡尔在后现代主义与当代科学之间有意识捏造的"联系"，一致通过把它发表，引起了知识界的轰动。索卡尔写这篇"诈文"的目的是对文学理论界，尤其是法国理论界，对数学物理学成果的滥用表达不满。索卡尔事件证明，文学理论借鉴场外理论，应该是科学的思维方式和研究方法，而不是现成结论和具体方法的简单挪用。特别是一些数学物理学方法的引用，更需要深入辨析。强制性地照搬照抄只会留下笑柄。

那么，理论对于文学批评的指导也是错误的吗？尤其是作为元理论的哲学，以某种哲学理论为指导，规约甚至决定文学批评的方向和准则，难道不是必需的吗？更尖锐一些，马克思主义历史唯物主义的立场方法，可不可以指导文学理论和批评的建设发展？这是不是一种立场先行？这个问题极富挑战性。这也是强制阐释论能够站住脚并说服别人、躲不了、绕不过的问题。有一次我在香港的一所高校讲"强制阐释"，一个学生就站起来用这两个问题质疑我。后来在其他场合，也有一些学者朋友提出类似的问题。这说明，这两个问题可能是很多人的疑问。我认为，有这样三点我们可以讨论。

第一，哲学如果作为一种思想方法和逻辑规范，它应该可以对其他具体学科的建构和研究有指导意义。但这种指导，必须以实践为准则。一切有意义的学科都是因为实践的需要而产生和建立的，实践是学科构建和发展的根本动力和标准。以某种哲学为指导，无论这个理论多么先进、完备，都必须尊重和服从学科建设本身的实践，尊重学科自身发展的规律，在实践中推动学科和理论的发现和发展。再深一步，如果说哲学是指导一切的，那么，谁来指导哲学？毫无疑问，是实践。是人类认识世界、改造世界的实践直接推动哲学本身的发生、建设，指导哲学在各学科建设的基础上，逐步成为具有元理论意义的世界观和方法论。哲学指导文学，也就是用文学以外的理论和方法认识文学，不能脱离文学的实践和经验。文学理论在其生成过程中，接受其他学科的研究方法和思路，其前提和基础一定是对文学实践的深刻把握，离开这一点，一切理论都会失去生命力。其必然结果是，理论的存在受到质疑，学科的建设趋向消亡。盲目移植，生搬硬套，不仅伤害了文学，也伤害了作为理论指导的哲学。

第二，历史唯物主义揭示了社会历史发展的基本规律，是我们认识世界和历史的正确的世界观和方法论。我们应该用它来指导我们的文学理论研究和批评。但正如马克思、恩格斯本人所说明的，他们所创造的理论只是指南，而非教条。恩格斯这样写道："如果不把唯物主义方法当作研究指南，而把它当作现成的公式，按照它来剪裁各种历史事实，那它就会转变为自己的对立物。"① 我认为，这段话已经说清楚历史唯物主义的指导与场外理论征用的区别。这种区别在于，前者提出一个方向，后者是固定一个模式，这是出发点的不同。前者以事实为根据，根据事实修正理论；后者以模式为根据，根据模式剪裁事实，这是方法论的不同。前者是为了找到事物发展的本来规律，后者是为了证明理论的正确，这是落脚点的不同。马克思主义经典作家反复强调，他们的理论不是"套语"，不是"标签"，不是把它随便贴到什么地方，就能解决问题的。恩格斯对德国的青年著作家说："我们的历史观首先是进行研究工作的指南，并不是按照黑格尔学派的方式构造体系的杠杆。必须重新研究全部历史，必须详细研究各种社会形态的存在条件，然后设法从这些条件中找出相应的政治、私法、美学、哲学、

---

① 参见《马克思恩格斯文集》第4卷，人民出版社2012年版，第595页。

宗教等等的观点。"① 看看，这是有了指南，还要重新、全部、详细地研究，哪里有把自己的理论当作模式、公式，并用来随便剪裁事实的半分痕迹？

第三，我们必须坦率承认，马克思、恩格斯本人，不是文艺理论家、文学批评家。他们的文学批评文本，大多是对朋友或战友的文学作品的鉴赏和评价。他们用历史唯物主义的立场、观点、方法来分析认识文本，但从不简单地贴标签、喊口号、戴帽子。他们所坚持的历史的、审美的方法，体现在对文本的细致分析上，体现在结论建立在文本的实际内容上，绝无强制色彩。信手拈来一个例子：恩格斯对斐迪南·拉萨尔的剧本《弗兰茨·冯·济金根》的批评。这是恩格斯写给作者的一封简短的回信。恩格斯首先表明，这部作品他先后读了四遍。在这个细读的基础上，他做出判断，认为这是"当前德国任何一个官方诗人都远远不能写出这样一个剧本"，这个剧本"是反映我国文学特点的"②。恩格斯分析这个文本，首先谈的是形式。对情节的巧妙安排，从头到尾的戏剧性，语言尤其是韵律处理，以及剧本是否适合在舞台上演……在评论作品的思想内容和形式的关系时，恩格斯提出了他著名的美学观点："我们不应该为了观念的东西而忘掉现实主义的东西，不能因为席勒而忘记莎士比亚"，主张任何思想性的努力都必须以美学和艺术的方式生动地表达出来，不能因为思想性而缺失艺术性。③

---

① 参见《马克思恩格斯文集》第4卷，人民出版社2012年版，第599页。
② 同上书，第439页。
③ 同上书，第442页。

"较大的思想深度和自觉的历史内容,同莎士比亚剧作的情节的生动性和丰富性的完美融合","正是戏剧的未来"①。对这部剧的评论,恩格斯说:"我是从美学观点和史学观点"来衡量作品的,②他的美学和史学评论都是紧紧围绕着文本自身所表达和扩大的内容展开的。他用讨论的口吻说:"我觉得刻画一个人物不仅应表现他做什么,而且应表现他怎样做";"我认为您原可以毫无害处地多注意一下莎士比亚在戏剧发展史上的意义";"我最喜欢济金根和皇帝之间,教皇使节和特里尔大主教之间的几场戏……"这里有一丝丝用场外理论强制于作者的非文学阐释吗?③

最后,对于文学理论的场外征用问题,我想有这样几个问题需要反思。

第一,对文学理论科学主义诉求的反思。可以说,从20世纪开始,一百多年来,当代西方文论的发展始终被科学主义的诉求统领着。所谓科学主义,是以自然科学的眼光、原则和方法来研究世界的哲学理论,它把一切人类精神文化现象的认识论根源都归结为数理科学,强调研究的客观性、精确性和科学性,其思想基础在20世纪主要是主观经验主义和逻辑实证主义。应该看到,传统的文学研究和文学批评,大多缺少客观的、精确的、操作性强的标准,往往倚仗于主观化的感悟和判断,这使得文学研究和文学批评中"仁者见仁,智者见智"的现象

---

① 参见《马克思恩格斯文集》第4卷,人民出版社2012年版,第440页。
② 同上书,第443页。
③ 同上书,第441页。

十分普遍，也给人造成这一学科貌似不够科学的印象。于是，对传统的文学研究和文学批评进行变革，探求更具科学性和客观性的研究方法就成为文学研究者的共同目标。但是，文学研究和文学批评的对象是文学创作这一特殊的精神现象，它的科学主义诉求是否完全"科学"，或者说用我们近代以来建构而成的对"科学"的认知，即更多倾向于"自然科学"的科学观来规约文学研究和文学批评，进而以此为标准发展文学理论，是否完全合理？这一问题有必要进行重新审视和反思。尤其是在自然科学迅猛发展，给人类生活带来更多便利和可能，从而导致自然科学被空前看重、人文社会科学地位持续下降的时代背景下，对主要以自然科学为参照建立起来科学主义诉求保持一定的警惕和警醒，虽然困难但却必要。

第二，是否所有的场外理论都适合被文学理论所征用？如前文所述，当今时代，各学科之间的碰撞和融合已成为历史趋势，跨学科、跨领域的交叉融合已成为科学发展的主要动力。但是，这种交叉融合是否也需要根据学科自身的属性和特点有所选择？这个问题换个提法就是，文学理论吸纳其他学科的理论成果，是任何一个学科都可以，还是只适合于某些特定学科？这个问题也需要深入思考。

第三，场外理论被引入文学场内，是否需要一个转化的过程？很多时候我们看到，这一过程是缺失的，或者是被省略的。场外理论被征用之后，直接使用其结论或方法，不经任何辨析与转化，导致由此解读出来的文本千奇百怪，令人哭笑不得，难以接受。这个问题我会在接下来的章节中专门论述。

三 "理论"的文学化

在这个部分,我着重提出和讨论一个场外理论的应用问题。诚如一些学者指出的,文学的发展需要场外理论。在一些语境下,场外理论的应用是必需的,具有重要而积极的意义。对于这一点我没有异议。但是,要注意的是,正当的场外理论的应用,或者说有效应用,必须立足于一个正确的前提,这就是场外理论的文学化。否则,场外理论不能归化为场内的文学理论,很难给文学及其理论的发展以更多的、积极的意义。

在这里,我必须对"文学化"做个说明。其必要性,来源于学者朱立元先生的建议。当初在与朱立元、王宁、周宪三位先生一起讨论"强制阐释"时,我提出场外理论的文学化问题,朱立元先生提出了这样的建议:"'场外理论的文学化'的提法是否可以改进?我不是说这个提法不对,而是说'文学化'的提法容易引起某种歧义或者误解。因为,一般人容易把理论的'文学化'理解为将理论或者批评用文学的生动的、诗意的美文表达出来,而不是让理论、批评进入文学场域。"他进一步写道:"我最近就读到一些文学批评家的文章,力主批评应当用文学的语言、有文学的色彩,就是这个意思。我又联想到,耶鲁'四人帮'之一的哈特曼就认为文学批评也是一种文学文本,与文学文本并无本质的差别,他指出:'如果对批评加以细致阅读,在它对于文学的关系中,把它看作是与文学共生的,而不是寄生于文学之上的,那么这就会使我把目光转向过去的丰富多彩的批评。'所以,他强调应当把批评看作是在文学之内而不是在文学之外,如随笔等文学文体(样式)具有融理论批评和文学表现于一体的基本特征。虽然这种观点有些片面,但是,他的主张实际上就是文学理论、批评的'文学化'。如果这样理解,就与您提出这个命题的初衷南辕北辙了。"①

为了避免出现这种南辕北辙的误解,我想说明,我在这里所使用的"文学化",不是指向表达方式,不是要将场外理论"用文学的生动的、诗意的美文表达出来",而是将文学视为学科意义上的概念。因此,场外理论的文学化,实际上是场外理论被引入文学场域后的学科转化问题。

所谓场外理论的文学化,包含这样几重意思:其一,理论的应用指向文学并归属于文学;其二,理论的成果落脚于文学并为文学服务;其三,理论的方式是文学的方式。请允许我一一道来。

第一个问题,理论的应用指向文学并归属文学。这里要明确一个界线,做一个场域的划分。当今的批评理论早已不是文学的理论了。传统的文学批评和理论,是对文本具体特征和审美价值做文学、美学的评论。无论其理论如何阔大,指向如何辽远,总体上都是以文本为核心,对文本做文学的具体解析和阐释。这种理论和批评的文学指向明确,可以毫无歧义地定性为文学的理论。然而,大约是从20世纪60年

---

① 朱立元:《关于场外理论文学化问题的几点补充意见》,《探索与争鸣》2015年第1期。

代开始，西方理论界兴起和放大了"批评理论"。这个理论不是或主要不是文学的含义，就其本意来说，它主要不是指向文本，尤其是文学文本。它指向理论，用汉语表达得更准确一点，可以称作"批评的理论"。与文学理论不同，批评的理论不限于文学，而且主要不是文学。它规划了一个跨学科的领域，哪怕就是以文学为起由，其指向也是哲学、历史、人类学、政治学、社会学等文学以外其他一切方面的理论，而不是文学理论。更确切地说，批评理论的对象甚至也不是理论，而是社会，是理论以外的物质活动。批评理论认为，社会也是一种文本，一切社会的运行和操作都是批评理论关注的内容，理论要对实际的社会文本做出批评，以实现公共知识分子的社会关怀和理论责任。由此可见，对批评理论而言，文学不是它的主要兴趣，它的兴趣是批评社会，把批评理论当作甚至替代文学理论或文学批评是一个谬误。这就是问题提起的基本语境。其核心是我们共同讨论的所谓文学理论及其强制阐释是指什么。

首先，我应该表述清楚，我提出这个概念的本意是，对文学理论场域中存在的各种非文学的理论现象，以及对征用场外理论强制阐释文本和文学的问题给予辨识和批评。这是文学理论的问题，不是批评理论的问题，不能用批评理论的特征或追求，为强制阐释的诸种弊端开脱。在场外理论的征用上，还应该细致区分两种现象，即征用文学阐释场外理论，与征用场外理论阐释文学。我认为，征用文学阐释场外理论，是所谓批评理论的一个基本特征。远的有弗洛伊德，通过征用《俄狄浦斯王》——古希腊经典悲剧——论证他的心理学理论。近一些的,如詹姆逊的《政治无意识》,通过对福楼拜、康拉德、吉辛等大师作品的分析,提出并论证了他的政治无意识。在这个过程中,不排除他对作品的分析精彩独到,也对文学理论的丰富和修正做出特殊的富于启发意义的贡献。但是,说到底,这不是文学理论,而现代意义的批评的理论,其出发点和落脚点都在理论而不在文学,它实现的是理论的文学化,即使用文学为理论服务,而不是文学的理论化,亦即构建文学的理论。这里没有理论征用合理与不合理的问题,强制阐释的场外征用,不是对这个问题的评述。

至于文学场内的场外征用问题,我的基本看法是,场外征用有其合理的一面。我从来都赞成,跨学科交叉渗透是充满活力的理论增长点。20世纪西方文论能够起伏跌宕,一路向前,正是学科间强力碰撞和融合的结果。场外征用,正如学者周宪先生所言,"如果运用得当并得法,也可以丰富和深化文学理论及其文学阐释。比如,符号学和结构主义理论等,一旦引入文学理论,并与文学理论的某些传统加以融合,便产生新的解释效力"[①]。但是,这里的前提应该是,理论的应用必须指向文学并归属文学,而不是相反。这个指向不是可有可无的小问题。在逻辑上讲,这是理论的定性根据。一个理论,它的本质或者说理论基点是什么,将决定它的分类和性质。哲学和文学,以及其他各种理论之间有所不同,很重要的区别在于它们的理论

---

① 周宪:《文学理论的来源与用法——关于"场外征用"概念的一个讨论》,《清华大学学报》(哲学社会科学版)2015年第2期。

指向不同。指向思维的、认识的、本体论的、经验论的,等等,这是哲学。可以有跨学科的融合,比如教育心理学,但它也有自己的明确指向,像教育过程中的心理学研究,其重点仍然是心理学而非教育学。在文学领域内,比如,在女性主义批评问题上,我历来认为,对实际存在的、具体的女性文学作品的批评是女性批评,这是文学的。用文学的文本证明女权理论,则是女权主义的文学扩张,这不是文学的。这是一个充分的条件判断:如果某种阐释通过征用场外理论来实现,最终不能指向和归属文学,它一定是一种非文学的强制阐释。一般来讲,非文学指向的理论没有场外征用问题——尽管它可以大量运用文学举证——因为那些理论本身就是场外理论的场外应用。

第二个问题,理论的成果落脚于文学并为文学服务。这是落脚点问题,也是一种标识,一种效应评价。周宪先生所言直指要害:"就强制阐释而言,问题的核心好像不是种种理论的'出身',而是在于其阐释文学的相关性和有效性。"[①] 我赞成这个说法,我们并不因为场外理论的出身而歧视它。但问题的关键是能否把这个引进"消化吸收"为场内理论,就像当年我国改革开放之初,引进国外的先进管理和技术一样,最终要看能不能把它变成自己的东西。如果能够达到这样目的和水准,这个引进就是成功的,否则就是失败的。就20世纪西方文论的整体情况看,我们引进的理论甚多,但真正转化为文学场内长期有效的方法却较少,能够形成精致完整体系的理论就更少。伊

---

① 周宪:《文学理论的来源与用法——关于"场外征用"概念的一个讨论》,《清华大学学报》(哲学社会科学版)2015年第2期。

格尔顿说得有道理:"任何理论都可以通过两种熟悉的方法来为自己提供一个明确的目的和身份。或者它可以通过它的特定研究方法来界定自己,或者它可以通过它所正在研究的特定对象来界定自己。"① 按照这个标准,我们考察一下西方文艺理论,有哪些能够称为文学理论呢?从方法上说,哪些从场外侵入文学领域的理论,最终成为有效的,可以对文本做普遍文学阐释的方法?一些大的"主义"给了我们一些概念和范畴,系统的、可持续的方法在哪里?也许新批评是一个例外。从对象上说,这些场外理论的研究对象是文学吗?还是再看看伊格尔顿是怎样评价德里达的解构主义的:"德里达显然不想仅仅发展一种新的阅读方法:对于他来说,解构最终是一种政治实践,它试图摧毁特定思想体系及其背后的那一整个由种种政治结构和社会制度形成的系统借以维持自己势力的逻辑。"② 这句话绕了一些,换句话说就是,解构主义这个场外的哲学理论,本质上是一种政治的语言和实践,它涉猎于文学,阐释于文本,其结果就是把文学变为由头和脚注,借此发挥它的政治主张,证明它的立场而已。这是明明白白地征用文学为理论服务。

场外理论的进入是可以的,但它合法化的条件是其理论成果要落脚于文学,并为文学服务。在场外理论的文学化上,我认为神话原型理论是比较成功的一种。弗莱的神话原型理论从荣格的集体无意识进化而来。集体无意识又蜕变于弗洛伊德的

---

① [英]伊格尔顿:《二十世纪西方文学理论》,伍晓明译,北京大学出版社2007年版,第198页。
② 同上书,第128页。

精神分析原本。但是，弗莱把荣格对原型的定义从心理学的范畴移至文学领域，建立了自己以"文学原型"为核心的原型批评理论。这个理论从弗氏的精神分析起步，进入集体无意识学说，转换进神话原型，形成了一系列新的有关文学理论的概念、范畴，具体为一整套可实际操作的批评方法。弗莱的研究对象是文本。他在自己的代表作《批评的解剖》中，分析评述了几百部文学作品，其目的是寻找关于文学作品的类型或"谱系"，力求发现潜藏于文学作品之中的一般文学经验，把精神分析学说转化为具有鲜明文学本真的原型批评理论，实现了场外理论的文学化。原型批评理论本身的价值我们不去讨论，但是弗莱的研究方法给我们以启示。引进场外理论是可以的。引进得好，会极大地开拓文学理论的发展空间，有效推动批评的科学化和理论化进程。弗莱的场外理论——精神分析学说——没有停留于文学场外，没有浅薄地贴附于文学，更没有反其道而行之，征用文学去证明理论，而是从起点开始，目标指向文学，以场外理论为文学服务，理论的全部成果落脚于文学，形成了以场外理论为支持的理论体系和批评方法。弗莱说："我想要的批评之路是这样一种批评理论：首先，它可以解释文学经验的主要现象；其次，它将就文学在整个文明中的地位引出某种观点。"[①] 这是值得借鉴的。

第三个问题，理论的方式是文学的方式。这里提出一个新的问题，什么是文学的理论方式？它与其他学科的理论方式，

[①] 转引自朱立元《当代西方文艺理论》，华东师范大学出版社2005年版，第175页。

比如哲学与文学的理论方式有什么不同？卡勒在《论解构——结构主义之后的理论与批评》中说，任何"其他话语都可以被看作是一种普泛化了的文学，或原初文学"，这句话是不是可以推衍为"其他的理论方式都可以被看作是一种普泛化了的（文学的）理论方式，或原初的理论"？这个推衍有些"戏仿"的味道，但这的确是20世纪西方文艺理论泛化的基本倾向，也是场外理论突进文学领域，并用诸多非文学本征的理论替代甚至完全外化文学理论的基本理由。在这个理由的驱动下，所有的理论，特别是哲学理论，无论怎样抽象空洞，只要贴附于文学，只要找来几个文学例子混杂其中，就可以是文学的理论，就可以用作广泛的文学批评。强调文学理论的独特方式，就是强调其文学理论区别于其他理论并独立存在的基本依据。

文学理论的独特方式是什么？我认为，最重要的就是理论的具体化。这个具体化是指理论与文本阐释的紧密结合，理论落脚于文本的阐释，通过阐释实现自己，证明自己。这是文学理论存在的独特方式，这个方式决定了文学理论与其他学科理论，特别是哲学理论的差别。举个简单的例子。复调理论是巴赫金在研究俄国作家陀思妥耶夫斯基小说的基础上提出来的。他借用音乐学中的术语"复调"，来说明这种小说创作中的"多声部"。巴赫金指出："有着众多的各自独立而不相融合的声音和意识，由具有充分价值的不同声音组成真正的复调——这确实是陀思妥耶夫斯基长篇小说的基本特点。在他的作品里，不是众多性格和命运构成一个统一的客观世界，在作者统一的意识支配下层层展开；这里恰是众多的地位平等的意识连同它们各自的世界，结合在某个统一的事件之中，而互相间不发生融合。陀思妥耶夫斯基笔下的主要人物，在艺术家的创作构思之中，便的确不仅仅是作者议论所表现的客体，而且也是直抒己见的主体。"① 这非常充分地体现了理论的具体化，即巴赫金的复调理论是和文学文本的阐释紧密结合在一起的，理论落脚于文本的阐释，在阐释中证明自己，实现自己，也将继续应用于文本阐释。

场外理论进入文学场内并真正发挥作用，首先要解决这个问题。文学理论的基本对象是文学，不是一般的社会生活现象的理论研究，也不是形而上的一般思维和认识方法。文学理论的重点应该聚焦于文学规律、文学方法的具体阐释上，聚焦于对文本的具体的认知和分析上，离开文本和文学的理论不在文学理论的定义之内。

当下的学院派有一个明显的倾向，就是理论的生存和动作与具体的文本阐释和批评严重脱节，其理论生长和延伸，完全立足于理论，立足于概念、范畴的创造和逻辑的演进，与文学实践及其文本的阐释相间隔和分离。我把它叫作"空转的理论"，或者"不及物的理论"。这样的理论，虽然在学科建制上仍然归属于文学，但已经与文学活动、文学文本没有多少关联，成了自我衍生、自我拆解、自我重组的游戏。我的疑惑是，作为文学的理论，既不关注文本，又不关注审美，而只热心于一般的社会批判，热心于非文学的思想建构，热心于黑格尔意义

---

① [苏联] 巴赫金：《陀思妥耶夫斯基诗学问题》，见《巴赫金全集》第五卷，白春仁等译，河北教育出版社 1998 年版，第 4—5 页。

上的纯精神运动,还是文学的理论吗?我向来主张理论与批评的结合。我的基本愿望是,理论是批评的理论,批评是理论的批评。理论的自我演进当然是必要的,但必须和实践结合,在实践的基础上演进。而对文学理论而言,除了文本、作品及其他形式的文学活动以外,批评是理论的重要实践形式。离开了具体文本的批评,绝对无法被认定为文学的理论。这当然是对理论构成的总体而言的。作为个体的理论家,其更关注纯粹的理论,而少一些具体的文学批评是正当的。但文本的批评也是基础,是理论的基本来源。只有如此,理论才能具体化,才能够成为文学的理论,或者才能被接受为文学的理论。也有另外的倾向,所谓的批评家不懂理论,文本的批评只是普通读者的观感,全无理论指导的意义,这样的批评,媒体造势可以,理论建树就是空话了。我们经常看到一些批评文章,洋洋洒洒,动辄万言,但只是一种出于感悟的读后感,本质上与普通读者的感悟并无区别,缺少理论的成色和高度。没有理论不行,理论不与批评结合,远离了文学亦不行,这就是理论与批评、理论与文学的辩证法。

我想,米勒的文学实践可以佐证这一点。作为由新批评转变而来的解构主义思想家,他的文学理论实践主要以文本批评方式表现出来,既有很强的理论性,也有很强的文学性。应该承认,德里达的解构主义理论,其主要方面或锋芒是政治的,起码其本来目的不是文学的而是政治的。米勒追随其后,将解构主义的理论紧密地嵌入文学阐释当中,创设了自己独特的批评方法,更好地实现了解构主义理论的文学化。

第二编　当代西方阐释：强制与独断

在这里，我不评论解构主义理论，也不评论解构主义文论的价值，只讲一点，在场外理论文学化过程中，米勒的具体化是如何实现并取得成效的。他的《小说与重复——七部英国小说》可以作为一个样本。米勒自己清楚，撰写这部著作的目的，是为了创设他的"重复"理论，其理论指向是文学。为此，他不是从理论和概念出发，而是精心选取了七部经典小说文本，通过文本的解构，在差异中找出共性，认定"重复"是这七部经典中共存的现象，也是一切小说创作普遍遵循的规律。表面看来，对这七部作品的解读方法是新批评的，非常"细读"式的，而在理论深处，它是解构主义的。他把解构的思想和理论具体化了，实现了场外理论的文学化。借此他还对理论的"理论性"提出批评。他指出，在对文学与历史、伦理和政治关系进行研究时，如果不去力图理解文本的文学形式和特性——在他看来当然是抽象的重复主题——"那么这种研究便会毫无效果。它成了显示所有文学研究彻头彻尾浸染着'理论性'这一情形的绝好例证。这意味着每一种形式的文学研究应该自始至终好好地对它的理论前提进行思考，以免为它们所蒙蔽，譬如，把这些理论前提所当然地视为正常的、普遍有效的，就会陷于盲目性"[①]。试问，他对"理论性"的警惕，他对理论脱离文本的认真批评，不是值得严肃对待的吗？

说到这，我想起一件事。20世纪80年代中期，以系统

[①] ［美］J. 希利斯·米勒：《小说与重复——七部英国小说》，王宏图译，天津人民出版社2008年版，第3页。

论、控制论、信息论为核心的"三论"风靡一时,并迅速在文学界引发热议。很多文学研究者和文学批评家如获至宝,一窝蜂地投入"三论"的怀抱中,当时涌现了一大批相关的学术文章。这些学术文章有的大谈应该用"三论"研究文学艺术,有的直接操刀用系统论、控制论、信息论来解读文本。我无意质疑"三论"本身。事实上,随着现代科技的发展,在各个科学研究领域分支日益细化的背景下,系统论、控制论、信息论的出现,对于科学技术和思维的发展起到了巨大的推动作用,为现代多门新学科的出现奠定了坚实的基础。但是,不要忘了,系统论、控制论、信息论本身还是自然科学理论。这种自然科学理论当然可以被引入文学场域之中,前提是进行必要的学科转化。实际的情况却是,20世纪80年代我们并没有进行这样的转化,直接生搬硬套,其结果有目共睹,喧嚣一时的"三论",只领风骚一两年,旋即销声匿迹,至今已经无人提起。由此可见,任何一种场外理论,进入文学场域之后,必须经过充分的、复杂的学科转化,内化为关于文学的理论。

四 主观预设

在我看来,主观预设是强制阐释的核心因素和方法。它是指批评者的主观意向在前,预定明确立场,强制裁定文本的意义和价值。主观预设的批评,是从现成理论出发的批评,前定模式,前定结论,文本以至文学的实践沦为证明理论的材料,批评变成对文本和文学作符合理论目的的注脚。

主观预设的要害有三。一是前置立场。这是指批评者的站位与姿态已预先设定，批评的目的不是阐释文学和文本，而是要表达和证明立场，且常常为非文学立场。征用场外理论展开批评，表现更加直白和明显。其思维路线是，在展开批评以前，批评者的立场已经准备完毕，批评者依据立场确定批评标准，从择取文本到作出论证，批评的全部过程都围绕和服从前置立场的需要展开。阐释者之所以选取文学文本，只是因为文学广泛生动的本体特征，有益于提升前置立场的说服力和影响力。

二是前置模式。这是指批评者用预先选取的确定模板和式样框定文本，作出符合目的的批评。批评者认为，这个模式是普适的，具有冲压一切文本的可能，并据此作出理论上的指认。当代西方文论的诸多流派中，符号学方法，特别是场外数学物理学方法的征用，其模式的强制性更加突出。通过这种方式，理论和批评不再是人文表达，文学抽象为公式，文本固化为因子，文学生动飞扬的追求异化为呆板枯索的求解。

三是前置结论。这是指批评者的批评结论产生于批评之前，批评的最终判断不是在对文本实际分析和逻辑推演之后产生，而是在切入文本之前就已确定。批评不是为了分析文本，而是为了证明结论。其演练路径是从结论起始的逆向游走，批评只是按图索骥，为证实前置结论寻找根据。

不妨举个例子。在历史文本的解读上，女性主义批评家肖瓦尔特站在女性主义的前置立场上，带着女性解读的模式，对诸多作品强制使用她的前置结论,无遮蔽地展现了主观预设的批评功能。在《阐释奥菲利亚:女性、疯癫和女性主义批评的责任》中,肖瓦尔特对《哈姆雷特》的解读一反历史和作品本意,推翻以主人公哈姆雷特为中心的批评立场,提出要以奥菲利亚——莎士比亚剧中的一个配角——为中心重新布局。她认为,奥菲利亚历来被批评界所忽视不是偶然的,而是男权征霸的结果。"文学批评无论忽略还是突出奥菲利亚,都告诉我们这些阐述如何淹没了文本,如何反映了各个时代自身的意识形态特征。"① 但是她认为,从女性主义的立场出发,这个角色就有着非同寻常的意义。她历数以往的批评历史中对奥菲利亚的多种解读,锋利地表达了不满:"女性主义批评应该怎样以它自己的话语描述奥菲利亚?面对她以及与这个角色一样的女人,我们的责任是什么?"② 她宣称:"要从文本中解放奥菲利亚,或者让她成为悲剧的中心,就要按我们的目的重塑她。"③

肖瓦尔特的追索是鲜明的。第一,必须改变以往的批评标准,以女性主义的既定立场重新评价作品。在这个立场下,无论作者的意图是什么,作品的原生话语如何,都要编辑到女性主义的名下,作品是女性主义的作品,作者是女性主义的作者。不仅这部作品如此,以往的文学史都要如此,要按照女性主义的企图重新认识和书写,女性经验是衡量作品以至文学价值的

---

① Showalter, Elaine, "Representing Ophelia: Women, Madness, and the Responsibilities of Feminist Criticism", In Geoffrey H. Hartman & Patricia Parker eds., *Shakespeare and the Question of Theory*, New York and London: Methuen, 1985, p. 91.
② Ibid., p. 78.
③ Ibid., p. 79.

第二编 当代西方阐释:强制与独断

根本标准。对女性主义批评家而言,这个立场是前置的,是开展全部批评的出发点。离开这个立场,女性主义的批评将不复存在。第二,要重新评价人物,"就要按我们的目的重塑她",让以往所谓被忽视、被曲解的角色,作为女性主义的代表,站到前台,站到聚光灯下,集中表达对男性父权制的反抗。第三,为此,必须重新设置剧目的主题,其中心不是哈姆雷特的故事,而是奥菲利亚的故事。这个故事是一段"被再现的历史"。这个历史被认为是作者有意识的书写,是莎士比亚反抗男性中心主义的证明,也是文学史中女性主义早已存在的证明。对此,肖瓦尔特的态度是坚定的,她将此视为女性主义批评家对文学和妇女的责任。

在这个主观预设的指挥下,莎士比亚的经典剧目被彻底颠覆。此前对《哈姆雷特》的阐释,基本都是围绕哈姆雷特展开的,哈姆雷特是核心人物,在整个故事的中心。但是在女性主义批评家笔下,这些必须被打破,哈姆雷特要让位于奥菲利亚。尽管全剧20幕中只有5幕出现奥菲利亚,她和哈姆雷特的爱情也只由几个模糊的倒叙提起,但现在必须重新审视她,"要让她成为悲剧的中心",以往所有被忽略的细节都要被赋予特定的含义加以阐释。奥菲利亚头戴野花被赋予双重的象征:花是鲜花,意指处女纯洁的绽放;花是野花,象征妓女般的玷污。她死的时候身着紫色长裙,象征"阴茎崇拜"。她蓬乱的头发具有性的暗示。至于她溺水而逝,更有特殊的意义:"溺水……在文学和生活的戏剧中成为真正的女性死亡,美丽的浸入和淹没是一种女性元素。水是深奥而有机的液体符号,女人的眼睛是那么容易淹没在泪水中,就像她的身体是血液、羊水和牛奶的储藏室。"①肖瓦尔特还仿拟法国女性主义的批评,认为在法国父权理论话语和象征体系中,奥菲利亚"被剥夺了思想、性征、语言,奥菲利亚的故事变成了'O'的故事,这个空洞的圆圈或女性差异之谜,是女性主义要去解读的女性情欲密码"②。这些阐释要证明什么?就是要证明在莎士比亚的戏剧里,以至于在漫长文学的历史中,女性是被男权所蹂躏、所侮辱的集体,是被文学所忽视、所误读的对象,在女性主义的视阈中,女性形象必须重新解读,或揭露男权的暴力,或歌颂女性的反抗。一切文学行为和结果都要符合女性主义的阐释标准,都要用这个标准评价和改写。但问题是,这种预设的立场与结论是莎士比亚的本意吗?或者说他写《哈姆雷特》的目的中,含有蔑视女性的动机及意图吗?女性主义者把自己的立场强加给莎士比亚,是不是合理和正当的阐释?

如果说以上只是一个具体文本和个别作家的分析,那么女性主义的名著《阁楼上的疯女人》的批评者则对此作了更远大的推广。桑德拉·吉尔伯特和苏姗·格巴对19世纪前男性文学中的妇女形象作了分析,划分了两种女性塑造的模式,认为以往的文学中只有两种女性形象——天使和妖妇。这些天使和妖妇的形象,实际上都是以不同方式对女性的歪曲和压抑,反映了父权制下男性中心主义根深蒂固的对女性的歧视和贬抑、男

---

① Showalter, Elaine, "Representing Ophelia: Women, Madness, and the Responsibilities of Feminist Criticism", In Geoffrey H. Hartman & Patricia Parker eds., *Shakespeare and the Question of Theory*, New York and London: Methuen, 1985, p. 81.
② Ibid., p. 79.

性对妇女的文学虐待或文本骚扰。作者还列举了一些具体例证。① 应该承认，这种一般性概括具有强大的冲击力，因为它已经从个别上升为一般，为女性主义学说涂抹了普适性和指导性色彩。但我也更加疑惑，预设立场以类归人物来证明立场的正确性，到底有多少令人信服的理论力量？

主观预设的问题不仅在女性主义批评实践中广泛存在，放眼 20 世纪以来整个当代西方文艺批评的历史，包括精神分析批评、生态批评、后殖民主义批评等在内，诸多批评流派都存在这样的问题。毫不夸张地说，主观预设，已经成为一个多世纪以来文艺批评实践的稳定套路、固化范式，也成为众多批评家批评操练中常见的思维方式、操作方式。并且，随着西方文论被引入国内，这种主观预设的问题在国内批评理论界也已经司空见惯。尤其是近来经常发现一些新锐批评家，或者是一些刚入行的硕士生、博士生，将从西方引入的近来的具有现代、后现代话语背景的新潮理论，与一些前现代的古典文学作品对接，思路大胆，见解新奇，很多分析和解读也颇有见地，但总给人一种"关公战秦琼"的感觉，所得结论也往往不敢苟同。我想，这可能都与文本阐释中的主观预设有关。

我们不否认女性主义批评、生态批评、后殖民主义批评等流派的理论价值和有益认识。它提出了认识和阐释文学的新视角，对文学批评理论的生成有重要的扩容意义。我要质疑的是

---

① [美] 桑德拉·吉尔伯特、苏姗·格巴：《镜与妖女：对女性主义批评的反思》，董之林译，张京媛主编：《当代女性主义文学批评》，北京大学出版社1992年版，第271—297页。

文学批评的客观性问题：文学批评应该从哪里出发？批评的结论应该产生于文本的分析还是理论的规约？

有人说，理论仅仅是介入和观照文本的一种视角。对这种说法，我既同意又不同意。同意的是，理论确实是介入和观照文本的视角。任何批评，对任何文本的批评，都需要一个切口，一种视角。无视角的批评既是不可能的，也不存在。同时，我又觉得这种说法里面包含着对"视角"本身的轻视，这是我所不能认同的。"仅仅"背后大致包含了这样的潜台词，"视角"只是个工具。譬如一张桌子，是用斧头做成的，还是用锯子锯出来的，似乎并不重要，只要做出来的是一张桌子。此言差矣，我认为视角之所以重要，不仅仅在于它使阐释获得了一种进入文本的可能，更重要的是，它直接决定着文本阐释的路径和结论。比如对莎士比亚《哈姆雷特》的阐释，用精神分析理论去阐释这部作品，如弗洛伊德当年解读这部作品一样，关注的重点可能就在哈姆雷特与叔父克劳狄斯、母亲乔特鲁德的恩怨情仇上，最终将悲剧归因于"俄狄浦斯情结"的作用。如果改作女性主义批评视角，则如前文所述肖瓦尔特一样，关注的重点则转移到奥菲利亚与所有男性的矛盾冲突上，最终得出这是一部女性被男权所践踏、所侮辱的血泪史的结论。那么，这个视角如何选取和确立？现在看来，很多学者遵从的原则是，哪个理论时髦、哪个理论流行就选用哪个理论。有一些经典的文艺作品，被各种理论反复不断地征用，成了怎么阐释都行的"变形金刚"。文本阐释中文本的中心地位被抛弃，沦为了到处帮忙、随意涂抹的"职业证人"。选用什么样的理论视角阐释文本，在我看来，唯一牢靠的办法就是从作品出发、从文本出发。如果将文本比喻为一座山峰，那么理论就是观照山峰的视点和角度。只有根据山峰的位置、状貌、形态等特征，才能确立适合的或者说最佳的观测角度。主观预设经常犯的错误，是无视山峰的具体特征，画地为牢，闭着眼睛先主观预设一个观测点和观测角度，这又如何能保证"识得庐山真面目"？我们承认，对一座山峰的观察，角度不是唯一的，可以有多个视点，观照角度不同，会产生"横看成岭侧成峰，远近高低各不同"的效果，从而丰富对山峰本身的认知。文学批评也是如此，从不同的视角切入，用不同的批评理论指引，会对文本有新的不同发现。但是，这样说并不等于承认每一种理论都可以应用于任何文本之上。不同的观照位置、观照角度既可以产生"横看成岭侧成峰，远近高低各不同"的效果，也可能远离了山峰、不见了山峰，即歪曲了文本、远离了文本。也就是说，不是每一种理论在任何一个文学文本面前都是万能的。这就涉及批评理论与批评对象的黏度问题，也即理论与文本的适合性问题。如何判断一种理论是否适应某一文本？核心不在这种理论是否强大、是否流行，而在文本自身是否具备与这种理论相匹配的质地。

　　请注意，我用的是"质地"这个词，而不是"元素"。所谓质地，我指的是对文本的一种综合判断。也就是要全面地、宏观地、整体性地去考察文本，然后确立它的质地。比如《哈姆雷特》这部作品，对它的判断必须超越片面的、微观的、局部的限制，在此基础上认识它、明确它，给它一个质地的定义。而不是说仅仅因为《哈姆雷特》中包含了几个与女性相关的元素就将其视为女性主义的文本。当下的文本阐释经常犯的毛病就是肢解文本，缺乏对文本的整体考量，抓住一点，不及其余，哪怕这一点仅仅是文本中无关轻重的细枝末节。说到底，这还是理论先行、主观预设的结果。正因为理论先行，主观预设，本应从文本出发的阐释行为，就异化为一种以理论为核心的论据搜集和寻找。先于文本、凌驾于文本之上的主观预设，说到底，就是无视甚至践踏了文本的这种客观质地，其结果，自然是背离了文本，所生发的阐释无疑属于强制阐释。

那么，当代西方文论及其批评实践为什么会普遍出现这种主观预设的情况？我认为原因有二：其一，当代西方文论的场外征用使然。我们之前讨论过，从当代西方文论的理论发生角度而言，很多理论流派直接征用其他学科的理论，且未经过文学化处理，理论与文学本身，乃至具体的文学文本之间，存在明显的裂痕，很难融为一体。强制征用而来的理论，对文学而言先天地就是一种预设。从现有的情况来看，很多理论征用，不是方式方法的借鉴，而是直接将模式和结论拿过来，强行套用到文学中。方式方法的借鉴是正当和必要的，比如统计学本来是数理领域的方法，但近年来一些学者将之引用到文学研究中，使文学研究打破了以往模糊的定性逻辑，建立了定量的概念和思维。这是进步。反之，忽视文学的学科特征，仅仅征用其他学科的模式和结论，只能造成强制阐释的后果。

其二，理论的过度膨胀使然。20世纪以后，当代西方文艺理论进入了发展的快车道，各种理论思潮此消彼长，令人目不暇接。与之相应的是，在理论和文本的天平之上，理论的分量

第二编　当代西方阐释：强制与独断

越来越重，人们对理论的热情、对理论的期待和重视程度越来越高，相反，文本反倒成了配角，不但丧失了理论诞生源头的地位，在功能上也沦落为理论的佐证和注脚。理论服务于文本逆转成文本服务于理论。在此过程中，两种倾向起到了推波助澜的作用。一是倾向于认为文学理论的来源未必就是文学实践。佛克马、易布思就曾明确表达过这种观点："弗洛伊德的心理学对心理分析学派的文学批评理论无疑产生过影响。马克思文学批评理论与特定的政治学和社会学观点纠结在一起。格式塔心理学派对于人们探讨一种文学系统或结构肯定具有启发的作用。俄国形式主义不仅受惠于未来主义，而且也受惠于语言学的新发展。有些文学理论派别与文学创作的新潮流更接近一些，有些则直接由于学术和社会方面的最新进展，还有一些处于两者之间。仅将现有各种不同的文学理论派别的产生原因，给予一种概括性的解释，是没有多大裨益的。"[①] 他们拒绝承认文学理论是"一种概括性的解释"，实际上是认为，文学理论的来源未必是文学实践。二是倾向于用"理论"取代"文学理论"，这是20世纪后半叶以来的一个重要趋向。热衷于"理论"，其着眼点在理论自身的发展，文学文本在理论建构的格局中，仅仅是一种佐证材料。为理论而牺牲文本成为常有的现象。

我从来都赞成，理论本身具有的先导意义，但如果从理论出发，预设立场，并将立场强加于文本，衍生出文本从来没有的内容，理论将失去自身的科学性和正当性。更进一步，如果

[①] ［荷］佛克马、易布思：《二十世纪文学理论》，林书武等译，生活·读书·新知三联书店1988年版，第2页。

我们预设了立场，并站在这个立场上重新认识甚至改写历史，企图把全部文学都改写为某个立场的历史，那么历史事实的真实性和历史文本的真实性又在哪里？预设立场，一切文学行为和活动都要受到理论的前在质询和检验，这种强制阐释超越了文学批评的正当界限。文学阐释可能是多元的，但不能预设立场。预设了立场，以立场的需要解读文本，其过程难免强制，结论一定远离文本。立场当然可以有，但只能产生于无立场的合理解读之后。

另外，可以想见，有学者可能会对我的"前置立场"提出质疑。其理论方向大致应该是立场与前见的关系。在和我的一些学生讨论这个问题时，也有人表示疑惑。这是一个很重要的阐释学问题，在此不做系统回答，后文会专门详细地讨论这个问题。我认为，与海德格尔不同，伽达默尔的前见，是一种知识背景，是一种由生存和教育语境所养成的固定辨识和过滤模式。这种模式以潜意识甚至是集体无意识的方式而存在并非自觉地发生作用。立场则不同。立场是一种主动、自觉的行为表达，是一种清醒意识的选择。它经过理论的过滤和修整，且以进攻的姿态而动作。不知道我这样去想，是否有些道理。

五 前见的盲目

在研究"强制阐释"的主观预设问题过程中，我陆续收到一些学者的反馈，对主观预设中的"前置立场"给予质疑。所以，我觉得有必要把这一问题单独拿出来阐述一下，把我

第二编　当代西方阐释：强制与独断

的认识和想法说得更准确和深透一些。首先我想强调，在我的理解中，前见和立场是不同的，甚至是本质的不同。在与一些同行的交流中，很多人把这两个概念等同，我觉得这是有问题的。

所谓"前见"，作为认识的前提，或者说理解的前提，是西方阐释学理论中一个具有巨大理论空间的重要问题。对这个问题的认识和争论，从一般阐释学开始，到海德格尔和伽达默尔的本体论推进，前见作为认识和理解的前提，在阐释中发挥着无法规避的作用，似乎已是定论。但是，"立场"这个概念或者是范畴，因为它在使用过程中的意识形态色彩，以及在中国语境中的特殊含义，使学界对此提出颇多质疑，以致忘记了它的本来意义。有学者细心查证了词典——我猜想是中国词典——对立场的解释明显偏重于政治的意义，更突出了它与阶级的关系，把立场定向为阶级的立场。对此我深表理解。一个词语在特殊的语境中被反复使用，其被赋予的惯常意义替代其本来意义，这在语言的发展中屡见不鲜。但是，重新检省我在强制阐释论中所使用的立场的含义，的确与政治和阶级一类的概念无关，我是在更本源的意义上使用这一概念的。我的本意是阐述立场与前见的区别，表示阐释者的学术站位和姿态，或者说是阐释的出发点和立足点。由此，有必要再一次重申，在我的概念体系中，前见与立场是完全不同的。这是一个阐释学的基本理论问题，深入讨论它，对阐释学理论的进步有很大意义。

前见到底是什么？我认为应该是人所不断存有和变化的知

识模式。这个模式既包含特定历史环境、民族与世族的文化对认知者的影响和塑造,也包含认知者个人的教育背景、经验积累,以及认识起始时的社会和文化环境的浸润。从认识发生的意义看,这个模式不为认知者所自觉把握,甚至是潜意识、完全不自觉的。凡当认识过程启动,它就要无意识地发生作用,认识从这个起点上展开。那么,这个无意识的前见与认识的结果是什么关系?我认为,最根本的一点是,前见不决定对象的内容,因此它不决定结果。关于这一点,伽达默尔本人有清楚的论述。他说:"即使见解也不能随心所欲地被理解。""我们也不能盲目地坚持我们自己对于事情的前见解,假如我们想理解他人的见解的话。"为了真正实现理解,前见解必须是开放的,必须对文本保持一种"事实的探究",因为"谁想理解,谁就从一开始便不能因为想尽可能彻底地和顽固地不听文本的见解而囿于他自己的偶然见解中"。他认为阐释不能被前见解所束缚,更不能够固执地坚持所谓的前见解而否定对象所具有的实际真理,在前见和理解的关系上,伽达默尔的态度是:"我们必须认识我们自己的先入之见,使得文本可以表现自身在其另一种存在中,并因而有可能去肯定它实际的真理以反对我们自己的前见解。"①

视阈和前见可有类比。两者之间相同的是,它们都是前在的,都是阅读文本之前所有的一个前在的认知模式;它们都可以是非自觉的,都不能根据自身结构要求任意改变认知对象的本来面目。两者不同的是,前见是一种认知准备,视阈是一种

---

① [德] 伽达默尔:《真理与方法》,商务印书馆2013年版,第382页。

第二编 当代西方阐释：强制与独断

目的期待。在文本的理解和阐释上，视阈期待经常是具体的、可以自觉感知的。与前见一样，期待视阈不是立场。立场是指且仅仅指有目的地修正文本，并以现实和文本证明立场。姚斯在阐释所谓期待视阈的对象化过程时曾经指出：当一部作品与读者既有的期待视阈相符时，它立即将读者的期待视阈对象化，使理解迅速完成；当一部作品与读者既有的期待视阈不一致甚至冲突时，它只有打破这种视阈使新的阅读经验提高到意识层面而构成新的期待视阈，才能成为理解的对象。这证明了我的想法，期待视阈与立场严格区别，作品与期待视阈不同，持有者将修正视阈；作品与立场不同，立场将修正作品。

我赞成"一切理解都必然包含某种前见"[①]。正如海德格尔所言，"把某某东西作为某某东西加以解释，这在本质上是通过前有、前见和前提把握来起作用的。解释从来不是对先行给定的东西所作的无前提的把握。准确的经典注疏可以拿来当作解释的一种特殊的具体化，它固然喜欢援引'有典可稽'的东西，然而最先的'有典可稽'的东西，原不过是解释者不言自明、无可争议的先人之见"[②]。海德格尔的后来者伽达默尔则更明确地指出，前见并非是理解的障碍，而是一切理解的前提，他强调，我们处于各种传统之中，这一事实首先意味着我们受前见所支配，以及自己的自由受到限制，一切人的存在，甚至最自由的人的存在都是受限制的，并受到各种方式的制

---

① ［德］伽达默尔：《真理与方法》，商务印书馆2013年版，第383页。
② ［德］海德格尔：《存在与时间》，陈嘉映等译，生活·读书·新知三联书店1987年版，第184页。

约。较之此前的施莱尔马赫、狄尔泰等阐释学前辈，海德格尔和伽达默尔最显著的进步，是在强调认识对象的历史性的同时，也提出了阐释行为自身的历史性问题。对此，必须给予充分的肯定。

对文学批评而言，这种前见的内涵要更加丰富，批评者不但要有一般的宇宙观和价值观，也就是与非专业的普通人一样的普泛意义上的前见，而且要经过严格系统的文学理论和批评的训练。这种训练打造了批评者的思维和认知模式，以及在专业训练基础上形成的文学感悟能力、理性分析能力、审美趣味和标准，等等，批评主体要在这些前见因素的作用下，开展理论和批评活动。但是，这依然不是立场。强制阐释论中所强调的立场是一种自觉的姿态和主观指向明确的判断性选择："其思维路线是，在展开批评以前，批评者的立场已经准备完毕，批评者依据立场选定标准，从选取文本至作出论证，批评的全过程都围绕和服从前置立场的需要展开。"① 这就是前见与立场的根本区别。概括而言就是，前见，是一种知识背景和传统累积，是一种由生存和教育语境所养成的固定辨识和过滤原始认知模式。这种模式以潜意识甚至是集体无意识的方式而存在，并非自觉地发生作用。立场则不同。立场是一种主动、自觉的行为表达，是一种清醒意识的选择。它经过理论的过滤和修整，以进攻的姿态而动作。前见是可以根据对文本的认识而修正的，而立场是不可改变的，它主导、驾驭、操纵阐释，使阐释的结果服从立场。立场的积极进攻和强制，立场的自觉意识和动作，

---

① 张江：《强制阐释论》，《文学评论》2014年第6期。

都决定了在实践的层面上它高于前见。所以,我不赞成朱立元先生所说"按照现代阐释学的观点,任何立场都必定是前置的。这是理解发生的前提,没有前置的立场,任何阐释都不会、也不可能发生";① 也不认同周宪先生所说"解释学指出了一条规律,前理解乃是理解所以可能的条件,这说明前置立场存在的合理性和必然性"②。我认为这是把前见与立场混淆了。这是我们在这个问题上发生歧见的重要原因。

不妨举个例子来进一步说明前见和立场之间的本质差别。当我们今天的读者在面对《红楼梦》这部作品时,首先,我们处于各种复杂的前见之中。这个前见是前人传递给我们的一切知识和认知的总和。也就是说,当一部《红楼梦》摆在我们面前时,我们并不是以一种"白板"的状态,或者说以一种"清空"的状态进入这部作品。我们已经具备的知识储备、文化素养、判断能力,以及我们所处的时代由历史延续下来的和它自身形成的道德、审美、风俗等,都形成了前见。除了这些具有集体属性的前见,我们每个个体还携带着自身的独特性前见。这是因为,每个个体成长经历、成长环境、教育程度、气质类型等都千差万别,这导致每个个体对事物的感受和体验也千差万别。也就是说,每个人在进入一个事物之前,他在携带着集体性前见的同时,也携带着具有个人印记和特征的个体性前见。必须承认,这种前见的存在是必然的,因为人是社会的存在、历史的存在。同时,没有这种前见的存在,我们也无法读懂

---

① 朱立元:《关于主观预设问题的再思考》,《学术研究》2015 年第 4 期。
② 周宪:《前置结论的反思》,《学术研究》2015 年第 4 期。

《红楼梦》。但是,有两点必须明确,第一,大多数情况下,这种前见并不为我们所意识到,它时时存在并不断发挥作用,却往往为我们所习焉不察。比如,当我们在《红楼梦》中读到贾宝玉和林黛玉的爱情悲剧时,我们往往为之唏嘘感叹,或同情,或惋惜,或伤感。这都是我们意识深处已经建立起来的关于爱情的前见在起作用,才导致我们产生了这样的情感。但这种爱情的前见往往都是潜移默化地在起作用,我们往往并未觉察。第二,这种前见当然也会对我们解读作品的结果产生影响,但它发生作用的方式也是潜移默化、习焉不察的。也就是说,我们之所以对贾宝玉和林黛玉的爱情感到悲伤或惋惜,只是我们已经建立起来的前见在默默地推动着我们这样做,并不是我们主观地、刻意地要悲伤或惋惜。

立场则与此不同。如前文所说,立场是一种主动、自觉的行为表达,是一种清醒意识的选择。它经过理论的过滤和修整,以进攻的姿态而动作。同样是面对《红楼梦》这部作品,当一个阐释者已经选定了一种理论为前提,那么这种理论所携带的视角、模式、论断,等等,已经清晰地被阐释者所占有、掌握,并上升为一种破解文本,甚至是向文本进攻的武器。比如,用社会历史批评方法去阐释《红楼梦》,在具体的阐释行为发生之前,阐释者必须明确地以社会历史批评已经形成并为阐释者所认同的方法和理论为驱导和指引,并沿着这一理论的逻辑生成符合该理论论断的最终判断。这就是立场。在文本阐释过程中,立场指引着阐释者按照立场确立的要求搜集"于己有利"的文本元素,并将其添加到自己的逻辑体系之中,验证或佐证预先设定的判断。这里同样有两点必须明确。第一,在一般情况下,立场一旦形成,它就是明确的、有意识的、能够觉察到的,不像前见一样潜移默化、习焉不察。第二,如果说前见只是"影响"判断的结果,那么立场则更直接地"决定"判断的结果。并且这个"决定"的过程是立场持有者有意识的、主观自觉的行为。

那么,一位阐释者裹挟一种理论定向阐释一个文本,是否合理和必要?我认为,必须区分理论运用和生成的不同方式。作为批评家怀抱一种立场,具体阐释和发挥文本展开批评,这是理论的运用;作为理论家坚持以理论为指导,依据实践和经验形成新的理论,这是理论的创造。当然,不排除它们之间的交叉重合。但在理论发生的机制上,是完全不同的两个问题。目前看它们已经形成差别甚大的两个不同领域,所谓学院派就是一个结果。在《强制阐释论》一文里,我对这个问题没有涉及。在与一些学者交流之后,我想到这两个问题必须加以区别和说明,否则会引发诸多歧义。

我赞成作为个体的文学批评活动,前见是不可避免的,也可以秉持立场,以现成的理论为模式,对具体文本做阐释。比如女权主义对历史文本的阐释,生态批评对传统经典的开掘,等等。至于是否为强制阐释,应该说,如果以既定目标为目标,在文本不符合理论需求的情况下,为实现目标而肢解文本,重置文本,使文本符合理论,就是强制阐释。这样的例子有很多,我在前面章节中已多处提及,不再列举。相反,当文本与立场不合甚至相反时,阐释者能够改变或放弃立场，以文本为依据，做出新的确当阐释，则可视为合理的阐释，尽管这种阐释极端表达了阐释的主观随意。如此判断的理由在于，无论如何这是从文本出发的阐释，是依据文本展开的阐释，而不是依据立场强行裁定文本的行为。第二种情况，从系统理论的生成来说，理论的全部出发点必须是实践，是文学的实践和经验。如果离开实践和经验，以某种现成理论为立场，用理论去制造理论，就失去了理论生成的根基，违背正确的认识路线。文学理论的生产必须依据文学的实践和经验，离开文学的实践和经验，就没有文学的理论。理论可以自我生长，依据逻辑推演生长理论，但其生成依据一定是实践，并为实践所检验。理论的生成当然可以有先在的理论指导，也可以坚持一种立场，但这种立场只是指导或者指南而已，不能是结论，不能是裁剪实践的工具。实践的品格高于理论的品格。理论来源于实践，任何理论、任何立场都从实践出发。文学理论的生成也是如此。

特别是当下中国文学理论的建设问题，让我们困惑不已。经过三十多年的改革开放，西方文艺理论已在中国占据强势地位，这有好的一面。但是，当代西方文艺理论竟也成为民族理论建设的前见甚至立场，而这个理论既无法解释民族审美经验，又很难融入当下文学实践，依据西方前见构建立场，依据西方立场构建理论，从理论出发回到理论，甚至连出发都没有，只是原地打转，重复和咀嚼别人的言语。这可以是民族理论的生成方式吗？这种方式有前途吗？这是我批评强制阐释的最初动力，只是当初非常模糊和犹豫。我坚定赞成更多地引进和学习当代西方文艺理论的优长,更多地运用这些理论来观照和改造中国古典文论,更多地运用新的理论和方法来研究当下的中国文学实践和经验。但是,这些理论只是一种资源、材料、前提,或者是一种知识背景和有益的前见,而不能是立场,尤其不能是有确定的理论目标、让实践服从理论的立场,实行理论构建上的强制阐释。

为了说得更清楚一些,让我们来看一下作为学者的恩格斯是怎样处理这个问题的。1890年10月,他给自己的朋友康拉德·施米特的信中这样写道:"每一个时代的哲学作为分工的一个特定的领域,都具有它的先驱传给它而它便由此出发的特定的思想材料作为前提。"① 这段话有三个节点值得重视。第一,"特定的思想材料"是指什么。在我看来,就是历史留下的思想和理论。这些思想和理论有合理和科学的一面,当然也有许多不合理、不成熟,甚至是荒谬、愚昧的成分。这些特定的思想材料对当下的实践具有历史的意义,它象征理论的延续和继承,后人从这里吸收对当下实践有意义的养分,其中的错误也为后人创造新的理论提供经验和教训。对不同学科而言,这个"特定的思想材料"也经常是其他学科和领域提供的理论和方法,借鉴甚至挪用这些理论和方法,对各学科理论的交叉融合、发现新成果、创造新理论具有重大意义。如果把它们作为理论背景,作为新的认识的条件,可以归纳为"前见",或者是对客观对象的前理解。第二,"由此出发"是指什么。毫无疑问,这个出发是理论的出发,运用特定思想材料的人,从

---

① 《马克思恩格斯文集》第10卷,人民出版社2009年版,第599页。

这里出发去创造新的理论。新的理论不应也不会回到起点，用新的理论去证明用以出发的特定的思想材料。也就是说，出发点不是落脚点，运用这些材料构建新的理论，有另外的理论目标，而不是回到出发点。如果从材料出发，无论经过什么环节回到原点，就不是创造而是证明，甚至是一种循环论证，无所谓创新和创造。这种方式和结果，是历史上多数理论和理论家的归宿。当然，必要的论证是不可或缺的。理论的演进总是震荡与调整相互补充的过程。我注意到，包括我自己在内，经常把理论生成意义上的出发点和落脚点混淆起来。这样做的结果就是，直接模糊了理论成长的方向，歪曲理论成长的路径。第三，最重要的一点就是所谓"前提"。由"先驱传给它而它便由此出发的特定的思想材料"，其价值如何定位？恩格斯说是"前提"。在我理解，这个前提是指，为进一步的讨论和深入提供一个可供参考的理论资源。这个资源可以是深入研究问题的指南，可以是推进理论发展的出发点，也可以是新的理论成果的根据，但所有这一切都不能是固化的，不能把前提强加于结果。一旦结果和这个前提相悖，那就必须毫不动摇地放弃和修正这个前提，而不是修正结果服从材料。统合这三点分析，我们可以得出一个结论，在恩格斯这里，这些特定的思想材料可以视为前见，但绝非立场。前见是可以有的，而且应该努力培植积累有价值的理论和经验前见，把人类对客观世界的新的认知建立于更高级更科学的形态之上，推动人类科学和理论以更快的步伐接近真理。但是，前见只是认知背景和条件，是研究的出发点，只是材料而非模式，更不是标准，不能用前见来挤压认知对象,任意歪曲对象以依附前见。否则,人类的认识永远没有进步。设想一下,如果德国古典哲学不是恩格斯的"前见"而是他的前置的不可动摇的立场,是他修订和挤压实践的立场,他用这个立场来构建理论,恩格斯还会是恩格斯吗?他的理论还会站住脚吗?这在恩格斯那里不是偶然的。他的全部理论都是从特定的思想材料出发,对现实做深入考察而生成的。

随手再举个例子。对社会主义理论的生成和发展,恩格斯也是这样总结的。现代社会主义"就其理论形式来说,它起初表现为18世纪法国伟大的启蒙学者们所提出的各种原则的进一步的、据称是更彻底的发展。同任何新的学说一样,它必须首先从已有的思想材料出发",但是,"就其内容来说,首先是对现代官僚主义中普遍存在的有财产者和无财产者之间、资产者和雇佣工人之间的对立以及生产中普遍存在的无政府状态这两个方面进行考察的结果"。这一段话是1878年6月,恩格斯在撰著《反杜林论》时写下的。而前面一段给康拉德·施米特的话,是在1890年写的,时隔12年之久。在他著书立说的漫长岁月里,不知道他反复说过多少类似的警言。我想,这应该为阐释学理论,特别是如前见、前理解、前置立场等概念的研究所重视。

另外,有学者曾建议将"立场"的提法转换为"理论",也就是将"前置立场"改为"前置理论"。从"立场"的理论形式说,这是一致的,但用"前置理论"这个概念,能不能表达用立场强制文本这一层含义,就要做进一步讨论了。另外,如果从概念的并列来看,前见、视阈可以与立场对应,用理论来对应是否恰切，我很难判断。

最后我想说明的是，之所以要花如此大的精力和篇幅来对前见与立场做个区分，不是在玩文字游戏，而是要真正明确两者之间的本质差别。我们当下的学术研究，大而化之、笼而统之的方式方法还是过多，需要从最基础的概念、范畴做起，扎扎实实推进，哪怕只是一小步的前进。同时更重要的是，由于前见的必然存在性和不可避免性，导致很多人认为"前置立场"也是合理合法、不可避免的，这种错误的理解来源于对前见与立场的混淆，因此有必要加以区分。

六　前置模式的冲挤

在我看来，"前见"与"立场"这一对概念，应该是阐释学中的重要概念，不能回避。但在传统的阐释学理论中，"前见"是被认可的，"立场"则很少被提及。特别是像朱立元先生指出的那样，因为"立场"这个词的特殊意义，如果用作阐释学的基本概念，可能会引起诸多歧义，因此，还是要进一步讨论和研究。[①] 并且，因为这个概念本身内涵丰富，不是一下子就能研究清楚的。接下来，我们回到强制阐释论文本，解析另一个重要问题——文学阐释的前置模式。我认为，前置模式包含了一个更广阔的文学原点问题，即对文本和文学的阐释，有没有一个或几个基本模式存在，试图建立一个包打天下的基本模式是否可能。强制阐释的一个基本追求和方法就是统

---

① 朱立元：《也说前见和立场》，《学术月刊》2015年第5期。

一模式的构建和应用。这个问题也是与前置立场紧密联系的，以前置立场强制阐释文本，其主要方式之一，就是前置模式。前置模式是实现前置立场的主要方法。因此，有必要专门讨论一下。

什么是前置模式？我曾概括为："批评者用预先选取的确定模板和式样框定文本，作出符合目的的批评。"① 更确切地表达，模式是一种固化的技术方式，以确定的规则和操作方法，直接用于文本阐释，作出与模式创造者企图一致的结论。最突出的如格雷马斯的矩阵、普洛普民间故事的 31 个功能、斯特劳斯的神话要素图阵，等等。模式不同于立场，立场是思想和理论的确定选择，而模式是表达和实现立场的具体方法。从形而上的意义上说，立场高于模式。模式和立场可以是一致的，也可以是分离的，甚至是相悖的。模式和方法有相似的一面，都是认识和解决问题的办法，但在哲学意义上，方法高于模式，方法重于规律，是灵活而可变的，模式更重于技术，常为机械的固定形态，更近于工学上的"模型"。理论可以降解为方法，但不应再降低为模式。女权主义作为一种理论，可以视为方法，如果作为模式，还需要总结概括为具体的技术，能够大范围地应用于具体的文本阐释。说明这一点，对认识西方文论中的许多特殊现象具有很重要的意义。举例说，结构主义可以作为一种立场，表述为"关于世界的一种思维方式"，用这种方式认识世界，它坚持的是"事物的真正本质不在于事物本身，而在于我们在各种事物之间的构造，然后又在它们之间感

---

① 张江：《强制阐释论》，《文学评论》2014 年第 6 期。

觉还能坚持那种关系"①,这已经是对世界的一般看法,已类似于世界是物质的概括。小一点的立场或者说理论目的,比如寻求批评的恒定模式,企图用相对稳定的模式来把握文学,以实现对文学的普遍性和一般性的操控。在这个立场的支配下,各种各样的具体模式应运而生,通过这些具体模式来实现基本立场。比如,法国批评家克劳德·勃瑞蒙同俄国的普洛普一样,其立场都是结构主义的,在前者看来,普洛普以结构思维研究童话,其立场是正确的,但模式并不完美,于是,他另外提出一种"三合一体"的结构假设,即任何小说都可以被概括描述成一种原子系列三阶段纵横交错的"三合一体"模式。② 这可以非常典型地说明立场与模式的不同,模式如何为立场服务。

立场与模式完全相反也是经常见到的现象。尤其是20世纪以来的一些流派和学说,自己创造的模式相悖于自己的立场,自相矛盾而难以自圆其说,就是在一些堪称大师的著作里也是可以看到的。米勒就是一例。从解构主义的立场来说,米勒不承认有一种系统完整的批评方法,可以为一般的文学批评提供具有普遍意义的指导。长期以来,他的著作都是立足于文本解读,以深入解读见长。但是,令我们困惑的是,他的解读和阐释,其目的却是要找到一个系统的、具有规律性意义的普遍方法。他撰写名著《小说与重复——七部英国小说》,用他自己的话说,就是要"设计一整套方法,有效地观察文学语言的奇

---

① [英]霍克斯:《结构主义和符号学》,瞿铁鹏译,上海译文出版社1987年版,第8页。
② 朱立元:《当代西方文艺理论》,华东师范大学出版社2005年版,第232页。

妙之处,并力图加以阐释说明"①。他对"重复"理论的意义估价和期望是很高的,相信"重复"这个范畴具有普遍意义,他号称:"任何一部小说都是重复现象的复合组织,都是重复中的重复,或者是与其他重复形式形成链形联系的重复的复合组织。"②他认定"对作为例证的小说的解读方式,对分析同一作家的其他小说,或是同一时期其他作家的其他小说,甚至是不同时代、不同国家的众多的作家","重复"一定是不断出现的技巧和方法,可以做规律性的概括和总结。他设问:"我的解读能成为样板吗?"③让人们明白无误地感受到他的雄心和自信。可以肯定地讲,在骨子里,米勒认定在文学创作和文学批评中,是有一般规律存在的,核心是要我们去发现。文学理论和批评的任务就是找到和揭示这些规律。作为一位从新批评传统转型而来的解构主义大家,他的文本解读实践、他的理论追求和某种程度上的成功,已经证明了这一点。"重复"的理论创造就是范例、样板。问题应该是很尖锐了。解构主义直接反对的就是"本质主义",或称"逻各斯中心主义"。瓦解这个主义是解构主义的根本出发点。米勒自己就说:"阐释预设所用的'逻各斯中心主义'应该彻底摒除。"④ 主张"文学的特征和他的奇妙之处在于,每部作品所具有的震撼读者心灵的魅力(只要他对此有着心理上的准备),这些都意味着文学能连续不

---

① [美]J.希利斯·米勒:《小说与重复——七部英国小说》,王宏图译,天津人民出版社2008年版,第23页。
② 同上书,第3页。
③ 同上书,第5页。
④ [美]J.希利斯·米勒:《传统与差异》,转引自朱立元《当代西方文艺理论》,华东师范大学出版社2005年版,第318页。

断地打破批评家套在它头上的种种程式和理论"①。但是，就是这位米勒，一心要建立一个以重复论为核心的批评体系，并用这个方法去阐释一切小说文本，这个取向彻底偏离了解构主义无中心、无意义的根本立场，当然也是理论批评方法上的"逻各斯中心主义"。他难道不担心"文学能连续不断地打破批评家套在它头上的种种程式和理论"，从而也打破他所谓"重复"的模式？尽管他期望自己的"重复"模式能够成为"样板"。在我看来，米勒的实践很好地说明了立场与模式的区别，立场与模式的相悖，给前置模式的定位以最好的佐证。前置模式作为主观预设的一个独立过程，其性质和作用必须定义和考察清楚。同时，在阐释学的意义上，它也应该有概念独立的必要。

我认为，西方文论的科学主义转向，一个很深刻的理论动因就是，要像精准的自然科学那样，找到一个或有限几个一般的普适模式用作阐释文学和文本的基本方法，用这个方法可以阐释天下一切文本，甚至包括可以视作文本的实践活动。毫无疑问，这肯定要被批作"本质主义"，或者说是"决定论"的追求。人类对自然现象的认识是需要确定性方法的。牛顿给出的力学公式既适用于树上落下的苹果，也适用于围绕恒星运转的行星。没有牛顿力学，经典物理学将不复存在。把握全部物质运动的基本规律，用一整套精准而有效的公式去证明它，是人类认识世界的基本方法。就认识的目的和方法说，这是值得一切学科借鉴的。20世纪80年代，詹姆逊在北京大学讲学，

---

① ［美］J. 希利斯·米勒：《小说与重复——七部英国小说》，王宏图译，天津人民出版社2008年版，第5页。

用矩阵方法分析《聊斋》中的《鸲鹆》，得出一个政治性的结论，这个例子影响很大。国内出版的多种教材都有引用。对此，我是持怀疑态度的。我坚定地认为，用一种或几种僵化的模式来阐释甚至是规范文学是不可能的。特别是精确的数学物理学方法，用于文学和文本的阐释，一定会沦为机械死板的套用和毫无趣味的探索。文学是人的主观创造，不是现象的客观描写。创造者在文本进行中，瞬间的冲动和怀想将改变文本中各项要素的命运。而这个命运，大的方向说确有历史的必然性在起作用，但更多、更核心的是要素个体的偶然性表达。朱自清和俞平伯一起游览秦淮河，时间相同，地点相同，情景相同，写出的散文虽然都叫"桨声灯影里的秦淮河"，但内容、风格却迥然不同。文本的艺术形式也是难以确定的。创造的因素、模仿的因素、非理性的因素都会以不同的方式发生作用。预测是不可能的。不要说阐释者，就是作者本人都难以规定文本的结果，包括文本诸要素，比如某人物的结局。福楼拜创作《包法利夫人》，本来不想让包法利夫人死去，但随着情节的发展，她不得不服毒自杀，以至于写到此处，福楼拜感觉自己的口中都满是砒霜的味道。文本的创造不可重复。如果可以重复，就无所谓创造，文学就失去生命。这当然决定了文学阐释的命运。没有重复的写作，有没有可能找到重复的阐释方法？显然很难。

并且，文学是历史性的、地方性的概念。所谓历史性，指的是文学的内涵随着历史的变化而变化，古人对"文学"的界定和我们今天对"文学"的界定是不同的。以西方为例，按照卡勒的说法:"如今我们称之为文学 literature(著述)的是二十五个世纪以来人们撰写的著作。而 literature 的现代含义:文学,才不过二百年。1800 年之前,literature 这个词和它在其他欧洲语言中相似的词指的是'著作',或者'书本知识'。即使在今天,当一个科学家说'关于进化论的著述(literature)浩如烟海'时,他不是讲关于进化论有许多诗歌或小说,而是说在这方面已经有许多著作。而如今,在普通学校和大学的英语或拉丁语课程中,被作为文学研读的作品过去并不是一个专门类型,而是被作为运用语言和修辞的经典学习的。它们是一个更大范畴的作品和思想的实际范例,包括演讲、布道、历史和哲学。"① 所谓文学是地方性的,指的是文学的内涵不仅随时代的变化而变化,而且也随着文学的地域归属和文化归属的不同而呈现出不同的特点。最富有说服力的是文学的民族性。把雪莱的《西风颂》和龚自珍的《己亥杂诗》放在一起,虽然两位诗人基本生活在同一时代,并且都是伟大的诗人,但他们诗歌表达方式、抒情方式、艺术技巧却存在天壤之别。试问,既然文学的内涵并非固定不变,不同民族、不同地域的文学又千差万别,文学理论如何能够创造一种放之四海而皆准的普适模式,从而能够阐释所有的文学作品呢?

前置模式,本质上是固定模式,是在阐释前就被固定下来,可以对所有文本重复使用的模式。这种固定模式能够对所有文本,甚至对历史留存的文本做全方位的阐释,实在令人怀疑。

---

① [美]乔纳森·卡勒:《当代学术入门:文学理论》,李平译,辽宁教育出版社、牛津大学出版社 1998 年版,第 21 页。

第二编 当代西方阐释：强制与独断

各位解构主义大师反复告诉我们，打破固定模式，消解一切规范和约束，是解构主义的坚定目标。但是，这绝非由解构主义肇始。远的不说，19世纪的雨果就曾振臂疾呼："我们要粉碎各种理论、诗学和体系。我们要剥下粉饰艺术的门面的旧石膏。什么规则，什么典范，都是不存在的。"① 克罗齐对文学史采取排斥的态度，不认为通过文学史的研究能够找到文学发展的连续性，找到规律、典范。他认为"文学史的存在，仅仅是因为学人和学者的需要博古通今"而已，"人人都可以随心所欲，梳理一番"②。然而，一百多年以后，各种各样的主义，包括解构主义，却打着自己的旗号，努力地创造固定模式，并将这些模式前置，用以阐释文本。女权主义用女权模式解构历史，重写符合女权立场的文学；弗洛伊德用俄狄浦斯情结涂改天下文本，制造精神分析的巨大领域；原型批评用春夏秋冬的轮转规范历史进程，一统从古至今的文学形态；等等。各种主义、各种"潜在"模式充分表明了所谓打碎规则、离经叛道的虚伪。"只要你告诉我你的理论是什么，我便可以提前告诉你关于任何文学作品你会说些什么，尤其是那些你还没读过的作品"③，真是一语中的。一种文学理论转换成相应的操作模式，把这个模式放置于阐释之前，活生生的文学和文本，被疯狂挤压为同

---

① ［法］雨果：《雨果论文学》，柳鸣九译，上海译文出版社1980年版，第58—59页。
② ［美］韦勒克：《近代文学批评史》第8卷，杨自伍译，上海译文出版社2009年版，第339页。
③ Frank Lentricchia, "Last Will and Testament of an Ex-Literary Critic", in Alexander Star ed., *Quick Studies*: *The Best of Lingua Fran-ca*, New York: Farrar, Strans and Giroux, 2002, p.31.

一的产品,作家的想象力和创造力被扭曲为阐释者的抽象意志,如此理论哪里还有理论的本来意义?

由此我想到当前的一些批评家。这些批评家常年游走在各种作品研讨会现场,对各个文本发表高论。但时间长了就会发现,这些人在每个会场的发言几乎都是一样的,形成了一套可以安放在任何作品上的评价套路,有的还频频引经据典,包装上貌似高深的理论外衣。乍一听,似乎颇有道理,但仔细品味一下就会发现,这种普适性的评点与具体的作品基本毫无关联,或者有一点关联也触不到作品的核心和关键,其评点也就毫无意义和价值。

有一个问题我一直疑惑不解。如果说寻找理论的普适模式是以往理论——从远古时期就已开始——的共同冲动,那么到了当代,特别是解构主义或后现代主义兴起后,冲破以至打碎模式束缚的浪潮汹涌,但是,无论怎样挣扎却很难摆脱。对一些人而言,任其理论上如何坚定,结果还是难逃宿命,走上了模式之路。刚才说到雨果的生猛,要打碎一切规范和体系,实则是想建立浪漫主义的规范和体系,且余响至今。解构主义的生猛远胜于浪漫主义,罗兰·巴尔特清算自己的愚蠢:妄图从一粒蚕豆里见出一个国家,在单一的结构里见出全世界的作品,"从每个故事里抽出它的模型,然后从这些模型里得出一个宏大的叙事结构"①。然而,他不是也在制造解构的体系以至思维方式,由此打造自己更宏大的体系和模式吗?这话用来批评米

---

① Roland Barthers, *S/Z*, translated by Richard Miller, New York: Hill and Wang, 1974, p.12.

勒似乎一语中的，米勒不就是从每个故事里抽出它的模型，并得出一个叫作"重复"的宏大叙事结构吗？特别是在具体的文本阐释过程中，在实践自己的规范和方法的时候，那更是破绽百出，时时落入制造规范、践行规范、企图用规范统领天下的窠臼。立场与模式呈现了尖锐冲突，这难道是偶然的吗？我们是不是可以讨论，探索和寻求文学生成和演变一般规律的合理性和可能性？能不能创造一种模式，这种模式是普适的，对任何一种理论和任何一个文本的阐释都将是有效的，这样的企图是否正当，是否能够实现？

这要回到本质主义的问题了。在今天的文论界，本质主义不仅早已过时，甚至有些臭不可闻了。从柏拉图开始的对事物的本质追索似乎已被20世纪的前卫思潮打得粉碎。然而，我坚定地认为，对本质主义的完全否定，其结论下得还是太早。我从来都赞成对人类理性的意义要认真评估，对必然与偶然、现象与本质、连续与断裂、决定论与非决定论的认识，也要依据现代科学和社会文化的发展而不断调整。但是，理性的根本作用是无法否定的。没有理性的进步，人类没有今天。对事物的本质认识，对现象背后底蕴的探究，对事物发展的未来预测，是一切理性行为的根本指向。曾经风起云涌的非理性思潮和学说，本身就是理性的张扬。没有理性，非理性如何被发现和表达？西方哲学和文艺理论的各种主义，反理性、反传统，自有它们的道理，但如果说某种具体的理论能够彻底否定理论本身的存在和发展，否定理论的必要与合理，似乎没有出路。国内学界介绍和推崇德里达的解构理论是上风上水，而德里达的没落,众多理论家对他的批评却难见张扬,这本身就是不完全的,是一种误导。

回到关于前置模式的讨论上来,对于生动活泼、变幻无穷的文学实践而言,固化的模式无法承担阐释的责任。这一点,是由文学的本质属性和其自身的丰富性、复杂性决定的。但是,据此否定对文学规律的一般性认识,否定对文本的确当性阐释,是非理性的。重要的是,要找到它们之间的界限,合理的本质性认识与僵化的本质主义,具有实践意义的规律总结与主观臆造的生硬模式,其区别和调整,正是当代文艺理论应该开拓的方向。

换言之,一方面,不能随波逐流地反理性、反本质。人类有史以来,正是理性的推动,社会才不断走向文明进步。理性之所以能够认识事物,就是因为理性能够透过各种纷繁复杂的现象和表象捕捉到事物的本质。当代西方的反理性思潮,尤其是其特殊的历史文化背景,简单来说,反理性,包括反本质主义,事实上是一种颠覆业已建立起来的以往理性拘囿,寻找突破口进而张扬另外一种理性的学术策略。一旦这种目的达到,回归理性,或者说在另外一种路径上重建理性就成为后来者必然的选择。明白了这一点,我们就应该对反理性思潮抱有必要的警醒。具体到文学研究,我持这样的观点,文学不是没有规律,也不是没有本质,只不过,这种规律和本质不是凌驾于历史和地域之上的。因此,当代西方文论的理性探索本身没有错。另一方面,对理性精神的拥趸,不等于承认僵化、教条的本质主义追求。历史上的本质主义之所以后来受到反本质主义者群起而攻之,核心一点也恰恰在于某些本质主义的僵化和教条。事实上,经过后现代主义集中而猛烈的冲刷,尊重个性、差异、多元的理念已经深入人心。在这种情况下,文学研究和文学理论更应该摒弃单一性、统一性、整体性的追求,不能再企图用一种模式包打天下。文学创作最珍贵的品质是它的个性和创造性,这也是它存有价值的唯一理由。对文学文本的阐释,必须以尊重其独特性和创造性为前提,充分挖掘它作为"这一个"文本的品质和特点。企图像工业生产线一样,打造一种统一模式的文本阐释理论,所有文本在生产线上走一遍,就精准无误地被阐释清晰,我敢断定,这样的模式不但过去没有,现在没有,将来也不会产生。

七 前置结论的刚性

从强制阐释的理论要求来看,我想还是要讨论一下前置结论,以及结论与立场的关系。因为这个问题实在是强制阐释的核心和关键问题。对此,有学者认为前置立场与前置模式不是强制阐释的必要充分条件,前置立场与模式是必要的,关键是不能前置结论。这话让我思考许久,我理解这种提法是正确的,有道理,但又觉得不全合我本意。按照《强制阐释论》的文本顺序,这次应该讨论前置结论了,我想就从这个角度切入,就这个问题阐述我的观点。

先说前置结论。前置结论的定义和表现是清楚的,没有任何歧义。它是指阐释者的结论产生于批评开始之前,阐释不是为了认识和分析文本,而是为了证实他的前置结论。从一般意义上讲,前置结论是认识上的大忌。凡对事物的认识,必须从分析、探索、考察开始,从确当掌握事物本身的内容开始,在深入研究以至多方辩证之后,才可能对事物做出判断和结论。按照实践论的说法,要想知道梨子的滋味,必须要先吃梨子,然后才能话酸甜。对文本的批评更应该如此。从文学批评的研究方式看,文学批评是一种经验研究。它的研究对象是具体文本及写作实践。批评的功能在于从文本和书写中找到具有指导意义的规律,指导创作者增进创作能力,帮助阅读者提高鉴赏水平。更重要的是,通过经验研究而总结归纳具有共性意义的创作和阅读规范,推动文学成长。用韦勒克的话说:"倘若没有文学,世界就会贫乏到难以想象的地步,反之,文学也需要批评所提供的理解,筛汰和评判。"[①] 批评当然需要理论,但是,在实际运行中,理论只能指导批评,而非替代批评。经验研究与理论研究的重要区别之一就是,经验研究不能预设也就是前置结论。没有对具体文本的深入考察和分析,没有对文本内容的确当认识,就无法对文本作出符合实际的判断。但是,对强制阐释而言,其认识和阐释路线是,事先选择立场和模式,并由此而确定最后的结论,然后开始追寻目的的逆向操作。就像机械工程的热加工,预设一个产品,造一个模型,然后把材料化为钢水,热气腾腾地灌入模型之中,完成产品生产的过程。强制阐释就是这样的过程。区别只是在于前者是物质行为,后

---

① [美]韦勒克:《近代文学批评史》第5卷,杨自伍译,上海译文出版社2009年版,第5页。

者是思想行为。

对单一文本的阐释是这样,对构建理论就要更加坚定,绝对不能前置结论。理论的生成是从经验和实践而来的。由理论生成理论,不是不可以,但其理论一定是有实践依据的,是经过实践检验,证明其合理性的。所谓新的生成,不过是后人在深入检验的基础上,根据实践的发展,进一步地丰富和发展而已。对于不同民族而言,其他民族的理论要为本民族所应用,必须经过长期的试错、同化、修正,在自觉主动的积极调整中实现民族化、本土化,有的甚至要经过脱胎换骨的改造,才可能成功。违背了这个规律,简单地套用其他国家和民族的现成理论,甚至信奉为教条,以此为根据而前置立场、模式和结论,一定会给本民族的理论和实践造成极大伤害。如果是从原点起步构建理论,那就更需要坚持从经验出发,从对实际情况的把握和认识出发,而不能从理论出发,从现成结论出发,不能简单套用其他民族的理论,强制阐释本民族的经验和实践。对文学理论的建设而言,若想构成一个学派、一种思潮、一类阐释方法,进而形成具有鲜明民族特色的完整理论体系,其出发点也只能是经验而非形而上的推演和预设。周宪先生曾介绍意大利学者莫莱蒂在世界文学语境中对小说历史发展所做的统计学研究,我就很赞成。无论文学的统计方法存在什么问题,但就它踏实进行文本研究,以文本的实证研究为基础,寻找和总结规律,进而做出新的理论判断和结论而言,这个认识路线是正确的。我曾说过,俄罗斯的神话研究从原生的神话文本解剖入手,做出具有一般意义的普遍推论,尽管存在其有效边界问题,但它依靠经验和实证方法展开文学研究，并以此建构独立的理论学派的路径是应该肯定的。现在的问题是，当代西方文论中的诸多"主义"不是从经验和实证出发，而是从观念和理论出发，预设各种结论，对文本和文学史做形而上的玄妙的概念操练，不仅对具体文本的阐释如此，对理论的生成也是如此。这样的理论很难有实际阐释力和说服力，更谈不上理论的长久和持续。一百多年间，西方文论各种主义相互替代轮换，而很难有知识性成果留存历史，主要的原因就在这里。对这种严重脱离实际，从理论生成理论的运动，葛兰西曾有过生动的批评："现在，有一种历史政治的学术观点认为：只有那些预先经过精心策划或对应抽象理论（其结果都是一样）的运动才是百分之百的觉悟运动。"① 他认为这种所谓的"觉悟运动"是一种"闭门造车的思想者的垄断游戏"②，这种觉悟运动不可能有好结果，因为在他看来，"现实则是多种因素千奇百怪的结合。理论家必须揭开其中的谜团，才能找到自己最新的理论依据，把历史生活的要素'翻译'成理论语言，而不能期待现实符合抽象的计划"③。我们翻检一下，就一些西方文论而言，有多少"主义"和思潮不是这样的"觉悟运动"？对单一文本的处理是如此，对整部文学历史的处理也是如此。随手拈算下来，女性主义、生态批评、空间理论，尤其是大名鼎鼎的解构主义，本质上不都是这样的吗？无论它们对当下还是对历史，都是在

---

① ［意］安东尼奥·葛兰西：《狱中札记》，曹雷雨等译，河南大学出版社2014年版，第255页。
② 同上书，第152页。
③ 同上书，第255页。

第二编　当代西方阐释：强制与独断

"期待现实符合抽象的计划",用抽象的计划强制阐释文本和实践的现实。

关于前置立场、模式与结论,在强制阐释中作用分配的比重,也就是哪一种前置更有决定性意义,是前置立场、模式和结论三者同在,才会造成强制阐释,还是只有一条或两条存在,就可能造成强制阐释? 这是很深刻的认识发生论的问题,应该区别两种现象逐一说明。

一是自觉的强制阐释。即意识清醒的强制阐释者,从本人的自觉立场出发,抓住和创造一切机会开展强制阐释,以证明和宣扬其立场。在这种情况下,三者作用的分配是,立场的分量最重,决定模式和结论。其典型过程大致为,在各种政治、经济、文化、社会,以及个人经历与心理因素的共同影响下,阐释者生出立场,立场一旦生成,其模式就在,所有结论业已明了。其阐释过程是,在立场和结论的支配下,主动选取对象,并根据阐释需要而重构文本,达到证实立场和结论的目的。从三者的关系上看,因为立场在前,结论在后,并显性地暴露于读者,其要害地位容易被确认。因为立场先于结论,且通过诸多遮蔽而深藏于结论和模式的背后,阐释者又经常千方百计地掩饰和装扮立场,立场的决定作用就很难被认清。对自觉的强制阐释而言,前置立场可以独立决定强制阐释的生成,前置结论只是更显明的表征而已。在此前我与朱立元、周宪、王宁三位先生关于强制阐释的讨论中,三位先生的意见大致一致,共同认为,在任何认识之前,前置立场必须要有,否则无法展开认识,当然也无法进入批评。周宪先生指出,强制阐释的三个前置关键是前置结论,哪怕有了立场和模式,只要能坚持"交谈"而非"独白",坚持"调节"而非"同化",就能够避免强制阐释。对一般阐释过程,也就是非自觉的强制阐释过程来说,这话才可能有效。先有一个成见,但在认识过程中修正自己的意见,否定或修改了成见,这是正当的认识路线。同样的话韦勒克也说过:"我们常常带些先入为主的成见去阅读,但在我们有了更多的阅读文学作品的经验时,又常常改变和修正这些成见。这个过程是辩证的,即理论与实践互相渗透、互相作用。"① 但是,这不是第一种情况,而是非自觉的强制阐释。韦勒克所说的"先入为主的成见"应该是被认可的前见,而非我说的立场。与普通的正当认识方式不同,作为自觉的强制阐释,其要害就是主动预设立场、模式和结论,并通过有结论的阐释去证明结论,不存在调节的欲求和可能。自觉的有意识的强制阐释是事先选定的阐释方式,立场既定,结论不可改变。全部的阐释和论证过程,只能紧紧围绕立场和结论展开,无法遮掩。如果达不到目的,比如说此文本不符合前置结论,那么,阐释者就一定要重新选取文本,做出能够证明自己结论的阐释。这是强制阐释的完全模式,也是规定其内涵和定义的根据。极端一点的例子,就像清朝的文字狱,"清风不识字,何必乱翻书",阐释者的立场、目的是唯一的,结论由此而生,怎么可能去调节?朱立元先生列举刘心武的红学研究的方法,也很透彻地说明自觉的强制阐释的要害。其阐释路径是,先前置一个

---

① [美]韦勒克、沃伦:《文学理论》,刘象愚等译,江苏教育出版社2005年版,第33页。

立场。这个立场就是，找到一个与前辈红学研究完全不同的支点，打造红学研究的新成果；其次，前置模式，这个模式就是，排除其余众多人物，打碎原著现有结构，以完全不同于前人的方式重置原著；最后，前置结论，这个结论就是，文本是以不为人重的秦可卿为中心展开叙述实现意图的，红学实际上是"秦学"。按照定义，这是完全自觉的强制阐释。这种阐释方法，与肖瓦尔特强制阐释莎士比亚的《哈姆雷特》，以证明她女性主义立场的女性批评是何等相似！如果按周宪先生的辨析，释者有一个立场，想重新解读《红楼梦》，说出一番前人没有说出的话，这个当然没错；有一个模式与文本平等对话，或者以现成"图式"去"试错"也非常正当；关键是他要真正平等而不是强制于人，是不断地"矫正"自己而不是矫正文本，才没有强制阐释的嫌疑。只可惜，阐释者没有这样，也不可能这样，因为他是自觉地进行强制阐释，其立场是明确的，必须要达到目的，没有秦可卿，可以是袭人，也可以是元春，甚至可以是更不着边际的人物，模式总是可以找到的，论证也不乏手段，立场才是根本，有了立场一切都很难改变。当代西方诸多文论的软肋就在这里。那些各种各样的主义如果只是前置而非坚持，更理想的是能在理性试错的过程中不断矫正自己而非矫正文本，那就没有强制阐释的问题了。也就是说，对自觉的强制阐释行为而言，很难出现周先生所说的现象："前置立场和前置模式在文学研究中实际上有其合理性和必然性。问题的关键也许并不在于是否有前置立场和模式，而是如何避免'前置结论'。"更进一步说，强制阐释，不仅有三个前置，并且它坚持三个前置，要自觉地进行强制阐释。

二是非自觉的强制阐释。意即在具体的阐释过程中，阐释者只有非自觉的前见，却无意识地进行了强制阐释，并得出强制阐释的结果。在这种情况下，如何确定强制阐释？这也是一个认识发生论的问题，我理解周先生已经给出的两点结论：其一，前置结论，且以结论为准操控阐释，虽无前置立场和模式的显现，但已具备强制阐释的核心要件，同样可以视为绝对的强制阐释。其二，仅有前置立场和模式而无结论，且能够在阐释过程中不断调整立场和模式，做出符合实际的结论，不会发生强制阐释。那么非自觉的强制阐释如何发生？我理解关键就是一点，固执于前见。也就是阐释者下意识地用前见作为评判文本的标准，符合其前见的就接受，偏离其前见的就排斥，将模糊的、非自觉的前见无意识地固化为立场。由此而陷入强制阐释的泥淖。与自觉的强制阐释不同（前置立场、模式和结论，是其有目的的主动行为），非自觉的强制阐释虽然不去预设立场、模式、结论，但其一旦固执于前见，立场和结论就可能随之而出，阐释者本人也难以察觉。这又显示出立场与前见的不同作用，前见的隐蔽性与非自觉状态，不会确定模式和结论。而立场的自觉性和进攻姿态必然决定模式和结论的选择。固执于前见，也必将影响阐释者的态度。周先生说的"对话""调节"，与文本的平行交流都很难实现，模糊的前见固化为清晰的标准，已与自觉的立场没有太大差别了。我个人认为，这种非自觉的强制阐释，不应该发生在专业理论家和批评家的阐释中，而主要出现于缺少专业训练的一般读者的理解中。读者

第二编 当代西方阐释:强制与独断

对文本的理解当然是多元化的,是根据其自身的经历和感受而理解文本。鲁迅先生说:"单是命意,就因读者眼光而有种种:经学家看见《易》,道学家看见淫,才子看见缠绵,革命家看见排满,流言家看见宫闱秘事……"看看这段话,鲁迅说的都是非专业人士,都是"读者",因为他们的眼光不同而已。职业的文学理论家和批评家,不应与非专业读者一样对待文本和批评。批评家有自己的责任,不能混同于普通老百姓。这个观点,在以后的章节中将专门提出。

事实上,我最初提出强制阐释论,针对的主要是自觉的强制阐释,这也是当代西方文论强制阐释的主要形式。很多人可能会感到疑惑,既然这种强制阐释是自觉的,那阐释者为什么要这样做呢?其目的是什么?这不是明知故犯吗?我认为,这种自觉的强制阐释背后,有深刻的历史文化背景。

其一,一百多年来当代西方文论频繁而快速演变。进入20世纪以来,当代西方文论的发展速度明显加快,主要表现之一是众多流派竞相崛起,纷繁复杂,形成了众声喧哗的局面。众多流派旗帜各异,观点相左,各自有各自的理论主张。在这个众声嘈杂的话语场中,要想使自己标榜的理论主张引起关注、获得认同,必须标新立异,言前人所未言,为了达到这种标新立异的效果,往往又走向偏执和极端,追求"片面的深刻"。这种"片面的深刻"并不具有普泛性,但是为了将自己的理论推向普泛,不得不在论证过程中对文本进行强制阐释。主要表现之二是理论变频加快。思潮、流派更迭迅速,你方唱罢我登场,各领风骚没几年。频繁快速的理论更迭,导致很多理论发生机制异化。正常的文艺理论发生机制,应该是遵循"实践—理论—实践"的过程和路径,也就是说先有实践,然后进行理论的提炼和总结,然后再回到实践中检验、调整、修正。但事实上,频繁的理论更迭导致理论本身缺失了在实践中萌发、酝酿的环节,直接横空出世,然后再回过头去用文学文本加以印证,由此走了一条相反的道路。这导致两个后果:一是理论的提出缺少实践基础的支撑,与实践存在距离;二是使用理论对文本进行阐释的性质发生了异化,对理论合法性的论证目的成为唯一目标,一旦文本与理论相左,结果只能是强制阐释。

其二,当代西方各学科之间的交叉融合背景。自20世纪以来,当代西方学术发展的一个重要特点,就是学科间壁垒的打通,彼此交叉、相互融合成为重要趋势。与此相对应,在文艺理论界,大量场外理论汹涌而至。这一点我在前面已经讲过。在此我要强调的是,场外理论进入文学场内后,并没有经过充分的学科转化,而是直接被当作文学理论来使用。不难理解,不同的学科之间是存在差异的,将其他学科的理论拿来阐释文本,这种场外理论与文学文本之间的隔阂与错位如何弥补?只能是在文本阐释中牺牲文本,也就是强制阐释。

作为旁证,我举宋代理学大师朱熹的有关论述作为例子,补充关于强制阐释的辨析。在对经典文本的阐释上,朱熹很是不屑强制阐释的行为。当然,他没有这样的概念。他批评有人以道家和佛家的观点来阐释儒家,其实是以其"之似以乱孔孟

第二编　当代西方阐释：强制与独断

之实"。其方法是"本要自说他一样道理，又恐不见信于人。偶然窥见圣人说处与己意合，便从头如此解将去"①，并"直以己意强置其中"，"只借圣人言语起头，自演一片道理"②。正如朱立元先生所言，强制阐释不仅在当代西方文论中存在，在中国当代文学批评中也常见，而且无论东方、西方，强制阐释古已有之，源远流长。只不过没有人这样看问题，这样建立概念以至范畴并认真推演论述而已。由此，我更加坚定地认为，强制阐释的提出是有意义的。不仅对当代西方文论的认识，而且对阐释学范畴体系的丰富，都是一种发现和总结，把"强制阐释"这个阐释学中的现象和问题拿出来进行专门的研究，对于阐释学理论发展，以及对阐释实践，都具有十分重要的价值。只可惜当然也庆幸朱子的"强置"不是"强制"。

再回到强制阐释的前置结论问题。前不久刚刚去世的意大利学者安贝托·艾柯在《诠释与过度诠释》一书中说过这样一段话："在《读者的作用》一书中，我强调了'诠释文本'（interpreting a text）与'使用文本'（using a text）之间的区别。我当然可以根据各种不同的目的自由地'使用'华兹华斯的诗歌文本：用于戏仿（parody），用来表明文本如何可以根据不同的文化参照系统而得到不同的解读，或是直接用于个人的目的（我可以为自我娱乐的目的到文本中去寻找灵感）；但是，如果我想'诠释'华氏文本的话，我就必须尊重他那个时代的语言

---

① 黎靖德编：《朱子语类》第 8 册，卷一百三十七，中华书局 1994 年版，第 3258 页。
② 参见《晦庵先生朱文公文集》卷五十六《答赵子钦》，中华再造善本，北京图书馆出版社 2006 年版。

背景。"① 虽然美国学者理查德·罗蒂对艾柯的这一提法给予指责："我不无遗憾地发现，他仍然固守着从文本自身出发这种所谓的'内在研究'与将文本与某个文本之外的东西联系起来的所谓'外在研究'之间的区别——就像赫施（E. D. Hirsch）坚持'意义'（meaning）与'含义'（significance）之间的区别一样。而这种区别——内外之间，事物关联性与非关联性之间的区别——却正是像我这样的'反本质主义者'所不乐意接受的。"② 罗蒂的指责说到底就是，认为艾柯将对文本的"使用"与对文本的"诠释"区别开来，是建立在这样一个前提基础之上：文学文本具有某种"本质"，对文本的合法阐释即以某种方式去发掘、去阐明那个本质。抛开"本质"与"反本质"的纠结不谈，我还是比较认可艾柯"使用文本"的提法。前置结论的强制阐释，在我看来，就是一种对文本的"使用"：他们（文本的强制阐释者）貌似在阐释文本，事实上因为已经预先设定了结论，其阐释行为无非就是在结论的指引下，用文本证明结论的正确。这种对文本的"为我所用"，当然是"使用文本"。表面上看，这种"使用文本"因为与理论相嫁接，显得相当专业和学术，但事实上，它与所列举的"直接用于个人的目的（我可以为自我娱乐的目的到文本中去寻找灵感）"并无本质区别。

---

① ［意］安贝托·艾柯：《在作者与文本之间》，《诠释与过度诠释》，王宇根译，生活·读书·新知三联书店2005年版，第73页。
② ［美］理查德·罗蒂：《实用主义之进程》，《诠释与过度诠释》，王宇根译，生活·读书·新知三联书店2005年版，第101页。

第二编 当代西方阐释：强制与独断

八 批评的伦理

从伦理的意义上讨论强制阐释，对文学批评有一个律令视角的规范，是一个不成熟的想法。为开展这个讨论，前面章节中我做了一些铺垫，即公正阐释的基点是承认文本的本来意义，承认作者的意图赋予文本以意义，严肃的文学批评有义务阐释这个意义，告诉读者此文本的真实面貌。在此基础上，才有对文本的多元理解和阐释，才能够对文本做出更合理更深刻的解析和判断，实现对文本历史与当下的发挥和使用。尊重文本，尊重作者，在平等对话中校正批评，是文学批评的基本规则，是批评伦理的基本规则。

我先说明，批评伦理是对职业批评家专业批评的规范。因此要首先界定职业批评家与普通读者的区别、专业批评与读者理解的区别。有一种观点说，批评家也是读者，而且首先是读者。读者对文本的理解决定文本的存在及其意义，由此，追寻文本的本来含义和作者的本来意图，对文本的阐释是多余的。这种说法表面上看起来有些道理。广义地说，批评家当然也是读者，大家共同阅读同样的文本，在阅读中理解和阐释文本。但是，职业批评家不是普通读者。普通读者的阅读，是个人的感受和经验，其过程为单一个体的欣赏和习得。他的感受可能是独到并深刻的，也可能具有相当普遍的代表性，甚至具有理论发生的巨大潜能。普通读者使文本具有广大的生命力，使文本在阅读中被传承并成为经典。写作者要以读者的理解为准绳，在读者反应中得到启示，根据读者包括所谓"解释群体"的共同感受，努力调整和丰富其写作。

这里必须提一下当代西方文论研究范式的两次嬗变，这是上述观点得以生成和确立的学术背景。正如有学者指出的那样："当代西方文论在研究重点上发生了两次重要的历史性转移，第一次是从重点研究作家转移到重点研究作品文本，第二次则是从重点研究文本转移到重点研究读者和接受。"① 事实上，这绝对不仅仅是研究重点的转移，与研究重点的两次转移相对应的，是文学观念的巨大翻转和变革。"20世纪文学理论研究重点的这两次转移不只是研究对象或重点的偶然转移，而且反映了文学观念的历史性、根本性变化。每一次转移的结果，导致对前一种研究思路和格局的总体性扬弃，从而引发整个文学观念的全局性变革。"② 具体说来就是，以作家为重点的研究理路，把作家视为整个文学活动的中心，认同或重视作者赋予文本的意义；以文本为重点的研究理路，把文本视为整个文学活动的中心，甚至唯一，事实上包含着对作者中心论的否定，所谓"作者死了"就是这种观念的极端表达，遵循的原则是文本至高无上，文本就是一切；而以读者为重点的研究理路，把读者视为整个文学活动的中心，某种程度上包含了对作者中心和文本中心的双重否定，认为读者才是最关键的因素，读者赋予文本意义，读者的地位得到空前提升，读者的权利得到无限放大，不仅"作者死了"，而且"文本也死了"，只有读者才

---

① 朱立元：《当代西方文艺理论》，华东师范大学出版社1997年版，第4页。
② 同上书，第5页。

能让文本起死回生。所谓读者对文本的理解决定文本的存在及其意义，就是在这种背景下产生的。

但是，个体的、独立的感受，以至"解释群体"的共同认识，都与专业的文学批评有本质的差别，不可以随便混同。从普通读者的角度看，个体的感受性反应不能为经典定位。关于《红楼梦》的读法，鲁迅说："经学家看见《易》，道学家看见淫，才子看见缠绵，革命家看见排满，流言家看见宫闱秘事……"① 我很难判断，鲁迅说的这些"家"和"子"，他们的"看见"，是不是也可以因为是读者的接受而视作专业批评，进而决定《红楼梦》的经典意义？以这些感受为要准，《红楼梦》到底应该是什么，是"经"还是"道"，抑或就是革命的宣言书，或者就是秘事流言？千千万万的读者，可以从不同的角度去理解文本。个人的经历和前判断将有力地左右他对文本的认识。这类完全被个人情感和思想决定的观感和印象，只能是阅读感受而非文学批评。个体如此，那么群体读者呢？费什提出"有知识的读者"，这些读者能够熟练掌握作品文本所使用的语言，具有充分的语义知识，具有丰富的文学能力，同时由于作为主体的读者意识是"社会和文化思想模式的产物"②，他们对文本的理解将会趋于一致，而不会产生那种"有一千个读者，便有一千个哈姆雷特"的现象。尽管如此，解释群体，或者说有知识的读者的群体理解就算是完全一致，也不能代替

---

① 鲁迅：《〈绛洞花主〉小引》，《鲁迅全集·集外集拾遗补编》，人民文学出版社1981年版，第147页。
② [美]费什：《这堂课有没有文本?》，《读者反应批评：理论与实践》，文楚安译，中国社会科学出版社1998年版，第57页。

专业批评。更何况这里有一个明显的矛盾：群体理解如果能够趋于一致，那接受美学所主张的读者多元理解又在哪里呢？如果这种群体的一致理解就能够代替文本的自在含义以及意义，代替文本制造者的本来意图，那么专业的文学批评何以存在，它的学科意义又在哪里呢？

我们是不是可以这样讨论，专业批评家不是普通读者。受过专业训练的批评家应该对文本有专业的辨识和阐释，不能用读者甚至是"有知识的读者"来代替专业批评家。从理论上讲，把接受美学简单地看成读者决定一切，读者的感受决定并创造文本意义的看法是不准确的，是对这个重要理论的极大误解。考察接受美学的历史，姚斯率先提出读者在文学生产中的意义，读者决定文本的意义。伊瑟尔则有一些不同，提出了真实读者和隐含读者的区别。认为隐含读者决定甚至就是作品的结构。他反复强调："如果我们要尝试理解文学作品引起的反应和影响，那就必须考虑存在这样一种读者——我们没有任何方法预先确定他的性格和历史地位。在没有找到更贴切的术语之前，我们可以称之为隐含读者。"① 但是，无论隐含读者对文本的理解和传播如何重要，他们的倾向性甚至可以决定作品的发挥效应，然而，"这些倾向性并不是由外在的经验现实决定的，而是由文本本身设定的"②。这就是说，读者重要，读者的倾向性也很重要，但归根结底，文本的自在含义，也就是所谓

---

① Iser, *The Act of Reading*, London & Henle: Routledge & Kegan Paul Ltd., 1978, p. 34.
② Ibid., p. 35.

的倾向性，还是由文本自身规定的，而不是由读者和他们的意图所规定的。费什则更进一步。他明确提出，读者反应批评的方法是细致地考察读者的阅读经验，也就是要"对读者在逐字逐句的阅读中不断作出的反应进行分析"。"这方法的基本出发点是'减速'阅读经验，以便使读者在他认为正常的时刻没有注意到，但确会发生的'事件'在我们进行分析时受到注意。"① 这段话的意思应该是明白的，我们可以做出这样的理解：第一，读者在文本阅读中会不断地产生反应，但这种阅读也应该是"逐字逐句"的，暗含"阅读是认真的，有批评性的"之意；第二，这些反应不能简单地对待，比如把它们混同为严肃的文学批评，而必须对这些反应进行分析，由此上升为专业的文学批评。从逻辑上分析，读者阅读有自己的反应，就明确了读者反应和文学批评的区别，对读者反应进行分析，就明确了读者的阅读经验不是现成的文学批评。职业批评家的责任不是简单地阅读和反应，而是要对读者的阅读经验作出自己的专业判断，对文本作出以读者经验为基础的专业批评。不能因为读者在文本意义构建中有所作用，就定义读者反应就是文本意义，就是文学批评。更何况伊瑟尔的读者还是上面分析过的"有知识的读者"，而不是一般的大众读者。

从一般社会分工意义上理解，批评能够成为一种职业，这是文学发展到一定水平，劳动自然分工的结果。这里显然有一种契约的意义。文本是需要有读者的，而文本一旦被读者阅读，

---

① ［美］费什：《读者中的文学：感受文体学》，《读者反应批评：理论与实践》，文楚安译，中国社会科学出版社1998年版，第139页。

就一定产生反应。反应影响作者，作者改进和完善创作。创作与批评的区别由此发生。这应当是文学批评生成的根源。但在这个阶段，没有专业批评和批评家的存在。只有当文学进一步发展到如下程度：即普通读者无法确当理解文本的复杂含义，文本制造者的经验需要专业化提升和总结的时候，社会才会有新的分工，产生"批评"这个专业，有人以职业批评谋生。从这个意义上讲，以此行业为生是有前提的，也就是它能深刻介入文学生活，能够给文学创作以有效指导，并能够广泛引领阅读。否则，它不可能产生，就是勉强产生了也要消亡。在总的社会分工体系中，没有闲人可以存在，没有难以持续发生作用的专业存在。只有文学批评能够真正发挥作用，职业批评才能够生存并繁衍。批评界近年来流行一种说法，认为文学批评既不承担指导创作的职能，也没有引领阅读的义务，批评就是批评，它的存在就是它的意义。由此出发，有批评者宣称，我的批评就是表达我一己的思想和感受。这令人生疑。批评家当然不是写作教头，更不是文学裁判，不能居高临下地指导创作。同样，批评家也不是文本鉴定专家，他对文本的阐释并非最终的标准答案，读者没有义务也没有必要完全按照批评家的指引去阅读文本。但是，这并不意味着批评可以和创作、阅读相分离，甚至不承担引领创作和阅读的职责。我认同这样一种观点，批评是一种对话，既是与作家的对话，也是与读者的对话。批评的功能和价值是在对话中实现的。通过对话，形成对创作者的启发、对接受者的启迪。作为一个批评家，他的批评阐释可以也必然携带着个人的思想和感悟，但他在客观上必须要承担

第二编 当代西方阐释：强制与独断

批评应有的职责和义务。

这就有了批评伦理的提起，也就是批评专业的伦理及专业批评家的伦理问题。社会分工决定了任何行业都要有自己的伦理规则，这个规则既约束行业中人遵照规则办事，也为行业中人的活动提供自由。费希特在他的伦理学著作中专题研究和论述了一些职业，譬如文学艺术家、国家官员等专门职业的道德，强调了职业道德的必然性。对于学者，他强调"严肃热爱真理是学者的真正道德。他们应当确实发展人类的知识，而不应当愚弄人类"，是坚持追求真和善，而非"用华丽的言辞讲一些似是而非的东西，或进而坚持和维持他们脱口而出的错话"。他判断："只有真的东西和善的东西才能在人类社会中万古长存，而假的东西不管在起初讲得多么漂亮，却总会烟消云散。"① 批评的伦理应该以什么为核心？这是一个全新的命题，需要学界的认真讨论。但是，有一个基本规则是可以确定的。批评应该从文本出发，尊重文本的自身含义，尊重作者的意义表达，对文本作符合文本意义和书写者意图的说明和阐释。这并非排斥批评者从当下语境和理论要求出发，对文本作符合目的的阐释和发挥，但是，这必须是在尊重文本和作者基础上的有限阐释，是批评者个人对文本的使用和借用，不能把批评者意图强加于文本，特别是作者，把批评意图当作文本意图和作者意图。对批评意图与文本及作者意图相区分，不要把批评意图强加于文本及作者，是批评伦理的基本要求。做到这一点是

---

① ［德］费希特：《伦理学体系》，梁志学等译，商务印书馆2007年版，第378页。

需要一些规范约束的,起码需要有"严肃热爱真理"的"学者的真正道德",需要"确实发展人类的知识,而不是愚弄人类"的自律。

毫无疑问,批评的伦理也与批评者理论追求紧密地缠绕在一起,这常常使批评偏执于理论的追求而忽视伦理的规范。有人对20世纪西方文论的状态做过分析,认为:"迄今为止,所有传统上视为'经典'的文学作品都已经被研究透了;要想在此领域取得成功、要想出人头地,其首要条件是必须不断创新,不断标新立异。"① 特别是在美国学术界这个充满激烈竞争、追求新的时尚的"大市场"中,大批的年轻学者,要生存和发展下去是非常困难的。这就造成理论界、文学批评领域突出的伦理问题是,追求理论和批评的真与善被视为落伍,追求新和奇被视为前卫。为了个人形象和利益,为了名气和影响,对文本和文学,对历史和传统,对一切学说和观点给予彻底的解构和消损,成为基本的生存方式。对此,柯里尼尖锐地指出:"所有试图使用一套'后人文主义'话语以对传统人文主义话语进行颠覆的努力都必然表达着某种对于人类经验的态度:这种态度只能被称为'伦理的'态度。即使是对'意义的开放性'的偏爱,对'权威诠释'的遗弃,以及随之而来的对'永无止境的自我创新'的推崇,对'墨守成规的本质论'的贬抑,实际上都求助于某种价值判断,不管这种价值判断是如何隐而难

---

① [英]柯里尼:《诠释:有限与无限》,载安贝托·艾柯《诠释与过度诠释》,王宇根译,生活·读书·新知三联书店2005年版,第22页。

见。"① 很显然，这些价值判断并不是从读者出发的，也不是以读者的身份行动的。这是职业批评家谋生的方式，是追求利益的价值诉求（这也可以从职业伦理的角度证明职业批评家与读者的区别）。

写到这里，应该对强制阐释的伦理表现作出一点评论。作为一种理论和批评方式，强制阐释的目的在于，用前置立场与结论规范和制约文本，将原本并不存在的意义强加于文本，目标是实现对理论和立场的证明。它背弃了文本，背弃了作者的存在，用虚无主义的态度重新解构文本。创新也好，多重理解也好，都不是目的，证明自己才是要义。强制阐释不是从读者出发的，也不是以读者身份确证自己，而是以立场和结论强加读者的姿态自立。既不尊重文本，也不尊重作者，更没有读者观念，唯一具备的就是强制的立场。这应该是同正当的批评伦理规则完全相悖的。向读者和公众说明文本的本真含义，是文学批评的义务，是文学批评家的义务。履行这个义务是伦理的要求。义务结果的不同，比如是多元的不同的阐释，是理论的方法问题，不受伦理规则的约束。但是，在理论上、规则上，文学理论的职责必须界定，不能因为可以和应该对文本做不同理解的多元阐释而无视和否定文学批评应该履行的基本义务。一个具体的批评如何显示伦理的规范要求？首先应该是批评的出发点。批评家可以对一个文本做出自己的理解，但这个理解是基于文本的，是尊重文本和文本写作者。对文本做出阐释者

---

① ［英］柯里尼：《诠释：有限与无限》，载安贝托·艾柯《诠释与过度诠释》，王宇根译，生活·读书·新知三联书店2005年版，第23页。

自己的发挥，去符合其哲学或其他学科的目的，是不符合文学批评的伦理规范的，但并不意味着它违背一般的伦理要求和其他学科的伦理规范。

我们应该讨论一下所谓自在含义与多元理解的关系。这涉及批评伦理的应用问题。从文本理解和阐释的复杂性说，不能简单地认为追寻文本的自在含义就符合批评伦理规范，而追寻文本的多元理解就违背批评伦理。在我看来，从职业批评的角度说，违背批评伦理的最根本问题，是以强制阐释的方式把批评家的理解强加于文本。无须刻意遮蔽，我坚持文本的生产有它自己的本来含义。这个含义可以做多样理解，可以不符合作者的本来意图，但是，这个本来含义是自在的。文本一旦付梓，其意义铭刻其中，无法改变。认识和揭示这个本来含义，是批评家基本和首要的职责。说寻找文本自在含义就是本质主义，就是把现象和本质对立起来，这难以令人信服。文本的本来含义镶嵌于文本的字里行间，表达着生产者的本来意愿。文本生产者就是要把他的意图通过文本告诉他人，否则，他的写作本身没有意义和价值。如此说来，作者的意图不应该看作本质，也不是所谓材质。如果要说本质，诸如作家的写作意图，其文学和社会学目的，文本所蕴藏的政治与文化背景等，才更有本质的味道。更深一点的，文本的历史渊源、思想、是谁的负载、文本生产期共时及历时的社会影响等，也更接近所谓本质的追索。很明显，文学批评只是聚焦于文本自身，比如像新批评那样琐碎于词语与句子，很难对社会历史及人类思想进步发生更大的作用。如果把致力于文本以外的研究统统打入本质主义，那历史的和现实的文学理论及其批评,都应该在被打倒之列了。反对本质主义理论最激烈的解构主义不就是本质主义吗?它企图推翻二元对立的根据就是,事物的本质不是二元对立。这本身似乎还是在寻找本质。接受美学不接受文本的自在含义,要求读者以自己的理解创造文本,这好像也是把作者和读者完全对立起来,在制造作者—读者之间的二元对立。在这个意义上讲,本质主义没有错误,寻找本质是一切理论得以创造和实现的基本动力,根本无法摆脱。文学批评的伦理要求,应该包括向他人说明和阐释文本自在含义的职责承担,包括对文本和文学本质探索的道义承担。当然,这并不意味着坚持对文本的本质理解就是符合批评伦理的。这里的要害是,追寻本质是正当的,但不能把批评者的意图和结论强加于文本。强制阐释的方式就是,把阐释者自己的文本理解强行推定于文本,强制阐释者的理解就是文本的含义,就是阐释者的理论立场和模式,这种阐释,无论是一元设定还是多元理解,都违背正当的批评伦理。同时,应该说明,正当的多元阐释并不都是违背批评伦理的。我认为,对文本的阐释并不只遵循一种伦理规则。当某些批评家意图借助文本表达其政治和文化立场时,这种批评超越了文学范围,其批评目的也不在文学本身,它遵循的伦理规则,不是文学批评伦理能够规范和制约的。它应该有自己的伦理范围。最明显的是,借用文学做政治动员,使用文本做政治阐释,阐释者要遵循的就应该是政治的伦理,而非文学阐释和批评的伦理。

说到底,批评的伦理,既是一个伦理问题,也是一个专业问题。说它是一个伦理问题,意味着这是职业批评家必须遵循的职业道德,就像农民必须把庄稼侍弄好,医生必须以救死扶伤为己任,科学家以科学研究为本职一样自然,缺失了这个伦理,批评家就等同于普通读者,也就无所谓批评家。说它是一个专业问题,指的是这是批评得以存在的根本,放弃这个伦理规约,批评既可以这样也可以那样,批评就会陷入相对主义,进而走向虚无主义,最终就是自我消解,失去存在的价值和必要。回到强制阐释的问题上,以理论佐证为核心的对文本的肢解和曲解,既是对批评伦理的违背,也是对批评本身的戕害。

九 批评的公正性

批评的公正性,是鉴定批评是否正当的重要标准。作为严肃的批评家,无论是要说服作者还是要说服读者,都应该公正地阐释和评价文本。特别是对于作者,批评家必须公正地对待作者及其文本,不能够简单地以自己的意志,毫无根据地强加于人,用以证明自己的立场和旨意。我认为,对文本和作者的强制阐释,是违背批评伦理,失去批评公正性的阐释。"从道德论的意义上说,公正的文本阐释,应该符合文本尤其是作者的本来意愿。文本中实有的,我们称之为有,文本中没有的我们称之为没有,这符合道德的要求。"① 这是我曾经发表过的看法。对此,各方面有不同的意见,值得深入讨论一下。

必须承认,这个是一个引起诸多是非的判断。这些是非既

---

① 张江:《强制阐释论》,《文学评论》2014年第6期。

第二编 当代西方阐释:强制与独断

古老而又新鲜,从古希腊开始到 21 世纪的今天,从没有中断过。只是在 20 世纪初期,俄罗斯的形式主义彻底抛弃了作者的存在。经过伽达默尔以及接受美学,文本也不再有存在的意义,否定文本确定含义,消解作者本来意图,一切任由批评家和读者去理解和阐释,似乎已成学界共识。谁再坚持这个提法,似乎就应该出局。但是,我依然认为,无论怎样否定和消解,作者的本来意图,文本中的实有意义,一定是存在的。文本到底是什么,作者在不在场;在文本中应该找到什么,专业批评与读者感受是什么关系,作为非常基本的文学原点问题,不仅要从文学,而且要从哲学和历史学的意义上深入讨论清楚,否则文学的基本定位和功能,都难以被认清,所谓"文学理论"更是难以独立存在。我从来都赞成文本的多义性和多元性是文学的基本特征和魅力,也理解并欣赏对文本做丰富多元的意义阐释。但是,我们必须质疑,强制阐释作为一种被西方文论普遍使用的方法,用理论强制文本,对文本做无边界、无约束的发挥,从作者和文本的角度来说,这是不是公正的?

我们先放下理论,找一个当代的批评文本来说明我们的认识。外国文学和文艺理论界都知道,南非著名作家 J. M. 库切,不仅小说写得好,两次获得布克奖,2003 年获得诺贝尔文学奖,而且他的文学批评也很好。他有一篇发表在《纽约书评》上关于犹太诗人保罗·策兰的评论,给了我很多启示。现代主义界定策兰的诗,称为"隐逸"。大体应该是"晦涩"的意思。库切解读了策兰死后发表的无题诗,对文本理解中作者意图的作用做了精当的说明。为把来龙去脉说清楚,我们必须引用这首诗。

你躺在伟大的倾听中,

被灌木长满着,被雪花纷飞着。

到嬉闹,去哈弗尔河,

到肉钩去,

……

礼物桌来了,

它翻倒一个伊甸园——

那男人变成一个筛,那夫人

必须游泳,那大母猪

为她自己,为无人,为每一个人——

兰韦尔运河不低语一句。

没什么

停止。①

对于这首诗,诗人策兰,他到底要说什么?无论怎样细读,没有人能够正确理解。这里的理解是指文本的确切蕴含和作者的本来意图。作为一个犹太作家,他的生活背景是清楚的。他的一切作品,都会被读者与他的经历联系起来。而且毫无疑问,他的诗,他的小说,一定会被童年因遭受法西斯血腥迫害而留下的阴影所笼罩。这首诗的确隐晦,诗人到底在说什么?库切说:"很难说。"如果没有诗人自己的说明,没有人能懂策兰要表达什么。但重要的转折是,有人得到了

---

① 转引自[南非]J. M. 库切《内心活动》,黄灿然译,浙江文艺出版社2010年版,第121—122页。

第二编 当代西方阐释：强制与独断

诗人自己向批评家提供的资料。"那个变成'筛'的男人是卡尔·李卜克内西，在运河游泳的'那夫人……那大母猪'是罗莎·卢森堡。'伊甸园'是建在上述两名行动分子一九一九年遭枪杀地点上的一座公寓楼的名字，而'肉钩'则是在哈弗尔河畔的普勒塞这个专门吊死那些在一九四四年策划暗杀希特勒人的吊钩。"如此，我们才恍然大悟，作为强烈反对和抵抗德国法西斯对犹太民族迫害的策兰，在写一首"对德国右翼的凶残继续存在着和德国人对此保持缄默的悲观评论"。而库切强调"有了这些资料"①，人们才能认识到这一点。这里有三个问题值得讨论。第一，按照接受美学的说法，比如伽达默尔，艺术作品的存在类似于游戏，它不是一个摆在那里的东西，它存在于意义的显现和理解之中。对于一个文本，"所有理解性阅读始终是一种再创造和解释"。② 这就是说，对于文本，不需要也不应该有所谓本来的意义，其全部意义可以任由阅读者去理解，正是这种理解，重新创造了文本，文本才得以实现，其存在才有意义。但是，对策兰作品的解读，按照库切的追索，"这首诗在最基本层面上讲什么？"然后又千方百计地找到根据，来证明作品说的是什么，阅读者如何正确地理解作品。作为作家、批评家，起码在这首诗的解读上，库切不接受接受美学的美妙。这难道是库切在现代阐释学面前的保守吗？第二，按照接受美学的上述理解，作

---

① ［南非］J. M. 库切：《内心活动》，黄灿然译，浙江文艺出版社 2010 年版，第 122 页。
② ［德］伽达默尔：《真理与方法》上卷，洪汉鼎译，上海译文出版社 1999 年版，第 188 页。

品显现的意义并不是作品本身的意义,而是读者所理解的意义,并且正是读者的理解使作品得以存活,那么,策兰的这首诗被法西斯主义者理解为对反犹浪潮的赞许,是不是也应该得到承认,或者说诗人自己要给予赞许?包括诗作中"那夫人,那大母猪"的言语,如果阅读者不把握诗作的本来意蕴,不懂"他在用卢森堡其中一个谋杀者的声音来称呼一个死犹太女人的尸体"①,反而把它看成策兰对卢森堡的侮辱,在读者心中,在文学史上,策兰会是一个什么形象?第三,按照伽达默尔的观点,对作品的存在而言,作者的意图没有意义,进一步说,作者就没有什么意图,理解和解释并不是为了追寻作者的创作意图。"正如所有的修复一样,鉴于我们存在的历史性,对原来条件的重建乃是一项无效的工作……这样一种视理解为对原来东西的重要的诠释学工作无非是对一种僵死意义的传达。"② 但是,我们看到,库切给予我们的阐释,是一个文本"最基本层面"的内容,全部依赖于作者的意图才被表达和理解。没有作者的意图,没有作者提供的话语意图,且不说理解,就是作品本身,它的生产和流传都将失去可能。作为一个坚定地反抗对犹太民族压迫的犹太诗人,他的诗可以没有自己的意图,或者说他的意图可以不在他的诗作之中吗?如果像伽达默尔所说,这种意图的理解只是"一种僵死意义的传达",那么策兰的这首诗,这种很难被

---

① [南非] J. M. 库切:《内心活动》,黄灿然译,浙江文艺出版社 2010 年版,第 125 页。
② [德] 伽达默尔:《真理与方法》上卷,洪汉鼎译,上海译文出版社 1999 年版,第 218—219 页。

第二编　当代西方阐释：强制与独断

别人理解甚至会被误解的诗，如何还能存活到今天？无论从什么角度辨识，也就是无论从作者，还是从文本，以及从读者的立场，我认为，只有传达了这个意图，人们才理解这个作者、这个文本对读者的本真意义，才进一步认可策兰"20世纪中期欧洲最卓越的诗人"的地位。① 才有可能产生了这样的现象："即使在策兰生前，就已发展了一门以研究策兰为基础的学术生意"，"这门生意如今已扩大成一个工业"。②

讨论了这些问题，我们似乎可以有一个回答。作为确定的文学文本，它有没有一个存在于自身、可以为阅读者确切理解的意义。从库切对策兰这首诗的解读，我们应该明确回答：有。当然，阅读者可以从文本中找到或得出自己的理解，这些理解可以是多义的。但是，这并不能推翻确定文本的确定含义。哪怕因为年代久远，因为时势变化，人们已难以找到这些意义并真正予以理解。意义丢失了，并不意味着没有。就像你曾经有过的思想，后来不再提起，或者被人误解，这个思想就变成没有一样，这是一种自觉的虚无主义。对于有没有作者意图，也同样可以确切地回答：有。没有作者的意图就没有文本的生产和存在。你可以离开意图去理解和剪裁文本，可以否定作者意图对文本的决定作用。但是，作者就在文本里，若隐若现，丝丝缕缕，抹不去、割不断。你说找不到，或者说找到了也没有意义，这个可以，但是，这不能

---

① ［南非］J. M. 库切：《内心活动》，黄灿然译，浙江文艺出版社2010年版，第138页。
② 同上书，第131页。

否定作者的存在，也不能否定作者意图对文本生产和存在的决定性作用。文本是作者的文本。关于作者意图对理解文本有没有意义，回答的同样是：有。理解作者的意图，是理解文本本来意义的关键。你可以说读者的理解不一定非要和作者相同，如伽达默尔所言，"创造某个作品的艺术家并不是这个作品的理想解释者"。① 从接受美学的角度可以如此强调，但是，从文本的自在性和本体性而言，有且只有作者的意图能够确当地阐释文本的本来意义。尽管我们不喜欢作者出来说话，因为他一说话，我们就一定要面临窘境：如果作者的话可以确定文本的意义，那么，众多的阐释和理解，尤其是众多不知所云的批评的存在就成为问题。这里的三个"有"，是存有的意思，全部文本及文本的本来意义全部来源于"有"。至于离开文本做多义理解和阐释，肯定阅读者对文本的再创造意义，无视作者的存在而突出读者的作用，都是可以包容的，但仅因为如此，否定文本的"有"，是掩耳盗铃。对此，杜夫海纳坚定不移。他认定："作品的真理也许应该从作品的另一种性质去寻找：作品是由某一个人写的，它有一个作者。"② "作家的真理在作品之中"③，"作品永远有一种意义。作家说话是为了说出某些东西，作品的效能就在于它说的能力之中"。④ 就如上面反复提到的伽达默尔，他在对这首

---

① ［德］伽达默尔：《真理与方法》上卷，洪汉鼎译，上海译文出版社1999年版，第249页。
② ［法］杜夫海纳：《美学与哲学》，孙非译，中国社会科学出版社1985年版，第160页。
③ 同上书，第162页。
④ 同上书，第163页。

第二编　当代西方阐释：强制与独断

描写罗莎·卢森堡的诗作进行解读的时候，写了一句这样的话："任何有德国文化背景知识且接受能力强、思想开放的读者，都能够在无须协助的情况下，明白策兰诗中重要的因而就明白的东西，并说上述背景资料相对于'该诗（本身）知道的东西'而言，应居于次要地位。"① 伽氏的话不应该产生什么歧义，我们可以清楚地辨析，在阐释具体文本的时候，他的观点和他的一贯立场不尽一致。这让我们生出疑问：第一，作品中有读者应该明白的东西。这个东西是什么？显然不是读者自己理解的东西，而是文本中存在的东西。这是不是意味着他承认，文本中具有一种我们称作"意义"的东西？第二，对这个意义，它是不是重要的？如果是重要的，并且读者应该明白，这个明白是文本自身说清楚的，还是读者自己创造出来的？第三，有那么一个具有相同知识文化背景，接受能力强，思想开放的读者群体，对文本理解应该是相同的，那么对"一千个读者就有一千个哈姆雷特"，该如何解释？这样的读者群体，与职业批评家是什么关系？很明显，这些令人心生疑惑的提法，同伽达默尔的一贯立场不同，甚至是相悖的。我们不再重复伽达默尔的话了。用网络用语来说就是"人艰不拆"吧。顺便说一句，这种基本立场同具体文本阐释方式相矛盾的现象，在当代西方文论的各种思潮、学派、大师那里，是经常可以见到的。

再进一步的问题是，文本制造者的意图他本人知不知道。

---

① ［南非］J. M. 库切：《内心活动》，黄灿然译，浙江文艺出版社 2010 年版，第 123 页。

这是当代各种文论强调的理由：文本制造者号称自己并不知道要写什么；本意是有要写的东西，实际却写了另外的东西；意图或许在，但在创作过程中发生了变化，创造的激情让他迷失路径："原想走到一个房间，结果却撞到了另一个可是却更好的房间中"①；更有甚者，本来就是没有意图，随便写来也是部作品，写了也不是为了让你去看，不过是写我自己想写的东西而已。所有这些话，或者说是理论，也都可以包容。一些感受也是事实。写作本是最具创造力的行为。尤其是文学创作，形式上就是虚构，是故事，它不以认知为目的，更不是要求真。文本制造过程中，制造者的思想情感不断变化，这种变化可能是跳跃的、非连续的，甚至不是理性所能把控的。但是，我想确认的是，无论什么理由，无论什么结果，当文本制造者把自己的作品交给读者时，他知不知道自己写定的文本表达了什么？他自己是不是可以说，我不知道自己写了什么？特别是一些意识流小说，一些晦涩隐逸的诗歌，一些所谓心理剧，作者自己也不知道自己给了读者什么？我的态度是，只要你是作家，甚至无论认不认真，理智就必须是健全的，就一定知道自己写出了什么，给了读者什么。尽管弗洛伊德说作家都在做白日梦，但写作行为，一定是理性的，精神病患者的呓语记录，不是供人做文学阅读的文本。所谓非理性的描写，比如意识流的非意识流淌，更是制造者的理性精心制造的。荣格有话："我们关于无意识所说的任何东西，其实也就是意识对于它所说的东

---

① ［俄］亚历山大·赫尔岑：《赫尔岑论文学》，辛未艾译，上海译文出版社1989年版，第50页。

西。性质上完全不可知的无意识是通过意识并根据意识的术语来加以表述的。而这是我们唯一所能做的事情。我们不可能走出这一点。我们应当经常在心里记住这一点，把它作为我们没有烦恼的最后批评标准。"① 在这方面，尤奈斯库的荒诞派戏剧实践及其理念，也是很有说服力的证明。尤奈斯库坚决主张戏剧创作的虚构本质与非理性本质，认为荒诞戏剧强调以非理性的手法虚构非理性的存在，并把这种虚构表现为舞台的直观。他的《椅子》《秃头歌女》，舞台上完全都是非理性的安排，没有丝毫的理性干预。在表演过程中，他自己都无法预料演员会有什么发挥和表达。应该说这是作者无意图，或者说根本无法把握作者意图的最好典型了。然而，尤奈斯库却说："不按照剧本演戏，如果所根据的剧本，是没有意思的、荒诞无稽的、喜剧性的，那么在舞台上就能表现出一场严肃、庄严、有气势的戏"②。表面看起来，虚构出的文本是无意识的，但表达的无意识本身却是有意图的。这个意图就是要描述人类生活的空洞无物，一切意义的虚无。无论不可预知的舞台上表现出什么，这个意图都是"有"的。意图就在舞台上，就在作者的文本里，而且无处不在。这让我更加坚定：文本是有本来含义的。这个本来含义由作者给予。哪怕是最离谱的荒诞派戏剧。文学批评可以对文本做多重阐释。各种各样的理论可以为多重阐释开辟道路和空间。但是，不能因此而否定文本的本来含义，

---

① ［瑞士］荣格：《分析心理学的理论与实践》，生活·读书·新知三联书店1991年版，第3—4页。

② ［法］欧·尤奈斯库：《戏剧经验谈》，见袁可嘉等编选《现代主义文学研究》，中国社会科学出版社1989年版，第623页。

否认作者意图的存在。阐释是多元的。多重阐释，只要合理且证据充分，应该给予支持。但是，寻找文本的本真意义，佐证于作者的本来意图，也是合理的。不能用所谓多元化理解来否定文本的本来意义及其追索。当然，这种追索同样需要证据充分。在文本的阐释上，所谓"反本质主义"的提法，起码有两点值得讨论。一是，认为追索文本本意就是追寻本质，那么对文本做多元阐释的批评家，他们的目的又是什么？他们会认为自己的阐释是表象的、浅层的、缺失意义的阐释？我相信，任何一位严肃的批评家都会认为自己的阐释是最好的，起码是比别人更好，否则他将放弃新的阐释。那么，作为阐释文本的读者，我们必然要问，在这一位阐释者的心里，这个好与更好的标准是什么？是不是认定自己的阐释更贴近文本？如果是这样，这里是不是已经隐含了文本有其本来的意义，我的阐释更好地表达了这个意义？这是一种什么追求？是不是在追索本质？二是，反本质主义的目的，是要拆解本质与非本质的二元对立，而实际结果是制造了新的对立。本质与反本质的对立就是新的二元对立，而且是一个普遍的哲学范畴的对立。我从来都认为，二元对立是客观的，是物质和精神现象存在与运行的基本方式。但是，这种对立不是绝对的。在科学的思维框架下，对立的双方是相互转化的。在一定条件下，曾经强势的一方将转化成弱势，曾经弱势的一方将上升为强势，并且永无止境。宇宙及其生命就在这种转化中繁衍进步。在文本阐释问题上也是如此。单向的本质追索与多元的意义追寻不仅是对立的，更多是相互转化的，并在相互转化中丰富和充实自己。问题的关键是，在强调一方时不能放弃另外一方,应该在对立双方的冲突转化中实现进步。当然,我们不排除在某个时期或领域,强调的重点有所不同。当下,所谓反本质主义的论点完全否定对文本及事物本质的追寻,我们更多强调对本质的研究的揭示,是正当且有重要意义的。

现在可以回到这个题目的初始了:对文本的阐释有没有恰当的伦理标准或者道德律令。首先要说明,这里的伦理和道德,是指批评的伦理和道德。这或许是一个新的提法。它主要是指,专业的文学艺术批评应该遵守的道德律令。请注意,这里说的是"专业的文学艺术批评",而不是一般读者感受。简单的如当下盛行的"红包批评",批评家因为个人的恩怨而任意褒贬作品,丧失公正立场,等等,都不符合批评伦理的要求。我们要讨论的是,对文本阐释的公正性要求,是否包含正确地指出文本的本来含义,或者由作者所表述的文本的本来含义。我认为,这是专业批评家的伦理责任。文学不以"真"为本。但是,文学批评一定有求"真"的责任,这个"真"是文本的本来含义。专业批评家有客观揭示文本本来含义的责任。这个责任,或者否定和放弃这个责任,是对批评伦理的侵害。对此,杜夫海纳曾经有过很精辟的说明。他坚持对于公众而言,批评家的使命有三种:说明;解释;判断。其中的"说明,就是揭示作品的意义,教育公众"。因为"人们假设:公众没有批评家在行,单靠他们自己的才智是不可能理解作品的意义的"。同时,人们还假设:"作品——这里仅限于文学作品——是为了被理解的:他有一种意义,但这种意义可能是不明确的或隐蔽的，这就要由批评家去辨认，去翻译成更清楚的语言，使之能被公众掌握。"① 利科对此也有类似相同的论述。他认为对文本及文本的自主性地位而言，在狄尔泰那里就有"说明"和"理解"这两种态度，阐释就是这两种态度的结合："作为读者，我们停留在文本的悬置之中，将文本视为一个无世界、无作者的对象；在此种情形下，我们是根据其内存关系及其结构而阐明文本的。另外，我们可以停止悬置，并在言谈中实现文本，将其恢复到活的交流中；在此种情形下，我们解释文本。"② 尽管利科强调这两种阅读不是对立的，阅读是两种态度的辩证法，但是，毫无疑问，在利科这里，说明是必需的。既停留在文本的悬置之中，面对文本，根据文本的内存关系而阐明文本。然后可以终止悬置，在与作者的交流中解释文本。对此，杜夫海纳表述得更加直接："批评家可以把现象学的口号接过来。'回到事物去'，这就是说：'回到作品去'，去做什么？去描述它，去说明它是什么。"③ 但是，我们必须指出，无论是杜夫海纳还是利科，他们的解释或理解，甚至是批评的第三种使命"判断"，都不是强制阐释的意思。强制阐释的含义是，为了证明阐释者的前置结论，将阐释者意志强加于文本，以论者的意志决定阐释，这明显违反批评伦理的道德律令。杜夫海纳的话非常有力："一种正确的批评，从来不把自己的标

---

① [法]杜夫海纳：《美学与哲学》，孙非译，中国社会科学出版社1985年版，第156页。
② [法]保罗·利科：《阐释学与人文科学》，孔明安译，中国人民大学出版社2012年版，第114页。
③ [法]杜夫海纳：《美学与哲学》，孙非译，中国社会科学出版社1985年版，第157页。

准强加给对象,而让对象用自己的标准去衡量自己,去自己承认圆满或不圆满、成功或失败。"① 很明显,前者依靠文本说话,是文本的自我证实。后者是一种强加,是阐释者的自我证实,他歪曲文本,强制文本,让文本做了阐释者的工具和奴仆。由此可以断定,强制阐释与对文本多元的理解是完全不同的两件事情。多元阐释并没有违背批评的伦理准则,强制阐释却严重伤害了批评的正当权益,超越了批评伦理的最后底线。

十 阐释的边界

对一个确定的文学文本而言,有没有可以确定的意义,其意义的总集是有限还是无限;文本的意义是否承载了作者的意图,作者意图是否影响甚至决定阐释的方式和内容;对文本的阐释,是以文本意义及作者的意图为根据,还是以批评家的感受和需求为根据;对意义的阐释到底有没有边界,有限阐释的边界在哪里,无限阐释的有限约束又如何界定;等等。这是 20 世纪,特别是 60 年代以来,西方文论界集中争辩的重大问题。伊格尔顿指出:"与伽达默尔的主要研究著作《真理与方法》一起,我们就是处在那些从未停止过折磨现代文学理论的种种问题之中。一个文学文本的意义是什么?作者的意图与这一意义究竟在多大程度上相关?我们能够希望理解那些在文化上与历史上对我们都很陌生的作品吗?'客观

---

① [法]杜夫海纳:《美学与哲学》,孙非译,中国社会科学出版社 1985 年版,第 146 页。

的'理解是否可能?"① 浩浩荡荡几十年过去,尽管有学者认为,对这些问题的辨析,西方理论界已有普遍共识,但是,我认为,20世纪中期以来,西方流行的文本阐释理论,并不是科学的,所谓共识之中矛盾和冲突依然明显,应该深入讨论和认识的问题也越来越多。强制阐释之所以普遍发生且愈演愈烈,甚至成为文学批评的基本方式,其主要原因就在这里。

我认为,对确定文本而言,其内涵意义及其阐释是有限的;文本阐释的有效性应该约束于确定边界之内;文本的有限意义规定阐释的边界;作者的意图是评估阐释有效性的基本要素。这在《从强制阐释到本体阐释》的记者采访文本中有过一个大致的表述。我还提出,超越边界的阐释,可以而且应该存在,但这是一种界外发挥。这种发挥,既是对文本的强制性阐释,同时也有利于实现文本和文学的多种功能,应该给予包容。现在看来,这个表述虽然简单,但意思还是比较清楚的。现在要补充的是,我并不否定多元阐释的积极意义,只是因为面对后现代主义理论,彻底否定文本意义的有限性,放弃以至完全消除作者意图的主张,突出强调对作者意图和文本自在含义的积极追索。我认为,解决上述问题,要恰当处理如下几个方面的关系:其一,合理的多元阐释不是无限的,它应该有合理的界定;其二,有限意图的追索不是有效阐释的唯一方式,它应该是多元阐释的基本要素,也是多元阐释的方式之一;其三,无

---

① [英]伊格尔顿:《二十世纪西方文学理论》,伍晓明译,北京大学出版社2007年版,第65页。

第二编　当代西方阐释：强制与独断

论何种阐释，都应该在阐释过程中，努力实现与文本及作者的协商交流，在积极的协商交流中，不断丰富和修正阐释，发现和构建文本的确定意义。如果这些想法是比较合理及周全的，那么接下来的问题就是，对确定的文本而言，合理阐释的边界在哪里？确定边界的主要根据是什么？对这个问题的回答，历史上各种意见都有。可以肯定的是，由于文学自身的诸多特质，清晰的结论无法给定。但是，我们可以提出以下几个观点，作为解决问题的前提。

第一，对具体文本的阐释是否有限。反过来说，对一个含义有限的文本付诸无限阐释，是否合理、确当。首先应该承认，任何由语言编织的文本，其自身含义都是有限的。无论这个文本以什么样的形式出现，有限词语的能指和所指都在有限范围之内。特别是落点于文本的确定作者，他或她的表达，一定是本人有限思想和情感的有限聚集。尽管最后文本可能超出他的本意，但落在纸上的文本自身的能指——同确定词语的能指一样——是有限的。因此，对文本作无限阐释缺失有效支撑。毫无疑问，阐释是对文本的阐释。对文本的阐释应该以文本为根据。文本的能指是文本阐释的出发点和落脚点。阐释可以对这个或这些能指及其对象做多重解读，并持续发酵下去，实现阐释者的阐释目的，但无论如何，它是有限度的。阐释应该依靠文本，以文本自身的力量生成阐释。这个力量是文本自身能指的力量，是这种能指自身所具有的思想、美学、历史、政治的力量，所谓形式也应该蕴含其中，而不应该由外部强加于文本，由释者强制于文本。我不反对合理的多重阐释，但这种阐释一定有限。不应该也不可能对一个含义有限的文本做无限阐释。所谓"一千个读者有一千个哈姆雷特",这是对普通读者的阅读感受而言,绝非专业批评家的职业准则,职业批评或者说专业批评,是应该有边界限度的。对此,还可以从两个维度上分析。一个是从文本生产的时间度量上看,具体文本的生成总是在一定时间中逐渐展开的。我们应该在那个时代的背景和语境下阐释文本的意图。超越了那个时间或时代阐释文本,以后来人的理解或感受解读文本,为当下所用,那只是一种借题发挥,有明显强制和强加之嫌。韦勒克说:"每个批评家都是处于自己的时代之中著书立说,囿于自己所处的时代"。"我认为我们必须认识到,过于轻易地采取无时间性的概念,则带有危险性。"① 一个是从词语本身的意义看,它也是随着时代而变化的,根据阐释的需要随心所欲地定义词语,用旧词语的新所指阐释开去,其合法性就要受到质疑。韦克勒就曾举例,亚里士多德"所指的'悲剧',与我们所指的悲剧大相径庭,因为他熟悉的只是古希腊的剧本"②。因此,他的结论是:"我们必须意识到词义的转变,而不要被出现的相同词语或措辞所蒙蔽。"我们可以在对华兹华斯著名作品的阐释中找到同样的例证。在《独自云游》(I wandered lonely as a cloud, 1804)中,作者用"gay"来表达欢愉、快乐的意蕴。"A poet could not but be gay",本意为"诗人如何不欢愉",如果我们用"gay"的当代

---

① [美]韦克勒:《近代文学批评史》第5卷,杨自伍译,上海译文出版社2009年版,第8页。
② 同上。

第二编　当代西方阐释：强制与独断

语义来阐释此句，可以相信，也一定可以极具学理性和玄妙，但是，正如有学者所指出的那样，"有些词后来获得的词义因为种种原因使得原来的词义不再被使用。在当代英语口语中，'gay'作为形容词，表示'同性恋的'（做名词尤指男同性恋者）。可能是由于这个原因，人们现在极少使用 gay 的本意"。① 可以确定，在华兹华斯创作的年代，"gay"根本没有当代同性恋的含义，如果有人硬把它解释为"同性恋"之意，并极先锋极理论地重新阐释这首诗，进而强加到诗人身上，是不是荒唐可笑？假如华兹华斯还活着，他会赞许后来人的创意，阐释了他自己都没有知觉的含义，甚或深藏于意识之后的无意识表达？我想大概不能。"为了让其文字表达不同的东西，我们可以为这些文字创造出几乎无数的语境。但从另一种意义上说，这种想法其实只是一种简单的幻想，是从那些在教室里待得时间太长了的人们的心中生长出来的。""语言实际上并不能让我们随心所欲地利用它。"因为"语言是那些从根本上形成着我们的种种社会力量在其中活动的一个领域；把文学作品视为某种能够逃出这一领域的无限可能性的竞技场，这只是学院主义的谬见"。② 正是在这个意义上，我更赞成福柯的提法，"我们必须完全按照话语发生时的特定环境去把握话语"（福柯《知识考古学》，1972）。利用词语本身的张力，其能指与所指之间的语境转换，根据阐释的需要，制造文本所不具备的意指并强加于

---

① 钱军：《词的时间和空间因素》，《当代外语研究》2012 年第 3 期。
② ［英］伊格尔顿：《二十世纪西方文学理论》，伍晓明译，北京大学出版社 2007 年版，第 85 页。

文本，不是不可以，但这是强制阐释。

第二，阐释的当下性与历史本真的关系问题。历史与当下的冲突由来已久。远的不说，就说2002年，特伦斯·霍克斯——当下论的代表人物——《当下的莎士比亚》的出版，使各类传统的历史主义面临新的挑战。遵照当下论者的意见，历史上的经典文本总是要被后人不断阐释的。没有后人的阐释，经典不复存在。经典之所以为经典，也是因为它能够被生发出无穷尽的阐释，并倚借这些阐释而实现阐释者的种种政治或学术目的而得以延续。霍克斯重申克罗齐的名言："一切历史都是当代史"，对当下论给予充分说明。对于文本，他强调："根本不可能真正捕捉和重复过去"，"不借助关注当下的组织构造力量，就根本不可能接触到过去。""奉行当下论的文学学者就主动寻找历史中的当下因素。"① 犀利地表达了当下论者与历史主义的抗衡。按照这个逻辑，霍克斯是如何延续莎士比亚的？他阐释《哈姆雷特》的文章《老比尔》，"把该剧视为一部关于监视与调查的戏剧，因为剧中的许多人物要么在监视别人，要么处在别人的监视之下（英国俚语中，'老比尔'是警察的意思）"。伊万·费尔尼对《哈姆雷特》的阐释，以当下论为依据，用今天的恐怖主义威胁去解读剧中许多无缘由的暴力。这些所谓当下的阐释是正当的吗？就像肖瓦尔特以女权主义立场阐释《哈姆雷特》一样，完全背离文本的主旨，得出令人瞠目结舌的荒唐结论，就会使古老的莎士比亚当代化起来？沿着这个方向继续发挥下去，有了最

---

① ［英］彼得·巴里：《理论入门：文学与文化理论导论》，杨建国译，南京大学出版社2014年版，第290页。

第二编 当代西方阐释：强制与独断

近的斯诺登事件，有了美国政府监听德国总理，以及各位总理之间相互监听，霍克斯会不会有新的监视说阐释，把莎士比亚戏剧写成今天生活的预言，以此来延续经典？那莎士比亚呢，他如果活着该有怎样的反应？伊格尔顿曾经评论："莎士比亚不太可能认为自己是在描写核战争。当格特鲁德把哈姆雷特写为'肥胖'的时候，她大概也并不是要说他体重超重，就像现代读者可能倾向于以为的那样。"① 对历史的阐释更是应该警醒的。历史是有事实的。尽管记录者的记录有自己的选择。也可以肯定记录者的立场决定了记录的内容。但是，历史一旦记录下来，后来人更改前人记录的根据只能是新的可靠史料，而不是主观上的肆意篡改。"一切历史都是当代史"，以为当代人可以根据自己的需要随意阐释历史，历史的客观性可以任意否定，这会造成两种结果：其一，民族和人类的历史因为它被肢解而失去连续性，进而失去存在的价值；其二，因为它被歪曲而失去可靠性，完全消解了历史的客观性。最近发生的对"木兰从军"的搞笑歪曲，把木兰从军演绎为"吃亏是福"的当下观念，"唧唧复唧唧，木兰啃烧鸡"，这完全可以用当代接受理论给予证明，喜剧演员的阐释是合理的，是当下人对经典的新的体会，经典就在这种体会中不断延续，为后人所记录。但是，会有一个严肃的理论家或者批评家这样认为吗？可以肯定，我们运用西方文艺理论的多种工具来重新阐释这首中国古代经典文本，形式主义、精神分析、同性恋、空间，甚至是幽灵理论，都可以对这首诗做全新的阐释。尤

---

① ［英］伊格尔顿：《二十世纪西方文学理论》，伍晓明译，北京大学出版社 2007 年版，第 68 页。

其是女性主义的批评，那一定是精彩绝伦的。但是，有没有真实的历史？对历史学家而言，是原生态历史和文本历史的区别；对文学批评家而言，有没有原生的历史精神存在，这种历史精神的客观存在要被生产它的民族世代保存并发扬下去；有没有文本所表达的原生历史精神，这个精神应该而且必须为批评家所认定，确当阐释给读者和历史。如果我问这首诗的作者本意在表达什么，或许会遭遇嘲笑。《木兰诗》本是民歌，没有确定的作者。我的回答是，作为民歌，它的作者就是我们的民族。民族的传统，民族的精神刻画了这个人物和这种精神，它能世代相传下来，就是因为民族需要它，民族接受它，千千万万的无名读者以同样的理解成就它，职业的文学家和历史学家忠实地记录它，《木兰诗》才有机会被后人或者崇敬，或者歪曲。这个例子俗了一些，也太直白，但是，细想一下，许多西方理论干的不就是此类事情吗？不过因为是西方的，不过因为是大师的，由此就比本土的、平俗的喜剧演员神秘和高级许多。对人类或民族的历史是如此，那对个人的历史就更加清楚。伊格尔顿评论，海德格尔的名著，其题目是"存在与时间"，而不是"存在与历史"是很重要的。他的存在是个体存在的感受，这些感受集合或概括起来，就是一个"烦"。如果理解完全就是历史性，是随着理解者的需要而任意理解的，那么这个"烦"，个人历史的"烦"也可以被任意理解，可以被任意否定或肯定吗？比如"海德格尔提倡的德国人民在元首面前就有的那种奴性"[1]，也可以任他自己或后

---

[1] ［英］伊格尔顿：《二十世纪西方文学理论》，伍晓明译，北京大学出版社2007年版，第63页。

来人随意理解为其他的蕴意?

第三,如何认识经典及经典如何持续。经典到底因为什么是经典,经典到底因为什么得以传递,这是一个值得深入探讨的文学原点问题。我赞成经典是话语建构的经典。但这个话语不是批评家的话语,或者说主要不是批评家的话语。经典不是因为批评家的批评,更不是因为各路精英的无边界阐释而成为经典。经典的要义是它所表达的全部内容,包括它的形式和叙事方式,能够让一代又一代读者——这里的读者主要是普通读者,而不是职业的批评家——从中获取他们喜欢或渴望获取的东西,这些东西本身就是多元的,可能是思想,可能是审美,也可能就是简单的快乐。为大众所接受,能够被重复阅读或审美,经典才是经典。我赞成布鲁姆对经典要义的说明:"任何一部要与传统做必胜的竞赛并加入经典的作品首先应该具有原创的魅力。"[①] 文学的生命是原创。书写者的原创,使得他的作品奇异、独特、不朽。文本的原创,书写他的时代,让后人理解和赞赏。"共鸣说"老旧了一些,但后人在那里找到自己,正是文本书写者独特创造的结果。如果任意人的任意解释都可以替代文本,那么文本的独创性会在哪里?到底是书写者独创了文本,还是后人的任意阐释使得文本成为独创?如果是后者,万千读者的体验都是独创,书写的独创又在哪里?一定会有人说,文本的独创性就在于它能够唤起后人的独创性理解,那么这个唤起后人独创的原生独创又是什么?因此我认为,理论家、批评家的职责之一,是揭示经典的意义,揭示它的独创。至于

---

① [美]布鲁姆:《西方正典》,江宁康译,译林出版社2005年版,第5页。

批评家本人的理论企图和目的，应该与文本的确当阐释相区别。借历史说话，本身就是意识形态的独特方式，与对文本的文学批评，用海德格尔的话说就是"狭义的文学批评"，与非文学的目的扩张是不同层次和背景的话语。当然，对于经典文本的阐释，不会陷于它本来意义的揭露和刻画。多重意义的存在和多重意义的发挥，对理论，对批评，以至对文本的再生是必要的。我的诉求是，请坦荡说明，这是阐释者的话语，还是文本的话语；是阐释者的政治、文化或其他方面的任意发挥，还文本书写者的本来意图或文本的实有内容。上面说过了，这也应该是多元阐释的基本要素，是多元阐释的重要目标，这也是读者——阅读阐释文本的读者——有权利了解或应该辨别的实际所有。当然，我说批评家有责任首先指出文本的自在含义，不是指每一位具体的批评家对文本展开批评时，都要这样做，而是指理论界、批评界整体，有责任这样做。我不赞成理论家、批评家首先是读者的提法，也不赞成他们展开批评时，首先要以读者的身份开始。对于广大读者而言，我们认真地读批评家的文章而不是别人的文章，是因为你是批评家，是相信你的专业水准能够告诉我们所不懂和不理解的东西。职业批评家之所以能以专业面孔生存和活动，也是因为你的职业准则是给予人们以更多的知识和思想，以及理解和体认文学的精神和方法。在这个意义上，也就是在专业和职业的意义上说，应该而且必须比普通读者高明一点，否则社会生活和文化构成不需要批评家存在。我赞成接受美学的诸多观点。没有丝毫贬抑它的情结。我的观点是，接受美学过分强调了批评历史上和批评总体过程中读者的作用，并把这个作用绝对化。在对具体文本进行自己专业阐释的时候，他定位自己是批评家，是精英，把自己的阐释凌驾于作者和读者之上。在寻求理论共鸣或响应的时候，又把自己混同于普通读者，声称读者的感受如何决定文本的阐释及价值。这个似乎让人难以接受。回到经典为什么是经典的问题。朱立元先生曾说："中国现代文学史上鲁、郭、茅、巴、老、曹经典作家地位的形成和确立，也是几十年来中外文学批评家无数阐释、评论综合起来的合力作用的结果。20世纪80—90年代在'重写文学史'的旗帜下，经过批评界的重新阐释和评价，沈从文、张爱玲等作家的成就得到了充分的肯定，其在文学史上的地位由二、三流上升到一流。"我还是有些疑惑。这些疑惑是：其一，譬如鲁迅，他的作品的经典地位是批评家评论出来的，还是他的作品本身所具有的，能够成为经典的思想或意义所赋予的？是鲁迅文本自身具有经典的价值，使得各类批评家、理论家以此为生而成就其价值，还是批评家、理论家的阐释与批评使得鲁迅以此为生而成就其价值？简洁地说，是鲁迅成就了批评家，还是批评家成就了鲁迅？其二，批评家、理论家能不能决定或成就经典。上面提到的朱先生的意见，由于理论家与批评家的合力，使得沈从文、张爱玲的地位由二三流上升为一流，就不是很有说服力。先不说沈从文，就是张爱玲，还有现在重写文学史里的另外一些人，其历史意义，其文学价值，靠批评家的鼓吹就能够被历史所认定，就会成为中国文学史上的经典？《巴黎的秘密》好像被重要的思想家给予很高评价，它似乎没有被承认为经典。周作人的《苍蝇》，虽然精致，但是，它的生产语境决定其地位，批评家的批评就可以让它成为经典？布鲁姆的话值得深思："世俗经典的形成涉及一个深刻的真理：它既不是由批评家也不是由学术界，更不是由政治家来进行的。"而因为"作家、艺术家和作曲家们自己决定了经典"。我以为，这个提法更接近实际。

最后，落脚到一点，对于理论家和批评家而言，应该有勇气面对原始文本和批评的关系。相对于批评而言，创作是第一的，是实践的主体。批评是因为创作及成果而产生，因为作家及文本而生。是文本的创作实践要求规定了批评的产生及生产，而不是相反。在这个意义上，批评不能规定经典。批评可以鉴别和评价经典，使经典为大众和历史所接受。就像我们不否定理论对实践的指导作用一样，我们充分肯定批评对创作的引领作用，肯定批评的科学力量。但是，这种引领和力量的产生，基于对文本的尊重，对经典的尊重。说明一点，我这里所说的"批评"这一术语，"主要是指迄今为止有关文学的原理和理论，文学的本质、创作、功能、影响，文学与人类其他活动的关系，文学的各类手段、技巧，文学的起源和历史这些方面的思想"[1]，而不是单指具体的文本批评。

当然，应该说明的是，任何理论都有正反两方面的理由，或正或反都与它所生成和存在的语境有关。一种理论和方法，无论它多么丰富和完美，都会有很难避免的缺陷，离开适当

---

[1] ［美］韦勒克：《近代文学批评史》第1卷，杨自伍译，上海译文出版社2009年版，第1页。

第二编　当代西方阐释：强制与独断

的语境和条件而推向极端都会成为谬误。当代西方文论中许多学派、思潮和观点，都有它好的一面。对此，我多次表达了敬意。但是，我赞成两点论和重点论。20世纪及当下本土的理论氛围是，对西方文论自身及它的传播和应用已经陷入困境。布鲁姆所说的"如今学界是万物破碎、中心消解，仅有杂乱无章在持续地蔓延"[1]，无论是西方还是本土，都是一个值得警惕的主要倾向。因此，一些话说得绝对一些，一些话有失周全，也是为了疾呼警醒而已。如何在多元阐释的行程中防止无限度的强制阐释，又如何在文本意图的刻意追索中防止单一因素的偏执，是我们在理论建构过程中应该认真解决的问题。

---

[1] ［美］布鲁姆：《西方正典》，江康宁译，译林出版社2005年版，第1页。

阐释的独断

一 "强制阐释"的独断论特征

强制阐释论提出以后,① 引起学界的关注和讨论,一些专家学者,包括多位国外学者,对强制阐释的定义及其所指提出了诸多不同意见。② 其中一个主要问题是,如何认识和对待文本。依据20世纪西方文论一些流派的基本倾向,许多学者主张,不存在文本自身的意义和写作者意图,即使有,也无阐释的可能和必要。一切文本都是历史的,时代及其接受者的当下理解,决定文本的存在和意义。经过长达两年的讨论和思考,笔者目前的结论是,从阐释的结果辨别和定义强制阐释是困难的。强制阐释的要害不在文本阐释的结果,而在阐释的路线。所谓"阐释",作为理解和解释的手段及实现方式,可以从阐释者的哲学偏好和认识路线上找到其动力和倾向。经过深入考察和辨识,笔者认为,强制阐释的哲学发生根据,是从古希腊缘起,被莱布尼兹—沃尔夫推向极端,再由康德及后来者给予

---

① 张江:《强制阐释论》,《文学评论》2014年第6期。
② 同上。

颠覆性批判的独断论哲学。就强制阐释的原点定义看,是"背离文本话语,消解文学指征,以前在的立场和模式,对文本和文学作符合论者主观意图和结论的阐释"①,从哲学和认知方式的视角评判,其独断论的特征明显。特别是因为场外理论的征用,阐释者从既定理论目的出发,利用文本证明理论,强制或暴力阐释成为必然,否则,难以实现阐释的目的。由此切入,可以从一个新的角度辨识和认知强制阐释,回答各方的质疑。

(一) 独断论的线索性回顾

所谓独断论,作为一种思维方式,自有哲学以来,就始终伴随其发育和生长,深深植根于人类认知理性之中。从古希腊的赫拉克利特把"逻各斯"引入认识论,强调理性的绝对作用,到近代莱布尼兹—沃尔夫哲学,力图以抽象、片面、孤立的思维规定认知客观对象,尽管其间几经反复,独断论始终占据主导地位,从根本上决定了西方哲学发展的基本走向。直至18世纪末,康德由休谟的怀疑论而警醒,对独断论哲学给予有力批判,逐步引导西方哲学实现了由独断哲学向批判哲学的转向。进入20世纪,西方当代哲学以其"最为神秘、最为强大的基础,就是它对一切独断论,包括科学的独断论所持的怀疑主义"②,彻底冲击和瓦解了近代哲学的思想路线和思维方式,使独断论完全失去存在的根基和可能,怀疑主义、相对主义最终占据主导地位。对此,国内有学者判断:"一旦康德的批判哲

---

① 张江:《强制阐释论》,《文学评论》2014年第6期。
② [德] 伽达默尔:《哲学解释学》,夏镇平译,上海译文出版社1994年版,第128页。

学被确立起来,独断论哲学就从根本上被抛弃了,虽然在康德之后,独断论哲学还有局部的复辟,虽然在康德以后不读康德的人仍然会停留在独断论的哲学思考中,独断论哲学已经一蹶不振了。"① 但是,问题并非这样简单。作为唯理论的遗产,独断论虽然不再为当代哲学所关注,也很少有人愿意以独断论的方式表现立场,不可否认的事实是,因为人类对自身理性的无限信任,因为人类执着顽强地对宇宙包括人类自身普遍性、必然性的认知追求,独断论的误用很难克服。

20世纪的西方当代文论,从脱离文艺本体开始,先是作为一种"批判的理论",进而衍生为"理论",尤其是那种号称"没有文学"的文学理论,再回到文学场内,以阐释的强制性和暴力性再现独断论幽灵,让人们对独断论的历史和当下生出诸多新的认识和思考。需要强调的是,独断论不仅是一种哲学思想的概括,而且是一种思维方式的总结。这种带有素朴信仰印迹的认知方式,至今依然深刻影响甚至统治着我们。强制阐释,作为一种理解和解释手段,虽然可以无关任何一种具体的哲学思想,却能无限制地被运用于任意理论和意志的阐述与发挥,而阐释者却可以未有察觉。从历史谱系说,强制阐释古已有之且延绵至今,既无哲学渊源上的指认,也无阐释学理论的最后确证,因此,我们必须努力揭示它的哲学与认识论根源,确立消解并阻断强制阐释的哲学根据。这对于构建一种既防止独断论,也克服怀疑论,并与当下盛行的相对主义、虚无主义的阐释理论相区别的批判阐释理论,具有基础性意义。

---

① 俞吾金:《西方哲学中的三大转向》,《河北学刊》2004年第5期。

（二）理论的能力及可能的边界

强制阐释的根本方式，是从理论出发，以理论为目的，用理论裁剪对象，用对象证明理论。如此阐释路径，必然产生一个根本性问题，即理论本身的能力，或者说某种理论阐释对象的能力，是否经过检验和证明，理论阐释对象的可能范围和限度是否有边界。在康德看来，沃尔夫独断论的核心问题是，对人的认识能力的可能限度未经考察，就贸然断定理性认识的确定性和唯一性，仅靠知性去理解和阐释一切。对理性的盲目信任，以知性的空洞思维为基准，让理论阐释的可能与限度无限扩张，用理论强制对象，显示了知性与理论的极端霸权。同时，独断论以为，理性可以无障碍地认知对象，无须经验和实践，仅以理论就可以揭示一切，包括上帝和灵魂。强制阐释以同样的方式展开、呈现自己，以为仅仅依靠理论就可以无限地认知世界，包括认知纯粹的精神现象，找到和揭示对象的本质，进而达到真理性认识。所谓"只靠反思的作用即可认识真理，即可使客体的真实性质呈现在意识前面"①，精准确当地描述了强制阐释的独断论特征，显示了两者之间几乎无区别的相似性和一致性。

当代西方文论的诸多重要学派和代表人物，经常是自觉地操用强制阐释展开理论，使独断论获得新的存在形式。海德格尔在《艺术作品的本源》中，深入讨论了凡·高的著名油画《鞋》。按照杰姆逊的说法，"在凡·高那里，这最初的内容，我想就是农业生活中的苦难，完全的贫瘠，和农民们最原始的

---

① ［德］黑格尔：《小逻辑》，贺麟译，商务印书馆1980年版，第94页。

体力劳动的痛苦"①。但是，在海德格尔的哲学中，这幅经典的写实作品，却被演化为一个抽象的哲学转喻。他那段著名的评论美丽而煽情，努力注释着"海德格尔总带有点神秘主义"的存在论观点。② 面对这一经典画作，海德格尔给予了新的理论"重构"，他断然决定，凡·高笔下的鞋子是一双农妇的鞋；这双鞋注满了农妇生活与劳作的艰辛，甚至她分娩时的痛苦；这双鞋子把土地与世界，或者说是物质与历史联系起来，表达了存在主义哲学的深刻意义。海德格尔的如此"决定"，是不是可以看到独断论的思维和阐释的强制？我们说海德格尔"决定"这是一双农妇的鞋，不是误用。从思维方式上看，他的"决定"是思想家个体的决定，而无任何对话和商榷。而且仅仅因为是这样一个强制性决定，才使下面的玄妙结论成为可能。杰姆逊对此很是疑惑："海德格尔确认——谁也不知道为什么——这是一双农妇穿的鞋。"③ 且不论以后有人确证这双鞋不是农妇的鞋而是城里人的鞋，又有人确证这双鞋只是艺术家凡·高本人的鞋，且不是同一双鞋，但阐释者依然这样"决定"。仅就海德格尔的阐释方式说，他表现出对自己既定理论的信任：这个理论具有解释这件艺术作品的可能，进而可以无限扩张地阐释任何对象。从抽象的理论出发，根据理论的需要，主观地生硬裁剪或重构对象，使客观对象服从理论，成为理论的证明，这种路径本身就是独断的、强制的。我们有理由质疑，

---

① ［美］杰姆逊：《后现代主义与文化理论》，唐小兵译，北京大学出版社1997年版，第182页。
② 同上书，第183页。
③ 同上书，第184页。

第二编 当代西方阐释：强制与独断

如同他毫无根据地认定凡·高笔下的鞋子是农妇的鞋子一样，海德格尔如何认定他的理论就一定是适合于阐释这幅画的理论，进而也是能够阐释一切物质和精神对象的理论？近代哲学高扬理性的旗帜取得了辉煌成就，但却因为把它推向极端，最终蜕化为对理性的迷信。理性以其无所不能的能力打倒了上帝，也无可奈何地导致了独断，最终打倒了自己。

尽管当代西方哲学主流坚决主张并努力超越独断理性的束缚和影响，但是，独断的传统是西方哲学两千多年的根基，是人类思维取向集约和一统的基本方式，理性的独断因此而无法完全被阻断和割舍。康德是独断论的死敌，但是，他在理性领域为自然立法，在实践领域为道德立法，在美学领域为审美立法，到头来还是未能摆脱思辨的独断。我们可以纵览20世纪的哲学，诸多主义和学派，哪一个学说没有独断天下的企图？海德格尔用"存在""烦"统辖人的本质，这是不是一种独断？这种独断体现在文学批评上，其霸权和强势几乎一览无遗。对海德格尔的文学批评，韦勒克就有此类分析。他尖锐地指出："海德格尔对狭义文学批评最为著名的贡献，是他对荷尔德林、里尔克和特拉克尔作品的解释，他为其所用地认为，这些诗人证实了他本人的理论学说。"[1] 他认为，海德格尔的具体评论手法，"在诸多情况下，应该得出的结论是，这些文本他很快便束之高阁，以便插入他本人的思想和语汇"[2]。对荷尔德林诗歌

---

[1] ［美］韦勒克：《近代文学批评史》第7卷，杨自伍译，上海译文出版社2009年版，第152页。
[2] 同上书，第158页。

的解释，完全是一种"为己所用，作为印证他本人的思想情感的佐证"①；"他是以一己之见，强加于一位引人入胜的历史人物，对于我们合理地欣赏和理解一位伟大诗人来说，乃是一种不利之举"②；"海德格尔将自己的哲学理论强加于上述文学作品和人物"③；"诗歌之于他，不是一个语言和形式的结构，而是认识'存在'的一种神秘色彩的看法表态"④。我们应该注意到，韦勒克多次判断海德格尔的诗歌批评其实是"为己所用"；他两次使用"强加"这个语汇给予质疑，这显然不是随意之举。从理论出发普遍阐释一切精神现象和作品，以理论为根据去寻找"事实"反过来证明理论，韦勒克的"为己所用"和"强加"，是对强制阐释最生动的注解和说明。⑤

（三）认识的出发点和落脚点

以理性把握对象，基点在对象。理性认识应该以实践和经验为基础，考察对象的客观存在及其实际。无论这个对象是物质的还是精神的，它们的实在状况，从表象到结构再到本质，一言以蔽之，也就是对象本身，是全部认识的出发点和落脚点。脱离对认知对象的实际把握，脱离具体经验和实践的基础，为了理论的需要而歪曲经验和实践，歪曲认识的对象，并且再造对象，使对象服从理论，是独断论的传统。

---

① ［美］韦勒克：《近代文学批评史》第 7 卷，杨自伍译，上海译文出版社 2009 年版，第 159 页。
② 同上书，第 161 页。
③ 同上书，第 162 页。
④ 同上书，第 163 页。
⑤ 韦勒克使用的"强加"，英文为"impose"，"强制阐释"的英译为"imposed interpretation"，在译义上两者是同义的。

第二编 当代西方阐释：强制与独断

对此，黑格尔评论说，"思想进而直接去把握对象，再造感觉和直观的内容，把它当作自身的内容，这样自以为得到真理，而引为满意了"①，可谓一语中的。这里有两点需要强调。

一是，理论脱离经验而直接把握对象，以为思想可以把握事物的本身，这正是西方文论诸多学派的通病。笔者曾指出，场外理论的征用，是当代西方文艺理论生成的主要方式。特别是从20世纪初，以弗洛伊德为代表的精神分析学说侵入文论领域以后，多种理论都是从文学场域以外进入场内的。这些理论的出处大抵有三：与文学相关联的人文学科理论；为现实政治、社会、文化运动服务的理论；自然科学领域诸多规范理论和方法。这些理论在进入文学场内以前就已经产生并成熟，理论的创造和使用者征用这些理论侵入文学，其动机和目的不在文学和文本的阐释，而在利用文学证明和张扬理论，在用思想"把握事物的本身"②，这必然决定理论过程的独断方式：脱离经验直接把握对象，以理论为根据直接修订对象。对于此类倾向，弗洛伊德主义的生产与征用最为清晰。弗洛伊德是精神科医生，其理论操用于文学以前，他的主要著作已经完成，基本理论和方法在精神病研究与治疗上取得了成绩。弗洛伊德关于"无意识""力比多""梦的解析"以及"俄狄浦斯情结"等基本观点，是他精神分析理论的主要构成，产生于他本人有关文学的著作完成以前，对文学研究是一种理论的应用，或者说是"移

---

① ［德］黑格尔：《小逻辑》，贺麟译，商务印书馆1997年版，第94—95页。
② 同上书，第96页。

植",是弗洛伊德对其精神分析理论本身的文学阐释。其中,既有开拓文学研究空间和场域的正面作用,也不可避免地产生生搬硬套、简单移植的强制阐释。特别是后来的文学批评,广泛移植这个理论,用这个理论去"普适"大批本无此意的历史文本和文学经验,对理论的有效性造成极大伤害。这种脱离文学实践和文本实际、以场外理论直接把握文本的方式,其独断性和强制性不言自明。

二是,以理论强制对象,也就是"认为事物的真实性质就是思想所认识的那样"①。安贝托·艾柯曾用文艺复兴时期的神秘主义对兰花的阐释来说明过度诠释。艾柯举证,神秘主义的符指论者从他们的既定理论出发,"致力于去寻找一些'踪迹',即能揭示出隐秘关系的一些可见线索"②。这些怀抱神秘主义的符指论者为了认证自己的理论,对野生的兰花具有两个球茎大做文章,认为兰花的两个天然球茎与人的睾丸之间在形态上有令人惊异的相似之处。就是从这个相似性出发,他们进一步推进到对于不同关系的认同:"从形态的类似推到功能的类似。于是兰花就被认为是具有生殖器官的神秘特征(因此,兰花同时又以其性淫而为世人所知)。"③ 从艾柯论述的初衷看,他是把这个例子作为过度诠释的表现来论证的。但是,从阐释的路线分析,上述对兰花的阐释,其源头是神秘主义符指论的理论需要,是从神秘主义立场出发,去寻找对象和根据,证明

---

① [德]黑格尔:《小逻辑》,贺麟译,商务印书馆1997年版,第96页。
② [意]艾柯等:《诠释与过度诠释》,王宇根译,生活·读书·新知三联书店2005年版,第52页。
③ 同上。

神秘主义符指论的正确。在这里，我们不评价神秘主义及其符指论的荒唐，仅从对兰花阐释的认识路线看，它是一种从既定的主观意图出发，为意图寻找证据进而证明意图的进路，认识的起点是理论而非客观事物，其落脚点不是阐释对象，而是证明理论。从如此立场出发，阐释者无论在哪里都可以找到对象，都可以任意阐释，用思想剪裁事物、剪裁现实，让事物和现实服从思想、证明自己，从而实现"事物的真实性质就是思想所认识的那样"。

表述到这里，我们能够更确当地理解上述黑格尔话中的三层意思。一是"再造感觉和直观的内容"；二是"把它当作自身的内容"；三是"这样自以为得到真理，而引为满意了"。这三个判断意味深长，包含了关于认识和对象关系的意义认定，对强制阐释的独断论特征做出最明晰的注解。强制阐释以理论为标杆阐释文本，文本符合理论则无须多言，而当文本与理论相悖、无法说明和证明理论时，强制阐释的根本方式是，重新移植和构造文本，使文本符合理论，这就是"再造感觉和直观的内容"。强制阐释再造文本内容，还要在思想和理论上反复辩护，这个再造的内容就是文本的内容，是文本自身具有的实在，并用这个实在否定文本的真实，甚至把这个再造的内容冠名于文本的原创，认定这个再造就是文本原创者的意图。强制阐释的偏执与顽固，更表现于对阐释本身的自信与满足，自认为经过阐释者的强制，不仅理论得以证明，而且解放了文本，同时证明了阐释，如此三重获得就是"得到真理"——当然是"自以为"——而且"引为满意"，因为这样就可以实现理论的自我构建和循环。对这种"认为思想可以把握事物的本身,且认为事物的真实性质就是思想所认识的那样"的独断论,黑格尔笑谈"乃是教人单凭秕糠去充食物"①。

(四) 片面的知性执着

"狭义的独断论,则仅在于坚执片面的知性规定,而排斥其反面。独断论坚执着严格的非此即彼的方式。"② 这也是强制阐释的典型特征。其表现有两个方面。

一是,就单一的独立理论阐释而言,几乎每一种理论都坚持只有自己的阐释才是正确的,完全地否定和排斥其他理论阐释的优长。有些激进的政治理论主张的文学应用更是如此。在这一点上,每一个学派、每一种批评方法都坚定地认为,唯有自己的分析和结论是正确的,断然否认历史和当下其他理论和批评的正当性、合理性。弗洛伊德用俄狄浦斯情结对古希腊悲剧《俄狄浦斯王》做重新阐释时,完全否定以往阐释者的判断和分析,坚决否定这是一部表现命运与人的自由意志相冲突的悲剧。他说:"如果说《俄狄浦斯王》这一悲剧感动现代观众的力量不亚于感动当时的希腊人,其唯一可能的解释只能是,这种效果并不出于命运与人类意志之间的冲突,而是在于其所举出的冲突情节中的某种特殊天性"③,正是这种天性决定了悲剧的结果,决定了千百年以后,这部古希腊悲剧依然可以感动天下。至于这种猜想或解释是否合理,以至于可以溯及千年既

---

① [德] 黑格尔:《小逻辑》,贺麟译,商务印书馆1997年版,第96页。
② 同上书,第101页。
③ [奥] 弗洛伊德:《释梦》,孙名之译,商务印书馆2011年版,第258页。

第二编 当代西方阐释:强制与独断

往,我们可以讨论。但弗洛伊德的决绝判断和态度,强加于文本的"唯一可能的解释",让我们感觉他的盲目自信与独断。关于他的另一个例子令人体会更加深刻。弗洛伊德认为,达·芬奇笔下蒙娜丽莎的神秘微笑是恋母情结的效应。他由达·芬奇梦中的秃鹫形象说起,联系秃鹫尾巴撞击艺术家嘴唇的记忆,抓住秃鹫为单性动物的定性,认定蒙娜丽莎的微笑源自达·芬奇本人的"恋母情结"。尽管他可以为自己留下后路,说这个情结和冲动对达·芬奇本人也是隐藏的,但事实却是,弗洛伊德所凭以立言的证据"秃鹫"是一个翻译上的错误。达·芬奇梦中的飞鸟应该是"鸢"而非"鹫"。因为这个错误,弗洛伊德全部立论的根据彻底塌陷,判断和推论无法成立。令人奇怪的是,这个错误弗洛伊德生前是知道的,但他至死没有纠正这个错误,坚持着自己失去根据的立论和判断。我们无法推测弗洛伊德如此态度的理由。然而,"坚执片面的知性规定,而排斥其反面","坚执着严格的非此即彼的方式",维护哪怕是错误的理论根据和结果,强制阐释的独断性可以被清晰地认知和把握。当然,我们可以讨论"理论的精神,是全身心投入的精神,是论战的精神,是低着头一条死胡同走到黑的精神"①,这种理论的执着和信仰值得肯定。但让我们疑惑的是,"低着头一条死胡同走到黑的精神"有没有边界?譬如,对莎士比亚某文本的阐释,是不是可以任意地阐释开去,无论怎样的阐释都可以一条死胡同走到黑,譬如像伊格尔顿所调侃的那样让莎士

---

① [法]孔帕尼翁:《理论的幽灵——文学与常识》,吴泓缈、汪捷宇译,南京大学出版社 2011 年版,第 8 页。

比亚"认为自己在描写核战争"①？知性的偏执，思想的独断，是不是对理论精神的曲解？从现代西方哲学的走向看，诸多理论家对近代哲学中所表现的理性万能和理性独断的倾向进行了有力抗争。弗洛伊德的非理性研究就是其中的重要力量。他的精神分析，注重非理性的影响，证明无意识的作用。这本是对理性独断论的最有力反抗。但是，他的非理性研究不能超越理性研究，正如荣格所言："我们关于无意识所说的任何东西，其实就是意识对于它所说的东西。性质上完全不可知的无意识是通过意识并根据意识的术语加以表述的，而这是我们唯一所能做的事情。我们不可能超出这一点。"② 然而，可悲的是，在理论的扩张和膨胀中，非理性研究也无可避免地堕入理性的独断。"在哲学中常有这种情形，把片面性提出来与全体性并列，而固执一种论断、一种特殊的、固定的东西，以与全体对立。但事实上，片面的东西并不是固定的、独立自存的东西，而是作为被摒弃了的东西包含在全体内。"③ 黑格尔的劝告，值得我们深思和总结。

二是，就各学派与理论而言，相互否定和隔绝几乎是一种常态。一种理论的出现，通常是对过去理论的反叛，而这种反叛却是把洗澡水同婴儿一道泼出去的形而上学。"知性形而上学的独断论主要在于坚执孤立化的片面的思想规定。"④ 形式主

---

① ［英］伊格尔顿：《二十世纪西方文学理论》，伍晓明译，北京大学出版社2007年版，第68页。
② ［瑞士］荣格：《分析心理学的理论与实践——塔维斯托克讲演》，成穷、王作虹译，上海三联书店1991年版，第3—4页。
③ ［德］黑格尔：《小逻辑》，贺麟译，商务印书馆1997年版，第101页。
④ 同上。

义排除庸俗社会学的干扰，聚焦于文本，具有极大的合理性。但是，就此完全否定社会历史批评，只对文本做语言形式的阐释，并认定这才是真正文学的阐释，就把合理性蜕变为独断性。解构主义力图打破二元对立的思维方式，打破逻各斯中心主义的强大统治，这是具有思想解放意义的重要变革。但是，由此彻底否定客观世界的一般存在方式，否定物质与精神现象的本质规定，本意是打破独断，却无可挽回地滑向独断。接受美学历史性地提示了读者对文本和文学的建构意义，但是，因此而确定文学的历史就是作品的接受史，这就滑向了谬误。文学史不也是创作史，而且首先是创作史吗？没有创作哪里有接受？这个判断本身就是一种决绝否定其他有效理论的独断。不仅具体的理论学派如此，就是大的理论思潮也难逃此运。学界概括的 20 世纪文论的两大转向，即非理性转向和语言论转向，都是对历史和传统的反抗，都是企图构建新的理论学派以开拓当代文论更广阔的话语空间。愿望是好的，但非理性转向彻底否定理性，以非理性、非逻辑为中心，以"意志""直觉""无意识"为主词，甚至以自由意志主宰人类理性，虽然有益于当代文论的变化和更新，但也因为其过度膨胀与扩张而取代理性、取代正常思维，使当代文论的合法性、有效性受到质疑。人们有理由追索，如果作为人类存在的最高标志理性，让位于动物同样具有的本能非理性，非理性的认知范式是否还可以有效地认知世界。语言论转向也是如此。从形式主义开始，布拉格学派、语义学及新批评，到结构主义特别是符号学，虽然具体理论和观点各有不同，但大体上都是以语言论为中心，专心集中于文本自身，对文本的生产语境，对文本的历史传承统统放弃不议，"作者死了"一类的极端口号，诱导文论偏好完全堕入另一个极端。细节上的真理，整体上的谬误，是20世纪文论流派频繁迭起又极速陨落的理论根源。"对于知性的规定，我们似乎比较固执一些。我们总把它们当作固定的，甚至当作绝对固定的思维规定。我们认为有一无限深的鸿沟把它们分离开，所以那些彼此对立的规定永远不能得到调节。"① 这对强制阐释的独断性的认识，让人有醍醐灌顶之感。

（五）数学的方法等同于哲学的方法

前面说过，独断论的根源可以从以莱布尼兹为代表的德国唯理主义论起。作为唯理论者，莱布尼兹"从未放弃这种观点：宇宙是一个由数学和逻辑原则统率的谐和整体，因而数学和形而上学是基本的科学，论证的方法是真正哲学的方法"②。后来的沃尔夫则更进一步，直接"把哲学的方法同数学的方法等同起来"，认为"经验的事实会符合理性的演绎"，而不是理性演绎符合经验事实。③ 套用数学、物理学的方法生硬地阐释文学，这是一些西方文论学派的基本特征。

应该承认，唯理论的传统直至今天仍然深重地影响甚至统治着我们，这与自然科学所取得的重大成就及其有力地改变世界的事实，有着极大的关系。自然科学取得的成就，使它的研

---

① ［德］黑格尔：《小逻辑》，贺麟译，商务印书馆1997年版，第94—95页。
② ［美］梯利：《西方哲学史》，葛力译，商务印书馆1979年版，第131页。
③ 同上书，第145页。

究方法，即从个别出发找到一般，进而提升规律，生产普遍有效知识的思维路径，早已"进化"为深入人心的世界观、方法论。"真正的知识是普遍必然的，不是建立在经验的原则之上""宇宙是一个数学逻辑的体系，只有理性能够阐明"的理念①，不仅是自然科学的信念，而且是社会科学、人文科学的信念，甚至是认识和把握精神现象的一般方法，也当然成为文学理论和批评的普遍性追求。检索 20 世纪西方文论，没有哪一个学派不是以绝对的理性概念去构建自己的理论体系的，包括那些标榜自己如何努力打破逻各斯中心主义的学派，其最终目的仍然是以没有中心为中心，走上莱布尼兹—沃尔夫的独断论老路。特别是把数学的方法等同于文学的方法，简单照搬某种数学或物理学模式，打造普适的批评方法，更是与独断论无异。

这种逻各斯中心主义的努力，大体可以分为两个方向。一是，符号学一类具体方法的努力。其基本方式是，模拟甚至照搬已有的数学、物理学方法，构建新的文艺理论和批评模式，企图把文艺理论做成"可以引出必然结论的科学"②。从科学史的意义上讲，符号及其符号系统首先是一种数学思想和方法。胡塞尔用"符号——数学理论的外衣"③ 指出数学对哲学的影响，他进一步指出，因为哲学在古代起源的时候就想成为科学，

---

① ［美］梯利：《西方哲学史》，葛力译，商务印书馆1979年版，第141页。
② ［美］《皮尔斯文选》，周兆平、涂纪亮译，社会科学文献出版社2006年版，第219页。
③ ［德］胡塞尔：《欧洲科学的危机与超越论的现象学》，王炳文译，商务印书馆2001年版，第67页。

成为有关存在者对宇宙的普遍认识,但是,"这种新的理想只有按照新形成的数学和自然科学的典范才是可能的"①。毫无疑问,莱布尼兹—沃尔夫唯理论与独断论的企图,是与这个基本判断相连续的。在如此传统的严格规制下,当代西方文论很难挣脱裹挟,难免生出同类理想和愿望,用数学的方法等同于文学的方法,比如文学符号学,对此我们应该给予充分理解。格雷马斯的符号矩阵就是一个典型。这个理论或者说方法,就是搬用具体的数学、物理学方法,将文学叙事推演上升为简洁、精准的公式,以构造一个能够包罗全部文学叙事方式的普适体系,使文学理论研究和批评公式化、模式化。对此,格雷马斯的解释是:"要谈论意义并谈出点有意义的东西简直比登天还难。谈论意义唯一合适的方式就是建构一种不表达任何意义的语言:只有这样我们才能拥有一段客观化距离,可以用不带意义的话语来谈论有意义的话语。"② 如此说来,数学、物理学方法,特别是数学符号的抽象方法,当是实现"谈论意义"的最好方法。二是,系统论、控制论、协同论,以至用前沿的量子力学理论构建文学理论与方法的企图。前三种理论曾经时髦过,像风暴一样席卷而过,只是还没有被广泛理解与接受就已陨落,到如今几乎沦为笑柄。

至于用各种前沿的物理学观念和方法构造文学理论,20世纪末所谓的"索卡尔事件"教训犹在眼前。索卡尔对各种

---

① [德]胡塞尔:《欧洲科学的危机与超越论的现象学》,王炳文译,商务印书馆2001年版,第83页。
② [法]格雷马斯:《论意义——符号学论文集》上册,冯学俊、吴泓缈译,百花文艺出版社2005年版,第3页。

后现代主义理论滥用数学方法确证解构主义和相对主义理论的固执给予揭露和抨击。对此，笔者不在此进行评说，但有一点可以确信，简单挪用现代数学、物理学方法构建文艺理论，尤其是强制阐释具体文本，无论如何是需要认真反思的。这里的核心问题是，精神现象与物质现象的本质差别。物质现象是脱离人的主观意志而独立存在的，物质运动的规律可以被客观地研究和确定，最终以数学的形式给予精准表达；由客观规律所决定的运动结果可以被预见，在一定的空间和尺度内可以被重复，尤其是人工重复，这是科学研究得以成功的基本要素。精神现象则完全相反，它以人的主观创意为根据。这种主观创意无法测量和规定，而且创意的结果不可预见，更不可重复。

用规律、定则、公式把握精神现象，本身就是不科学的。对文学而言更是如此。文学活动是最具创意的精神活动。文学得以生存和发展的基点只有一个，就是独创性或原创性。而人的精神的独创性恰恰不是公式和算术能够规约的，原创性的价值就在于不可重复。所谓"学我者病，似我者死"就是这个意思。作为文学的理论，可以研究和发现文学独创性的生成机制，生成的历史条件和传统，却无法预见和规约独创性本身。文学永远不能是公式，用符号和公式推演文学不可能成功。硬要如此演绎，也无法祛除人的意志的安排，因为它由演绎者的创意所决定。詹姆逊在阐释格雷马斯符号矩阵的应用时说，对一个由四项因素构成的符号矩阵而言，"实际上我们却常常只能说出一个特定的概念应有的四个位置中的三个；最后一个，也就是－S，则是我们要破译的一个密码或解开的谜"①。由此就可以理解，他在用符号矩阵阐释中国古代小说《鸲鹆》的时候，为什么把最后一个算子也就是－S苦心定义为"人道"。这就告诉我们，表面上看，符号学的方法似乎是客观的、公式化的，是不受人的意志影响的，而实际上，这完全是错觉。"符号系统的判断，能指模式的选用，不可能不受分析者的观念的支配，这正如朱丽娅·克里斯特娃所说，意识形态将'在最后阶段决定它的有效性或它的真实性'。"② 一语道破符号学及诸多文学场外数学、物理学方法的本质，后者必然产生强制阐释的机制和结果。

结　论

从认识论的意义上说，任何阐释都是某种认识路线的反映。以上论及独断论的四种表现形态，是强制阐释的哲学和认识论基础，强制阐释依据这个基础发生阐释功能。独断论与强制阐释的关系是，以独断论为基础的强制阐释，在阐释学谱系上可以是一种理论；以强制阐释为展开的独断论，在阐释过程中可以是一种方法。两者互为依托和因果：独断论的立场，需要和运用强制阐释的方法；强制阐释的方法，巩固和实现独断论的立场和目的。我们应该讨论，在人类理性活动中，独断论是否可能杜绝。如果可能，强制阐释是否就会消失；如果不能，强制阐释是否将必然存在。作为强制阐释的命名者，强制阐释论

---

① ［美］詹姆逊：《语言的牢笼——马克思主义与形式》上，钱佼汝、李自修译，百花洲文艺出版社 2010 年版，第 151 页。

② 怀宇：《译序》，见［法］皮埃尔·吉罗《符号学概论》，四川人民出版社 1988 年版，第 3 页。

的提出，我的本意并非要构建新的、统一的理论和批评体系，而是希望在精神现象范畴内，对人类理性及理论本身的有效能力及范围，进行有限的检视和批判。当代西方文论中一些学派和思潮的强制阐释方式，只是此类检视的一个具体现象而已。我们的视野应该进一步扩大，从独断论的剖析切入，各方面的理论，政治的、历史的、经济的、法学的理论等，对人类实践和有效经验的强制阐释，都应在检视和批判之列。当然，这是学术意义上的批判。期望此文有抛砖引玉的作用。

二 作者能不能死

作者与文本的关系，是一个令人困扰的原点性问题。在当代西方文艺学和阐释学理论中，从20世纪初俄国的形式主义兴起，经过结构主义到解构主义，传统的作者与文本关系的定位被彻底颠覆。新批评的"意图谬误"，罗兰·巴特的"作者之死"，福柯的"什么是作者"，一条线索下来，疏离和否定作者，隔绝和阻断作者与文本的关系，视文本为纯粹的、悬浮的词与物，成为主流观点和基本主张。在讨论和研究这个问题的时候，笔者总是感到疑惑，文本是书写者的创造物，书写者与文本的关系可以被人为地消抹、被阐释者蔑视为无吗？笔者认为，无论怎样辩解，无论多深奥的学说，作者或者说文本的书写者都是一种"存在"，是一种"有"，在文本生成及后来的阐释中"在场"，无论你喜不喜欢，其客观影响和作用永远都是"在"的。

(一) 文本是书写者的文本

文本是书写者的创造物，无论从什么基点出发，都不能否认这个客观事实。一个确定的文本，有一个确定的书写者，是这个书写者生产了这个文本，从而使文本以"有"和"存在"的方式呈现在我们面前。没有书写者的创造，文本就不会存在。这个刻在羊皮纸上的存在，是可以触摸、翻阅、留存的，是一个不能否认的物质存在。我们以这个存在为基点，展开全部理解和阐释。从历史传承的意义上说，文本为书写者所有，这是既定的事实。《哈姆雷特》是莎士比亚的个人创造物，这是无可争议的，不允许他人分割。而且正是因为它是莎士比亚的作品，《哈姆雷特》才有确定的经典意义。

除非有切实的考古证据，否则，把它说成是别人的作品，就是历史虚无主义。从现代版权的意义上说，文本的作者绝对不能被忽视，社会必须承认作者对文本的所有权，说作者死了，文本归属于他人，有可能构成一种违法行为。对此有人诘难：一个世代流传的民族史诗和神话文本，它的作者是谁？比如著名的希腊神话故事，就没有确定的作者。这就证明，对一部作品而言，作者的有与无，并没有多少意义。这一看法是错误的。希腊神话，作为历史流传的精神文本，是民族集体的创作。无数的个体说唱者，在诸多时代的大事件中，创造出自己的故事，经过历史和民族的检验，不断地淘洗和加工，符合民族物质与精神诉求的因素被整合放大，背离民族利益与传统的因素被淘汰和修正，从而才有了今天能够读到的经典文本。文本的作者是谁？就是古希腊时代各民族集体（或者说是民族个体，或者是作为一个整体的多民族的个体)。时代和民族创造了希腊神话，通过神话表达民族意志，锻造民族精神。后人阐释文本，不是或主要不是为了认识和欣赏文本自身，而是要以文本为桥梁和导引，认识和体察那个时代和民族的演进与成长。这就是作者存在的意义，也是难以消解和去除作者的根据。以传统的理论看，书写者之所以书写，是为了表达，是要表达他自己的感受和思想，表达某个或某几个社会群体的感受和思想。这些感受和思想，通过文字构建为文本，使主观的精神现象物化为客观的存在，书写者的思想和情感定格于此，以文本的状态留传给后人。这是一个贯注与播撒的过程。书写者的精神诉求都倾注在文本里。文本是作者的对象化，是物化的作者，是作者实现自己、留存自己的方式和手段。他以此文本与后人对话，无穷地再现自己和延展自己的思想。作者可以物质性地死亡，而精神却永在，文本扎根于作者的精神之中，或者说文本因为精神而存在。在这一点上，笔者更赞成意大利哲学家贝蒂的观点：文本或者说作品，是作者"精神的客观化物"。对此，曾有中国学者给予精准阐释。潘德荣先生指出：何为"精神的客观化物"？"诸如文字、密码数字、艺术的象征、语言与音乐表象、面部表情、行为举止方式等，均为富有意义的形式，亦即精神显（现）自身、从而成为能得以被辨认的客观化物。"[①] 当然，这种客观化物与其自身所负载的意义内容是不同的，它们之间的区分在于："客观化物是属于'物理层次'的，它所携带的意义内容属于精神性的。所谓精神现象的认识，就是通过

---

① 潘德荣：《西方诠释学史》，北京大学出版社2013年版，第374页。

客观化物而把握精神、亦即客观化物所承载的意义内容。"① 这些论述证明,在贝蒂的立场上,无论其意义如何,文本首先是作者的创造物,也就是作者精神的客观化产物。富有思想和精神力量的作者,向我们提供极具个性化的精神产物,而这个精神产物是别人无法复制、再造和替代的。正是在这样个性化的产物之中,作者与文本融合炼化,作者赋予文本以思想和精神,文本承载它们而化身为物质的作者。否认作者就否认了文本,文本的存在就是完全不同的另一种意义和价值。按照福柯的说法,书写已经不是表达,以他的期望和判断说,"当代写作已经使自身从表达的范围中解放了出来",不再指涉书写者的思想感情与价值观念,它只是一种词语的游戏和操练,符号的无声积累和繁衍,词语的书写游戏,既无能指也无所指,更与书写者无关。在书写中,"关键不是表现和抬高书写的行为,也不是使一个主体固定在语言之中,而是创造一个可供书写主体永远消失的空间"。② 我们不评论这个判断本身的价值和意义,仅就福柯的表述看,有三点值得讨论。其一,如果说书写只是一种词语游戏,而不是书写者的意图表达,那么游戏本身是不是一种表达?如果是,那么是谁在表达?福柯自己的话已经确证,游戏者就是书写的主体,是游戏者这个主体在游戏。据此,我们清楚地看见,书写者或者说游戏者是"在"的,所谓"创造一个可供书写主体永远消失的空间",其中明确出现书写主

---

① 潘德荣:《西方诠释学史》,北京大学出版社 2013 年版,第 374 页。
② 福柯:《什么是作者?》,米佳燕译,载王岳川等编《后现代主义文化与美学》,北京大学出版社 1992 年版,第 288 页。

体的概念就是明证。其二,如果说不表达主体思想,书写是纯粹的词语游戏,那么这个游戏出的产品,其符号的选择与排列、词语的结构与解构,是不是游戏者的自主书写?这个行为是不是自觉的有意义的行为?他这样"游戏",而不是那样"游戏",这其中渗透的是作者的思想情感和价值取向,毫无歧义地表达着书写者的存在,显示了这一个词语"游戏"绝对不同于另外一个词语"游戏",隐含和彰显书写者的意志,抹是抹不掉的,更无法彻底消解。其三,"创造一个可供书写主体永远消失的空间",本身也要留下书写者作为主体的痕迹。且不说"书写主体"的精确表达,退一步讲,如果说书写主体真的消失,那也是一个渐进的过程,是在词语的"游戏"中逐步"消失","消失"的方式及路径也因主体不同而差异明显。一个文本中的主体消失与另一个文本中的主体消失方式截然不同,否则,文本将因模仿、抄袭、类同而失去存在价值。就是对于作者到底有与没有的问题,福柯也是有不同提法的。在《什么是作者?》一文里,在用作者功能替代作者,并指出作者功能的四个表现后,福柯又出人意料地举出一个新的概念——"话语创始人"。他说:"此外,在19世纪里,欧洲曾出现过另一类更与众不同的,既不应与'伟大的'文学作者、宗教文本的作者相混同,也不应与科学的创立者们相混淆的作者。我们将武断地把那些属于后一类的人称之为'话语的创始人'。他们之所以与众不同在于他们不只是他们自己著作的作者。他们已经创造了某种别的东西:其他文本构成的可能性与规则。比如,在这点上他们就与实际上不过是他自己文本的作者的小说家迥然不同。弗洛伊德不仅是《释梦》或《玩笑与无意识的关系》的作者;马克思也不只是《共产党宣言》和《资本论》的作者。他们都奠定了话语无穷无尽的可能性。"① 在笔者看来,这是一个明显的矛盾。总体上说,福柯是主张消灭作者的,但在这里,无论是什么文本的制造者,福柯都要称之为"作者"。这个事实本身说明,文本的制造者只能是作者,除了作者,没有其他的称谓。更重要的是,弗洛伊德、马克思,不仅是其重要著作的作者,而且又被称为"话语的创始人",那么,这个"话语的创始人"是不是话语的作者?福柯认为:"当我称马克思或弗洛伊德是话语的创始人时,我指的是他们不但使某些类同成为可能,而且还(同样重要)使某些差别成为可能。他们远不止为他们的话语,而且为某种属于他们所创立的东西创造了可能性。"② 这赋予"话语创始人"以很重要的功能负载,同时也说明,这些话语创始人,也就是自己著作的书写者,不仅在其本人的著作中有深刻永久的影响,而且在以此为基础的话语扩张和繁衍中继续发挥方向性的影响。作者不可能虚无。在"话语的创始人"的作用下,作者永远不死。

(二) 书写者的身份认同

身份认同,是当代文化和哲学研究中的一个重要问题。自我的存在与消失,主体的肯定与否定,"我是谁""你又是谁"的问题,表面上看是自我和主体的式微,而实际上,正是自我

---

① 福柯:《什么是作者?》,米佳燕译,载王岳川等编《后现代主义文化与美学》,北京大学出版社1992年版,第299页。
② 同上书,第300页。

的感觉黯淡和由此而生起的焦虑,才有了人们奋力寻找自我、叩问自我、突出地强化自我的思想和理论行为。没有人愿意放弃自我。20世纪中叶以后的一些哲学流派企图消灭和拆解主体,注定难以实现其目的。那么书写者呢?书写者如何面对自我身份认同问题?关于书写者与文本的关系,有三种情况需要讨论:作品就是自传或半自传;作家的经历深刻影响写作,文本是作家经历的折射;与作家本人经历毫无关系,号称完全虚构的文本。前两种情况不需要讨论,因为作家就是要通过作品表达自己,在作品中,作家论证自己,也要读者印证自己。此类文本,在文学史上占有极大比重。核心是第三种情况,看起来文本与作者的经历没有任何关系,作者本人也要宣称所谓"零度写作",绝不投射书写者本人的任何思想情感和判断。在这种情况下,文学文本似乎好一些,特别是以虚构为天职的小说类文本,但即便是这类文本,也可以从中找到作者无处不在的幽灵。更难考证的,也许是哲学和历史文本,比如福柯的《什么是作者?》,福柯本人的影响,他的政治社会文化的追求,他的世界观、价值观的影响难道毫无症候和征兆吗?福柯可以不在文本之中,人们可以不计较是福柯在说吗?先说经典中的作者。福柯是以贝克特的话为起点开始这个话题讨论的——"谁在说话又有什么关系"。那么我们就看贝克特如何面对文本中的身份认同问题,或者说他如何认识作者与文本的关系,他如何在文本中验证自己。贝克特是法国荒诞派戏剧大师。他的戏剧理念及实践,以实验的、抽象的、荒诞不经的面目呈现给世人,简洁、抽象、梦呓般的风格给人以震撼。那里面似乎完全没有作者的印记,似乎给阐释者留下了广阔的空间。但是,这种理解有些浮浅。深入地考察和体味,我们可以看到,作为文本的书写者,贝克特从来没有离开自己的作品,他的记忆和思考、他的情感和语言,以至他真诚皈依的存在主义的哲学原点,幽灵般地潜没于字里行间。直接一点的事实是,他的大部分作品,都有对他自己童年、青年、爱情、家人和身体体验的指涉。最突出的是,贝克特的儿时记忆在其文本中随处可见,以鲜明的自我的方式存在和表达着。贝克特曾经强调和赞赏罗兰·巴特的"作者已死",但是,他无法否认,大量的意象与细节,把他自己的人生经历熔铸于文本之中,使文本成为经历的认证:"一个男人和他的儿子手拉手走过一座座山""有一棵落叶松每年总是比其他的树提早一周变绿""采石的铿锵声响彻他家上方的山间"。对此,贝克特如何对待?他只能由衷地认可:"它们都是挥之不去的。"[①] 它们必然出现在文本中,成为文本深处最活跃的幽灵。间接的证明则是语言的使用。文本中经常出现的都柏林民间语言,那种缓慢且不时停顿的节奏,让我们瞬即认证书写者的爱尔兰身份。"在《瓦特》中,贝克特这里首次实现了他的独特风格:一种富于保留性和不确定性的句法,否认又承认其他可能的情况,逗号的非凡运用。"[②] 这种语言风格在《终局》中体现得更加典型:"克劳夫:(目光呆滞,语调平直)终局,这是终局,将要终局,可能将要终局。

[①] [英]海恩斯、诺尔森:《贝克特肖像》,王绍祥译,上海人民出版社2006年版,第20页。
[②] Cronin, A., *Samuel Beckett*: *The Last Modernist*, London: Harper Collins, 1996, p. 337.

第二编 当代西方阐释:强制与独断

(略停)谷粒加到谷粒上,一颗接着一颗,有一天,突然地,成了一堆,一小堆,讨厌的一堆。(略停)他没法再惩罚我。"① 有人指出,这种重复、停顿和不确定性的语言表达,不仅是都柏林人的语言表达方式,也是贝克特母亲的言语方式。作为没落贵族的后裔,贝克特的母亲以虔敬新教闻名,她对儿子耳提面命,引导他走向理解《圣经》、理解新教和理解语言的道路。而贝克特又把这些一般的文化要素凝结为独特的自我形象驻留于文本之中,成为与读者交往的主体。

关于作者的在场与缺席,贝克特曾经迷惑过:"如果我可以,我要去哪里?如果我可以,我会去当谁?如果我有声音,我要说什么?谁说的这个,说是我说的?""我不在他的脑子里。我不在他的旧躯体里。然而我还是在那里,因为他而在那里,和他在一起。一切都乱了。""本来有他就够了,本来我该不在场。但不是这样的,他想要我在那里,有外形,有世界,和他一样,管他什么样,我是一切,就像他是虚无。""然后故事开始,一切开始,我又站得远远的。我远远地站在我的故事之外,等它开始,等它结束,这声音不可能是我的。"② 贝克特以诗性的语言,表达他和漂浮于其作品之上的"他"的关系。在这里,贝克特以"我"和"他"的关系,展现出一种精神上的分裂:"我"是生活中的我,"他"是作者的我;"他"不停地胁迫"我"说话,代替"我"说话;"他"指责"我"词不

---

① 《贝克特选集》第4卷,赵家鹤等译,湖南文艺出版社2006年版,第6—7页。
② Beckett, S., *Stories & Texts for Nothing*, New York: Grove Press, 1967, pp. 91–92.

达意（he would like it to be my fault that words fail him）；"我"要和"他"分离。然而，可以分离吗？能够分离吗？恰恰是因为"我"和"他"无法分离，"我"才如此强调分离。因为"我"就是"他"，"他"就是"我"，他的痛苦就是我的痛苦，我的死亡就是他的死亡，所以我要站得远远的，与作品保持距离，以消解记忆的疼痛。贝克特远离作者身份的姿态，恰恰清楚地告诉我们，他和他作品之间的关联如何深刻又难以勾销。有材料证明，作为荒诞派大师，贝克特却十分在意"作者意图"。他的电视剧《游走四方形》（Quad）中有四个人像疯子一样从广场的四个角落出发匆忙穿越广场，看上去小心翼翼，又好像刻意避开广场的中心。詹姆斯·诺尔森请教贝克特：广场中心那个危险地带是否是道教中的"安静的中心"？贝克特否定说："不是，至少，这并不是我的本意。"他想强调的是"人类'存在'中不断出现的烦躁情绪"[①]。令人烦恼的"作者意图"，没有那么容易被消解，这是作者和读者都必须寻找和证明的身份认同。

再说福柯本人。福柯不同于其他理论家的一个根本特点，是他的著作总是鲜明地与他自己生动的人生实践紧密联系，更确切地说，一些重要著作就是他浸入生活，用深入观察以至切身体验凝聚起来的，是他实践自我、实现自我的记录。他撰写《疯癫与文明》的生活动因是，他应朋友的邀请，到圣安娜医院协助工作，也到巴黎的监狱接触犯人，对他们进行深入的观

---

① ［英］海恩斯、诺尔森：《贝克特肖像》，王绍祥译，上海人民出版社2006年版，第13页。

察。福柯说:"我感到自己同病人非常接近,与他们没有太大的区别。"这段经历促成他后来用"历史批判或结构分析的方式来写精神病学史"①。据记载,1952 年,福柯同朋友在瑞士"目睹了一个终生难忘的场面",这个场面是当地精神病院的病人参与当地的狂欢节的活动。福柯自己描述:"狂欢节这天,疯人——显然不是那些病情严重的疯人——经过梳妆打扮后进入小镇。他们是在狂欢,而居民们则站在远处十分紧张地观看。归根结底,这是极其可怕的。因为只有这一天他们可以全体出去,而这一天他们必须实实在在装扮疯人。"刘北成先生指出:"在福柯后来的著作中,尤其是《疯癫与文明》对愚人节的描绘中,可以看到这一记忆的痕迹。"②《规训与惩罚》写于 1972 年至 1974 年。在这一时期前后,从 1968 年的五月风暴以后,女权运动、同性恋解放运动、监狱改革运动、环境保护运动、反精神病学运动,等等,各种政治性抗议活动风起云涌。福柯是这些运动特别是监狱改革运动的积极参加者,同时他也展开了其政治领域里的"极限体验":1971 年,福柯领衔创立了"监狱情况协会",收集和公布监狱情况;同年 5 月 1 日,福柯到监狱门口组织集会,声援犯人运动,遭到警察击打并被拘审;1972 年 1 月 18 日,福柯和萨特、德勒兹夫妇,带领支持者在卡斯蒂格利昂大街聚集,并到司法部前厅召开新闻发布会,被防暴警察驱赶到街上,"福柯站在最前列,满脸涨红,青筋暴露,竭尽全力抗拒";"1972 年 12 月,又一名阿尔及利亚人死在警

---

① 刘北成:《福柯思想肖像》,中国人民大学出版社 2012 年版,第 36 页。
② 同上书,第 35—36 页。

察局。有几十个人举行哀悼和抗议的游行。警察驱散人群,逮捕示威者……福柯、莫里亚克和热奈为抢回被捕者而同警察搏斗。他们也遭到殴打";1973年3月31日的数千人的游行中,福柯和莫里亚克走在队伍的最前列……①对此法兰西学院的教授们深为吃惊和不满,但是福柯并没有停止他的学术研究和创造,"尽管社会政治斗争占用了不少时间,但这对于福柯的思想来说,具有重大意义","正如有的研究者指出的,这是福柯对尼采所说的'破坏愉悦'的体验,是福柯本人所说的一种'极限体验'"②。这些行动告诉我们,福柯此时正在投入书写的《规训与惩罚》是怎样写成的,他在这个书写中投入怎样的体验。作为书写者,他要在文本中得到身份认同,用文本表达自己,用书写证明自己。正是在这个意义上,有人满怀敬畏地说,"于是,我们现在看到了这样一个福柯——那是一个自我创造、自我毁灭又自我发现的令人迷惑的形象,一个'退入他的作品的表现形式之中的'形象"③,福柯"把自己的各种最疯狂的冲动注入自己的著作,力图理解之,同时阐释并表达之"④,"毋宁说,他的oeuvre(作品)似乎是他的书和他的生活的共同体现"⑤。这就是身份认同,是一个负责任的书写者的应为之举,是以自己的实践和思想、行动和书写的共进行为,去寻找和实

---

① 刘北成:《福柯思想肖像》,中国人民大学出版社2012年版,第186—188页。
② 同上书,第195页。
③ [美]詹姆斯·米勒:《福柯的生死爱欲》,高毅译,上海人民出版社2005年版,第212页。
④ 同上书,第530页。
⑤ 同上书,第525页。

现的身份认同。对此，我们可以说"谁在说话又有什么关系"吗？不是福柯在说话，就没有这些文本；文本里没有了福柯，文本就失去意义。两者之间的关系是：福柯就是文本，文本就是福柯。文本不死，福柯不死。

（三）作者为什么要死

作者死了，文本不是作者的文本，这样一个在常人看来似乎是荒谬的话题，怎样成为哲学和阐释学的重大主题？这是值得深思的。很明显，这也是一种话语霸权。作者明明在，作者的思想明明也在，从形式主义到巴特再到福柯，为什么要作者去死呢？

形式主义的目的是单纯的。它要摆脱甚至与19世纪以后占统治地位的社会历史批评完全区别开。在很大程度上说，这是一种反叛，也是一种进步。在持续多年的社会历史批评的影响下，文学背离了文学，用社会学、历史学以及作家的生平和逸事考证文本，文学失去了独立和自由，文学批评成为社会历史主张的附庸。文学应该回到文学本身，这个主张单纯却极富魅力。罗兰·巴特的诉求就更为深刻和复杂。"作者之死"只是一种隐喻，是一个问题的提起。在"作者之死"的背后，是解构主义的反主体、反中心、反理性的主张，是解构主义在文艺理论和阐释学领域的强暴扩张。福柯的《什么是作者？》更为深刻和系统。福柯以"人之死"为起点，论证"作者之死"的必然性，分析了作者的话语功能和话语实践条件，把"作者死了"的华丽口号变成严整的理论。抛开这些深奥的哲学思辨和政治社会诉求，从阐释学的意义上看，这些口号和学说的根本

阐释的独断

目的是什么？

我们可以判断，问题的核心是关于文本解读的话语权及其标准。从阐释的权力来说，作者死了，读者成为最高阐释者和文本的创造者。在文本意义的多维空间中，任何阐释都可以生成，批评家和普通读者一样，随意衍生自己的结论。从阐释的标准来说，文本没有了作者，意义不再有源头，阐释就不再受单一意义的支配，各种想象和体验相互对话竞争，任何阐释都是正确的。试想，当人们随心所欲、毫无限制地阐释文本的时候，文本的作者跳出来说他的本意是什么，阐释还会继续下去吗？更何况作者本人未必就是文本的最后评判者，他的书写常常背离自己的本来意图，甚至就没有意图。"当我们认为作者具有无穷无尽的创造力时，我们的阅读和批评实践却使他或她进入了一个将意义和意味限制到单一的无歧义状态的语言的泥沼。因此，福柯总结说：'作者是一个由于我们害怕意义增生而构想出来的意识形态形象。'我们希望文本有一个统一的作者，因为统一的作者会以文本存在具体意义的观念来取悦我们。"[①] 巴特说得更加直接："我们现在知道文本不是一行释放单一的'神学'意义（从作者——上帝那里来的'信息'）的词，而是一个多维的空间，各种各样的写作在其中交织着、冲突着，没有一种是起源性的。文本是来自文化的无数中心的引语构成的交织物……作者一旦被驱逐，解释一个文本的主张就变得毫无益处。给文本一个作者，是给文本横加限制，是给文

---

① ［英］安德鲁·本尼特、尼古拉·罗伊尔：《关键词：文学、批评与理论导论》，汪正龙等译，广西师范大学出版社2007年版，第24页。

第二编 当代西方阐释：强制与独断

本以最后的所指，是封闭了写作。"① 正是这种阐释思想和作者理论，使得 20 世纪中叶以来，西方文论中的"强制阐释"成为潮流。阐释成为各种理论任意发挥和竞争的试验场。"强制阐释是指，背离文本话语，消解文学指征，以前在的立场和模式，对文本和文学作符合论者主观意图和结论的阐释。"② 强制阐释之所以风行，其主要动力就在于从形式主义开始的作者理论。

  20 世纪的西方文艺理论，几经曲折和发展，三种类型的理论转换，其线索大致清楚。从时间顺序上说，从作者中心，到文本中心，再到读者中心，三个历史段落起伏有致，后者否定前者，中心替代中心。传统的社会学批评衰落以后，克罗齐的直觉主义、弗洛伊德的精神分析学、荣格的神话原型理论，虽然独到新颖，但从本质上说，依然是以作者为中心；以雅各布森为代表的"俄国形式主义"、兰色姆倡导的"新批评"，以及罗兰·巴特等人引领的"结构主义"，则彻底转向以文本为中心；英伽登的"阅读现象学"、伽达默尔的阐释学，姚斯、伊瑟尔创立的接受美学，成为以读者为中心的骨干代表。应该说，这个纵向分类是有道理的。一个时期当中，哪种理论更新潮、更具影响力，中心自然形成。但深入考察下去，我们能够发现，在这些表象背后，有一个更强大的力量在起作用，这个力量以各种策略和方法表现自己，推动 20 世纪的文论走向了另外一条

---

  ① ［英］安德鲁·本尼特、尼古拉·罗伊尔：《关键词：文学、批评与理论导论》，汪正龙等译，广西师范大学出版社 2007 年版，第 22—23 页。
  ② 张江：《强制阐释论》，《文学评论》2014 年第 6 期。

道路，形成了新的中心，这个中心就是理论。以理论为中心，是 20 世纪 60 年代以后西方文艺理论的基本走向和态势。其基本表现是，理论是全部活动的最高标准和目的。所有阐释的出发点和落脚点都在理论自身。理论标准是刚性标准，理论修正事实，事实服从理论。理论的自我生产，是理论无限膨胀的唯一方式。理论的自我检验，是理论自称真理的标准。在文艺学领地，作者之后，文本之后，读者之后，理论成为中心，一切文本阐释都以理论为中心，理论成为文本阐释的唯一根据。但是，文本不是为理论而生的，文本只为自己发出或隐藏声韵，理论要达到目的，只有强制阐释文本，让理论的作者成为文本的作者。我们可以梳理一下，西方当代诸多思潮和主义，有几个能够脱离这一窠臼？这恰恰是要作者去死的核心动因。詹姆逊在阐释海德格尔有关艺术作品起源的一段话时曾这样说过："我们知道海德格尔后期总带有点神秘主义的色彩，这段话到底是什么意思？我的解释是很出格的，但既然海德格尔已经死了，我们也就有进行各种解释的权利。"[①] 从这里我们是不是可以看到，那些活着的人却要作者去死的隐秘动机？作者真死假死并不重要，重要的是阐释的话语权和标准在谁手里。消灭了历史，消灭了作者，强制阐释就有了借口和自由，理论才有了暴力和强权。当然，放眼历史纵深，"作者之死"不过是"上帝之死"的延伸。"上帝死了"是尼采的著名口号，提出这个口号的目的，是要表达他彻底否定人类的理性、传统形而上学

---

① ［美］詹姆逊：《后现代主义与文化理论》，唐小兵译，北京大学出版社 1997 年版，第 183 页。

体系的决心和意志。从某种意义上讲,"上帝死了"和"重估一切价值",开启了当代西方哲学以至当代西方文论的基本取向。特别是以德里达等人为代表的解构主义,更是滥觞于此。上帝死了,任人重新开启对一切事物的一切认识;"作者死了",任人重新开启对一切文本的一切解读。认识和解读的根据是什么?不是事物和文本本身,也不是理性和规则,而是生命的冲动和权力意志,是"陶铸的意志",是"同化的意志"。据此,才有今天我们碰撞的所有需要辨析与解释的诸多理念和价值,包括本书正在讨论的"作者能不能死"。这是一个内容广阔的论题,相信理论界会有更加深入和切实的研究。

三 "意图"在不在场

从文本书写开始到结束,或更确切地说,从书写者确定文本书写的第一个念头起,直至文本最后完成交付与公众,书写者的全部思考与表达方式,都将被视为作者主体自觉作用的意图(intention)。20世纪40年代以来,当代西方文艺理论的总体倾向是,否定文本的意图存在,否定意图对阐释的意义,绝对地抛开作者及文本意图,对文本作符合论者目的的强制阐释,推动文本阐释走上相对主义、虚无主义的道路。我们认为,无论怎样消解和抵制意图,意图总是存在于文本之中,哪怕是"作者死了",文本交付与读者以后而无法更改,意图——确切地说是作者的意图——依然在场,它决定着文本的质量与价值,影响他者对文本的理解与阐释。这种影响和决定,可能不为他者所知觉，他者也可以自动抵制意图，但是，意图的渗透与决定力量，贯穿于文本理解与阐释的全部过程之中，无论你承认还是不承认，接受还是不接受，它始终发生作用，让人无法逃避。主观地以为他者可以脱离作者意图而独立地决定文本的意义或意味，只能是一种妄想。令人不解的是，如此明白简易的道理，为什么被彻底瓦解？又是何种理论为意图消解提供了根据？这些理论本身的根据又在哪里？回顾一百年来西方文艺理论的发展过程，完全否定进而完全消解意图的存在，阻隔效果图对理解和阐释的作用及影响，理论上的缘由很多，但是，最根本、最核心的是这样几条线索：其一，是维姆萨特（W. K. Wimsatt）的"意图谬误"（intentional fallacy），否定作者意图对文本阐释的影响；其二，是克莱夫·贝尔（Clive Bell）"有意味的形式"（significant form），彻底切断作者与文本的生产及建构的关系；其三，是结构主义的符号学，认为一切文本都是符号的自行运作，作者只是操作符号的工具，符号系统的自组织与自结构是文本生成的根本方式。本部分由此线索逐一展开讨论，以求教于各方。

（一）"意图谬误"

从现有史料分析，否定和消解作者意图在理解和阐释中的作用，应该起源于20世纪初期的俄国形式主义。以什克洛夫斯基（Viktor Shklovsky）为代表的俄国形式主义文论家，奋力反抗统治理论与批评领域多年的社会历史批评，将理论和阐释的立场由以作者为中心转向以文本为中心，为文学的独立性和自足性开辟新路，开启了20世纪西方文艺理论生长繁衍的大幕。

第二编 当代西方阐释：强制与独断

在此基础上，以兰色姆（John Crowe Ransom）、艾略特（Thomas Stearns Eliot）、瑞恰兹（Ivor Armstrong Richards）为代表的英美新批评学派，把以文本为中心的批评浪潮推向极端，特别是所谓"意图谬误"的著名论断，为否定和消解意图提供了有影响的理论分析与根据。"意图谬误"是一个具有标志性的理论和阐释概念，讨论意图及意图的作用，首先要对此作出分析。

所谓"意图谬误"，是20世纪40年代新批评传入美国以后，由维姆萨特与比尔兹利（Jr. Monroe Beardsley）共同提出并闻名于世的。《意图谬见》（亦译《意图谬误》）初版于1946年的《斯旺尼评论》第54号，再度收入维姆萨特的文集《语像》当中。意图谬误的核心内容是："就衡量一部文学作品成功与否来说，作者的构思或意图既不是一个适用的标准，也不是一个理想的标准。"[①] 针对由柏拉图和亚里士多德的模仿论起始，到19世纪以后兴起的实证主义、浪漫主义批评，无一不是把作品意义与作者意图相捆绑，把作品视为作者意图客观化的产物，认为作品内容是作者意图的自觉展开，意图是作品生成的起源的传统认识，维姆萨特提出，意图谬误就是演绎于这个"起始论"的逻辑，认为文本的"起源要么存在于作者的头脑，要么存在于文学的历史和社会的前事先例"。维姆萨特认为，从批评的基准说，以往的一切批评方法，如"弗洛伊德的学说及它的各种变调"，"日内瓦学派深入作者的作品背后进行'我思'的探究"，社会学及历史学的实证批评方法，都是无效的，因为"一部艺术作品，无法依据时代条件或作品的起源而加以

[①] 赵毅衡：《"新批评"文集》，中国社会科学出版社1988年版，第209页。

说明"①。历史上的意图谬误,"将诗和诗的产生过程相混淆,这是哲学家们称为'起源谬见'的一种特例,其始是从写诗的心理原因中推衍批评标准,其终则是传记式批评和相对主义"②。"文学批评中凡棘手的问题,鲜有不是因为批评家的研究在其中受到作者'意图'的限制而产生的。"③ 我们应当承认,意图谬误的提法有其合理的一面,它巩固并壮大了文学本体的批评意识,对 20 世纪及以后的文学理论与批评建设产生了深刻影响。但是,意图谬误的消极作用也是明显的,尤其是它对实践中作者与文本合理关系的全盘否定,对社会历史批评方法的全面否定和排斥,其思想方法和思维方式上简单而粗暴的矫枉过正,不仅完全切断了文本与外部世界的关系,而且切断了文本与创作者之间的关系,从而使意图谬误的论点蜕化为重大谬误。从维姆萨特的原始表述中,我们可以找到诸多谬误。首先应该确定,维姆萨特并不绝对否认意图的存在,因为他知道,从文学生产的大前提上说,"一首诗的出现不是偶然的","一首诗的词句出自头脑而不是出自帽子"④。他对"意图"的定义及普遍接受程度所做的判断——"'意图'这个词,一如我们对它的用法,就相当于常话中所说的'他已打算好的事',这一点已经为大家所普遍地明确接受或者是默认"——也可以证明,他是承认意图本身的存在的,只是反对意图在理解和阐

---

① [美] 韦勒克:《近代文学批评史》第 6 卷,杨自伍译,上海译文出版社 2009 年版,第 489 页。
② 赵毅衡:《"新批评"文集》,中国社会科学出版社 1988 年版,第 228 页。
③ 同上书,第 209 页。
④ 同上书,第 210 页。

释过程中的作用。这一点与后现代主义的极端提法有本质上的差别。同时,他也承认:意图作为"作者内心的构思或计划","同作者对自己作品的态度,他的看法,他动笔的始因等有着显著的关联"①。他的立场,一是反对把意图作为文本批评的根据,因为"人们必须要问,一个批评家是怎么指望得到关于意图问题的答案的?他将如何去搞清诗人所要做的事情?如果诗人是成功地做到了他所要做的事情,那么他的诗本身就表明了他要做的是什么。如果他没有成功,那么他的诗也就不足为凭了"②。二是反对把意图作为评价文本意义和价值的标准,因为"诗就是存在,自足的存在而已"③。因此,"就衡量一部文学作品成功与否来说,作者的构思或意图既不是一个适用的标准,也不是一个理想的标准"④。三是他认为一部文学作品,主要是指诗歌,并"不是作者自己的",因为"它一生出来就立刻脱离作者来到世界上,作者的用意已不复作用于它,也不再受作者支配","这诗已属于公众的了"⑤。应该说,以上三点是维姆萨特主张"意图谬误"最基本的依据。但是,深入解读下去,就是在这些基本依据中,我们也看到其中充斥的矛盾和对立。其一,在逻辑上说,维姆萨特认定评价作品是有标准的,只是作者意图"既不是一个适用的标准,也不是一个理想的标准",既然如此,我们当然要问,在第一条根据中提出的,"如果诗

---

① 赵毅衡:《"新批评"文集》,中国社会科学出版社1988年版,第209页。
② 同上书,第210页。
③ 同上。
④ 同上书,第209页。
⑤ 同上书,第211页。

人是成功地做到了他所要做的事",这个"成功"是什么意思?其二,维姆萨特认为,如果诗人成功了,诗本身就表明了意图是成功的标准;如果他没有成功,"那么他的诗也就不足为凭了"。前一句表达了意图与作品的一致性,也就是说,意图与文本契合,书写就是成功的;后一句说,如果意图没有实现,诗就失去了存在的价值,这是不是还难以逃脱意图是评价和判断作品是否成功的标准?其三,从关于意图的定义看,维姆萨特是承认意图存在的,而且在前两条根据中也或明或暗地暴露了意图的作用,但在第三条根据中他却又说,文本"一生出来就立刻脱离作者来到世界上,作者的用意已不复作用于它,也不再受作者支配",我们不能不疑问,作者离开了文本还可以理解,难道意图也从作品中脱壳而出,不在文本现场了?一个明显的事实是,如果意图是一种谋划,那么它将贯穿于作品创作的全过程,展开并实现于作品的语言、结构、风格等全部安排之中,随文本而进入历史。他人可以否定它,也可以弃而不顾,但是,它和文本熔铸于一体,甚或说它们就是文本,是客观存在的。作者支配不了文本,是说文本付梓,他无法修改既定的文本;作者支配不了意图,是说意图在文本之中,同样无法改变。犹如维姆萨特自己所说,如果意图被实现,则无须去作者处寻找,如果没有实现,那作品便"不足为凭"。这是不是可以证明,意图及其作用一直是"在"的,并随同文本的存在而持续发挥作用,哪怕是"作者死了",意图依然还在?当然,至于批评家能不能找到,想不想去找,找到了又该如何面对,则另当别论。

第二编 当代西方阐释:强制与独断

为证明"意图谬误",维姆萨特用艾略特的创作实践证明自己。他通过批评艾略特的用典、诗题、引语、注释来猜测或假想诗人的意图,认为是"意图谬误"。他甚至无奈地批评说:"如果艾略特和其他当代诗人有什么他们自己所特有的错误,那可能就在于'谋划'得太多了。"① 鉴于其对"起始论"的反对态度,这种自相矛盾的说法,确实令人瞠目结舌。文本不起源于作者意图,文本又起源于哪里?他说:"在一些诗的背后,有着全部的生活、感觉上和心理上的经验,它们在某种意义上,是这诗的成因。"② 这是否正是他所反对的,是否就是所谓"起始论"的明确表达?他主张文本与社会历史无关,与作者的经历无关,但韦勒克却引经据典地证明:"维姆萨特在传记生平和文学史方面,怀有极大的兴趣。他发表过许多正式言论,承认文字意义的历史决定因素,以及社会环境的冲击和影响。"他援引维姆萨特的如下论述:"意义寓于文本之外,而存在于文字全部历史以及具体使用文字的语境之中。作者的文字经验,以及文字使作者产生的联想,形成了文字历史的一个部分。""历史起因以一种显著的方式,进入了文学作品的根本意义。"③ 既如此,任何严肃的、负责任的理论家和批评家,都必须深入作者,研究生产作者意图进而生产文本的历史传统和语境,以期正确理解和阐释文本,"意图"说又何为"谬误"?

---

① 赵毅衡:《"新批评"文集》,中国社会科学出版社1988年版,第225页。
② 同上书,第219页。
③ [美]韦勒克:《近代文学批评史》第6卷,杨自伍译,上海译文出版社2009年版,第502—503页。

(二)"有意味的形式"

"有意味的形式"是英国美学家克莱夫·贝尔提出的一个重要命题。他以此命题为基准,否定艺术产品的指称性意义,质疑创作者意图的存在和作用,建构艺术包括创作本身的独立性与自足性。后现代的诸多理论,借此扩大文本与书写者及书写意图无关的思潮。什么是"有意味的形式"?贝尔的定义是:"在各个不同的作品中,线条、色彩以某种特殊方式组合成某些形式或形式之间的关系,它们激发和唤起我们的审美情感。这些线条、色彩的关系和组合,这些在审美意义上感人的形式,我称之为'有意味的形式'。"①而且,贝尔认为,"有意味的形式,是一切视觉艺术的唯一共同特征"②。在贝尔看来,"有意味的形式"是纯形式。这个形式排斥一切指称性因素,且严格规约于线条、色彩本身的组合。它不再现任何客观形式,也不是传达思想的工具,"人们只需承认,依照某些不为人知的神秘规则排列和组合的形式,确实以某种特殊的方式感动我们,而对艺术家来说,依照这些规则去排列、组合出能够感动我们的形式,正是其任务所在"③。考察和欣赏艺术品,"我们没有权利,而且也没有必要去窥探隐匿在作品背后的作者的心理状态"④。很明显,如此定义和规约"有意味的形式",自然绝断

---

① "In each, lines and colours combined in a particular way, certain forms and relations of forms, stir our aesthetic emotions. These relations and combinations of lines and colours, these aesthetically moving forms, I call 'Significant Form'." Clive Bell, *Art*, New York: Frederick A. Stokes Company, 1913, p. 8.

② Clive Bell, *Art*, New York: Frederick A. Stokes Company, 1913, p. 8.

③ Ibid., p. 11.

④ "We have no right, neither is there any necessity, to pry behind the object into the state of mind of him who made it." Clive Bell, *Art*, New York: Frederick A. Stokes Company, 1913, p. 11.

了形式与现实及对象世界的关系,打碎了作者在文本生产中的主导地位。贝尔认为:"如果这一提法可以为人们所接受,那么可以得到这样的结论:所谓'有意味的形式'就是使我们借以得到某种'终极现实'感受的形式。"① 这里所说的"终极现实",并不是我们的日常现实,而是"隐藏在所有事物表象背后并赋予不同事物以不同意味的某种东西,这种东西就是终极实在本身"②。贝尔还认为,这种"终极实在"只能通过纯粹的形式自行呈现出来,除此之外,别无他途。反过来说,支配艺术创作的东西实际上就是使艺术家有能力创造出有意味的形式的情感,这种情感则是从"终极实在"那里得来的。他认证,塞尚的作品就是坚持把创作"有意味的形式"作为至高无上的目的。如此看来,"有意味的形式"是一个很纯粹、很极端的形式,它表现的"终极实在"是一个形而上的彼岸动机。

我们从以上的话语中,可以理解贝尔的良苦用心。艺术的本质特征或者说共性,就是"有意味的形式"。这个形式既不表现世界,也不传达思想。艺术过程本身集中于线条和色彩的组合,在形式构成的过程中,艺术家只是一种工具,具体作品的实现采取何种形式以及如何采取,很大程度上取决于艺术符号系统内部的规则及其制约,与创作者的心理和意图无关。贝

---

① "If this suggestion were accepted it would follow that 'significant form' was form behind which we catch a sense of ultimate reality." Clive Bell, *Art*, New York: Frederick A Stokes Company, 1913, p. 54.

② Clive Bell, *Art*, New York: Frederick A. Stokes Company, 1913, pp. 69 - 70.

阐释的独断

尔强调,核心的是纯粹的形式和自足的特性,其余都不在欣赏者和批评家关注之列。毫无疑问,"有意味的形式"是一个重要发明,是影响深远的理念创新。但问题的关键在于,无论怎样纯粹和玄虚,"有意味的形式"是不是能够阻隔和否定作者对文本的意图决定,创作者的心理是不是与文本形成无关,对任何形式的艺术文本的理解,是不是只能停留于文本呈现的自足形式?回到贝尔的论证,人们可以提出这样一个疑问:那个生成意味的线条与色彩,是谁在涂抹与组合?他为什么要如此涂抹,有没有动机或者意图?所谓"终极实在"的情感是一种什么样的情感?"有意味的形式"是不是表达情感乃至思想的工具?我们来逐一讨论。第一,一个显然的事实是,线条与色彩不是自动挥洒与组织的,不是什么"看不见的手"的随意之作,更不是什么超验世界的客观理念的显现。艺术家是挥洒它们并创造作品的主体。无论这个作品辉煌还是黯淡,最终都是艺术家自身动作的结果,他人无法替代。哪怕是周身涂抹颜料在画布上自由翻滚,其"色彩与线条"也完全是艺术家的主体动作——如果这称得上是艺术家和艺术的话。从这个意义上讲,无论怎样"有意味的形式",都是艺术家本体的自觉创造,形式无法阻断作者与文本的联系。第二,无论何种文本,包括无标题音乐,艺术家的书写目的一定是表达,或者表达情感,或者表达意图,且表达情感本身就是表达意图。贝尔自己就曾作出这样一个判断:"在我看来,有这样的可能性(纵然绝非肯定):那个被创造出来的形式之所以如此深深地感动我们,原因就在于它表达了这一形式的创作者的情感。一件艺术作品的

第二编　当代西方阐释：强制与独断

线条和色彩传达给我们的，或许正是艺术家自己感受到的某种东西。"① 如果说这段话中还包含什么非确定性因素，比如括号里的"绝非肯定"，或者仍然用疑问的口吻说线条和色彩传达了艺术家的感受，那么再看他的另一段话："当一个艺术家的头脑被一个真实的情感意象所占有，并且能够掌握和转化这个意象时，他似乎就会创造一个好的构图。我想，我们都会认同这样一个看法，即只有当艺术家拥有某种情感意象时，他才能够创造出真正像样的艺术作品来。"② 应该可以确定，在贝尔那里，所谓线条和色彩同样是艺术家"意图"的表达和再现。第三，在艺术技巧的生成与运作上，贝尔强调，简化和构图是艺术创造的真谛，而这个简化和构图，作为实际的艺术技巧，是艺术家内在精神指导的结果。正是这种内在精神，通过简化对象和构图转换而创造了独立自足的形式。更准确地说："每一种形式的本质以及它与所有其他形式的关系，都取决于艺术家准确表达他所感受到的东西的需要。从这一事实出发，可以说每一种好的构图的出现都存在某种绝对的必然性。"③ 贝尔把艺

---

① "It seems to me possible, though by no means certain, that the created form moves us so profoundly because it expresses the emotion of its creator. Perhaps the lines and colours of a work of art convey to us something that the artist felt." Clive Bell, *Art*, New York: Frederick A. Stokes Company, 1913, p. 49.

② "It seems that an artist creates a good design when, having been possessed by a real emotional conception, he is able to hold and translate it. We all agree, I think, that till the artist has had his moment of emotional vision there can be no very considerable work of art." Clive Bell, *Art*, New York: Frederick A. Stokes Company, 1913, pp. 229–230.

③ "There is an absolute necessity about a good design arising……from the fact that the nature of each form and its relation to all the other forms is determined by the artist's need of expressing exactly what he felt." Clive Bell, *Art*, New York: Frederick A. Stokes Company, 1913, pp. 230–231.

术家的感受称为"绝对的需要",也正是这种"绝对的需要"决定了艺术作品的形式的必然性,这种感受就具有一种至上意义与核心地位。一件艺术品采取这种形式,而不是别的形式,这样来组合,而不是别的组合,当然是由"绝对的需要"来决定的。这同时意味着,内在的"绝对的需要"决定了什么样的形式和组合是正确的,以及形式的量和度、界限和层次。如此分析,贝尔的"绝对的需要"是不是一种意图,而且是一种不可抗拒和变更的意图?据此,"有意味的形式"能不能阻绝作者与文本的关系,否定意图对文本的决定性意义?如此这般的形式围绕着"绝对的需要"而自组织、自凝聚为独立自足的整体,能不能既不旁涉又不指称外部世界,从而构成独立的、自足的艺术本体?贝尔自己的话就是一个驳斥:"每一种形式的本质以及它与其他形式的关系都要取决于艺术家想要准确地表现他们感受到的东西的需要。"形式的本质以及它与其他形式的关系取决于艺术家的需要,体现着作者对文本的决定意义,艺术家的需要是表现他自己所感受到的东西的需要,自觉组织和构建了文本。这"感受到的东西"或者直接是外部世界的映象,或者是这些映象在作者心理、情感、思想上的变幻与折射,证明了文本与外部世界之间指称与被指称的关系;而"想要准确地表现他们感受到的东西的需要",这个"想要"与"需要",难道不是许多流派和主义羞于启齿而又无法拒斥的"意图"吗?以所谓"有意味的形式"否定和阻绝作者及作者意图的确定在场,似乎应该休矣。

我们认为,艺术创作有没有意图,或者说有没有目的,是一个伪命题。创作是人的主观自觉行为,是艺术家自我表现和表达的基本动作方式。艺术家主观上无意表达和表现,其创作行为难道可以由他人启动?从小的视角切入,艺术家的每一个创意乃至诸多细节设计都是有意图的。从大的视野放开,"有意味的形式"更是意图的追求和表达。"如果一个艺术家不把无条件地或不受任何物质和精神限制地创造有意味的形式作为自己唯一确定的任务,他就几乎不可能全神贯注地进行创作,从而实现他的目标。"① 创造"有意味的形式"就是意图,而且是一个大的意图。正是在这个意义上,贝尔极端推崇塞尚,认为"塞尚是完美艺术家的一个典型代表。他是专业画家、诗人或音乐家的完美对偶。他创造了形式,因为只有这样做,他才能够达到其生存的目的——对他关于形式意味的感悟作出表达"②。正是为了达到这一目的,塞尚才花费毕生的精力来表现他所感受到的情感:"当我们试图解释那些画所产生的情感效果时,我们会很自然地转向创作这些画的人们的思想,而且在关于塞尚的故事中寻找永不枯竭的启示源泉。他终其一生,坚持不懈地努力创造能够表达当灵感到来时他所感觉到的东西的形式。"③ 更加启发我们的是,主张"有意味的形式"的贝尔也

---

① "It would be almost impossible for an artist who set himself a task no more definite than that of creating, without conditions or limitations material or intellectual, significant form ever so to concentrate his energies as to achieve his object." Clive Bell, *Art*, New York: Frederick A. Stokes Company, 1913, p. 64.

② Clive Bell, *Art*, New York: Frederick A. Stokes Company, 1913, p. 211.

③ "When we are trying to explain the emotional effectiveness of pictures we turn naturally to the minds of the men who made them, and find in the story of Cézanne an inexhaustible spring of suggestion. His life was a constant effort to create forms that would express what he felt in the moment of inspiration." Clive Bell, *Art*, New York: Frederick A. Stokes Company, 1913, p. 211.

知道，所谓抽象的无主题的纯艺术所表达的目的或意图，常常不为人所理解，常常是难觅知音。为此，他坚持认为，当艺术家们创造出令人难以读懂的作品时，还是要采取措施给些引导的。而且作者本人也有理由这样做。"为了达到这一目的，他只需要把某个熟悉的物体，一棵树或一个人物加入他的构图中去，这样便万事大吉了。在确定了高度复杂的形式之间许多极为微妙的关系之后，他可以问一下自己，别人是否也能够欣赏它们。"① 据此，我们可以断言，无论何种艺术，无论何种形式，其创造和书写的意图总是存在的，这个意图贯穿于艺术创造的全过程，贯穿于文本中的每一个细节。艺术是要有理解和共鸣的，其理解和共鸣的对象也是意图，是表达意图的全部形式，是以形式裹挟的全部内容。"有意味的形式"，其放大和扩张应该以此为准。

（三）"纸上的生命"（Paper Beings）

"纸上的生命"是罗兰·巴特提出的一个有影响力的观点，也是他否定作者，否定意图，认定"作者死了"，对文本的任意阐释都均等有效论点的重要根据。1966 年，巴特推出了力作《叙事作品结构分析导论》。当代美学史家认定，此著作是法国叙事学的经典之作。在这部著作里，巴特从谁是叙事作品的授予者的视角，表达了结构主义者注重结构作用，否定作者意图的观点。巴特认为，就当时的水平来看，对于谁是作品的创造者或叙述者，有三种不同的观点：其一，是常识所认可的作者，

---

① Clive Bell, *Art*, New York: Frederick A. Stokes Company, 1913, p.224.

第二编　当代西方阐释：强制与独断

全部的叙事作品就是由这个被称为"作者"的人持续表达出来的。其二，是一种完整的意识，这个意识是无个性的，"该意识从高超的角度，从上帝的角度讲故事"①，也就是我们今天所说的全知的叙事者。其三，是由叙事作品中的每个人物轮流担当，只是叙事者要将其叙述限制在人物所能观察或了解到的范围之内。

对以上三种看法，巴特全部予以否定。他认为，从结构主义和符号学观点来看，叙述者和人物主要是"纸上的生命"。"一部叙事作品的（实际的）作者在任何方面都不能同这部作品的叙述者混为一谈。"②那种"把作者当成一种实在的主体，把叙事作品当成这主体的工具性表达"，"是结构分析所不能接受的"③。巴特的根据是："（在叙事作品中）说话的人不是（在生活中）写作的人，写作的人也不是存在的人。"④由此，巴特确定，文本中的叙述者与文本中的人物，都是"纸上的生命"，与作者无关，当然也与作者意图无关。就此，所谓作者意图就可以彻底消解，文本的作者及意图本源被完全排除。

---

① Roland Barthes and Lionel Duisit, "An Introduction to the Structural Analysis of Narrative," *New Literary History*, Vol. 6, No. 2. On *Narrative and Narratives*, 1975, p. 261.

② "Narratorand characters, however, at least from our perspective, are essentially 'paper beings'; the (material) author of a narrative is in no way to be confused with the narrator of that narrative." Roland Barthes, *Image Music Text*, Essays selected and translated by Stephen Heath, London: Fontana Press, 1977, p. 111.

③ Roland Barthes and Lionel Duisit, "An Introduction to the Structural Analysis of Narrative," *New Literary History*, Vol. 6, No. 2. On *Narrative and Narratives*, 1975, p. 261.

④ ［法］罗兰·巴特：《符号学美学》，董学文等译，辽宁人民出版社1987年版，第134页。

更进一步的理论是,在结构主义者看来,所有的叙事作品都是符号及其符号活动的结果。符号活动本身,具有自己的组织规则,这种规则具有强大的组织能力,它既组织作品的话语即符号的排列,也组织作品的意义。按照所谓"不及物"写作的说法,叙事文本的意义,并不是通过反映外部现实去获得,而是产生于符号系统自身的深层结构,文本阐释的重要目的,不是揭示文本意义、作者意图、读者反应,而是揭示文本叙事活动中深层的组织成规和基本语法,探索符号自身的组织与活动机制。如此,理论似乎是完备的,但是,我们仍然有几个难以解开的疑惑。

第一,意图有还是没有。无论怎样看待作者,作品或者文本是一个确定的存在并签署作者的名字而流传于世。我们说《哈姆雷特》和《李尔王》只能确证为莎士比亚的作品,与莎翁本人关于文本的意图与写作有联系。如果说作者的思考与文本无关,作者的书写与文本中的人物和故事无关,进而更与文本的话语和精神效应无关,那么《哈姆雷特》这类以物质状态呈现的精神文本是怎样出产的,在出产过程中又是如何实现的?如果说作者不是叙事者,那文本中不论是公开还是隐藏的叙事者,是谁设计和制造的?这个制造者为什么塑造这样而不是那样一个叙述者?我从来不怀疑,作品或者文本是作家或书写者思想的产物,是他或者她按照自己的想法或意图,去创造自己独特的产品。对此,我们应该注意,就是那位坚决反对意图的存在和意义、惊世骇俗地主张"作者死了"的罗兰·巴特,还有一个似乎应该奉为经典的定义,

第二编　当代西方阐释：强制与独断

尽管这个定义一直没有为人所重视：写作衍生于作家的有意义的动作（geste significatif）。①

我们可以从这里得到丰富的启示：其一，在巴特看来，写作是一个动作，一个物质性的动作，此动作由作家这个主体发出。其二，此动作本身必须是有意义的，这个意义与书写的内容和方式有关，起码有两个标准可以衡量：一是书写物能够被识别，不被识别的书写没有意义；二是它能够表达为自己进而为他人所理解的内容和形式，不被理解的书写同样没有意义。三是所谓"衍生"于动作，可以理解为动作生产文本，伴随书写的动作，文本铺展而来，你可以"抬起头来阅读"（巴特语），但绝不能停止书写而生产文本。这意味着什么呢？意味着巴特对作者与文本关系的不同认识和概括。这个认识显然与"作者死了"的极端提法完全矛盾和对立，证明了意图在创作中不可消解的根本性作用，也证明了意图在文本中幽灵般地无处不在。在这个方向之下，还有更多的材料可以证明，巴特对作者和意图的存在、作用和结果有着毫无歧义的论述。在对阿加莎·克莉丝蒂小说的分析中，巴特如此判断："在她的作品中，构思的意图在于将杀人犯掩藏在叙事第一人称下。读者会在所有情节中'他'的背后寻找凶手，因为读者是在'我'的

---

① ［法］罗兰·巴特：《写作的零度》，转引自《符号学美学》，董学文等译，辽宁人民出版社1987年版，第153页。（附：有学者将"geste significatif"译为"意指性姿态"。参见［法］罗兰·巴特《写作的零度》，李幼蒸译，中国人民大学出版社2008年版，第13页。在法文中，"geste"有"动作""姿势""手势""姿态"等含义；"significatif"则作"有意义的""有含义的"解。）

— 366 —

影响下的。"① 无任何含糊地指出并肯定作者意图的存在及其决定作用,"我"这个作者的代言人,毫无疑义地证明作者将自己的眼睛赋予了叙述者,以叙述者的名义代替自己做全知全能的叙事。作者的全部意图,通过叙述者得以实施和实现。我们可以判断,这个"我",即所谓"纸上的生命",是作者现实生命的化身,或者说,就是作者的生命,它活跃于词语和规则之中,给读者构建了一部贯穿作者意图轨迹的历史文本。在阐释现代诗歌风格产生的原因时,他说:"现代诗歌(如雨果、蓝波或沙尔的诗歌)是饱含着风格的,它只是由于一种诗歌创作的意图才成为艺术的。支配着作家的正是风格的'权威性',此即语言和其躯体内对应物之间绝对自由的联系,有如将一种'新颖性'加于历史传统之上。"② 风格是形式的重要方面,以形式为生命的结构主义者却在这里言定意图决定了风格。而风格及其权威性,却又是由语言与作家身体之内的对应物的联系所决定,是身体决定了风格?或者说身体通过意图决定了风格?无论怎样,作者和作者意图是风格的源头。如此,那些实现风格的叙述者和人物还是"纸上的生命"吗?

第二,符号如何组织文本。在结构主义看来,叙事作品本质上是一种符号活动的结果,这种符号活动有它自身的组织规则,这套规则制约和引领叙事行为,由叙事生成作品,生成意

---

① [法]罗兰·巴特:《符号学美学》,董学文等译,辽宁人民出版社1987年版,第157—158页。
② [法]罗兰·巴特:《写作的零度》,李幼蒸译,中国人民大学出版社2008年版,第10页。参见罗兰·巴特《符号学美学》,董学文等译,辽宁人民出版社1987年版,第149页。

义。叙事学的重要任务就是揭示叙事活动深层的自组织成规，以及类似于语言的基本语法，而非叙事所反映的外部对象，更不是书写者的叙事动机和意图。对这个观点，应该有两个方向的讨论。一方面，我们赞成在一定意义上说，语言是符号，独立的文本是完备自洽的符号系统。符号学研究可以而且应该把各类文本包括文学文本作为对象，给予科学的符码分析。我们也赞成符号系统有其自我组合及运作的规则，构建科学合理的符号系统，应该而且必须遵照系统规则有序运作，不可以随意变换和破坏规则。另一方面，我们也应发出疑问：如果说文本是符号的，那么是谁在组织符号，符号是否可以自动遵循系统规则组合种种文本？如果"写作衍生于作家的有意义的动作"，那么这个动作是盲目的、非理性的，还是自觉的、筹划的？符号的操作者于操作事先及行进中，有没有自己的预设和构建？我们认为，无论从何种意义上讲，写作是作家自觉的理性活动，是在确定的思维和逻辑规则制约及引领下展开的。其根据就是，写作本身是一种自觉的意识活动，是意识的自主建构行为，自觉的意识活动一旦展开，从初始设计到细节安排，都是意识自身遵照其意向持续展开的。在此过程中，就文学写作来说，哪怕书写者已是激情澎湃，疯癫迷狂，理性也始终是主导力量，或者最终要回归理性，以理性的方式和进程推进书写，通过词语编码建构意义。毫无疑问，人类是通过语言展开并实现其思维和意识的。无论什么人，只要是运用公开的、可交流的语言展开思维和意识，其语言所指称的对象，必须与思维所意指的对象相一致；其语言表达的意义，也必须与意识本身所发出的意义相一致。语言表达与意识活动是不可分割的，没有离开意识的语言，也没有离开语言的意识。同时，因为我们赋予符号以语言功能，或者说用符号表征语言，符号与意识的关系也当然如此。对此，胡塞尔从他的意向性理论出发，考察意向活动在语言活动中的作用，并作出了自己的判断。胡塞尔认为："意义应当处在那些可以在某些方面直观地显现出来的意义—意向之中。"① 胡塞尔提出了"授予意义的活动"（the meaning-fulfilling acts）② 这个重要概念。所谓"授予意义的活动"，他指的是在语音、知觉和意义意念之间建立联系的意向性综合活动。在他看来，语言的声音符号或者书写符号与意义的联系，以及概念与判断之间的联系等，都是通过意向活动加以综合或组合而得以实现的。当人们有目的地使用某种表达式来输出思想时，就有确定的理智活动授予表达式以确定的意义。这种理智活动就是胡塞尔所说的"授予意义的活动"。正是通过这种理智的、意向性的活动，每一个语词就不再是纸上的符号或声音，而是具有了一定的意义，并且与对象有了确定的关系。③ 由此看来，叙事本身所创造的"纸上的生命"，就不仅仅是"纸上的"；叙事中的人物和声音，无论何种名称，都是叙事者清醒意向的观

---

① "Meanings have to be present in meaning-intentions that can come into a certain relation to intuition." Husserl: Logical Investigations, Vol. I, translated by J. N. Findlay, Routledge & Kegan Paul: London and Henley, Humanities Press Inc.: New Jersey, 1970, p. 533. 同时参见胡塞尔《逻辑研究》第2卷，倪梁康译，上海译文出版社1998年版，第378页。

② Husserl: Logical Investigations, Vol. I, translated by J. N. Findlay, Routledge & Kegan Paul: London and Henley, Humanities Press Inc.: New Jersey, 1970, p. 281.

③ 参见涂纪亮《现代西方语言哲学比较研究》，中国社会科学出版社1996年版，第451页。

第二编 当代西方阐释:强制与独断

照,因此而展开的全部文字,都是叙事者——从意识与书写的关系说,这些叙事者不是别人——恰恰是书写者本人,是 20 世纪西方文论主潮中讳莫如深的作者。

第三,意图如何控制书写。关于这一点,当代西方哲学、语言学、文艺学等诸多学科理论都有自己的态度和立场。不同的意见乃至完全相反的意见之间的争论辩驳,持续了百年之久。无论是"意义应当处在意义—意向之中",还是"叙事技巧有印象派之风:其将能指碎解为言辞实体的颗粒,唯借接合凝定,方产生意义"①,我们都坚定地认为,从人类历史几千年的文学写作看,无论文学的语言和文本被如何解析、命名,写作始终是人的意识行为,是作者自觉的表达和倾听。可以把一个活生生的文学经典视为符号系统吗?可以。但是,这并不能否定书写意识和意图是实际写作的真正源头。符码是死的,意识和意图才是活的,是作者的意识和意图赋予符号以"生命"和意义。符号可以有自组织的规则,但绝对没有自组织的功能,符号的无序堆砌没有意义,唯有书写者根据或依照符号规则的要求,有意识地自觉组织排列无意义的符码,才使符码成为有意义的符码,而且这个意义是书写者需要的意义。"只有当言谈者怀着要'对某物作出自己的表示'这个目的而发出一组声音(或写下一些文字符号等等)的时候,换言之,只有当他在某些心理行为中赋予这组声音以一个他想告知于听者的意义时,被发出的这组声音才成为被说出的语句,成为告知的话语……

---

① [法]罗兰·巴特:《S/Z》,屠友祥译,上海人民出版社 2002 年版,第 87—88 页。

听者之所以能理解说者,是因为他把说者看作一个人,这个人不只是在发出声音,而是在和他说话,因而这个人同时在进行着某种赋予意义的行为。"①

当然,理论总是灰色的。文艺实践才是检验理论的标准。我们更认可的是,经典作家对书写的认识和判断,他们对自己的写作是否清醒,是否清楚地意识到自己的意图,并在书写中自觉地展开意图。特别是那些被称为意识流的写作,那种被认为是无意识涂抹就可以被称为文本意义的写作,那种以为隐藏于文本叙事背后,以其他什么独特方式叙述文本的写作,就可以否定意图、消解意图、视意图为虚无的观点,在经典作家那里,会有怎样的回答。《尤利西斯》是当代西方意识流小说的经典。乔伊斯笔下的意识流,捕捉人物头脑中毫不连贯、变幻无常、凌乱芜杂、漫无边际的思绪和梦境,几乎令人无法阅读。这是信笔写来,或者是符码的随意堆砌,还是作家意图的精心展开与表达?最典型的是女主人公莫莉的形象,她以文本结束时的长篇梦呓为各方瞩目。然而,就是这个莫莉,其形象却是乔伊斯精心意图的寄托物。他曾清楚地说过,他要这位看起来很放荡的女人,是一位"头脑完全清醒的、丰满的、超乎道德的、可受精的、不可靠的、讨人喜欢的、精明的、有限度的、谨慎的、满不在乎的妇人",而不是小说家们常常设想的那种热情奔放、不顾一切、想入非

---

① Husserl: Logical Investigations, Vol. I, translated by J. N. Findlay, Routledge & Kegan Paul: London and Henley, Humanities Press Inc.: New Jersey, 1970, pp. 276 - 277. 同时参见胡塞尔《逻辑研究》第 2 卷第一部分,倪梁康译,上海译文出版社 1998 年版,第 35 页。

非的人物。① 《尤利西斯》这部"天书",有没有作者的意图或者说"原意"?他说,"我在这本书(《尤利西斯》)里设置了那么多迷津,它将迫使几个世纪的教授学者们来争论我的原意",而且恶作剧地调侃我们大家:"这就是确保不朽的唯一途径。"② 这真有些意图自现的味道。弗吉尼亚·沃尔夫也以意识流小说的创作著称。但是,对于《达洛威夫人》这部作品,沃尔夫却说:"我很想表现自己。我突然对自己的作品产生了浓厚的兴趣。我想表现人们——像奥特王那种人的内心卑鄙的一面,暴露人心的狡诈。"③ 关于《雅各布的房间》,她说:"我在练习创作并反映我的价值观念。"④

结　论

作家的智商不可低估。尤其是理论家们,不要总是以为自己的理解和阐释是最高明的,不要总是蔑视作家的意图和创造。我们欣赏罗兰·巴特曾经说过的这样一段话:"语言和文体是盲目的力量;写作却是来自历史统一性的一种行动,语言和文体是客观物;而写作却是一种功能:它是创作与社会之间的交往,它是被它的社会目的改造成的文学语言,它是紧紧依赖于人类意向并且与历史上重大转折密不可分的形式。"⑤ 尽管这和他后来的主

---

① [美]理查德·艾尔曼:《乔伊斯传》,金隄等译,北京十月文艺出版社2016年版,第588—589页。
② [爱尔兰]乔伊斯:《尤利西斯》,萧乾等译,译林出版社2010年版,第15页。
③ [英]伍尔芙:《日记选》,戴红珍等译,百花文艺出版社2012年版,第47页。
④ 同上书,第56页。
⑤ [法]罗兰·巴特:《写作的零度》,转引自《符号学美学》,董学文等译,辽宁人民出版社1987年版,第150页。

张有很大差异。我们的结论是,作者的意图是"有"的,是"在场"的,灵魂一般潜入文本之中,左右着文本并左右着读者的阐释。你可以有自己的理解,也尽可以无边际地发挥,但是不要说这些发挥是作者的,或者因此而否定意图"在场"。在文本书写与播撒过程中,作者没有把自己的作品强加给读者,他只是按照自己的愿望写下这些文字,表达对人生、对世界的理解和认识。至于其他,他们宽厚地任由他人理解和阐释。面对你的理解和阐释,他保持沉默。文本既已放在那里,他就不再自我辩护。特别是经典作品,作者物质地死掉了,他再也没有机会和权利为自己辩护,而我们,也就是读者,确证自己的理解,并把这种理解强加给作者,坚定地认为自己的理解就是文本的本意,是比作者本人的书写更确切更深刻的意义。这就是强制,就是阐释中的强制霸权和话语。正如罗兰·巴特所说:"阅读则是相反,它驱散,播撒;或是我们面对某个故事,至少清楚地看到我们步步渐进的几分强制。"① 对这种强制,还是应该收敛,应该回到对话的立场,尊重文本,尊重作者,尊重意图,给文本以恰如其分的认识和公正确当的阐释。

四 前见是不是立场

关于"前见"(vorurteil)或称"前理解"的内涵和作用,是从古希腊柏拉图到当代海德格尔、伽达默尔等学者一直讨

---

① [法]罗兰·巴特:《S/Z》,屠友祥译,上海人民出版社2000年版,第52页。

第二编 当代西方阐释：强制与独断

论热烈和争执不休的重要问题。在当代阐释学理论中，前见作为理解和阐释的前提，被提到重要位置予以观照。在一些场合及语境中，前见被等同于立场，或被视为阐释过程中难以改变的态度和结论。同时，也有人误解，因为前见的存在及不可避免，前见制约下的强制阐释具有其不可辩驳的合理性和正当性。我认为，前见作为认识的准备及前提条件，与阐释者自觉选取的立场是完全不同的。区别两者之间的差异，解剖前见与立场的功能，并由此判断阐释路线及其结果是否确当与合法，是阐释学理论必须解决的重大问题。本文即从经典阐释学中有关论断的细读入手，对前见问题提出自己的看法，以就教各方。

（一）前见的核心内涵

先从海德格尔入手。自柏拉图"美诺悖论"的提出起，直到20世纪中期，历史上的诸多哲学、美学和阐释学理论，都曾广泛涉及前见或前理解方面的研究。但直到近代，无论施莱尔马赫的一般阐释学还是狄尔泰的认识论阐释学，都没有就此问题作出决定性的论断。正是海德格尔从哲学阐释学的意义上充分注意这个问题，并在其存在论和本体论框架内作出了重要判断，前见问题才作为当代阐释学的基本问题凸显出来，并对后世产生深刻影响。在此解剖和细读几个影响广泛的核心论述。

第一，什么是前见。海德格尔说："最先'有典可稽'的东西，原不过是解释者的不言而喻、无可争议的先入之见。任何解释工作之初都必然有这种先入之见，它作为随着解释就已经'设定了的'东西是先行给定的,这就是说,是在先行具有(vorhabe)、先行视见(vorsicht)和先行掌握(vorgriff)中先行给定的。"① 由此可判定,在海德格尔那里,所谓前见就是"先入之见",而且这个"先入之见"在阐释开始以前就已被"先行给定",阐释以此见为先,并在此基础上展开。同时,这个先入之见又是"必然的",不是阐释者所能决定的,也非阐释者所自愿,它先天地存在于阐释者的意识之中,是一切认知的前提和基准。再者,这个"先入之见"是被"设定了的",即被"先行具有"和"先行掌握"所设定,是阐释者本人无法改变的。前见不同,阐释者的阐释视野及质量也就不同。那么,这个先入之见的"先",又是从何认定的?或者如海德格尔的自我设问,"如何解释这个'先'的性质"?他从存在论的基本要素认证,"此在之存在的阐释,作为解答存在论基本问题的基础",有一项重要的任务,那就是"把此在作为整体置于先有之中","整体的生存着的此在从而可以被带入生存论的先行具有"②。正是从这个意义上,海德格尔把"一切解释都有其先行具有、先行视见和先行掌握"的"'前提'的整体称为诠释学处境"③,这个处境,是一个先天的处境,任何阐释和阐释者都无从避免,也无从超越。再来剖析所谓的"见"。在海德格尔那里,"见"就是此在的"带入",是此在的状况和存在的历史痕迹。如海德格尔所言,"此在是源始的,这就是说:就其

---

① [德]海德格尔:《存在与时间》,陈嘉映等译,生活·读书·新知三联书店2006年版,第176页。
② 同上书,第269页。
③ 同上书,第267页。

第二编 当代西方阐释：强制与独断

本真的整体能在来看，它被置于先行具有之中；指导性的先行视见，即生存的观念，由于澄清了最本己的能在而获得了它的规定性"①。由此可见，所谓"见"者，此在也。正是"把此在作为整体置于先有之中"②，所谓先行视见才获得其规定性。那么在阐释的准备和展开过程中，这个此在到底指什么？中国有学者如此解释："人绝不会生活在真空中，在他有自我意识和反思意识之前，他已置身于他的世界，属于这个世界。因此他不是从虚无开始理解和解释。他的文化背景、社会背景、传统观念、风俗习惯，他那个时代的知识水平，精神和思想状况，物质条件，他所从属的民族的心理结构等等这一切，他一存在就已有了并注定为他所有，即影响他、形成他的东西，就是所谓的前有。"③ 西方学者也有同类看法，布迪厄就说："我们一降生在某个社会世界中，就有一整套假定和公理，无需喋喋不休的劝导和潜移默化的灌输，我们就接受了它们。"这显然是对前见的另外一种表达。但同时，他认为前见并不简单地停留于传统，而是一种秩序，一种规则："在所有形式的'潜移默化的劝服'中，最难以变更的，就是简单明了地通过'事物的秩序'（order of things）发挥作用的那种劝服。"④ 如此理解前见大体上是确当的。从认识发生论的意义看，阐释当然是有前提的，这个前提就是所谓"先行具有""先行视见"，没有这个

---

① ［德］海德格尔：《存在与时间》，陈嘉映等译，生活·读书·新知三联书店2006年版，第354页。
② 同上书，第269页。
③ 刘放桐：《新编现代西方哲学》，人民出版社2000年版，第493页。
④ ［法］皮埃尔·布迪厄、华康德：《实践与反思——反思社会学导引》，李猛等译，中央编译出版社1998年版，第221—222页。

前提，阐释就无法开展和进行。应该承认，阐释是在领会和理解基础上"对某种领会的整理和占有"①，理论上讲是一种更高级更深入的认识行为，这个行为不可能在"白板"上生发，也不可能从零点起步。任何阐释都必须有一定程度的认知准备，这种准备是自动的，伴随此在的生长而生成。根据不同的环境，各个此在前见自身的丰富度和穿透力差别巨大；理解和阐释的对象不同，各个此在的认知程度和水平差异深刻。这是对同一文本生产诸多异见的重要起源。否定前见、忽视前见，不符合认识发生及成长丰富的基本规律。

第二，前见的状态与特征。前见在阐释之先以何种状态存在，它的存在特征或者说以什么特征存在，决定着它如何发挥作用，及对前见作用的把握和调控。这里有两个问题应该讨论清楚。

1. 前见是隐蔽的还是彰显的？"解释从来不是对先行给定的东西所作的无前提的把握。"② 按通行的语法规则，可以将此判断简化为：解释/是对/先行给定的东西/以有前提的/把握。这里的"解释"是当下阐释者实际操作的活动；这个活动本身是对先行给定的东西加以把握；而这个把握是有前提的；这个前提就是先入之见。同时可以认定，在解释之前，这个阐释的前提虽然存在，但却未被阐释者所把握，只有在阐释开始时，阐释者才去把握。由此可以认定，在海德格尔这里，前见或者

---

① ［德］海德格尔：《存在与时间》，陈嘉映等译，生活·读书·新知三联书店 2006 年版，第 267 页。

② 同上书，第 176 页。

说先入之见的存在是遮蔽的、隐藏的、未彰显的。但是，阐释者是知道这个前提的存在的。否则，"有前提"的把握就无从谈起。海德格尔"先入之见"的"见"，从根本上说即此在。而此在的意义，或者说其"本真性"与"整体性"，往往是隐而不显的。如此，阐释的任务才如此厚重，要把此在的本真性和整体性带到"明处"①。准此，似可再次判断，在阐释者自身，他所具有的先入之见应该是隐蔽的。从这个意义上说，所谓前见与我们后面将作出论证的立场是有本质区别的。刘放桐判断："前见始终隐而不显，它决定此在的理解和解释，却不能为人们条理分明地、理智地加以把握。它就像宇宙间某些最隐蔽的法则，始终在起作用，却永远也不会被人清楚地把握。然而，此在理解和解释却不会超过这个范围，我们要解释的东西，总是为我们的前有所规定了的。"②

2. 前见是自觉的还是非自觉的？依然从海德格尔的原始语录上手进行考察。海德格尔说："如果解释作为阐释而成为一项明确的研究任务，那么就需要从对有待开展的'对象'的基本经验方面并即在这基本经验之中先行澄清和保障这些'前提'的整体。"③ 海德格尔的表述是清楚的。从时态上说，解释作为阐释者的自觉目的和行动尚未开始之前，必须要做的是，从"有待展开的'对象'"的基本经验方面入手，创造开始阐

---

① ［德］海德格尔：《存在与时间》，陈嘉映等译，生活·读书·新知三联书店2006年版，第269页。

② 刘放桐：《新编现代西方哲学》，人民出版社2000年版，第493—494页。

③ ［德］海德格尔：《存在与时间》，陈嘉映等译，生活·读书·新知三联书店2006年版，第267页。

释的条件。没有这个条件,阐释就无法展开。这个条件又是什么?就是要"澄清"和保障作为阐释前提的整体,即所谓"先行具有、先行视见、先行掌握"。值得注意的是,这里所说的"对象",并不是有待阐释的客观文本和事件,而是阐释者本身的"此在",这个"此在"所具有的"基本经验",也就是此在的存在经验,在阐释的意义上,就是由三个"先行"构成的阐释"前提"及其"整体"。问题的核心在于:存在于此在基本经验中的阐释前提及其整体,是否为此在所自觉地感受和认知?在这里,海德格尔没有作出明确的判断和结论,但是,他说要"先行澄清"这些前提,而后才可能进行解释,就充分证明了,海德格尔认定,对于阐释者主体而言,这些前提及其整体是遮蔽的,是不为阐释主体所自觉承载并认识的。这是前见的基本性质和存在方式。其运用需要"把此在之在所可能具有的本真性与整体性从生存论上带到明处"。把此在所具有的本真性与整体性,也就是解释前提的本真性与整体性,从自在生存的状态——这是一个被遮蔽的晦暗的状态——"带到"明处,并以此为准备,使解释成为可能。这再一次证明,在海德格尔这里,前见在阐释者的存在中是模糊的、非自觉的。

第三,前见如何发挥作用。经过澄明和带入,前见由盲目的自在状态,上升为解释的必备条件,并在阐释中发挥着作用。前见作为此在所具有的意识状态和储备,它是非自觉的、非主动的,那么它如何在阐释中发挥作用,当是考察前见意义的重要方面。从海德格尔自己的论述看,主要有三种方式。

第二编 当代西方阐释：强制与独断

1."寻视"。这是海德格尔阐释学理论中的一个重要概念。从根本上讲，寻视是前见发生作用的首要手段和方式。阐释者，也就是此在，依据知觉而寻视，凭借寻视找到并揭示对象。海德格尔的"寻视"有三个方面的作用。一是"照面"。"任何知觉都寻视着让某某东西作为某某东西来照面"①。很明显，这里的"寻视"有寻找的意蕴。"让某某东西作为某某东西"，前一个"某某"是待解释的对象；后一个"某某"是知觉中已有的标识。所谓"来照面"是被动语态，宣示了后者被寻视主动地寻找，"让某某东西来照面本来就是寻视着让某某东西来照面，而不是一味感受或注视"②，从而证明了我们理解的正确性。那么，知觉和前见又有什么联系？这就是"任何知觉都已经是有所领会、有所解释的"③，意即前见就是知觉，再准确一点说，前见是知觉的重要组成部分及重要形式。前见通过寻视让某某东西来照面，并不是一味感受或注视，突出了前见通过寻视而生成作用的主动性。二是寻问。寻问即考究，亦即寻视本身依照前见考察被解释的对象，追究某某东西可以作为及以作为某某东西而被操劳。"寻视寻问：这个特定的上手事物是什么？"④ 就表明了这个作用。三是揭示。"对世界的领会展开意蕴，操劳着寓于上手事物的存在从意蕴方面使自己领会到它同照面的东西一向能够有何种因缘。寻视揭示着。"⑤ 这话似乎

---

① ［德］海德格尔：《存在与时间》，陈嘉映等译，生活·读书·新知三联书店2006年版，第175页。
② 同上书，第160页。
③ 同上书，第175页。
④ 同上书，第174页。
⑤ 同上。

阐释的独断

有些晦涩。寻视到底揭示什么？我理解，它揭示了被寻来照面的东西所具有的意蕴和内涵，这些意蕴和内涵与前见中所存有的某些东西，具有可供阐释的映照关系，用海德格尔的话说，"随世内照面的东西本身一向已有在世界之领会中展开出来的因缘"；而这个因缘及其整体性"乃是日常的、寻视的解释的本质基础"①。

2. "开刀"。海德格尔说："解释向来奠基在先行视见（vorsicht）之中，它瞄着某种可解释状态，拿在先有中摄取到的东西'开刀'。"所谓开刀，是入手、上手的意思。从哪儿入手？从前见中所有的东西入手。从解释者的角度说，解释一旦开始，首先要抓住对象中可以展开解释的某种东西上手，而这种东西是在先有中可以摄取也就是可以找到的东西。先有中的存在决定着对象是否可被解释。如果有，解释就将从此开始；如果没有，对象的解释则失去可能。先有的，也就是能在前见中"摄取到的东西"，是解释的基础和开端。前见中仅有还不够，更紧要的约束条件是，对象中的有与前见中的有相交叠，并为寻视所瞄准，对象才可能被解释。这才是"开刀"的用意所在。"开刀"的另外一个意思是"决定"。"无论如何，解释一向已经断然地或有所保留地决定好了对某种概念方式（begrifflichkeit）表示赞同"。在解释之前，前见已经决定，对前见中的诸多概念及其方式予以承认和赞同，也同样对诸多概念给予否定和遮蔽。"开刀"可以产生两种完全不同的结果：一是

---

① ［德］海德格尔：《存在与时间》，陈嘉映等译，生活·读书·新知三联书店2006年版，第175页。

第二编 当代西方阐释：强制与独断

使解释"从有待解释的存在者自身汲取属于这个存在者的概念方式"，如此，被解释的东西便与前见中已有的概念相同，对象符合前见；二是"也可以迫使这个存在者进入另一些概念"，"虽然这些概念同这个存在者是相反的"，也就是与前见中的已有的概念相反，但解释依然进行且有效。海德格尔一直坚决地认为"解释向来奠基在先行视见（vorsicht）之中"就是这个道理。① 先行视见，也就是前见，通过"开刀"而发生作用。

3. "作为"（als）。海德格尔明确地说，"'作为'组建着解释"。他的名言"把某某东西作为某某东西加以解释"②，其"作为"就是这个作为。所谓"作为"有两重功能：一是命名，即把一个东西作为另一个东西来认定，对被认定的东西作一种解释。二是统制解释和对象，让对象与前见一致。也就是说，作为在解释中改造着被解释、也就是被作为的对象，让对象成为前见所期望成为的东西。这里需要辨析的是，什么是"把某某东西作为某某东西加以阐释"？有以下三重含义：一是"把某某东西作为某某东西"，这本身是一种认定，是一种确定性"作为"。二是"加以解释"，是以后者比附前者，认定前者就是后者，或是后者能够说明和解释前者。三是这种比附或者阐释是没有对话的，是以后者对前者的比附，达到解释的目的。这些分析，在海德格尔对"作为"的充分阐释中可以得到证明。海德格尔说，"作为"并不单纯是给某某东西命名，而是

---

① ［德］海德格尔：《存在与时间》，陈嘉映等译，生活·读书·新知三联书店 2006 年版，第 174—175 页。
② 同上书，第 174 页。

要使被命名的东西得到"领会",而且是要"作为那种东西"得到领会,作为"组建着解释"也由此得以实现。①

(二) 立场的意义表征

"立场"一词大致于20世纪20年代左右被引入中国,并长期被表征为政治和阶级立场。《辞海》对立场的解释,除了"认识和处理问题时所处的地位和所抱的态度",还特别强调"特指阶级立场"。由此,立场的本来含义,尤其是它的哲学和阐释学意义,很少被考察与研究。但是,在西方思想理论界,立场一词被诸多理论家、哲学家大量使用,其理论内涵似乎也不证自明。关于这一点,在剑桥和牛津分别出版的两种《哲学词典》②,以及《大不列颠百科全书》中均无本词条收入就是证明。因此,我们的研究只能从立场的词语解释入手,以明确我们对立场本身的理解。

第一,立场的基本内涵。德语"Standpunkt"在《朗氏大词典》中的解释是:

Die Art, wiemanein Problem odereine Situation beurteilt(判断一个问题或一种情况的方式)。

英语 Standpoint 在《韦氏词典》中的解释是:

---

① [德] 海德格尔:《存在与时间》,陈嘉映等译,生活·读书·新知三联书店2006年版,第174页。
② [英] 罗伯特·奥迪主编:《剑桥哲学词典》,剑桥大学出版社1999年版;[英] 西蒙·布莱克:《牛津哲学词典》,牛津大学出版社1996年版。

A position from which something is or may be viewed（观察事物的位置）。

The mental position from which things are judged; point of view（判断事物时思想上的定位；观点）。

这些释义，是词典的普通语义解释。由这些解释，我们无法看出立场的本质意义到底是什么，更难体会应该给予立场以何种理论哲学和阐释学的理解与表达。海德格尔本人曾给立场下过定义，但他的定义是在存在论意义下给出的，不是很全面和清晰。在这种历史语境下，要弄清立场与前见的区别，更可靠的方法是，从海德格尔、胡塞尔等经典作家的著作着手，细致考察立场一词的实际使用状况，借以更深透地理解立场的意义。从不同著作中的词语定位及具体表达看，以下三种意义应予重视：

1. 立足点和出发点。海德格尔曾给立场如此定义：stand（设置、设立）、ponere（放置、设定）、sistere（安置、建立）、安置（sistenz）、断定（position）。① 把前两个词的词义融合起来，将立场视为"立足点"应该是贴切的。从有关经典著作的具体考察看，这是立场一词所表达的最基本、最首要的意义。海德格尔曾经说："当我们在发问前导问题之际，我们就已经采取了那决定性的立场。"② 在这个句子里，立场就是立足点的

---

① ［德］海德格尔：《尼采》下，孙周兴译，商务印书馆2010年版，第1179页。
② ［德］海德格尔：《形而上学导论》，熊伟等译，商务印书馆1996年版，第43页。

意思。某主体在动作以前，就站到一个有利位置，或者说把自己置放于一个有利位置，由此而做好"发问前导问题"的准备。在中文语境中，立足点与出发点可以是同义的。在德语中也有同样的用法："思并不一直只是随便怎样形成的一种区分中的对立一方，而是变成场地与立足点，由此出发来对对立者作出决定，甚至于连在都根本是从思方面来获取解释。"① 这里的"场地"原文为"boden"，本意为"地面"，可引申为基础、立场，它们与立足点并列，且"由此出发"，表现了三者之间的关系。还有一些间接的证据可以证明立场与出发点的直接联系。"如果用 cogito sum（我思我在）来作生存论此在分析工作的出发点"，② 这里的出发点可以定位于立场，因为在不同的地方，海德格尔曾多次用过"笛卡尔的立场"。如"笛卡尔的立场仍然保留如故"③，明示了立场就是出发点的确切语义。从德文与英文的转义看，"立场"与"出发"是同义的。"从这里出发，由自己的内容所证实的一些命题得到表述。"④ 我们注意到，德文版原词是"von hieraus"，直译为"从这里出发"，从海德格尔著作的上下文看，可以作为"立场"来理解，中译本就是这样做的。在英文版中，译者使用的就是"standpoint"，间接证明了"立场"与"出发点"的一致意义。

2. 态度和判断。haltung（态度）和 grundstellung（基本立

---

① ［德］海德格尔：《形而上学导论》，熊伟等译，商务印书馆1996年版，第119页。
② ［德］海德格尔：《存在与时间》，陈嘉映等译，生活·读书·新知三联书店2006年版，第243页。
③ 同上书，第235页。
④ 同上书，第450页。

第二编 当代西方阐释:强制与独断

场),在一些重要论述中是并列使用的。譬如,"当我们在发问前导问题之际,我们就已经采取了那决定性的立场(grundstellung),获得并确保了在这里有本质作用的态度(haltung)"①。海德格尔的表述很清楚,此处的"立场"不仅意指为"态度",而且与"态度"同位,"态度"本身所具有的"本质作用",与"立场"的意义同向。"这种关联绝不会以从地球的精神历史出发来直接规定我们反问的基本态度(grundstellung)与立场(haltung)的方式进行。"② 这应当说是另一条更为有力的证据。与前面一句相比较,本句中"基本态度"在德文原文中是"立场"一词(grundstellung);而本句中"立场"在德文原文中是"态度"一词(haltung)。应当说,中文译者对两个词语的理解是符合原作者本意的。③ 同类的用法还有:"这一发问的基本立场与态度自身中就是历史性的。"④ 海德格尔还有"思想态度"与"理论态度"的用法,体现了立场与态度的高度一致:"为了进行哲学思考,我们需要有一种完全不同的思想态度"⑤;"本着这一意图,我们将研究对'世界'的理论态度如何从对上手事物的寻视操劳中'产生'出来"⑥。至于"立场"的"判断"之意,如前所述,海德

---

① [德]海德格尔:《形而上学导论》,熊伟等译,商务印书馆1996年版,第43页。
② 同上。
③ 德文 grundstellung 第一义为"立场";但作为合成词 grund-stellung,其中 grundo 为"基本"之意,stellung 为"态度"或"立场"之意,所以 grundstellung 用作"基本态度"或"基本立场"之意是恰当的。
④ [德]海德格尔:《形而上学导论》,熊伟等译,商务印书馆1996年版,第45页。
⑤ [德]海德格尔:《尼采》上,孙周兴等译,商务印书馆2010年版,第394页。
⑥ [德]海德格尔:《存在与时间》,陈嘉映等译,生活·读书·新知三联书店2006年版,第405页。

格尔本人明确说过"立场"有"断定"之意,德文为"position"。"position"本身就有"立场""态度""见解"的意思和用法。较典型的例子有:"康德存在论教条地继承了笛卡尔的立场。"① 这里的"立场"原文为"position",可以替换为"standpunkt"或"grundstellung",中文可译为"判断"或"断定"。

3. 理论和观点。理论构成立场,立场宣示理论,这是"立场"一词的广泛意义。海德格尔经常说"存在论立场""认识论的立场""形而上学的立场"等,明显为"基本理论"或"基本观点"的意思。理论表意为"立场"的语义传递应当说相当确切。将理论表达为"立场"意,有几个层次应予区分。由小到大说,是秉持一种概念,如"赋予认识论的概念与立场"②;或者是秉持一种观点,如"我们能做的事情只是:要么坚持'观点'和'立场'……要么相反地,与一切立场和观点之类的东西决裂"③;或者是秉持一种学说,如"黑格尔的立场"④;或者是秉持一个学科的基本精神或要领,如"这是这位思想家对他整个后期哲学基本立场的一个令人惊奇的预见"⑤;或者是立场与学派或流派的互喻,"只要现象学正当地领会了自己,它就既不是某种'立场'也不是某个'流派'"⑥。更加宏大的是,秉持某某主义

---

① [德]海德格尔:《存在与时间》,陈嘉映等译,生活·读书·新知三联书店2006年版,第28页。
② 同上书,第451页。
③ [德]海德格尔:《尼采》下,孙周兴译,商务印书馆2010年版,第784页。
④ [德]海德格尔:《面向思的事情》,陈小文等译,商务印书馆2011年版,第44页。
⑤ [德]海德格尔:《尼采》上,孙周兴译,商务印书馆2010年版,第182页。
⑥ [德]海德格尔:《存在与时间》,陈嘉映等译,生活·读书·新知三联书店2006年版,第32页。

的立场表达。比如，伽达默尔多次用过"新康德主义的立场""现代历史主义的立场""唯心主义的立场"等。这些用法透露了"立场"一词使用的宽泛程度，大到与某种主义同位，小到类同于某种概念和观点，但在总的方向上，"立场"为理论和观点的代表却是明晰而准确的。

第二，立场的本质特征。

1. 立场的主体选择。立场是一种意识表现和行为。相对于一般的意识活动，立场不是随意的见解或感受，而是相对稳定、持久的理性认识。立场可以隐而不显，但作为一种理论态度和倾向，在面对具体事物和问题需要明确表达主体意向时，立场的选择性就立刻凸显出来。我们回到海德格尔的那句名言，解析他对这个问题的态度。"当我们在发问前导问题之际，我们就已经采取了那决定性的立场。"① 应该引起注意的是，在"发问前导问题"之际，发问者"采取"了立场。从时间上看，发问之前要采取态度，表明发问者的主观能动意向；从方式上看，所谓"采取"立场，表明了发问者的主观动作选择。采取这种而不是另外一种立场，就是某种态度和倾向的选择性确定，也是某种理论和观点的选择性确定。发问者清醒地了解，做出这个选择，能够保证在问题提出以前，就有一个提出和解决问题的基本向度，一切问题的提出和解决，都将从这里出发，直至获取结果。胡塞尔也有相同的提法："在这里我只是描述引起伽利略思想的那种'不言而喻的东西'，并未对它采取某种立

---

① ［德］海德格尔：《形而上学导论》，熊伟等译，商务印书馆1996年版，第43页。

场。""心理学家作为心理学家,在他的研究中不允许有任何立场,也不允许采取任何立场。"① 两位经典作家在立场的所有上,同时使用了"采取"(nehmen)一词,且为毫无歧义的主动语态,应该是对立场的选择性特质的最好说明。关于这个判断,我们还可以从立场的生成方式及过程中找到根据。"历史上的每一位哲学家都实行他的自身反思,都与他那个时代的和过去的哲学家进行讨论,他就所有这些问题表达自己的看法,在这种探讨中确定自己的立场。"② 立场是怎样生成的?是在对自身的反思中生成的。这不仅表明立场是主动性的选择,而且表明,人的自我反思,人与其他人的讨论,是选择和确定立场的方式和过程,从立场生成的角度,充分证明了立场的选择性。更进一步的讨论是关于"反思"的意义。立场是经过反思而生成的。在胡塞尔的定义中,通常意义上的反思是"将目光从直向可把握的对象回转到本己的体验之上",因此,反思不是原本性意识,而是一种意识变异,它要对已思考的东西进行再提问,完全是一种意识行为的自身意识。③ 在这个背景下,立场作为不断反思的结果,作为思考的结果,其自主性和选择性进一步凸显出来。

2. 立场的意识自觉。立场的自觉,集中表现为立场持有者自觉运用立场置身事物之中,使立场的意向性、决定性得以充

---

① [德]胡塞尔:《欧洲科学危机与超越论的现象学》,王炳文译,商务印书馆 2011 年版,第 36 页。
② 同上书,第 95 页。
③ 倪梁康:《胡塞尔现象学概念通释》,生活·读书·新知三联书店 2007 年版,第 408 页。

第二编 当代西方阐释:强制与独断

分显现。立场一旦展开,解决问题的全部方式,从理解到阐释,从筹划到行动,都要由立场所决定,都要服从和维护立场。这具体表现为以下三个方面:一是以立场决定理解。在理解和阐释过程中,立场自觉发挥作用,从根本上决定事物的性质。对此,胡塞尔有毫无疑义的表述:"当我们使自己置身于古典主义立场上时,对于由这种态度如何取得全部永远有效的伟大发现,以及有充分理由令前代人惊叹的大量技术发明,我们不是由此洞察而完全了解了吗?"① 这无疑证明了采取并置身于一个确定的立场,对问题的理解和认识所具有的本质性意义:决定了立场,就决定了态度,决定了以何种姿态和取向来理解和认识问题。二是用立场规整思想。对象的客观思想如何,并不决定于思想本身,而决定于立场持有者的立场展开。海德格尔在对尼采的讨论中说:"我们要明确地把尼采哲学置入那种立场之中,唯从此立场出发,尼采哲学才能够,并且必须展开出它最终本己的思想力量,而且是在已经变得必要的迄今为止整个西方哲学的争辩中展开出他最本己的思想力量。"② 这段话值得认真解析。按照海德格尔的意思,要认识和理解尼采的哲学,必须采取一个立场,即西方哲学传统的形而上学的立场。但是,如何采取和运用这个立场?海德格尔认为要通过"置入"(versetzen),意即将某物放入。由此可见,西方传统的形而上学立场为先在,尼采哲学在后,只有把尼采哲学置入这个立场,余

---

① [德]海德格尔:《尼采》上,孙周兴等译,商务印书馆2010年版,第16页。
② 同上书,第486页。

下的一切才有继续进行的可能。然后是"出发",要从这个立场出发,而且是唯从此立场出发,尼采的哲学才能够展示自己的力量。不从这个立场出发,尼采哲学就要失去意义。在这个过程中,"置入"本身是一种自觉,"从此立场出发"亦是自觉,尼采哲学因此而"必须展开它最本己的力量",更是立场的自觉展开。可见,立场的自觉决定了思想的态度及其结果。三是放弃立场同样是一种立场自觉。与胡塞尔主张心理学家"不允许采取任何立场"的观点不同——如果我们把这个"不允许采取任何立场"视为立场中立的企图——海德格尔认为,"立场中立其实只有作为一种立场才能成其所是"。在他看来,所谓立场中立者之所以要采取中立,核心是要克服"迄今为止始终有立场的哲学的片面性和先入之见"。由此可以看到,立场中立者的选择或者说中立立场的采取者是有目的、有选择的,同样是一种立场自觉,尽管海德格尔说:"作为每一种哲学本质性的必要的嫁妆,哲学的这种立场特征是不能通过对它的否定和否认来消除的。"①

3. 立场的单向度姿态。胡塞尔认为,所谓立场是意识对意识对象的存在与否持有的判断。立场是"设定"和"执态"。从前者的意义上讲,"设定"就是一种命题行为,这个行为对意识对象的存在与否作出判断。从后者的意义上讲,"执态"也是要"设定意识的对象(主要是客体化意识的对象)是存在

---

① [德]海德格尔:《尼采》上,孙周兴等译,商务印书馆2010年版,第398页。

着的或不存在的"①。由此可见，在胡塞尔那里，无论从什么意义上分析，立场与存在的关系都是一个单向矢量，立场的指向是单一的，不可逆的。立场决定存在，而非存在决定立场。对于这一点，还有一个与执态同类的概念可以证明那就是"追求"。胡塞尔认为，"在正常感知的本质中包含着'追求'的因素"，在它的较高阶段上，追求是一种"带有目的设定的认识意愿"，在感知行为的过程中，带有目的设定的认识意愿"将更切近对象，更完善地占据对象"。什么是"带有目的设定的认识意愿"？就是带有立场的意愿。这个立场本身含有自身的目的，在目的的驱使下，去设定或执态对象。什么是"更完善地占据对象"？就是让对象服从立场，成为立场的证明，使对象与立场一致。如此，立场的单向度姿态彰显无遗。再来看海德格尔是如何在立场的指使下切近并占有对象的。例证之一，"我们所谓的'形而上学基本立场'是为西方历史所专有的，而且从本质上参与规定了西方历史"②。形而上学的立场，参与规定了西方历史，使得西方历史成为今天这样，而不是那样的面貌。更进一步，"只要此类立场将来还为人们所尝试，则以往的东西作为未被克服的东西，亦即作为未被居有的东西，就将依然发挥作用"③。这个"未被克服"和"未被居有"的东西，就是尚未被形而上学立场所规定的东西，而这些东西若要

---

① 倪梁康：《胡塞尔现象学概念通释》，生活·读书·新知三联书店2007年版，第446页。
② ［德］海德格尔：《尼采》上，孙周兴等译，商务印书馆2010年版，第470页。
③ 同上。

发挥作用，只有参与形而上学立场的规定，成为这个立场的命题和意愿。这样说的根据在哪儿？海德格尔说："'形而上学'指示的是一个领域，这个领域只有通过一种基本立场的结构才展开为一个形而上学的领域。"① 例证之二，在论及尼采的思想时，关于所谓轮回学说是否具有一个形态，海德格尔说："一个形态就只有根据一种基本立场才是有可能的，而我们通过我们自己的方式为尼采思想预设了这样一种基本立场，那么，在尼采的哲学中，使一个形态成为可能并且要求着这个形态的那个东西就将活跃起来。"② 这里有三层意思：第一层，"一个形态就只有根据一种基本立场才是有可能的"，意即任何事物，包括思想、学说，要成为一种形态，必须根据立场的规定才为可能，立场决定视界，有了立场，思想的碎片可以凝聚为态，成为一种"真理的内存结构"；没有立场，思想终将是碎片，永远是一种"非完成形态"③。第二层意思，"我们""为尼采思想预设了"一种基本立场，证明了在这个问题上，尼采是没有立场的，因此，他的轮回学说没有成为形态；当"我们"为尼采思想预设了一个立场，确切地说，是海德格尔把自己的立场从外部强加给尼采，其余的一切才得以继续进行。第三层意思，因为有了这个立场，"使一个形态成为可能"，立场决定了事物本身，而非事物生成立场；同时，那些本与形态无关的材料，那个"无形态性"和"非完成形态"，都会

---

① ［德］海德格尔：《尼采》上，孙周兴等译，商务印书馆2010年版，第470页。
② 同上书，第450页。
③ 同上书，第449页。

被立场调动起来，成为参与形态结构的合法要素，推动和保证这个学说成为完成形态。在这个过程中，立场的指向与结构作用完全是单向度，立场决定一切，立场具有改变事物面貌的无反冲力量。

（三）前见与立场的本质差异

对于前见与立场的差异比较，有两点在前面的语义分析中已经标示清楚了。大致可表述为，前见是潜在的，非自主决定的，立场是显露的，自主选择的；前见是非自觉的，下意识的，立场是自觉的，主动进攻的。而第三种差异，也是最核心最重要的差异，在理解与阐释的过程中，被阐释对象的实有与阐释者已有的前见、立场不同甚至完全相反的时候，前见和立场是如何面对，或者说是如何自处的？我们认为，这是印证它们不同特征的最高标准。

第一，如何处置对象。即阐释者以什么姿态面对准备理解的对象。有两种姿态由我们选择。一种是在对象之外以至居于对象之上，由阐释者根据立场的需要，强制地裁剪对象，而无论对象自身具有什么。另一种是走进并深入对象，以理解对象，让对象告诉对象是什么。在我看来，立场一般地持有前一种姿态，而前见因其无意识、无立场的性质，持有后一种姿态。在对此问题的讨论中，伽达默尔有一个动作描述，极有意味地表达了他的看法。这个动作就是"置入"。他强调负载前见的主体，要把自己"置入"对象之中，听从对象的见解。他说："如果我们把自己置身于某个他人的处境中，那么我们就会理解他，这也就是说，通过我们把自己置入他的处境中，他人的质性、亦即他人的不可消解的个性才被意识到。"① 这里所用的动作描述性词汇，也就是所谓"置入"，是伽达默尔在处理阐释主体与对象的关系问题时多次精心使用过的。在大多数情况下，是指把自身亦即自我放入他境的意思。这种"自身置入"（sichversetzen）对于理解和阐释而言，是一个前提和基础，舍此"置入"，一切理解和阐释都将无法上手和展开。伽达默尔认为，"置入"对理解的意义起码有三个方面：（1）理解他人处境。"什么叫做自身置入呢？无疑，这不只是丢弃自己（von-sich-absehen）。当然，就我们必须真正设想其他处境而言，这种丢弃是必要的。但是，我们必须也把自身一起带到这个其他的处境中。只有这样，才实现了自我置入的意义。"② （2）理解他人意见。"历史理解的任务也包括要获得历史视阈的要求，以便我们试图理解的东西以其真正的质性（massen）呈现出来。谁不能以这种方式把自身置于这种使传承物得以讲述的历史视阈中，那么他就将误解传承物内容的意义。"③ （3）与他人共同向普遍性提升。这是置入的目的。"这样一种自身置入，既不是一个个性移入另一个个性中，也不是使另一个人受制于我们自己的标准，而总是意味着向一个更高的普遍性的提升，这种普遍性不仅克服了我们自己的个别性，而且也克服了那个他人的个别性。"④ 如此，阐释者获得

---

① ［德］伽达默尔：《真理与方法》I，洪汉鼎译，商务印书馆2010年版，第431页。
② 同上。
③ 同上书，第428页。
④ 同上书，第431页。

第二编 当代西方阐释:强制与独断

一个卓越宽广的视界,从而能够真正地理解和认识对象。可见,置入的问题,尤其是谁置入谁,是阐释的出发点问题。因为阐释的起始是由前见入手的,因此,把带有前见的阐释者置入对象是必要的。阐释不能任由前见左右,而是要听取对象在诉说什么,这个诉说与前见构成的视阈,才是当代阐释学意义下的结果。置入这个姿态显示了阐释者对对象的态度,负有前见的阐释者不能为前见所囿,而要把自己置入对象,理解对象,把握对象,在不断的理解中调整修正前见,生产能够重合叠加的视阈,实现理解的一致性。立场就不同了。执着于立场,就要独立于对象之外,甚至凌驾于对象之上,从既定的立足点出发,使对象成为自身的异化之物,成为宣示和证明立场的材料,甚至完全丧失其自身存在的意义。为证明这一点,可以引入一个相反的例证。海德格尔诠释尼采,不是把自身置入尼采,而是把尼采置入自身,置入自身的立场之中,以自身立场为准阐释尼采。"我们要明确地把尼采哲学置入那种立场之中,唯从此立场出发,尼采哲学才能够,并且必须展开出它最本己的思想力量,而且是在已经变得必要的对迄今为止整个西方哲学的争辩中展开出它最本己的思想力量。"① 把尼采置入形而上学的立场中——这个立场也是海德格尔的立场,用立场规范尼采。与前见相比,同样的置入,具有全然不同的目标和结果。

第二,理解对象还是强制对象。伽达默尔同意:"实际上

---

① [德]海德格尔:《尼采》上,孙周兴等译,商务印书馆2010年版,第486页。

前见就是一种判断，它是在一切对于事情具有决定性作用的要素被最后考察之前被给予的。"① 但是，这里的判断不是立场的判断，而是前见对自身存在的感知，它可以在事物本身面前改变自身。前见和立场的区别恰恰就在这里。面对事物本身，立场往往不改变自己，无论立场与事物如何不同。关于前见的这个特征，伽达默尔反复说过，一方面他认为前见不可避免，但同时也清醒地认识到前见对理解的消极影响，并且经常地指出前见对正确理解的束缚和误导。伽达默尔认为，前见的消极作用有以下三点。其一，前见的隐蔽性使我们深陷前见而不知，难以虚心地听取对象的诉求和关切，识别其本来面目。所谓"正是隐蔽的前见的统治才使我们不理会传承物里所述说的事物"②，说的就是这个道理。其二，前见只是一个认知的先验框架，它以非理性形式存在并发生作用，因此，它会以"随心所欲的偶发奇想和难以觉察的思想习惯"干扰对事物的理解，甚至会使阐释者偏离事物本身，而被这些奇想和习惯所左右。所以，伽达默尔认为，"真实的前见最终必须由理性认识来证明，即使这一证明的任务可能永远得不到完成"③。于是，他要求："所有正确的解释都必须避免"它们（即随心所欲的偶发奇想和难以觉察的思想习惯）的干扰，去"凝目直接注意'事情本身'"④。海德格尔表达得则更加直接："解释（auslegung）理解

---

① ［德］伽达默尔：《真理与方法》I，洪汉鼎译，商务印书馆 2010 年版，第 383—384 页。
② 同上书，第 383 页。
③ 同上书，第 387 页。
④ 同上书，第 378—379 页。

到它的首要的经常的和最终的任务始终是不让向来就有的前有（vorhabe）、前见（vorsicht）和前把握（vorgriff）以偶发奇想和流俗之见的方式出现，而是从事情本身出发处理这些前有、前见和前把握，从而确保论题的科学性。"① 其三，前见的作用，使对象在被理解的意义上，处于一个不利的位置，或者说先天地受到损害。前面说过，从判断的意义上看前见，它是先于事物本身的。"是在一切对于事情具有决定性作用的要素被最后考察之前被给予的"②，伽达默尔还从法学的意义引申："对于某个处于法庭辩论的人来说，给出这样一种针对他的先行判断（vorurteil），这当然会有损于他取胜的可能性。"③ 对于文本的阐释同样如此。一个前见存在，或者说一个阐释者固执地抱有前见而不自知，那么，在文本阐释的整个过程中，文本就当然地处于不利的地位，阐释者将不可避免地对文本造成损害。尽管如此，与立场相比，前见的诸多弊端是可以克服的，特别是在我们认识和承认前见的先天性弊端当然存在的条件下，克服其弊端是完全可以做到的。正是隐蔽的前见的统治才使我们不理会传承物里所述说的事物。对此，伽达默尔有许多论述。同样是三点：一是"谁想理解一个文本，谁就准备让文本告诉他什么"，可谓听取论；二是"不能盲目地坚持我们自己对事情的前见解，假如我们想理解他人的见解的话"，可谓理解论；三是对"作为另一种存在的文本"具有敏感性，"但是，这样

---

① ［德］伽达默尔：《真理与方法》I，洪汉鼎译，商务印书馆2010年版，第378页。
② 同上书，第383页。
③ 同上书，第384页。

一种敏感既不假定事物的'中立性',又不假定自我消解,而是包含对我们自己的前见解和前见的有意识同化",可谓同化论。同化的目的是什么?伽达默尔斩钉截铁地说:"我们必须认识我们自己的先入之见(voreingenommenheit),使得文本可以表现自身在其另一种存在中,并因而有可能去肯定它实际的真理以反对我们自己的前见解。"① 简言之,与立场相比,前见可以将自身置入事物之中,根据事物的本来存在改变和调整自身。它可以从阐释前的非自觉己见开始,但绝不固执地坚持己见,除非这个己见符合事物的本来面目。立场则不同,立场不改变自己的见解,而是根据自身需要强制对象,在强制的展开中,显示其刚性的力量。

第三,谁服从谁。在提醒人们不要盲目地囿于前见的束缚、真诚地面对事物自身的同时,伽达默尔做出了判断:"诠释学的任务自发地变成了一种事实的探究,并且总被这种探究所同时规定。这样,诠释学工作就获得了一个坚固的基础。"② 这是一个重要的判断。它表明以往那种一贯认为以伽达默尔为代表的本体论阐释学完全否定阐释的认识功能、阐释的对象无确定性可言、事物包括文本没有"事实"可言的理解是有失偏颇的。既然阐释学是一种事实的探究并为事实的探究所规定,那么,事实就是存在的。否定和放弃"事实的探究",任意的阐释是不完全的。任何阐释的同等有效,将使阐释学失去存在的

---

① [德]伽达默尔:《真理与方法》I,洪汉鼎译,商务印书馆 2010 年版,第 382 页。
② 同上书,第 381—382 页。

基础。更进一步的问题是,既然有事实存在,承认任何文本都因为有自身事实的存在而具有其"他在性",那么,任何阐释都有一个与对象的他在性一致或不一致的问题。无论前见还是立场,面对事物和文本的事实,都有一个谁服从谁的问题。当它们一致时,双方的对话与和解可能是一个完美的境界。但是,当它们不一致甚至完全对立的时候,就有一个到底谁服从谁,也就是主观的东西服从客观的实际,还是要暴力剥夺或强制阐释对象使客观对象服从主观需求的问题。前面清楚地论述过,当立场以理论的意义发生作用,这种理性的清醒立场是刚性的,不退让的。从一个前置的理论立场出发,无论文本是什么,立场都要让文本服从自己,证明自己,这就是立场区别于前见的最本质特征。具体分析,其一,尊重文本。"谁想理解,谁就从一开始便不能因为想尽可能彻底地和顽固地不听文本的见解而囿于他自己的偶然的前见解中——直到文本的见解成为可听见的并且取消了错误的理解为止。"① 听从文本,并"取消自己的错误理解",意味着文本中有可供理解的意义,这个意义由文本给出,阐释要取消对其错误的理解。其二,肯定文本。在肯定中说服自己。哪怕是一种错误的、不相同的理解,也要先去肯定它,甚至以文本为基点去增强它、辩证它,为正确理解文本构造宽容的语境和容错机制。所谓"自身置入","无非就是说,我们试图承认他人所说的具有事实的正确性。如果我们

---

① [德] 伽达默尔:《真理与方法》I,洪汉鼎译,商务印书馆 2010 年版,第 382 页。

想理解的话，我们甚至会努力去增强他的论据"①。其三，否定自己。"我们必须认识我们自己的先入之见（voreingenommenheit），使得文本可以表现自身在其另一种存在中，并因而有可能去肯定它实际的真理以反对我们自己的前见解。"② 这里再一次证明，伽达默尔是认可文本自身存在着"实际的真理"的，那么，阐释者就有揭示和阐明这个实际真理的义务和责任。当前见与"实际的真理"不相符合的时候，阐释者要反对自己，纠正自己，而不是相反。

由上可见，在前见问题上，西方阐释学经典作家的态度是清楚的。前见是理解的前提，前见不可避免，但是，正确处理前见与对象的关系，前见会成为阐释的有效基础。核心是从哪里出发。如果"从事情本身出发处理这些前有、前见和前把握"，就能"确保论题的科学性"③；如果从立场出发，因为立场的诸多特质，并执着于立场，阐释的有效性和确当性必将大打折扣。同时，我们要指出，立场同样很难规避。从一般的认识论观点出发，抱有确定的立场去认识世界，是同样必要和不可避免的。但是，关键在于，是什么样的立场，立场的核心意义是什么。就阐释学的意义而言，我们赞成"回到事物本身"，一切认识和阐释，都以承认客观事物独立于主观意向的他在性为前提，以承认事物本身的全部内容与形式的自在性为前提，

---

① ［德］伽达默尔：《真理与方法》Ⅱ，洪汉鼎译，商务印书馆 2010 年版，第 71 页。
② ［德］伽达默尔：《真理与方法》Ⅰ，洪汉鼎译，商务印书馆 2010 年版，第 382 页。
③ 同上书，第 378 页。

一切都从实际出发，都从事物本身出发，具体问题具体分析，实事求是地展开认识和阐释。这是阐释学的基本立论点，也是作为科学的阐释学的基本出发点。这是我们辨识前见与立场的目的所在，也是我们对前见和立场同样保持清醒头脑的根据所在。

作者能不能死

第三编　碰撞与论争

与 J. 希利斯·米勒的通信

确定文本的确定主题
——致希利斯·米勒

尊敬的米勒先生：

  作为美国著名文学批评理论家，您的理论和批评著作在中国影响广泛。特别是您的重要著作《小说与重复——七部英国小说》，以解构主义的立场对英国七部经典文本所做的透彻研究和评论，为我们提供了当代文学理论和评论的优秀范本。这部著作在中国翻译出版后，多年来经久不衰，为中国学者所称赞。近些年，我反复研读这部著作，印象深刻，收获颇丰，学到了许多东西。但是，也经常生出同样多的疑惑和思考。盘桓多年，我还是冒昧地把这些困惑和问题写给您，希望得到您的指教。

  在我心里反复纠结的问题是，一个确定的文本究竟有没有一个相对确定的主旨，这个主旨能够为多数人所基本认同？我们从各种教科书中得到信息，知道您的理论创造从新批评开始，经过意识批评，到 20 世纪 60 年代后期，在德里达的影响下，转身从事解构主义,并成为这个主义的重要代表人物。解构主义,在中国学者的认识里,是一种否定理性,怀疑真理,颠覆秩序的强大思潮。表现在文学理论和批评上,就是否定以往所有的批评方式——去中心化、反本质化,对文本作意义、结构、语言的解构,用您的语言来表达,就是把统一的东西重新拆成分散的碎片或部分,就好像小孩将父亲的手表拆成一堆无法照原样再装配起来的零件。您也公开提出:"阐释预设所用的'逻各斯中心主义'应该彻底摒除,因为德里达、尼采等人已揭示出文本绝无单一的意义,而总是多重模糊不确定意义的交会。"① 在《作为寄主的批评家》中,您强调任何阅读都会被文本自身的证据证明为误读,文本就像克里特迷宫和蜘蛛网一样,每一个文本中都"隐居着一条寄生性存在的长长的锁链——先前文本的摹仿、借喻、来客、幽灵",而文本自身因为吸食前文本而破坏了自身。② 因此,企图在文本中寻找确当的单一意义是不可能的,文本已经在连续运动的寄主与寄生物的关系中形成无限联想的结构,从而导致文本话语表现为语义的模糊和矛盾。您的这些观点,成为当代文学理论,特别是阐释学理论的主流观点,影响可谓深广。

但是,在具体的文本阐释过程中,您的阐释结果似乎不是这样,起码不是一贯这样。在《小说与重复——七部英国小说》中您对哈代《德伯家的苔丝》(以下简称《苔丝》)的

---

① [美] J. 希利斯·米勒:《传统与差异》,转引自朱立元《当代西方文艺理论》,华东师范大学出版社 2005 年版,第 318 页。
② [美] J. 希利斯·米勒:《重申解构主义》,郭英剑等译,中国社会科学出版社 1998 年版,第 104 页。

讨论就背离了解构主义的原则,这让我们深感不解。在《苔丝》的阐释里,您反复强调,哈代的文本包含多重因素,这些因素"构成了一个相互解释的系列,每个主题存在于它与其他主题的联系之中"。我们"永远无法找到一个最重要的、原初(或)首创的段落,将它作为解释至高无上的本原"。但是,阐释的结果呢?尽管复杂缠绕,扑朔迷离,您的各种启示和解释,最终还是落在要读者去"探索苔丝为何不得不重蹈自己和其他人的覆辙,在那些重复中备受折磨这一问题的答案"[1]。这是不是哈代这部小说的主旨呢?这个主旨就是苔丝难逃宿命,终究要重蹈自己和他人的覆辙,无论怎样挣扎都无法改变。如果这是误解,那么再看您开篇的表白:"我们说苔丝的故事发人深省,为什么苔丝的一生'命中注定'要这样度过:其本身的存在既重复着以不同形式存在的相同的事件,同时又重复着历史上、传说中其他人曾有过的经历?是什么逼迫她成为被现代其他人重复的楷模?"[2] 您还说:"我将苔丝遭遇的一切称作'侵害',将它称作'强奸'或'诱奸'将引出这部作品提出的根本性的问题,引出有关苔丝经历的意义和它的原因等问题。"您还引用了哈代的一首诗——《苔丝的悲哀》——继续揭示:"和序言、副标题一样,这首诗以另一种方式再次道出了这部小说的主旨。"而这首诗的第一句就是:"我难以忍受宿命的幽灵。"[3] 这就把哈

---

[1] [美] J. 希利斯·米勒:《小说与重复——七部英国小说》,王宏图译,天津人民出版社2008年版,第145页。
[2] 同上书,第132页。
[3] 同上书,第135页。

代文本的主题或主旨揭示得更清楚了,尽管这只是您的认识,准确与否我们不去讨论。我们的问题是,如此清晰的揭示,哪里还有找不到主题或主旨的问题?您不是说"文本语言永远是多义的或意义不确定的",因此,这些意义"彼此矛盾,无法相容"吗?① 阐释的结果怎么会有了一个宿命难以摆脱的主旨?这显然是自相矛盾的。这个矛盾暴露了您的批评实践背离了批评准则,给解构主义的理论立场一个有力的冲击。

这样的矛盾在其他的大师那里,也常常会见到,给解构主义理论的有效性以致命伤害。比如,海德格尔认为,文本意义的完整的、总体性理解永远不可能达到,因而文本意义不可能是确定不变的。但就是这个海德格尔,在分析解读评价特拉克的诗歌时却说:"在他看来,特拉克所有优秀诗作中都回响着一个未曾明言但却贯穿始终的声音:离去。"② 既然在解释学的总体原则上已经确定,文本意义的完整性、总体性理解是永远不可能达到的,那么具体作品的分析又如何有了"贯穿始终"的声音呢?这个贯穿始终是不是一个总体性的理解,或者说就是一个主旨?

在对《吉姆爷》的解读中,您更加清楚地告诉我们,一部小说文本是有主题的。尽管这个主题的表现形式不同。比如,"一个故事的意义并不像核桃肉那样藏在壳里,而是在外层把故事包裹起来,而故事将意义凸现出来。就像一股灼热的光环,

---

① [美] J. 希利斯·米勒:《小说与重复——七部英国小说》,王宏图译,天津人民出版社 2008 年版,第 5 页。
② 转引自朱立元《当代西方文艺理论》,华东师范大学出版社 2005 年版,第 148 页。

散射出一抹烟雾一样，这情景就好像那迷蒙的月晕光环，有时只是靠了月亮光怪陆离的辉映，才使我们能看清它"。但是，您还是认定康拉德的《吉姆爷》是有主题的，并且可以抓住它，"《吉姆爷》的主题在第五章结尾处表现的最为明显"，这个主题是什么？就是"对一切正直行为的神圣原动力产生了疑问"，对这种动力背后的原则、本原、法规产生了怀疑。① 如此明确的判断和立论，让我们如何理解解构主义在这个问题上的立场，或者说您在这个问题上的立场？因为它们是矛盾的，具有非常明显的不能调和的矛盾。

与这个问题相联系的是，如果说一个文本有自己相对确定的主旨或主题，那么，这个主旨是否会为多数人所认同，或者说多数人是否会对文本主旨有相对一致的认同？按照解构主义的立场，一部小说文本是丰富多义的，且多种意义都能成立又互不相容，因此，从来就不会存在唯一的、统一的意义中心和本原。您认为解构主义的批评："最能清晰地说明文本的多样性——这种多样性表现为文本中明显地存在着多种潜在的意义，它们相互有序地联系在一起，受文本的制约，但在逻辑上又各不相容。"按照这个规定，很明显，对于批评家和读者而言，对一个文本的分析和解读，绝无可能有相同的认识和结论。但是在分析《德伯家的苔丝》时，您这样写道："由于《苔丝》所有有教养的读者一致认为：苔丝备受痛苦的折磨，甚至倾向于一致认为那痛苦完全不是她理应遭受的；同

---

① ［美］J. 希利斯·米勒：《小说与重复——七部英国小说》，王宏图译，天津人民出版社 2008 年版，第 30—31 页。

时又由于《苔丝》所有有教养的读者都会分担叙述者对那痛苦的同情和怜悯,因而我们便关注起这一问题:苔丝为何蒙受如此的苦难。"①"有教养的读者一致认为""有教养的读者都会分担",而且是"所有",我们先不讨论"有教养"的含义,但从数量上说,从有基本文化素养准备而能够阅读《苔丝》的人说,它一定不会是一个或几个,而是有相当数量的群体,占整个阅读人群的大部分。读者反应批评是强烈主张文本没有自身确当含义,文本意义是由读者创造而非文本所有的。这与解构主义的立场一致。假定这个理论是正确的,那么,这个学派中也有一种声音在鼓吹文本的确定性,当然是从接受美学的角度。读者反应批评的代表人物斯坦利·费什提出"解释群体"的概念,以这个概念统领,他认为"从事解释活动的并不是单独意义上的人,而是集体意义上的人","无论是作为客体的作品文本,还是作为主体的读者意识,都不具备独立性,它们归根结底都是'社会思想模式的产物'"。正是这些"集体的人",这个"解释群体"制约着我们的阅读活动,也制约着意义的生成。② 我们可以认为,这和您的"有教养的读者"是同一方向的定义,进而可以证明,有一种事实难以否定,即尽管文本意义可以多元理解,但终究还是有相对确定的含义自在于文本,应该为多数读者共同认定?作为一个旁证,我们发现在对《亨利·艾斯芒德》的阐释中,为了说明重复的作用,您这样说:

---

① [美] J. 希利斯·米勒:《小说与重复——七部英国小说》,王宏图译,天津人民出版社2008年版,第136页。
② 杨冬:《文学理论》,北京大学出版社2012年版,第557页。

"这种阐释在一部长篇小说中是作为确证意义、确证作者权威性的手段而内在于重复的使用之中。"在表述逻辑上含有作品中有"确证"的意义;"作者权威性的手段"决定了这个意义。这样的例子还有一些。在对完全现代主义的《达罗卫太太》的阐释中,您明确地说:"一部特定小说的最重要的主题很可能不在于它直截了当明确表述的东西之中,而在于讲述这个故事的方式所衍生的种种意义之中。""小说中对叙述语态的处理与人类时间和人类历史的主题紧密联系在一起。""作为主题的人与人之间的关系……"①

米勒先生,我们要请教,这和解构主义的立场和取向是一致的吗?

信已经很长了。就此打住。

顺致问候!

中国社会科学院　张江
2015 年元旦　北京

"解构性阅读"与"修辞性阅读"
——致张江

谢谢您对我所写文本的评价,知道您对其感兴趣,我深感荣幸。我会尽我所能,回应您所提出的所有评价。

我不知道《小说与重复——七部英国小说》在中国有着特

---

① [美] J. 希利斯·米勒:《小说与重复——七部英国小说》,王宏图译,天津人民出版社 2008 年版,第 200—201 页。

殊的重要性。毕竟，该书出版于很久以前的1982年。之后我又出版了大量书籍，发表了多篇论文，我希望我所做过的这些事情至少可以适度发展我的观点。我还希望中国读者也会读我最近所写的一些文本，比如《论文学》。据我所知，该书已经被翻译成中文，而且篇幅也不长。或者可以读一读1988年到2012年，我在中国所作的多次讲座（超过三十场之多）的内容。几乎所有这些讲座的内容在中国都已经以英文或中文的方式出版了。目前，这些讲座中的十五篇将被集结成册出版。英文版由美国西北大学出版社出版；中文版将由郭荣翻译（有人告诉我），由南京大学出版社出版。

　　我会尽我所能，坦诚地对您在信中所提出的观点做出回应。您提出的议题是非常重要的，我可能需要用很长篇幅来回应，我也期望您能对我的复信做出进一步的回应。

　　您说："一个确定的文本究竟有没有一个相对确定的主旨，这个主旨能够为多数人所基本认同？"请解释一下为什么这对于您来说是一个如此重要的问题？您解释之后，我就可以更好地理解其中的利害关系。我的猜测是，您认为，如果"多数人"能在一个特定的"确定文本"中找到"相对确定的主题"，那么大多数读者就会对如何阅读作品的问题达成一致性意见。这将创造一个读者社群，在这个社群中，各读者成员之间相互协调。另外，我猜测您认为"主题"对于整个文本从开头到结尾或多或少都具有高度掌控。您可能假设，文本中的所有内容都在例证那一个主题。

　　我原本认为，确定一个主题只是一个对于特定文本深思熟虑的教学、阅读以及相关创作的开端。此外，为什么一个文本只能有一个主题？我脑海中想到了一个包含多主题的文本案例，那就是乔治·艾略特的《米德尔马契》。如您所知，这是维多利亚时期最伟大的小说之一。它包含多个可以识别且互相交织的主题，并将叙事与情节结合起来，但这中间也产生了一些不和谐的地方。人们会很难从中选择出一个占主导地位的主题。在《米德尔马契》中，我能够想到五个可以确定的主题（其他的读者可能还可以添加更多的主题）：一是"过往的死亡之手"；二是错误的婚姻选择及其原因与后果；三是19世纪生物科学的发展；四是隐喻在破坏清晰思维与行动方面具有的力量——小说叙述者在评价一起重要事件时说："我们每个人，不论他天性严肃或随便，都喜欢把自己的思想跟隐喻连在一起，让它们牵着自己的鼻子走"（第10章）；五是在一个想象的、维多利亚中期的英国乡村空间里，复杂的社会、性别以及阶级关系。对于《米德尔马契》的全面阅读可以从上述五种主题中的任何一个角度进行，而每一种阅读都可以说既与众不同，同时又是正确的。关于《米德尔马契》的许多书籍与文章都是如此——就上述一种主题或是另一种主题进行探讨。我自己最近也出版了一本小书，是从其中一个重要的主题阅读《米德尔马契》，即隐喻在破坏清晰思维与行动方面的力量延展开去的，书名为"修辞性阅读：重读《亚当·贝德》与《米德尔马契》"（爱丁堡大学出版社2012年版）。顺便说一句，这本书中有两篇文章是《小说与重复——七部英国小说》篇章的原始版，当年因为稿子太长，哈佛大学出版社要求我把它们缩短了。另外一个具有说服力的、有关不同学者进行不同方式阅读的范例是艾米莉·勃朗特研究者对《呼啸山庄》的阅读。我在《小说与重复——七部英国小说》英文版的第 50 页还举了很多例子。这些阅读《呼啸山庄》的多样方法可能显示了在人文研究方面，西方和中国学界学术传统之间的细微差别。我们倾向于认为只有具有原创性的解读才值得出版，而中国学者可能认为，通过在新的文章与书籍中进行重复来保持那些被普遍接受的解读是很重要的。

您在接下来的段落中给出了在中国的各种教科书以及"中国学者认识里"有关"解构"的定义。您所说的关于解构的内容让我觉得有很多话要说，但我会尽量做到简洁些。"在中国有关我观点的各种教材"过于强调了所谓"解构"的消极面。您所说的关于美国和欧洲的公共媒体所谓的"解构"，很复杂但也属于同一范畴。德里达、德曼、我本人，甚至其他数百名学者中的任何一位，例如安杰·沃尔明斯基、斯皮瓦克或芭芭拉·约翰逊的小引文都有助于解释"解构"。也许您提到的中国教科书也确实做了很丰富的引用。如果说我是或曾经是一个"解构主义者"（但我从来都不是您说的中国教科书中所指的那种解构主义者）的话，我可从来不拒绝理性，也不怀疑真理（虽然，在一个特定文学文本中关于真理的问题经常是复杂的，甚至是自相矛盾的）。我认为，我也不否定所有先前的批评（那些批评往往是一流的，对我产生的帮助也很大）。我希望以开放的心态进行我自己的文本阅读（但是毫无疑问，这需要先前出现过的文学评论发挥辅助作用）。比如不会因为《米德尔马契》显然是一部很好的作品，就觉得它一定要保持"统一"。也许它是统一的，也许它不是。这还有待于通过严谨的"阅读"来观察与展现。如果我自己没有仔细阅读文本，或没有引文来支持的话，我是不能进行判断的。我认为其他学者也应该这样做。

不仅仅是您所提到的"去中心化，反本质化，对文本作意义、结构、语言的解构"，我认为关于"中心"与"本质"的讨论应该是敞开的，在此之前可以仔细阅读相关文字，将相关文学与思想史考虑在内。例如，弥尔顿是相信基督教的，而乔治·艾略特在早期就失去了对福音派基督教的信仰。这就意味着《米德尔马契》的世界不会有超自然的或形而上的立场（我想，这也是"本质主义"的一个意思），而弥尔顿的《失乐园》则一定会存在这样的立场。这表明，他们的文本应该被带着不同的期望来阅读。我的方法是"科学化的"，或者说这是我曾在奥伯林学院本科学习物理专业的两年所学到的方法。我希望对一个特定文本的评论有据可依，在文本研究中，这意味着我要从文本中引用。这些引用，至少在我读到它们的时候（我希望是正确的）能够支持我对该文本的判断。我的座右铭就是"永远回到文本"。

回过头来，我还想要强调，要特别注意文本中隐喻以及讽刺等修辞手法的运用。您所讨论的"作为寄主的批评家"一文就是一个对于隐喻的兴趣隐藏于概念术语之下的例子。迈耶·艾布拉姆斯曾声称"解构性的阅读""寄居"在每个人的日常自然阅读之中。我用了"寄居"这个常见词，因为我感受到了其中隐喻的含义，希望可以幽默地、具有建设性地，甚至是带着些许反讽地使用它一下，还加上了关于"客人"与"主人"的隐喻。从词源的角度讲，"寄生的"（parasitical）是指坐在饭桌边的客人，希腊语中的字面意思是"在食品旁边"，"para"的意思是"在……旁"，而"sitos"的意思是"粮食"或"食品"。我的本意是进行一次轻松的讨论，与我的老朋友艾布拉姆斯开个严肃的玩笑。而令我真正惊讶的是，《作为寄主的评论家》是我所有文章中被最广泛翻译与讲授的。我希望人们注意到其中要轻松讨论的真正内容，尽管事实上，文字游戏是很难翻译的，所以它在从一种语言翻译到另一种语言的转换中，将遇到的困难是大家有目共睹的。我常常会发现，我本来的意思是讽刺的，但有时我的读者却只理解其"直意"（当然，我不是指您），好像完全没有看出其中的讽刺意味。再一个是，您所引用的《作为寄主的批评家》中关于"拆开父亲手表"的例子。很显然，您是从《小说与重复——七部英国小说》中文版的前言中读到的。王敬慧教授已经将完整的英文全文发给我参考。这里面，两个句子放在一起的表述是："解构"这个词暗示这种批评把某种统一完整的东西还原成支离破碎的片段或部件。它让人联想到一个比喻是"一个孩子把父亲的手表拆开，拆成毫无用处的零件，根本无法重新安装回去"。如果将这段话放回我原来整篇文章的背景下，它绝不是说解构就像孩子为了反叛父亲、反叛父权制度，而将其手表拆开。与此相反，这句话想说的是"解构"这一词汇误导性地暗示（misleadingly suggest）了这样的一个意象。德里达是在海德格尔的德语词汇

"destruktion"的基础上创造了"解构"（deconstruction）这一词汇，不过他又在词汇"destruktion"中加入了"con"，这样一来，这一词汇既是"否定的"（de），又是"肯定的"（con）。不过，正如我在《作为寄主的评论家》中所说的，这一词汇往往被当作一个仅具有否定含义的词汇，只是在讲"破坏"（destruct）。这样一来，它在英文中成为一个常用词汇，比如当一位杰出的建筑师要翻新一栋房子，他会说："首先，我们'拆掉了'（deconstructed）房子"，甚至有一个拆屋公司的名字就是"拆解公司（Deconstruction, Inc.）"。

另外再说明一点：我近来更愿意将自己所做的事情称为"修辞性阅读"，而不是"解构性阅读"（因为对"deconstruction"这一词汇的解读通常是你们的教科书或者美国大众媒体所假设的那个含义）。而我所称的"修辞性阅读"含义是注重我所阅读、讲授与书写的文本中修辞性语言（包括反讽）的内在含义。这其中的一个例子就是关于我对于"寄生的"开玩笑式的使用，以及在我看来比较有趣的关于该词汇的极度延展。请注意，《作为寄主的评论家》一文最初只是现代语言协会年会小组讨论上与艾布拉姆斯和韦恩·布思交流的一部分。为了保持听众的注意力，此类小组讨论绝对有必要是不能太严肃的。

您将"解构主义""批评阐释学"与"读者反应批评"放置在一起，我想说一点我的意见。要想解释清楚它们如何彼此不同，可能真需要很长篇章，但是我尽量简短。至少在西方，尽管"批评阐释学"是从希腊开始的，起源于对《圣经》与《塔木德经》的注释，但其现代形式起源于施莱尔马赫、胡塞尔、本雅明、海德格尔、伽达默尔，也就是说，从总体上的"现象学"发展到利科与列维纳斯（如果可能的话，请参见维基百科，那上面有关于"阐释学"的很好的解释）。现在，阐释学在德国仍然尤为活跃，在法国同样也很重要。在寻找一个特定文本的单一的、广泛被人们接受的文本意义时，"阐释学"或多或少就会出现。在德里达职业生涯的初期，胡塞尔曾给了他极大的影响。德里达写了一本关于胡塞尔作品《几何的起源》的书籍，并筹划写一篇关于胡塞尔的题为"文学作为理想对象"的论文（尽管最终他没写成）。因此，对于德里达，从某种程度上说，"解构"是他对阐释学所做出的一种回应。

读者反应批评理论（例如斯坦利·菲什的作品）的观点与解构性或修辞性阅读的不同在于它认为一个文本本身没有任何意义，意义是从文本之外通过"读者社群"强加给文本的。斯坦利·菲什对解构充满敌意。所谓的"解构主义者"或"修辞性阅读者"从来不会说任何文本本身没有任何意义，只会说很多文学作品都具有多个可以确定的含义，但不一定总是要相互不兼容。必须仔细阅读特定文本才能够找出这些含义。我写《小说与重复——七部英国小说》的目的是通过阅读七篇英文小说（这些小说中的片段总会以一种或另一种方式存在一些相似之处）来测试两种重复理论。每部小说中都有隐喻意义上相似的片段。我的观点在每一篇阅读中可能是这一种，也可能是另一种，但是可以被用来解释每一部小说中所发生事情的两种重复理论既是在场的，又在逻辑上没有丝毫调和性。在《苔丝》中，苔丝的一生可能是，也可能不是被某种万能的"命运"掌控着。关于我对"主题"这一术语的运用，您所说的所有内容都是千真万确的（您也通过详细引用有效证明了您的观点），但是，我认为，如果把这些段落放回它们原本所在的上下文中，它们会表明阅读中经常夹杂各种不相调和的解释方式。比如以您所引用的"苔丝的悲哀"中的一句为例——"我难以忍受宿命的幽灵"（I cannot bear my fate as writ）。这句话可以有两种互不兼容的阅读方式。一方面，这意味着苔丝认为她生活中所发生的事情根源在于一个形而上的或超自然的力量，她的命运（Fate）里面有一个大写的字母"F"，她的一辈子已经由"命运之书"事先写好。另一方面，该句也可以被看作作者哈代本人而不是苔丝所说的话。毕竟他是小说的创造者，可以让小说按照他自己喜好的方式发展。这就是一种修辞性阅读，将"writ（文书，命令）"这一词汇可能的双重含义找出来。

关于这种不兼容性的另一种解释可以通过阐释学阅读（主题阅读）与修辞性阅读（隐喻性阅读）之间的矛盾来管窥。保罗·德曼的最后一篇文章——《结论：本雅明的"译者的任务"》将这一点表述得如此清楚，着实令我望尘莫及。保罗·德曼质疑了"阐释学"阅读或主题阅读，但是他当时用了"文体学（stylistics）"这一词汇，他谈到了"修辞"在象征性语言中的复杂性，这也是保罗·德曼所说的"修辞性阅读"的意思。他将这两种阅读截然分开。他关于本雅明的文章比较有名且具有讽刺意味的段落内容如下：

第三编　碰撞与论争

要更好地理解这种断裂（将其带到一个更为人所熟悉的理论问题层面）就要研究一下阐释学与文学诗学之间的紧张关系。当你做阐释学研究时，你所关心的是文本的意义；当你这样做诗学研究时，你所关心的是文体或一个文本产生意义的方式描述。现在的问题是，这两者之间是不是相辅相成的？你是否可以同时运用阐释学与诗学涵盖整个文本。尝试着这样做的经验表明，此事不可行。当一个人试图实现这种互补性时，诗学的一面就会被漏掉，做出来的总是阐释学研究。一个人会因为过于关注意义的问题而无法同时做到阐释学与诗学两者兼顾。从你开始讨论意义的时候（我不幸就倾向于这么做），就会忘记了诗学。这两者并不互补，在某些方面还可能是相互排斥的，那就是本雅明指出的问题的一部分——一个纯粹语言学的问题。①

在《小说与重复——七部英国小说》中，我试图把重点放在本雅明所说的"Art des Meinens"（意义的阐述方式），但是我却一直不可避免地回到阐释性阅读，专注于找出文本的意义，即本雅明所说的"das Gemeinte"。因此，关于《小说与重复——七部英国小说》中存在的理论与实践之间的异质性这个问题，您的观点是非常正确的。

我再次感谢您仔细阅读了我多年前写的那本书，以及您提出的有关不一致性这一尖锐的问题。我希望这封信对您的问题

---

① Paul de Man, "Conclusions: Walter Benjamin's The Task of the Translator", *The Resistance to Theory*, Minneapolis: The University of Minnesota Press, 1986, pp. 87–88.

做出了回应，也希望您对此继续回应，或者提出一些完全不同的问题，让我们之间的讨论继续下去。在已经发生的讨论中，我已经学到了许多，这不仅是从您所发来的信件本身，还由于该信促使我重新在现有观念基础上进行思考。毕竟我现在的观念是从我创作《小说与重复——七部英国小说》时的观念中逐渐演变过来的。我的根本承诺与使命仍然是尽我所能对文本做出最好的阅读，而不是"做理论"。我将继续依照文本阅读的具体需求而使用必要的理论。

诚挚的问候。

（作者单位：加州大学厄湾分校比较文学和英文系）

普遍意义的批评方法
——致希利斯·米勒先生

尊敬的米勒先生：

今天要请教您的问题是，从解构主义的立场说，到底有没有系统完整的批评方法，可以为一般的文学批评提供具有普遍意义的指导，进一步说，从文学理论的意义上总结，小说的创作有没有规律可循？

这首先要回答一个关于解构主义立场的基本问题：阐释是不是可能。我们知道，您坚持认为："解读的不可能性"是个真理。认为"批评家无法解开那些缠结在一起的意义的丝丝缕缕，把它梳理顺当，使其清晰醒目。他能做的充其量只能是追溯文本，使它的各种成分再一次生动起来，而在此过程中，他感受到确切的解读的失败"。但是，反复阅读您的《小说与重复——七部英国小说》，令我疑窦丛生：既然解读是不可能的，解读问题是失败的，您为什么没有放弃解读的冲动，而是以新的立场，深入地解读了七部经典著作，并且提出了具有独创性意义的"重复"理论？长期以来，您的著作都是立足于解读，以深入解读见长，通过解读和阐释系统地表现了您的理论立场和取向。这是为什么？更深一层，您的解读和阐释是为了找到系统的、可以解决具有"规律"意义的普遍方法吗？如果是，那么解构主义坚决反对"逻各斯中心主义"立场——这不仅包含文本之中没有确切的可以供整一阐释的意义，而且也包含没有整一的、具有一般指导意义的系统批评方法存在——该如何解释？您说阐释这些小说的目的是"设计一整套方法，有效地观察文学语言的奇妙之处，并力图加以阐释说明"。[1] 这个方法上的"一整套"是什么意思？是系统的意思吗？从您自己的多处表述看，应该是这个意思。我们认为，从"重复"入手解析文本，这本身就是一个大的方法论的构想，绝不会以阐释七个文本为终结。您的理论追求是，要在千变万化的文本叙事中，在无穷变幻的故事线索中，找出具有普遍规律的一般方法。我们体会到，对"重复"理论的意义，您的估价和期望值是很高的，相信"重复"这个范畴具有普遍意义，无论是早期的现代主义还是纯粹的现代主义，重复是反复出现的技巧和方法，可以作为规律性认识来概括和总结。

---

[1] ［美］J. 希利斯·米勒：《小说与重复——七部英国小说》，王宏图译，天津人民出版社2008年版，第23页。

在阐释对象的选择上就贯彻了这个意图。您告诉我们："为了研究牵涉到同一作者两部小说间关系这类重复现象，我经过考虑分别选取了托马斯·哈代和弗吉尼亚·沃尔夫的两部小说。尽管从我的论题来看，每一章节自身本来都可以成为那部特定作品的阐释。将它们汇集在一起，这些章节在某种程度上表明了维多利亚时期和现代英国小说中重复结构发生的领域有多大。"① 这是从时间上作出的判断。在萨克雷《亨利·艾斯芒德》的选取上，您认为这个文本"是这样一个重复和重复中套重复的错综复杂的组织系统，以至于它能说明现实主义小说中的大多数重复样式"。② ——这是从类型上判断。在对《达罗卫太太》的阐释中，您甚至直接表达，一些维多利亚式小说形式中最为重要的因素，"依这种或那种尺度看，或许可以用于任何时代的小说"。③ 米勒先生，我们是不是可以认为，您企求遵循并发现规律的端倪越发清晰了？

现在，我们回头再读第一章中的一段话，这段话是您关于发现和掌握有关小说创作和批评规律雄心的最明白的表达。"这里对作为例证的小说的解读方式，对分析同一作家的其他小说，或是同一时期其他作家的其他小说，甚至是不同时代、不同国家的众多的作家来说能否同样奏效呢？"这给了我们很大的鼓舞。其一，这是一种"解读方式"，用这种方式来解读某些作品是"奏效"的。事实也证明，这些解读具有强大的说

---

① ［美］J. 希利斯·米勒：《小说与重复——七部英国小说》，王宏图译，天津人民出版社2008年版，第4页。
② 同上书，第82页。
③ 同上书，第201页。

服力,《小说与重复——七部英国小说》在国际上的影响力证明了这一点。其二,要把这个方式应用于更广大的范围,您的七部著作的选取已经证明,起码您个人认为是有效的。其三,要扩大的四个方向,给文学批评的一般规律的有效性划定了切实的范围,这包括:(1)同一作家的其他作品;(2)同一时期其他作家的其他小说;(3)不同时代的众多作家;(4)不同国家的作家。在这里所谓"不同时代、不同国家的众多作家"的组合,已经是普适的终极范围了。这是不是在做终极性的规律总结呢?如果不放心,再看下一句,"我的解读能成为'样板'吗?"好像不应该有任何疑问了。您是自谦的。尽管"这七篇读解论文已将19世纪、20世纪的英国小说或一般现实主义小说中重复现象的种类包罗无遗了"。但是,"重复"作为一种假设,"要想明白无误地确定这一点,只有通过更多的读解",当然,您讲解能够成为样板的雄心和自信,我们已经明白无误地感受到了。可以肯定地讲,文学创作和文学批评,是有规律存在的。文学理论的任务就是找到和揭示这些规律。作为解构主义的重要代表人物,您的文本解读实践,您的理论追求和某种程度上的成功,已经证明了这一点。"重复"的理论创造就是范例、样板。对此,您有一个理论上的说明。您认为"认识到人和自然的王国比我们原先想象的更为奇妙,并且在持续不懈的努力中力图发现这种奇妙之处所蕴含的规律,从而使陌生的外界变得亲切可近:这成了20世纪的语言学、心理学、生物学、文化人类学、社会学、原子物理学和天体物理学各领域思想的一个显著的特征"。这话不是重要的话,它只是一种铺垫,关键的判断是,"被证明为具有这一特性的事物中便有文学"。如此,在这个意义上,文学便同其他一些方面的学科,包括自然科学,就有了共同的方法论上的努力:"依照连贯、统一的传统标准,为数不少的文学作品中的许多成分似乎是无法解释的,本书试图识别这难以解释的因素的一种形式,并予以说明。"米勒先生,您能做出这样的判断着实让我们震惊。这是不是说,在某种程度上,文学同自然科学一样,是有内存规律可循的,是可以用固定的、可预见、可重复的规律去揭示说明创作的一般程序和方法,比如,像弗莱的春夏秋冬说那样,更甚如格雷马斯那样的符号矩阵,来彻底解决文学创作和批评的固定程式?

  问题应该是很尖锐的了。解构主义直接反对的就是"逻各斯中心主义"。瓦解这个主义是解构主义的根本出发点。逻各斯中心主义集中为对本质、本原的追求,对现象背后的所谓规律、法则的探寻。20世纪以前的各种学说不谈,曾经时髦无比的结构主义就是逻各斯中心主义的变种。罗兰·巴尔特从结构主义转向解构主义以后,不无嘲讽地清算自己,从一粒蚕豆里见出一个国家,在单一的结构里见出全世界的作品,"从每个故事里抽出它的模型,然后从这些模型里得出一个宏大的叙事结构"。[①] 您自己也说:"阐释预设所用的'逻各斯中心主义'应该彻底摒除。"[②] 您还指出"文学的

[①] Roland Barthes, *S/Z*, trans. by Richard Miller, New York: Hill and Wang, 1974, p.12.
[②] [美] J. 希利斯·米勒:《传统与差异》,转引自朱立元《当代西方文艺理论》,华东师范大学出版社2005年版,第318页。

特征和他的奇妙之处在于,每部作品所具有的震撼读者心灵的魅力(只要他对此有着心理上的准备),这些都意味着文学能连续不断地打破批评家套在它头上的种种程式和理论"①。但是,如果一心要建立一个以重复论为核心的批评体系,并用这个方法去解释所有文本,这是不是理论批评方法上的"逻各斯中心主义",是不是偏离了解构主义无中心、无意义的根本取向?您用"重复"这个程式甚至已然是范式来阐释天下的全部作品,这不是重走了结构主义一类其他主义的老路吗?您为什么在立场上是解构主义,而在具体实在的文本批评和阐释中,却走向了另一个方向?您似乎不担心"文学能连续不断地打破批评家套在它头上的种种程式和理论",从而也打破您的重复的模式,因为您期望七本经典的解读能够成为"样板"。在我看来,所有这一切,从解构主义者的立场衡定,似乎不应该是您的作为。确因到底在哪里?是理论与实践的必然本质距离吗?由此,我想起19世纪的一位学者,对巴尔扎克的经典评语:"巴尔扎克是一个政治上的正统派;他的伟大作品是对上流社会无可阻挡的衰落的一曲无尽的挽歌","巴尔扎克就不得不违背自己的阶级同情和政治偏见:他看到了他心爱的贵族们灭亡的必然性"。②从批评方法上说,这里没有阶级和政治倾向问题,但是,作为解构主义的重要批评家,在具体文本的批评上背离了本来

---

① [美] J. 希利斯·米勒:《小说与重复——七部英国小说》,王宏图译,天津人民出版社 2008 年版,第 5 页。
② 《马克思恩格斯选集》第 4 卷,人民出版社 2012 年版,第 591 页。

的主义，与巴尔扎克背叛他自己贵族的偏见，是不是有异曲同工之妙？

顺致大安。

中国社会科学院　张江

2015 年 1 月　北京

J. 希利斯·米勒致张江的第二封信

亲爱的张江教授：

您对我上一封信的回复，以及您对我作品的兴趣，使我感到非常荣幸。我会尽我所能地回应您在第二封信中提出的问题。您所提出的问题非常重要，至少对我来说如此。这问题可能需要我用很长的篇幅回应。您根据我书中所陈述的内容得出结论，认为我为所有文学作品寻求一种普遍规律，所作的解读是中肯且有说服力的。不过，我认为自己的目标要比您所认为的稍微复杂一些。我会尽量做到长话短说，同时也期望您对我的回信作出进一步的回应。

首先，我要从最重要的一点开始：那就是您所指出的在中国普遍存在的对我所说的一个句子断章取义的误解。您在信中说，我的一些话语被看作解构主义阐释文本的基本策略、深刻体现解构主义基本主旨的经典语言。既然这种误解对在中国正确地理解解构主义是如此重要，请允许我再一次重复我在给您的第一封信中所说的内容：

> "'解构'这个词暗示这种批评把某种统一完整的东西还原成支离破碎的片段或部件。它让人联想到一个比喻是一个孩子把父亲的手表拆开，把它拆成毫无用处的零件，根本无法重新安装回去。"如果将这段话放回到我原来整篇文章的背景下，它绝不是说解构就像孩子为了反叛父亲、

反叛父权制度，而将其手表拆开。与此相反，这句话想说的是"解构"这一词汇误导性地暗示了这样的一个意象。德里达是在海德格尔的德语词汇"destruktion"的基础上创造了"解构"（deconstruction）这一词汇，不过他又在词汇"destruktion"中加入了"con"，这样一来，这一词汇既是"否定的"（de），又是"肯定的"（con）。不过，正如我在《作为寄主的评论家》中所说的，这一词汇往往被当作一个仅具有否定含义的词汇，只是在讲"破坏"（destruct）。这样一来，它在英文中成为了一个常用词汇，比如当一位杰出的建筑师要翻新一栋房子，他会说："首先，我们'拆掉了'（deconstructed）房子。"甚至，有一个拆屋公司的名字就是"拆解公司"（Deconstruction, Inc.）。

我对"解构主义"这一词条给出的更确切表述见英文维基百科关于"解构主义"的条目："米勒是这样描述解构主义的：'解构不是要拆解文本的结构，而是要表明文本已经进行了自我拆解。它看似坚实的根基并非岩石，而是虚无缥缈。'这句话摘自J. 希利斯·米勒发表在《格鲁吉亚评论》第30期（1976年）第34页上题为"史蒂文斯的岩石以及批评作为一种治疗"的文章。将根基比作岩石源于华莱士·史蒂文斯的一首诗。"我不知道您是否可以访问英文的维基百科，为了以防万一，我将维基百科上关于解构主义的词条附录在该信之后。该词条比较客观和详细地解释了"解构主义"的历史与意义。任何对解构主义感兴趣的人都可以通过阅读该词

第三编　碰撞与论争

条而受益。

我高度相信中国学者与学生的智慧、学识以及客观性，但是我也知道放弃一种根深蒂固的观念是如何困难，即便这种观念是错误的，比如关于解构主义就像"拆解父亲留下的手表"这样的观念。因此我认为有必要在这封信中进一步阐释我在第一封信中所讲的关于解构主义的内容，并再一次强调如果要搞清楚西方文艺理论，正确理解解构主义是很重要的。

当我说文本已经进行了"自我拆解"，这其中的含义究竟是什么呢？也许最简洁的答案是，语言的比喻性总会干扰大多数人所希望获得的直白的字面含义。这种内在特点不仅仅存在于诗歌之中，也存在于其他所有语言之中。我刚刚用过的"内在"（intrinsic）这一词汇的含义，或者史蒂文斯诗歌中关于岩石的比喻等，都是此种类型的一些具体示例。虽然诗歌是研究比喻性语言特别恰当的文本，但是那些明显比较直白的文本——比如哲学方面的、科学方面的，或其他客观描述类的文本，都富含比喻性的表述。我们看看现代核物理中所使用的语言吧，其中有很多相当明显的"诗意"表述，像"夸克"（quark）和"玻色子"（boson）。① 我在给您的第一封信中引用的保罗·德曼所说关于文体学干扰阐释学的事例，也是有关此种干扰的另一个表述。

---

① 译者注："夸克"一词由夸克之父莫里·盖尔曼取材自詹姆斯·乔伊斯（James Joyce）的小说《芬尼根守灵夜》（Finnegans Wake）。"玻色子"又被称为"上帝粒子"。

所有的语言都包含这种内在比喻性特征。语言的这种特征使其区别于科学计算公式所使用的语言。即使是最日常化的语言中所包含的比喻性维度也是令翻译出现困难的原因之一。不仅仅是在汉语与英语这两种截然不同的语言之间存在翻译的困难，甚至就在德语与英语这两种属于同一语系的语言之间也存在翻译困难。德语里面概念性的或抽象词汇的前缀所具有的比喻性效果，与其相对应的英语词汇所使用的前缀效果是不同的，因此即便翻译是准确的，在翻译过程中也会出现大量的损失，比如特定词汇在特定语言中所引起的习惯性共鸣。尼采的文字就是一个很好的例子。人们可以把尼采的文字准确地翻译成英语。人们可以用一种方式或另一种方式将任何文本从一种语言翻译为另一种语言，但是在翻译的过程中，总有一些内容出现损失。顺便说一句，我相信王敬慧教授会非常成功地将该信件翻译成中文。我想借此机会向她表示衷心的感谢。

现在，我将回答您第二封信中的核心问题。您问："从解构主义的立场来说，到底有没有系统完整的批评方法，可以为一般的文学批评提供具有普遍意义的指导？"要我来猜测，您认为这一点是重要的，是因为如果有一套系统完整的批评方法为文学批评提供具有普遍意义的指导，那么我们就可以有据可依，以同样的方式教授与创作文学。所有的学生都可以被期望了解这一套"完整体系"。所有人都将能够运用这一套体系——只用这唯一的一套体系来进行文学阅读的实践。考试也可以基于这套被普遍接受的"批评系统"进行设计。可以创建与保持一种由所有知晓、接受和使用这一批评体系的人们所组成的普适的社群。如果这样的一个社群能够被创建，那么它将带来巨大的社会与教育优势。

我个人认为，当然会有此类体系存在，但是目前，至少是在西方，各种不同的理论立场产生的是各自不同的理论，其中也包括"解构主义"。文学理论总是倾向于说自身是一种具有普遍适用价值的构想，解构主义也不例外。正如亚里士多德在《诗学》中说悲剧必须是整一的，"整一就包括开头、中间和结尾"；或者罗兰·巴特在《S/Z》中（也是您所引用的段落）说结构主义是一套通用的批评体系；保罗·德曼在"寓言"（*Julie*）中强调"所有文本范式都包含着一种比喻以及比喻性的解构"①。德曼在该段接下来的经典陈述中指出什么是解构式阅读。这部分内容可能要更复杂一些，本信件的篇幅不允许我更详尽全面地阐释德曼所说的内容。现在问题的关键是，德曼所说的正是您所呼吁的一种能够"为一般的文学批评提供具有普遍意义的指导"的"系统完整的批评方法"。然而，从严格意义上说，这样的一套体系并不需要是"逻各斯中心主义"的，解构主义也不是逻各斯中心主义的。从亚里士多德到德曼，再到其他后来者，他们所做的具有普遍意义的陈述同时都伴有一整套相关的说明或示例，来解释如何进行亚里士多德式阅读、结构主义式阅读、解构主义式阅读、后现代主义式阅读或其他任何一种流派的阅读。

进行任何一种流派的阅读都令人难以置信的容易，而且经常

---

① Paul de Man, *Allegories of Reading：Figural Language in Rousseau, Nietzsche, Rilke and Proust*, Yale University Press, 1982, p. 205.

被完成。仅仅是因为自己认为阅读可能具有不确定性，或者说没有被文本明确地证实，这并不会妨碍阅读的进行。关于这一点，您说我在《小说与重复——七部英国小说》中的阅读是基于重复的理论，您是正确的。我同意您所说的所有关于我的不一致和我的"逻各斯中心主义"〔如果您所说的这个逻各斯中心主义——"以理性为中心"（Centered on reason）的意思是"有理性的"〕。当然，德里达所说的以"逻各斯"为中心，内涵不止如此。他所说的"逻各斯"在亚里士多德那里是一种"普遍存在"，在基督教那里是"救世主"。他的"逻各斯中心主义"相信无间性的存在。如果是后者的含义，这种"逻各斯中心主义"是我所反对的。我说以这一种批评方式或那一种批评方式进行阅读"令人难以置信的容易"，是因为这其中当然有一种危险，那就是，你将发现，任何文本中都有一些内容可以让你以一种令人不安的迂回方式确认你所采用的范式。"寻找，然后你会发现"，所有这些批评范式，包括解构主义的，都能够有点过于灵巧地"发生作用"。

请允许我在此处提一下您谈到的我在《小说与重复——七部英国小说》中所说的一句话："文学的特征和他的奇妙之处在于，每部作品所具有的震撼读者心灵的魅力（只要他对此有着心理上的准备），这些都意味着文学能连续不断地打破批评家套在它头上的种种程式和理论。"① 对我来说，这句话是我本人批评范式的一个重要内容。理论与实际阅读结果（也就是密切关注文本页面上文字本身）最终是不兼容的。你总会发现，

---

① 中译本见〔美〕J. 希利斯·米勒《小说与重复——七部英国小说》，王宏图译，天津人民出版社2008年版，第5页。

你开始所使用的理论既没有帮助你获得,也不能为你提供一套可以依托的指令。任何理论或假设的"普遍规律"在面对着一个特定文本"连续不断地打破批评家套在它头上的种种程式和理论"时,都是无法发生效力的。这就是说,每部作品都是独一无二的。在相当程度上说,文学作品超越理论的主要原因是,诗歌或小说并不是一个可以解决的数学公式,也不是可以判断正确与否的哲学论证。

大多数人通过阅读小说进入人物及其行动的想象世界,并从中获得快感。一个例子就是我最近重新阅读和评论的安东尼·特罗洛普(Anthony Trollope)的《弗莱姆利教区》(*Framley Parsonage*)。书页上的文字让我进入特罗洛普小说的想象世界,比如露西·罗伯兹的感受、经历、话语与行动。我阅读小说,是因为我非常喜欢那种进入小说想象世界的过程。大多数人阅读抒情诗是为了享受词汇所带来的想象景象的快感,或者是欣赏诗词在其头脑中生成的有关言说者的思想和情感,例如,当威廉·华兹华斯开始他诗的第一句:"我独自漫步,像一朵云……"我立刻想象到那个说此句的"我",也看到一片云在天空中孤独地飘荡。我并不需要任何理论或一系列指导来做到这一点。然而,很自然地,我也可能在教学或写作中,希望将我阅读特罗洛普小说或华兹华斯诗歌时我的头脑、感情和身体所发生的反应传达给其他人。教学是自己单个人的事情。当我走进教室面对的一群学生,别人的教学方式不会有太多的帮助。

我最近在忙于为一本书撰写一个篇章。该书是我与北孟加拉大学兰詹·格斯(Ranjan Ghosh)教授合作的。我写的这一篇章是尽我所能、尽可能准确全面地分析华莱士·史蒂文斯（Wallace Stevens）的一首小诗——《隐喻的动机》（*The Motive for Metaphor*）。（顺便说一句，我不是很清楚中国人关于"隐喻"的概念是什么，请不吝赐教，我会很高兴搞清楚这一点。）我发现，当我读这首诗的时候，我的头脑、感情和身体所发生的反应是非常奇怪和不可预知的。这种反应抗拒着理论阐释。我发现在尝试读取史蒂文斯的诗歌时，不论是亚里士多德的《诗学》，还是雅克·德里达权威的"白色神话"（*White Mythology*），抑或是史蒂文斯本人在他自己作品中关于隐喻的声明，都不能对我阅读《隐喻的动机》产生多大的帮助。这首诗本身通过隐喻告诉读者史蒂文斯的"隐喻的动机"是什么（至少在那首诗中是怎样的）。他所说的关于隐喻的动机不属于任何传统的关于隐喻使用的定义，既不是亚里士多德所说的"捕捉相似性的慧眼"（eye for resemblances），也不是德里达隐喻性的或者说用词不当的（catachrestic）"日落西山"（solar ellipses）。"solar ellipses"既表示太阳运行的椭圆形轨迹，也表示傍晚落在地平线下、清晨再一次从地平线上升起。"ellipses"的意思是省略，在这里的含义是太阳落在地平线下，书写中的表示符号是省略号。"catachrestic"（词语误用）是一个希腊词，既不是字面的也不是比喻含义的名称。"山面"（face of the mountain）就是一个例子。这不是一张真正的"脸（面）"，但在"山面"中关于"面"的习惯性使用在比喻意义上的表示，不能与任何一个"可见的山坡"的字面含义进行词汇互换。汉语中可能会有一个关于"山面"的对应其字面含义的词汇。对此我很感兴趣，希望进一步了解。

下面这部分是我在阅读史蒂文斯《隐喻的动机》的文章中的重要段落：

> 在这一点上，我（你）开始发现，不论是亚里士多德关于隐喻的定义（"捕捉相似性的慧眼"），还是本雅明/保罗·德曼给出的关于阐释学与文体学之间清晰的理论区分，都起不到多大的作用。当真正开始阅读《隐喻的动机》时，这些理论准则都被抛到脑外。
>
> 当亚里士多德说，隐喻的一个好处是它意味着有一只眼睛在寻找相似之处，很显然，他的意思是说隐喻性词汇，或者说"喻体"（vehicle）有助于我们生动地看到"本体"（tenor），因为它们之间很相似。他给出的示例是"船犁浪"（the ship plows the waves）。一艘船就像一副犁，一副犁就像一艘船。显然，在亚里士多德所用的这个例子中，隐喻是传递"一艘船"的手段。"metaphor"（隐喻）这一词汇在希腊语中就有"运输"与"传递"的意思。该示例本身又回到了它所描述的内容。当你说它犁浪时，在你的脑海里你更清楚地看到了船。但是在《隐喻的动机》中，隐喻并没有真正发挥作用。比如，当读到史蒂文斯炫耀且怪诞的明喻"风动像一个跛子在树叶间穿行"时，我可以在我的脑海里看到一个跛子在秋叶中穿行，但是说那跛子与在"叶间跛行"的秋风相似，这真是很牵强。与其说两者之间有任何相似之处，倒不如说两者之间有着惊人的不

相似。我猜想史蒂文斯作这样的比较，是基于前一句他所说的喜欢秋天的树下，"因为一切半生半死"。你可以说一个跛子是"半死不活的"。在任何情况下，"像跛子一样"与亚里士多德的基于相似之处的更常规的隐喻"船犁浪"是不一样的。此外，史蒂文斯的"像跛子一样"是一种拟人化或拟人法的表述，而亚里士多德的犁不是，除了间接地说，犁可以意味着操作犁的农夫。史蒂文斯很明显地将微风，也可能是断断续续的秋风拟人化，将其比作"像跛子一样"在叶子间苦苦挣扎地穿过。

此外，当我尝试运用本雅明/保罗·德曼的区分理论分析《隐喻的动机》一诗时，我发现，他们的理论与亚里士多德对隐喻的定义一样，不是一个有效的理论工具。在表达自己必须要表达的关于诗歌的评论时，我发现自己根本分不清阐释学与文体学的区别。那些如此有力地展现在我心目中的景象是阐释学的意义还是文体学的工具？我认为自己很难作出公允的判断。"像跛子一样"这个明喻是风在秋天树林中吹动的字面意思吗？难道那一幕不已经是一个比喻了吗？因此"像跛子一样"是不是一种隐喻中的隐喻（或更确切地说是隐喻中的明喻）？史蒂文斯曾在一本《箴言录》（*Adagia*）中说，"没有隐喻中的隐喻。……当我说人是上帝时，人们很容易地看到，如果我也说上帝是什么别的东西，上帝已经成为一种现实"。① 第一个比喻成

---

① Wallace Stevens, *Opus Pasthumous*, *Plays*, *Prose*, Edited by Milton J. Bates, New York: Viintage Books, 1990, p.204.

为了字面意义的词汇；而第二个词汇是第一个词汇的隐喻的相似体或载体。史蒂文斯所选择的例子令人惊讶而绝非无意。它显示出，隐喻始终出自一种神学方案，是其神学意义上的逻各斯中心主义。

该诗在我身上所起的反应与保罗·德曼所说的发生在他身上的反应是颠倒的。他开始似乎试图运用文体学进行研究，结果最后可悲地（根据他对此的判断）发现自己在做阐释学。我试着做阐释学，也就是说，用其直截了当地分析"隐喻的动机"的含义，但是我几乎立刻就陷入文体学之中，例如我在试图建立"像跛子一样"的语言学状态，或在读这首诗的过程中在我头脑中的想象空间出现的三个场景的语言学状态。

正如你所看到的，我在试着运用我的两个理论准则（一个来自亚里士多德，另一个来自保罗·德曼）时，我却变得更加纠结不清。我最好放弃他们两人的理论，也放弃史蒂文斯在其他场合给出的关于隐喻的出色讲解，然后尽我自己所能，在没有他们辅助的状态下，独立阅读《隐喻的动机》。我这样做是为了报告在我一行又一行阅读诗文时，实际发生在我的头脑、身体和感情上的反应。

您问我是否相信有一套"系统完整的批评方法，可以为一般的文学批评提供具有普遍意义的指导"，我的回答是，在西方有很多套此类的批评方法存在，其中也包括解构主义，但是没有任何一套方法能提供"普遍意义的指导"。不存在任何的理论范式，可以保证在你竭力阅读特定文本时，帮助你做到有心理准备地接受你所找到的内容。因此，我的结论是，理论与阅读之间是不相容的。我认为，人们实际的文学作品阅读，以及将其转变为日常生活的一部分的过程，比任何关于文学的理论都更加重要。理论辅助阅读。它的作用正如 ancillary 这一词汇从词源角度（拉丁语中"ancilla"的意思是"女仆"）所暗示的一样，相当于一个处于从属地位（ancillary）的侍女。

我希望这些话能够有助于回应您给我提出的具有挑战性的问题。我很荣幸能够获邀与您进行对话。从您对我所写书籍的犀利评判中，我已经获得了很多收获，并在其引导之下，尽我所能地阐明我对理论与阅读（或者您所说的"实践"）关系所持有的立场，其中包括我在《小说与重复——七部英国小说》中对七部小说的阅读实践，以及我近来对特罗洛普的《弗莱姆利教区》和史蒂文斯《隐喻的动机》这首诗歌的阅读。在作为文学课程的教师以及文学评论者的职业生涯中，我一直致力于这种阅读实践，正如我在上一段所说的，"理论"只不过是一种阅读的辅助（ancillary）方式。

诚挚的问候。

J. 希利斯·米勒
加州大学厄湾分校
比较文学和英文系
杰出研究教授
2015 年 5 月 10 日

与西奥·德汉[①]的对话

张江：欢迎德汉教授来到中国和中国学者交流关于国际学术发展的一些新进展。同时也感谢您对中国学术的进步给予的极大热情。

德汉：我很荣幸来到这里，并受到像您这样的著名学者的热情接待。我对中国的学术发展十分好奇，同时也可以做出自己的评论。

"文化追随贸易"：中西学术交流逆差巨大

张江：如果就文学理论而言，我有两方面的感受。一个是西方的学者非常关注中国。中国的人文学科在20世纪80年代之后得到很大的发展，特别是对于西方当下的各种人文学科的理论开展了大量的翻译、传播和借鉴工作。但比较而言，我们切实地感觉到，中国学术界对西方的了解和把握，比西方对中

---

① 西奥·德汉，欧洲科学院院士，比利时鲁汶大学比较文学讲座教授，欧洲科学院执行委员会委员，《欧洲评论》主编。译者：生安锋，清华大学外文系教授。

国学术的了解和把握要全面和深刻得多，这个落差非常大。就人文学科来讲，在各个领域、各个学科，只要是西方或国际著名学者的重要著作出版，或者重要的观点一出现，中国几乎是同步译介过来，中国各种媒体也会有迅速的反应。在中国，几乎所有的人文学科都充斥着各种各样的西方理论、学说和观点。到了国外之后，我们也感到，国际学术界对中国的兴趣越来越大，但对中国的学术研究成果、著名学者的成就及其本人，则了解得非常之少。

德汉：是的，情况确实是这样的。

张江：对于这一点，我们的体会很深。中国学界和学者也为此做出了很大的努力。许多优秀学者不断地把中国的学术成就，包括他们本人的学术成就介绍到国外去。但是，与中国学界接受西方的学说和理论的情况相比，几乎不可相提并论，差别实在太大。从中国历史上说，包括与一些学者所鼓吹的民国时期和当下学术的宽松度和开放程度相比较，中国历史上从没有像现在这么宽松、这么开放的环境，但是我们学术上的"输入"和"输出"，前者远远大于后者，几乎不成比例。

德汉：是的，学者们推崇的19世纪末20世纪初也是北京大学和清华大学创立的时期。

张江：毫无疑问，我们以一个非常开放的心态来接受西方各种理论中的优质的、合理的资源，我们也用它们确确实实地推动了中国的学术事业的巨大进步。如果说现在我们有什么焦虑的话，或者说有什么期望的话，首先是要在这个基础上进一步开放，在开放的过程中，希望中国的学术成就和学术事业的进步，中国学者所创造的重要思想，能够更多更好地传播到国外去，从而与国外的学者进行平等的对话和交流。

德汉：我想对这种不平衡有着各种不同的解释。其中之一就是语言问题。中文是一种很难的语言。对外国人而言，汉语的书写系统尤为困难，这大概是一个障碍。因此我认为，我们所需要做的事情之一就是将汉语翻译成外语，首先是英语。其次，我也看到，东西方之间的学术交流正在增长。20 世纪 80 年代开始开放，到现在开放力度更为空前。当然，从 20 世纪 80 年代到现在，时间也是很短暂的，不过 30 多年。所以说，如果我可以做个比较的话，美国的文学理论当下处于主导地位，但它花了 150 年的时间才取得了这种主导性地位。当然，这种比较并不是完全奏效的，因为中国是一个文明古国，而美国是个新兴的国家。就经济主宰方面而言，在一定程度上也包括政治主宰和军事主宰，在美国 20 世纪的发展和中国近年来的发展方面，可以找到一种相似的关系。因此我想，如果中国在经济上、政治上和军事上变得越来越强大，那么中国的思想和理论也将能够在世界上产生更大的影响力。

这里我想指出两点。第一点，西方理论并不是同质性的，它不仅仅是一种理论。譬如说，恰恰是由于美国的主宰地位，西方内部也存在不平衡。大量的法国理论、德国理论以及其他国家的理论只有被翻译成英语后才为世界所知。因此，在西方内部也存在不均衡的现象。很多来自欧洲小国的作者或者小的文化理论成就在西方也不为人知，因为它们没有被翻译成英语。第二点，这种现象就像托马斯·库恩在《科学革命的结构》中所写的那样，如果你想要改变这种理论，只有当你改变了它的基础时，变化才能发生。在西方，我们倾向于在某种公理或者范式的基础上进行思考，这些范式包括科学如何发挥功用、文学理论如何发挥功用等。我想，到目前为止，在中国这种情况（但也不仅仅在中国，世界上一些其他地方也是如此）也是这样的，为了让西方听到你的声音，你就不得不遵守西方的理论原则。为了改变这种局面，很有必要建立起中国的理论基础和哲学基础，也不仅仅是中国的理论如此，其他如印度或者非洲等任何地方的理论也都是这样的。你大概知道"文化追随贸易"这种说法吧？我想这里的情形也是如此。美国的文化和理论以及其他东西之所以变得如此强大，就是因为美国从第二次世界大战之后变得十分强大。在第二次世界大战之前，没人理会美国的理论，甚至美国文学都少有人问津。美国理论变得如此强大是晚近发生的事情，是因为美国变成了一个强大的国家。如果中国变得更加强大一些，如果它再次成为"中央之国"，就像过去那样成为世界的中心的话，那么大家都会追随你们的。

中国学术走出去：建立中国的理论和哲学基础

张江：这一点我还是相信的。过去中国处于经济上的弱势地位，在世界交流的各个方面都处于弱势地位，中国想走出去也是不容易的。而且在没有开放的大环境下，理论更没有对话的可能性。随着中国经济的不断强大，中国国力的不断增强，中国在国际舞台上的声音也不断强大,我们的理论也会更好地走出去。这一点毫无疑问。刚才您说的我都同意,一有语言的障碍,二有国力的问题,但我想强调第三条,一个根本的障碍是,我们都深刻地体会到,在西方政治、经济、文化都很强势的情况下,经常有一些人总是要把西方的理论作为评价事物的标准,把这个标准强加给别人。比如说经济上,应该说,在中国这样一个初级阶段的发展水平上,中国政府大胆地搞了社会主义市场经济,是非常不容易的。在这么大的一个国家推行全方位的经济改革,要克服许多难以想象的困难,付出非常艰苦的努力。中国有自己的历史和国情,完全彻底开放的市场经济在中国是行不通的。尽管所谓"华盛顿共识"已经被实践反复证明是失败的,但是很多人还是非要把它强加到中国来。另外,一些中国的理论家也比较糊涂,不讲国情,不讲社会制度的本质差别,硬要跟着西方理论跑,这样就使得我们在处理许多问题时遇到障碍,在两方面交流的时候,就不可避免地要发生一些意识形态方面的争执。这种理论上的争执慢慢剧烈起来,中国常常会被抹黑、被误解,甚至是被西方媒体丑化。我这次出去就很深刻地感觉到,许多西方学者并不了解中国,不知道中国的实际情况,却要对中国说三道四,提出一些非常幼稚的问题。我们提出的一些想法,他们也感觉很不理解。在这种情况下,有一些中国学者愿意把这些理论简单地硬搬到中国来,把它作为一种先验的标准来衡量中国的实践和经验。这种现象值得我们认真反思。

德汉:这与我之前说过的很有关系。只要是中国,或者任何一个其他国家，将西方的理论拿去当作一种尺度或者标准，那么情形就不会有所改善，因为你在用别人的语言说话。你们或许应该建立起自己的理论，使其与西方理论并肩而立。我给你举一个文学上的例子，就是文学史研究。从西方的观点来看，我们常常说文学最早的形式是希腊古典文学中的史诗，例如荷马的《伊利亚特》和《奥德赛》，以及戏剧等。我们知道，在有些文学传统中，并不总是这样的；对西方理论而言——至少有一段时间——以此来证明这些文学传统没有像西方文学那样得到充分的发展，这是不对的。没有理由认为事情总是按照西方的模式来发展，它也可以按照其他路径来发展，只不过显得不一样罢了。为了让世人认可这一点，那些来自其他文学传统的学者应该就文学如何发展及如何运作发展出自己的思想观点，然后将其与西方的理论并置。我想你们会发现很多人，包括西方人，将会对此感兴趣并将对其进行研究。不过，这也不仅仅是西方或者中国的问题，它也是世界上其他地方的一个普遍问题，因为他们也会关注西方理论和中国的理论，或许也关注印度的理论，然后决定在某个特定的时刻，什么理论对他们而言是最有用的。

张江：我非常赞同您的观点。但是我们必须注意到一个历史背景，中国近代史开始的标志就是鸦片战争。当时西方列强的侵略使得中国的知识分子在对待西方强势的意识形态时变得非常软弱，以至于失去了自信。所以一些中国学者自觉或者不自觉地把西方的理论当作标准和尺度，削足适履——削掉自己实践和经验的脚，去适应西方理论的鞋，这种现象在中国学界近 30 年来表现仍旧是很突出的。

德汉：我知道这一点。这诚然是真的。这就是我为什么说中国必须要做的或许就是要回到自己的路子上去，回到自己的理论上去，因为我确信中国有自己的文学理论、文学发展的理论和文学发展史的理论。或许还有其他一些我所不知道的理论，因为我对中国文学了解不多。或许在中国有截然不同的文学分类方式。我在清华大学上的第一堂课上首先做的一件事，就是讨论文学是如何被研究的。在西方是三种文类：诗歌、戏剧和散文，以及它们是如何发生作用的。虽然我不知道，但我假设：在中国这些都是不同的。但它在中国发生的方式，与在西方相比，或许更有可能发生在其他地方。因此，对世界上其他地方的文学而言，或许中国模式以及中国的文类实际上是比西方模式更好的一种模式。但在目前，正如您所说的，西方模式更加强大一些，正像在鸦片战争中英国军队和英国舰队更加强大一样。因为几乎所有的，至少是大多数的学术工具基本上都掌握在西方手中。譬如说学术期刊、科学出版以及科学的通用语言——英语等。但这只是一个理性的注脚，即使在西方我们也能看到情况的变化。将事情简化，回到 200 年前，大多数理论都是法国的，或者至少也是用法文出版的。如果我们回到 100 年前的话，大多数的理论是法国的或者德国的。现在我们则发现大多数理论的呈现方式是英语的。甚至法国和德国的理论要想成为西方理论，也必须要首先翻译成英语；要是它们还保持为法语或者德语，那它们就没法触及整个西方，主要被局限于自己的国家范围内。因此可以这样说，即使在西方内部也存在着一场为了争夺可见度和认可度的斗争。我想我们太容易理所当然地以为，当前最有影响的国家和最有影响的语言将会一直如此而不发生变化。中国在14—15世纪明朝时期曾经是世界上最强大的国家。在唐朝，唐朝文明和穆斯林文明在世界上最强大、文化科技最发达。那时的欧洲是落后的，理所当然，唐诗、唐朝的音乐以及那时的整个文化，都是世界的巅峰。伊斯兰世界那时也是如此。如果您看看那时候巴格达、开罗和大马士革的情形，其文学、音乐以及所有文化的各个方面也都达到了巅峰状态。但我的意思是这种说法只是过于简化了。

在过去50年间，我们已经看到世界各地的青年学生都跑到美国去接受教育。中国也派留学生和青年学者去美国或者欧洲其他国家学习，在那里接受西方理论和西方思维模式的训练。但我认为，现在的风向开始变了，因为就我所看到的而言，很多外国学生现在也来到中国学习，而他们也将学习中国的理论和思维方式，当他们回国之后也会把中国的知识理论和思维方式带回他们的祖国去。因此，我想随着时间的推移，西方和中国之间的那种不平衡或许会得以改观。而在西方，情况也在发生变化。50年前，我在美国读比较文学专业的研究生，那时极少有人去学习中国文学或者西方文学之外的任何其他文学。人们学的总是英国文学、法国文学、德国文学、西班牙文学和意大利文学。但现在当我再去美国，以及英国、法国和德国的时候，我发现很多学生、研究生在做比较文学时，他们都在学习中国文学，而且我认为更多的西方学者也在撰写关于中国文学的著述。我想到的是美国的宇文所安、韩瑞、苏源熙等人。这些人在美国学术体制中都是举足轻重的著名学者。50年前,也有人做中国文学,但其地位是微不足道的,现在他们却处于核心地带,因为中国正变得越来越重要,尤其是美国与中国的关系变得至关重要了。这不仅是对中国而言,对美国也是如此。所以我认为,对中国的兴趣在不断增长,而这些人在研究中国时,也并不总是从严格意义上的西方角度来研究的,也试图学习中国人看待事物的方式,然后再将其介绍给西方的读者。因此我认为,交流在不断地增长。我对中国文学所知不多,但我已经比之前了解得多一些了,因为我对它产生了兴趣,而这恰恰是因为中国的经济、政治和文化等方面在世界舞台上日益显著的地位。简单地回想一下我在过去5—10年间的所见所历,我已经注意到,很多华裔学者在美国开始介绍中国的文学学者和理论家的著作到西方去,譬如说在比较文学领域,19世纪90年代和20世纪早期的成就,以及您前面提到过的"五四"时期或者20世纪初、20世纪20年代的理论,等等。他们向西方展示了这些时期的理论家和学者的成就,告诉人们那个时期的中国所发生的事情。因此我想,让世界上其他地方了解中国的进程正在进行,但这当然需要一些时间。

超越汉学圈子:直击中国当下文学、理论及现实问题

张江:我还有一个感觉,就是西方汉学家对于中国文学的研究,主要的精力和力量还是集中在古代文学上。对当下特别

是我们所说的20世纪80年代改革开放以后文学的变化和进步了解和介绍比较少。比如说，过去中国的文学家想得诺贝尔文学奖几乎是不可能的。但是在2012年，中国当代作家莫言却获得了诺贝尔文学奖，这自然在世界上扩大了影响。但实际情况是，就在这一代作家群体中，比莫言更好的，或者说与莫言同样水平的，中国大概也有十几个。这个作家群，大体上能够代表当代文学创作的最高水平。但是我感觉，许多汉学家的研究还是关注中国古代的唐诗、宋词和元曲，而对当代中国文学了解甚少。如果想介绍中国当代文学理论的代表人物的话，我不知道外国人是怎么看的。要想很好地介绍当代中国文学理论的成就，大概是需要花很多工夫的，因为这方面的学说很多，成就很大，各方面的新观点、新认识也越来越多，特别是对中国古代优秀文学理论的研究，成就很大，要想把它全面地介绍到外国去还要花很多工夫。在您看来，中国文学理论的代表性作品和代表人物都有哪些？

德汉：我真的不知道。我必须承认我不知道。我知道王宁和张隆溪的著作。但这就是我所知道的所有的中国文学理论家了。早些时候，我还读过乐黛云和孟华的著作，因为我们以前作为国际比较文学协会的委员一起共事过。但我不能说我对在中国所发生的事情有什么系统的了解。我的意思是我不懂汉语，所以很难跟进。我想这是西方学者应该承担的一个任务，也包括我自己，如果我能年轻二三十岁的话，我肯定会学习汉语。不过，在此我想说两件事。第一，我认为莫言获得诺贝尔奖肯定会使得西方产生更多的兴趣去翻译更多的当代中国文学作品。

事情总是这样的。我们同样也看到50年前，当加西亚·马尔克斯以及其他魔幻现实主义作家崛起的时候，拉丁美洲文学所发生的一切为世人所知。因此我认为将有更多的中国文学作品会被翻译成外文。第二，当然就是中国政府本身也在鼓励将中国文学翻译成西方语言，我猜大多是英语吧。莫言的作品如果不翻译成英语和瑞典语，他是不会获得诺贝尔奖的。因此情况常常是这样的，我们需要一个十分投入的译者来翻译和传播一部好的作品，然后想方设法引起评奖委员会的关注。但就我所看到的而言，有关中国文学的研究都是比较老的，像《红楼梦》《西游记》《水浒传》等。但我想已经开始有更多的研究著作问世了。上周我去了一家北京的外文书店，我看到一些当代中国作家的作品的译本，有长篇小说也有短篇小说等。情况或许正在改变。但话又说回来，就像我一直认为的那样，这需要时间。这一过程或许需要一代人到两代人的努力，而不只是一两年。

张江：为了让世界更多更好地了解中国，让中国在国际学术舞台上发出自己的声音，我们一直在寻求国际合作。过去基本上是个别学者之间的合作和交流。我们现在的总想法是特别希望和国外的，尤其是和欧洲科学院这样有着很大学术影响和声望的机构进行合作，把中国的理论、经验和其他现代化成就介绍到国外去。也特别希望能够和欧洲的学者一起，共同研究中国当代的文学和理论。我们非常希望能有一些具体的合作方式，比如说我们一起建立起一个中国当代文学的研究平台、中国问题研究中心等。但不仅仅是和汉学家一起做研究，也是想和西方那些主流的、占据学术前沿的高水平学者进行合作。其间,当然会有语言上的障碍,但是我们会慢慢克服。我们研究的方向和重点将是当下的中国文学和理论以及中国的现实问题。这就是我们的希望。对此,我强调两点:一是,一定要超越汉学圈子,要和学界主流学者进行合作与交流;二是,一定是当代的文学研究,我们可以考虑共同开展各方面的实质性合作,聘请中国一流的学者和作家从事研究。也可以搭建一些方便的平台,中外学者一起来研究中国问题或者欧洲问题。

德汉:我觉着这个计划十分有意思而且会富有成效。我完全同意不能仅仅与汉学家合作,因为他们还是局限于同一个圈子。研究的队伍应该更壮大一些,应该包括整个文学领域和比较文学方面的学者,当然也不仅仅是在人文学科和社会科学等领域。目前在科学、工程、医学以及数学等纯科学领域,已经展开很多合作了,但在人文科学和社会科学方面我们还有点儿落后,这是因为这两个领域更受具体文化的限制,在语言和文化方面更加具体;而科学、数学和工程等领域则基本上不需要某种具体语言上的精确,这是因为它们所使用的语言主要是技术性语言。

张江:当然,一下子展开全面的人文方面的合作是有些困难的,因此我们可以考虑先搞当下的中国文学和文艺理论的研究。从这个方面切入,也许可以更快一点取得效果。我再问一个问题,现在有些学者对谈论文学与政治的关系问题非常敏感。所以人们不喜欢把文学和政治联系起来。一说文学就是所谓"纯文学",一定要远离政治。您对这个问题怎么看呢？

德汉：美国在过去的 25 年间，确实有很多文学研究领域的人变得十分政治化的，至少在某种程度上是这样。你不得不遵守所谓的政治正确的规则，其基本意思就是自由主义、多元文化主义、赞同所有的解放等，在欧洲则没有这么厉害。但从传统来看，欧洲和美国的文人学者都倾向于表明自己的政治立场。只要想想萨特、加缪或者诺曼·梅勒等人就足以说明问题了。当然，他们的政治立场也并不总是"左"倾，譬如伊兹拉·庞德或者佛迪南·塞利那等就是如此。

张江：另外一个问题，当下中国有人非常推崇一种理论，叫作"没有文学的文学理论"，您是怎么看的呢？

德汉：20 世纪 70 年代我还在美国读研究生的时候情况是这样的。人们经常只读理论，不读文学作品。我想这是不好的。我认为人们应该首先阅读文学，然后再读理论。

张江：有没有这样一个问题，譬如说某一位著名理论家，他想用自己的立场和意图去阐释一个文本，他只能阐释一个经典的文本，因为这个文本的作者已经不在世了，那就可以对文本做随意阐释；他要是阐释一个活着的作家的作品，可能他就要顾忌作者本人对他这种阐释的反应了。

德汉：我认为这不是原因。书籍一旦出版了，作者的工作就完成了。一个经典作家，会对其作品积累起大量的评论来，新的批评家可以在此基础上展开新的讨论，并在此基础上尝试提出他们自己的新观点。经典作家或者古典作家通常会在社会中扮演着一定的角色，因为对于他们的文学，对于他们的国家、民族或者他们所归属的人民而言，他们代表着某种东西。因此，如果您要研究经典作家的话，就不应仅仅研究文学，而是要同时研究很多其他的东西。

张江：我明白您的意思了，我会认真考虑您的意见。

德汉：多谢！

俄罗斯学者的回应[①]

一 强制阐释现象普遍存在

张江：中国自改革开放以来，把理论的国门打开，大量地学习、借鉴、翻译当代的西方文艺理论，及西方各种理论，这对中国的改革和发展起到了巨大推动作用，这一点没有人否认。我们还要用更宽广的视野、更谦逊的态度去学习、借鉴、传播当代西方世界各种各样有利于我们民族进步和发展的先进理论。但是，三十多年的实践让我们深刻地体会到，在对西方当代文学理论学习、传播、借鉴的过程中，西方文艺理论本身的缺陷没有引起中国学者的足够重视。换一个角度讲，当代西方文学理论在中国的本土化问题、民族化问题没有得到很好解决。许多中国学者生吞活剥地把当代西方文艺理论搬到中国来，用西方理论强制阐释中国的经验和中国的实践。事实是，用西方理论来建构自己本民族的文学理论时，我们会遇到很多障碍和困难，所以，我们希望能从阐释学的角度出发讲一讲强制阐释的

[①] 此文系俄罗斯十月杂志社与中国社会科学杂志社共同主办的"西方与东方的文学批评：今天与明天"国际学术研讨会纪要。

弊端。

我认为，从阐释学的意义上说，西方文论的强制阐释背离了文本话语，消解了文学指征，以前置的立场和模式对文本和文学做符合论者主观意图和结论的阐释。"背离文本话语"是指阐释者对文本的阐释离开了文本本身，对文本做了文本以外的话语发挥。文本只是阐释的一个借口，一个角度，是阐释者阐释其理论、观点、立场的一个工具。"消解文学指征"是指阐释者对文本和文学做了一种非文学的阐释，这些阐释可能是哲学的、历史的、社会学的，以及那些实际上并不包含文学内容的诸多文化阐释。文学理论偏离了文学，实质上是政治理论、历史理论、社会理论。"前置立场"是指强制阐释的立场是事先预定的，批评者的站位、姿态已经预先设定，批评的目的不是要阐释文学和文本，而是要表达和证明批评者自己的立场，而且常常是非文学的立场。"前置模式"是指批评者预先选用确定的模板和式样框定、冲压文本，其目的是作出符合论者目的的批评和理论上的指认。经过这种前置模式压迫所产生的所谓文学理论的阐释，实际上经常是一种数学、物理学的阐释，而非文学的阐释。符号学各种各样的办法就可归于此列。"前置结论"是指批评的最终判断和结论不是在对文本的实际分析和逻辑推演之后产生，而是在批评之前已经确定。批评者的批评不是为了分析文本，而是为了证明结论。

"强制阐释论"中还涉及更广阔理论空间的一些概念，涉及阐释学近百年来很多很尖锐的、没有结论的原点问题，这都需要我本人继续努力探索。

阿纳斯塔西娅·巴什卡托娃（俄罗斯文学批评家、《独立报》经济部副主任）：张江先生提到的"强制阐释"的问题，不仅存在于西方文论中，同样也存在于当下的俄罗斯文学批评中。而且，各种强制阐释的手段，比如说滥用"场外理论"、前置立场、预设观点、论证的非逻辑化等，在当下的俄罗斯文学批评中都不鲜见。

娜塔莉娅·科尔尼延科（俄罗斯科学院通讯院士）：在俄罗斯文学中一直存在着一个传统的对抗，即文学与文学理论、文学批评的对抗，作家与批评家的对抗。实际上，这个冲突在19世纪就已经有了。"任何一个理论，不管是什么样的理论，都有其正面的部分，但是，它也有其反面部分，它的不正确的部分很容易就被看出来，理论是意义的限制，这个时候便会出现生活对理论的反抗。"这段话引自阿波罗·格里高利耶夫19世纪60年代写的一篇文章，这篇文章的题目就比较适合于我们今天的研讨会，他的题目是"论当代艺术批评的基础、意义和手法"。

事实上，我看到一个令人担忧的情况：现在有更多学者喜欢强制阐释。这会让读者越来越不了解这个作家、作家的作品、作家的生活细节，对那个时代的知识知道得越来越少，所以这个趋势是很危险的。在20世纪出现了一些研究，理论压倒了生活，理论压倒了具体的文本。从另外一个角度来看，这也是全球化的一个产物，因为全球化要消灭国界，要消灭各个文化之间的区别。

我们有些研究苏联文学的人，最近几十年来不断寻找新方法来阐释苏联文学，这个潮流令人担忧。因为我们那些苏联作家，在被这些新的方法分析之后，在通过精神病学的心理分析之后，他们就变得完全不一样了，失去了他们原来的优长。实际上，这些文论家只是想利用苏联文学，他们通过时空理论、复调理论、莫斯科艺术理论、西伯利亚艺术理论这些新词儿扬名立万，但是他们实际上对文论的贡献十分有限。任何一个文学理论，都要从文学的实践出发。

瓦列里娅·普斯托瓦娅（《十月》杂志批评部主任）：俄罗斯有不少批评家学习西方文论，很多人把文学分析变成了文学政治，张江先生对此做了很好的描述。这是一种"强制阐释"，是文学理论发展过程中出现的一种后果。与此同时还有另一种趋势，即夸大文学批评的声音，认为文学批评与文学理论其实没有什么关联。这些批评近似小圈子批评，多出现在网上论坛，在最好的情形下近似于政论文章，就整体而言，批评的语文学基础和专业化基础十分薄弱。结果也出现了一种"强制阐释"，它源自对于文学的庸俗读物式的理解，把文学批评当成了一种娱乐读者的工具，批评在这种情况下要解决的任务不是文学分析，而是新闻、公关、沟通的任务。

玛丽娅·纳德雅尔内赫（俄罗斯科学院世界文学研究所研究员）：实际上，当今拉美文论界的一些做法，也可以用"强制阐释"这个概念去定义。有一位德国学者认为，拉美文论中出现的一些新概念都不是什么新概念，都是在用新的概念偷换过去的概念，比如，所谓"混合性"和"异质性"就是合成，"文化地理学"就是"文化史学"等。很多文论专家很少利用文本本身,他们的很多著作并不是要对文本本身进行研究和批评,而是要研究上述提到的那些"新概念"。

叶莲娜·塔霍-戈基(莫斯科洛谢夫之家图书馆馆长): 谈到强制阐释,人们对洛谢夫的态度就是一个最好的例子。最近10年,我们可以看到很多关于洛谢夫所受影响的"强制阐释"。比如有个专家认为,洛谢夫不是弗拉基米尔·索洛维约夫的继承者,他的观点与索洛维约夫并不相干,索洛维约夫在俄罗斯文化中的真正继承人是马克西姆·高尔基。但我们知道,高尔基和这样的传统毫无关系。此外,我注意到,不只是文学作品,哲学作品也可能变成强制阐释的对象。

张江: 我很赞同您的这个说法。我认为,强制阐释在中外文学理论,在我们的政治、经济、文化生活当中,在各种各样人类认知实践和物质实践过程当中普遍存在。不认识它,不在阐释学的谱系当中建立这个概念,是我们这个行当学者的失误。

二 文学理论不能脱离文学

拉什米·多拉伊丝瓦米(印度德里贾米尔大学教授): 张江先生的《强制阐释论》一文讨论了20世纪各种各样对文学产生过影响的"场外"理论,并考察了场外理论进入文学的途径和影响。确实有人在使用其他专业学科的方式来阐释文学文本,可我认为,通过这样的阐释,文学的确获得了很多东西。比方说,艾亨巴乌姆对果戈理的《外套》的阐释,什克洛夫斯基对《项狄传》的阐释,巴赫金对陀思妥耶夫斯基和拉伯雷的阐释，巴特、德里达和福柯对爱伦·坡的阐释，列维－斯特劳斯和德里达对神话的阐释……这个阐释和被阐释对象的名单还可以列得很长，它们对文学而言都是富有成效的。一系列的理论都是相互连接的，一些理论会引起其他理论的共鸣和发展，比如种族理论、女权主义、性别研究、媒介研究、怪异行为研究、环境研究，等等，这些新理论也会促进马克思主义文学理论的发展，法兰克福学派、本雅明、葛兰西、阿尔都塞、马舍雷等对于马克思主义文艺学派的发展发挥了很大作用。

我们可以从巴赫金的对话理论那里学到很多东西。在巴赫金看来，对话就是生命，独白就是死亡。文学批评现在要转身面对新的理论，得到新的办法，从新的角度来观察自己，反省自己。有不同学科的理论加入文学理论，把文学理论丰富起来，无论这有什么负面效应，还是会对文学提供很大帮助。在我看来，在20世纪的文学理论中，各种场外理论在各个国家四处旅行，起到了丰富文学和文学研究的作用。

瓦基姆·波隆斯基（俄罗斯科学院世界文学研究所副所长）：我想谈一谈学科之间的竞争和矛盾。柏拉图的著作中已经开始了理论批评，他通过对语言、对文学的看法来表达他对哲学的看法。柏拉图认为，诗人并不扮演阐释者和解释者的角色，阐释和解释的作用被哲学家垄断了。哲学和语言学的竞争在西方历经了几百年，都没有分出胜负。18世纪，法国启蒙运动，语文学界第一次发起暴动，语言学家反对哲学家对语言的利用，他们认为语言学和文艺学也是独立的学科。语言学开始拥有越来越多的权力。西方基督教《圣经》的考证和阐释原本就有一套方法，自18世纪末以来，传统方法开始演变为现代语言学与文艺学的方法。在19世纪和20世纪之交，哲学家尼采在研究荷马经典语文学时，认为文学批评要回到单纯的语文学，放弃所谓的幻想阐释。他是语文学的革命人物，他认为我们必须发现艺术的唯物现象，也就是说，我们必须假定一个零散的文本内容。尼采革命性的想法基于传统，但他也借助了沃尔夫的看法，就是要把语文学从神学中解放出来。他们将这个传统传到20世纪，想要建立解释学和文体学，放弃对意义和现实的比较。在20世纪和21世纪，还有一些文学理论主要是基于带有哲学味道的文本解释方法。德里达的解构主义、福柯的知识考古学、贡布里希的艺术史研究方法，都影响到了当代。

语文学和哲学的竞争与合作，现在依然存在。在面对众多研究方法的情况下，研究的标准却越来越不清楚、越来越模糊。作为文学批评家，我们到底该怎么做呢？我们没有百分之百的解决方法，但我有一个建议，可以合成考证的语言学方法和阐释的哲学方法。研究语言，研究文化背景，研究作家的个人经验，这对一位文艺学家的学术研究工作来说非常有帮助。研究文本、研究文学，甚至是对语言语法问题的研究，也都很重要，都是重要的研究方法。

张江：理论发展到今天，最有生命力、最有生长力的是各学科之间的交叉和融合。没有人否定这一点。我自己也认为，多种学科的交叉和融合是我们理论生长的最有力的动力，最强大的动力。为什么"强制阐释论"会反对哲学进入文学场内呢？我赞成用哲学理论做指导甚至做工具来阐释文学，没有问题；但重要的是，当用哲学理论阐释文学的时候，一定要把运用的哲学理论文学化。我们阐释的，我们需要的，是文学的理论，而不是没有文学的理论。

瓦列里娅·普斯托瓦娅：我完全同意张江先生的看法，我们绝对不能脱离具体文本进行文学分析。然而，在当代俄罗斯的批评领域，越来越少的人在认真对待这些问题。场外的因素越来越多地进入文学世界，对文本感兴趣的专家越来越少，将他们吸引到文学革新中的最有效的途径和技巧，就是要有尽可能多的非文学信息成分。关于这个悖论，一位英年早逝的俄罗斯批评家亚历山大·阿盖耶夫写道："我可以依靠很好的语文学实践能力，对发表的文本进行详尽的分析。文本是丰富的，层次多样的，其中有很多可供进行分析的对象，如果我们调动最精致的全套批评手段。但是，这些评论并不能给作家带来成功和荣耀，就像事实所表明的那样。读者会把这些评论当作一系列具有内在叙述动力的风景，他们会遗憾地、迫不及待地问道：接下来会是什么呢？"

其结果是真正的文本不再是文学批评的起点。对于当代批评来说，文学不是一个专门建构出来的世界，不是文本，而只是一个具有社会影响的、有趣的言论，是与新闻和博客一样在媒体空间出现的文字记录。尽管这对文论在社会上的影响非常不利，但对于文学家来说，可以提高他们的知名度。

现在好像只有一位批评家在阐释文学作品时比较关注作家的创作动机，但她属于老一辈批评家，她就是曾经获得索尔仁尼琴奖的伊琳娜·罗德尼扬斯卡娅。她在不断地解读文学作品，对她认为最重要的文学作品的"本真性"问题十分关注。她认为，批评家在阐释的过程中不能脱离文本，文学作品的本真性并不等同于批评家本人的生活和精神体验。"本真性，就是艺术家对自我真实的信仰，这种信仰要摆脱各种外在压力，比如商业的、功利的、社会的甚至宗教的压力。"

艾伦·梅拉（莫斯科法兰西学院院长）：我结合法国文艺学的趋势谈谈对场外征用这个问题的看法。文论方面的交叉研究是法国文论界当前热烈讨论的一个话题，文论可以跟人类学、民族学、社会学、历史学相互结合，甚至还可以有文学和地理学、文学和视觉艺术、文学和电影的混合。总之，法国文艺学在试图谋求一种综合，把各种不同的方法融合在一起。像结构主义，就把文学、历史、社会学、语言学的方法都糅合在一起，这些不同的方法是互相影响、互相结合的。可以说，现在的文艺学正处于一个多元、综合和融合的时代。

要强调的是，与此同时，现在的法国学者们又意识到了文本的作用，他们已经把文本作为分析的重点。他们对文本的分析，首先要研究文本为何会出现，出现的背景是什么，而且作家的角色也受到了关注。例如，结构主义和叙事学的继承者热奈特，更加注重文本的重要性，把它看成一种具有多重意义的工具；福柯继承者、社会学批评的代表威廉·马克思研究最近两百年中作家的角色、作家的生活方式及一些文学制度；遗传学批评主要对某些作品的手稿进行研究，研究手稿的演变过程等。

总之，文学和文艺学就像一个活的肌体，它需要新的血液补充，不同学科的元素就像是有益的细胞，可以为这个肌体不断提供新的养料，促进这个肌体的新陈代谢。如果哲学、人类学能为文艺学提供更多更好的东西，那么就请吧，这是好事，但是有一个前提，就是文艺学不能脱离文学文本。

三　强制阐释并非过度诠释

阿纳斯塔西娅·德·里亚·福尔特（瑞士洛桑大学教授）： 张江教授在文章中提及很多很重要的问题，比如，文学理论是不是与生活实践有关联，概念的借用、其他学科的方法在文论里的使用，等等，这些问题都很重要，对文论的进一步发展有建设性意义。

我认为，张江教授的文章核心的问题是文本和阐释。什么是阐释？谁有权利阐释？这是西方文论学家几百年来一直在争论的问题。任何一个阐释都必须放在一个历史语境中，否则，过度诠释就是不可避免的。在西方文论中，过度诠释的现象很早就有。

可以用新的标准来阐释旧的文本，在文本里面发现一些秘密的内涵，但是不能完全脱离文本，在这方面我同意张江教授的观点。但是，今天我们在这个问题上遇到了更大的挑战，伽达默尔就认为，文本也可能是一个伪造的形式。德国的一些解释学家也在证明，文本本身就是含混不清的，任何人都不可能完全弄明白作者究竟在写什么。所以，任何一个阐释都是过度诠释。海德格尔认为，任何一个阐释都是带有偏见的阐释。在这里，很难恢复和还原作家的构想，比如找出一个辨别真伪的标准，来判断这是不是符合莎士比亚的构思，猜一猜莎士比亚自己是否在有意识地描述女性问题。判断真伪的标准是什么？要恢复、还原作家的构想，这不是一个好方法。艾柯建议要把阐释和使用文本分开处理，关于怎样避免过度诠释，他也提出了一些建议。

张江：您的这个报告，我觉得核心问题就是，"强制阐释"和艾柯先生的"过度诠释"到底有什么区别。我的想法是，不能从一个文本的阐释结果去区别过度与强制，要从阐释的路线去区别过度与强制。过度诠释是从文本出发的，在文本中找到阐释的各个关节点，抓住这些关节点，做了超出文本本身内容的和作者本身意图的阐释。而强制阐释是，从我自己的理论出发，从我的政治意图出发，然后对文本做文本基本没有，或者说从来就没有的意图的强制阐释，其目的不是要阐释这个文本，而是要证明我自己的理论立场，从阐释路线说，这个区别是非常清楚的。

四　尊重文本是批评伦理的基本规则

叶夫盖尼·叶尔莫林（俄罗斯批评家、《大陆》杂志副主编）："强制阐释"是一个非常具有现实意义的问题。作家和批评家的对话、批评家和读者的对话，应该有一个正当的、正常的标准和规则，可是这个规则往往也不是很正常的，两者之间没有和谐的关系。在社会上，作家和读者对批评家的认识程度并不是很高,认为批评家的工作并不是必不可少的,认为批评家的工作好像是乌托邦的工作。在变化了的现实条件下,批评家的工作到底会不会继续具有价值?我对批评家的工作非常有兴趣,可是我也往往感到疑惑,不知道批评家的目的到底是什么。

阿纳斯塔西娅·巴什卡托娃:当下的俄罗斯文学批评处于一种十分独特的状态之中,它既在自我否定又在自我确立,在寻找新的理想模式。一些文学批评家说出了这样的话:"作为一个文学种类的批评已经停产","写作批评文章是一项费力不讨好的、没有必要的文学劳作","我们尚在,我们的时代却已不存在"。文学批评家的确有时甚至不知道他们是为谁而写作、为什么要写作的。面对文学批评的困境,实践者和理论家们也试图提出一些理想的批评模式,但各文学批评流派意见不一,关于理想模式的探讨甚至会使它们纷争更烈。

第一个模式是把批评家当作财产分类员和系统分类员。这一模式要求作为分类学家的批评家必须对每一个文学现象、每一部作品,甚至是每一个外国文学现象、每一部外国文学作品作出分析和解释。这一类批评家心知肚明:他的个人趣味远非样板,存在着许许多多趣味各异的读者。不过,这样的批评家可能想不到,他关于其他读者之趣味的报告有可能是前见的,与事实相去甚远。

第二个模式是把批评家当作神话创造者。这种模式假设,批评家在深入进文学之后,就可以本能感觉到艺术中的崇高意义,看到新文化的前兆。这位神话创造者在寻求关于世界的新话语，希望这新话语能像神的喜讯一样被传递给作家、读者和这位批评家本人。这样的批评家可以打破族群的、体裁的、风格的界限，摧毁文学批评界的旧藩篱，因为对于他来说，最主要的事情就是描绘他本人的世界图景，构建他自己的文学神话，即便是乌托邦的文学神话。

第三个模式是把批评家当作文学政论家，他首先要考虑的是文学作品的社会和政治层面，是作品的意识形态内容。对于这样的批评家而言，作品本身如何并不重要，作品只是他用来对当代现实进行社会和政治分析的借口。而且，这一类批评家往往不会满足于这样或那样的分析，他或早或晚会试图离开文本走向实干，也就是直接重建生活。这个时候，他在读者面前的形象与其说是一位文学批评家，不如说是一位政治宣传家。

第四个模式是把批评家当作解构者。这是一种非传统的批评模式，它与19世纪和苏联时期的文学批评模式恰好相反。解构者要摆脱文学中心主义，因为他认为除文学之外还有很多其他思想范畴，有些可能比文学更有成效。这类批评家会摆脱先前加在他身上的那种传教士的使命感和责任感，不愿再做启蒙者，不愿再做作家和读者的中间人。解构批评家把一本书拿在手里，他要问的问题不是"这是什么？我关于这本书能说出些什么？"而是"这东西为何如今会出现在这里？"他在为文学在当今的出现寻找哲学的、社会学的、本体论的、语文学的理由，他不解释作品，而只试图去弄清作品为何出现，其原因，包括非文学的原因，到底是什么。此类言说的主要受众不是普通读者，而是专家和其他批评家。

第五个模式是将批评家当作作秀的主持人。为了持续吸引公众，他有时不惜搞怪，对所分析的作品做出一些非同寻常的、异想天开的、夸大其词的主观阐释，他可以不顾被分析的文本，任意发挥，不惜犯规，甚至觉得制造轰动性的丑闻就是吸引眼球的最好手段。这类批评家并不反对寻求被分析作品的意义，但他常常觉得他找到的意义会与别人找到的有所不同，他在文学批评活动中也在从事一些非文学活动，比如自我推销、自我形象塑造、把自己的观点强加给文学。

第六个模式是让批评家成为文本崇拜者。这类批评家似乎最接近文本，因为这类批评家必须抛弃私欲，远离自己的文学趣味、小集团的利益、文学等级观念和教育意义，他感兴趣的甚至不是作品的作者，甚至不是作品本身，而是纯粹的文本。作为文本崇拜者的批评家应该理性地判断文本的优劣，剖析文本，探究其深意。文学批评在这种模式中就好像是"圣经诠释学"。这种貌似公允的批评有时也会有危险，因为批评家可能会在文本中"发现"文本中原本不具有的"深层"含义。

这里提到的每一个理想的批评模式都包含着一些可以争论的方面，但其中也的确包含着一些关于如何完善文学批评事业的宝贵建议。就这一意义而言，我们可以同意张江先生的意见，即文学理论应该是系统发育的，它应该形成一套完整的文学观，提出一套研究文学作品和文学过程的系统方法，克服在阐释文学文本时的各种矛盾、偏见和片面。不过，这样一种系统发育的学科之建立目前看来还是一个乌托邦，在生活中落实这一乌托邦还具有很大风险的，我们对此必须做好准备。

列夫·安年斯基（俄罗斯文艺学家、文学批评家）：我认为，阅读有三个层面：第一个是语境文本；第二个是社会政治语境；第三个是超任务语境。第一层面的意思就是，应该意识到我在读什么，我要理解作者想要说什么，作者不想说什么。在文本分析的过程中，这些因素都要考虑到。第二层面是政治层面，因为我们要评价一个文本，要阐释一个文本，就离不开具体的社会和政治语境。第三层面，最让我关心的层面，它需要回答这样一个问题，即"我们究竟发生了什么事？"这其中包括我写的和我没有写到的，还有我自己都不理解的。我们的社会要往哪里走？这是最重要的问题。"我们究竟发生了什么？"这是我们的著名作家瓦西里·舒克申提出的一个公式。这个问题是与一切相关的，与民族和国家，与外部世界和我们的命运，全都息息相关，因此是一个"超级任务"。所以，怎么评价某一个文本并不重要，重要的是我们经历过什么，在我们身上发生了什么，我们的未来是什么，命运会把我们引向何处。

罗伯特·霍德尔（德国汉堡大学斯拉夫研究所教授）：文学与其说是在言说生活，不如说是在模仿生活，这个"模仿"就是古希腊人所说的"模仿"。这一情况决定了文艺学和自然科学的巨大差别。如果说在对对象进行自然科学的分析时，在得出一个准确的、完全客观的表述之前，该对象往往会被分解成若干组成部分来逐一分析，那么，文艺学的分析对象在很大程度上却总是不可分解的，在心理和社会意义上都是如此。这就是为什么，文艺学旨在创建一套精确术语的种种尝试，最终往往都会以失败告终。

这类尝试大体上可以分为三类：第一，把一个单独的文本看作一个沟通行为，需要重构这一行为的历史语境。但在这种情况下，作品人物要成为文艺学言说的一部分，就意味着此类言说所针对的范围仅仅局限于具体的文学文本。第二，以对某些具体文本的分析为基础来构建一种普遍的文学理论。可是由此会产生一个新问题，即这种理论试图把握的文本越多，其危险性就越大，这种理论就会变得过于普遍，过于泛化，难以再用来解释某一具体文本的特性。在这种情况下，"文学文本"的概念所要揭示的东西就像维特根斯坦所说的"家族相似"，女儿的鼻子像母亲，眼睛像父亲，下巴像奶奶，儿子的牙齿像父亲，眼睛像母亲，发色和姐姐很像，他们有共同的相似之处，但还是弄不清楚，使他们大家都相似的东西到底是什么。这就像是一根线，其中却没有一道贯穿始终的纤维。第三，从其他学科借用术语，这些学科往往被视为"精确科学"或"社会等价物"。张江先生把这些理论称为"场外理论"，他使用这一概念是为了强调此类借用的任性特征，此类借用过于勉强，常常会造成强制阐释。在实践中，这类借用来的术语在文艺学中常常被用作隐喻，在这种情况下，它们不过是对"精确"和"等值"理念的亵渎。

文艺学的政治化问题，在一定程度上恰好可以归入上面所说的第三种尝试。它认为在文本之前和文本之外存在着某种真理，文学文本在这种情况下仅仅是为了证明这个真理而服务的，也就是说，对不同文本的选择和阐释是用相应的"强制"手法进行的。文艺学的政治化在激进的政治大变动时期会表现得尤其突出。同一个文本在不同的话语语境中往往会获得迥然不同的阐释和评价。文学和文艺学，有关文学经典的概念，从一开始就存在于某一特定的意识形态博弈场中。一位文艺学家在研究任何一部文学文本的时候，都在自觉或不自觉地参与意识形态斗争。但是，这是否是一种激进的相对论，即认为客观的文艺学评价就总体而言是不存在的呢？当然不是。任何一种文艺学阐释都还是包含道德元素，可以将其称为研究者的"良心"。在面对外语文本时，这种"良心"还要求研究者能够很好地理解外国的语言和文化。我认为，张江先生呼吁人们保持对于文本的经典态度，这同样也是在呼吁人们保持对于外语文学的高水平的专业学识。

普斯托瓦娅：关于文艺学的政治化问题，我举一个例子。有一个叫伊戈尔·古林的年轻批评家，他获得了著名的安德烈·别雷奖，因为他把文学分析的元素，首先是对诗学过程的分析，引入了报纸文章。在报纸和网络中充斥着大量低俗评论的当下，他的所作所为构成一个例外。但是，这位批评家的文艺学态度并非总能保持他的学术客观性。让我感到吃惊的是，当他对年轻的女作家克谢尼娅·布克莎的小说《"自由"工厂》进行分析时做出了激烈的政治化批评，这是不公道的。这部小说描写首都一家兵工厂的命运，通过曾在该工厂工作过的诸多人物的声音和命运来表现主题。伊戈尔·古林认为，这部小说是在复兴苏联时期的生产题材小说，可他却忽视了，这部小说采用了一种创新的诗学手段，女作家其实表现出了一种全新的、非苏维埃式的生产文学叙述方式。批评家指责作家在小说中进行"主人公与工厂的歇斯底里的超身份的认同"。在我看来，这就是张江先生指出的"强制阐释"的一个案例，把文学分析当成了社会学争论和政治争论的手段。

张江：我对您的这句话非常感兴趣。一个批评家对一个作家的作品，对一个文本的批评，"不公道"是什么意思？有"公道"吗？"公道"和"不公道"的区别、标准是什么？这是一个非常重要的批评伦理问题。从伦理学的意义上对批评和批评家提出要求，是一个很重要的文艺理论发展的方向。您可以再解释一下吗？

普斯托瓦娅：您问得很好，公道是什么？古林把一些政治的因素、社会的因素加入对小说的阐释中，他其实是在脱离历史语境看待这部小说，他的阐释就是完全不公道的。批评家必须把小说看成一个整体，要理解这个作家的原意，而不是仅以批评家的情绪来对待作家及其作品。

张江：我非常赞成您的这个观点。我想引申一下您的话，如果说批评家用自己的政治意图强加于文本，那么他的这个批评就是不公道的。按照我的想法，这种强加就是一种强制阐释。按此逻辑推演，是否可以说，批评家对文本的强制阐释行为就是一种不公道的行为？

普斯托瓦娅：是的。

张江：我正在琢磨一件事，就是批评的伦理。我认为，公正阐释的基点是承认文本的本来意义，承认作者的意图赋予文本以意义，严肃的文学批评有义务阐释这个意义，告诉读者此文本的真实面貌。在此基础上，才有对文本的多元理解和阐释，才能够对文本作出更合理、更深刻的解析和判断，实现对文本历史的、当下的发挥和使用。尊重文本，尊重作者，在平等对话中校正批评，是文学批评的基本规则，是批评伦理的基本规则。

五　东西方应携手探索文艺学新路

伊琳娜·巴尔梅托娃（俄罗斯《十月》杂志主编）：今天在场者并非都是强制阐释的受害者，有些还可能就是强制阐释的始作俑者，因此我们可能有批评、有抱怨、有吵架。重要的是，我们要尝试找出一种办法，以便走出这一状态。令我感到十分高兴的是，一年前，在莫斯科，张江先生给我介绍了他的这篇文章，然后又把这篇文章寄给了我们，供《十月》杂志发表。我想，这是我们合作的开始，我们要一起探讨走出文艺学困境的新路线，不仅是在文论方面，同样也包括文学批评。我们要做一个桥梁，我们要把中国的声音传递到西方。

在俄罗斯有一个大问题，很少有高水平的中俄文翻译专家，特别是可以翻译文学作品的专家。我们俄罗斯和中国都要注重培养一批相关专家，让更多年轻人把文学作品从中文翻译成俄文，从俄文翻译成中文。今天的讨论我觉得遗憾的是，我们很少提到中国的文学作品，这并不是因为中国朋友们不愿讲，而是因为我们不懂，我们讲不出来，所以他们也就非常谦虚地很少提及，所以这是我们的一个很大缺陷。我觉得我们以后要慢慢地弥补这样的不足，我们要更多地了解中国的作品，其中包括中国的文艺学，这是我的梦、我的希望。

余新华（中国社会科学杂志社副总编辑）：文学是人学，文学中存在着人类的忧伤和欢乐，记录了人类的苦难和辉煌，滋养着人类的心灵和智慧，因为文学是世界人民最容易沟通的语言。从理论上对文学这种现象进行观照，可以使我们更好地理解人类丰富多彩的生活，当然也会促进文学自身的发展和繁荣。

今年是俄罗斯文学年，俄罗斯文学在世界上具有崇高的地位。中国也有几千年的文学传统，它像号角，它像火炬，激励着中国人民奋勇前行。世界上的人们也关心着中国的文学，在我认识的俄罗斯学者中，比如圣彼得堡大学的罗季昂诺夫教授，就广泛深入地研究了许多平素我不太熟悉的中国的作品和作家。所以，我认为我们这次会议的意义也要放在中俄文学、文化交流日渐密切这样一个大的背景下来理解。因此，我们衷心地希望，这次会议能够有益于中俄人文交流的不断深化，通过这次会议，东西方文化平等对话和深度理解能够得到不断地拓展，我们愿与俄罗斯和其他国家的学者共同探讨文艺学的发展之路。

张江：20世纪一百年间的文论在不断地震荡调整，我相信，一个重要的历史转折就摆在我们面前。我们应该认真地去总结、去辨析20世纪西方文论的优长和弱点，我们消解、躲避它的弱点，我们集合、综合、系统地整合、组织它的优长，形成21世纪新的文学理论。让文学理论走进文学，让文学理论走进生活，让文学理论对这个世纪的人类的进步和发展做出应有的贡献。我希望，我们中国学者和在座的各位外国学者，共同努力，去实现这个愿望。

哈派姆①的批评

张江：我很高兴能够和哈派姆教授谈一谈中国学者对当代西方文论的反应这个话题。20世纪80年代以来，西方文艺理论非常强势地涌入中国。很多学者为传播西方的文艺理论做了大量的翻译、传播工作。这些理论，比如说解构主义的德里达、福柯，以及耶鲁"四人帮"的米勒和保罗·德曼等，在中国流行得非常广泛。只要是搞人文研究的中国学者，没有人不知道他们。西方文艺理论在中国的学术平台上，比如大学的讲台、各种论坛、众多的学术杂志上，已占有重要位置。我们首先肯定，三十年来这些理论的引进对打开我们的视野、认识西方世界、构建我们自己的文学理论、开展高水平的文学批评都是非常重要的。我们也愿意以更加开阔的眼光、更宽广的胸怀面对世界，吸引更多优秀的、有价值的西方文艺理论到中国来。

哈派姆：这非常有意思，我很赞赏您用"西方理论"这个说法，而不是说美国理论。您所提及的所有这些理论家都来自欧洲，他们被翻译为英文，之后为美国学界所吸收。实际上，翻译是文学理论发展的一个核心问题。我指的不仅是语言上的

---

① 哈派姆，杜克大学教授。

翻译，而且也是文化的翻译。

张江：这是对的，翻译不仅是语言的翻译，更是文化的、价值观的翻译，正因为如此，让中国学者产生了很大压力和焦虑。20世纪50年代以来对外国文艺理论引进和推广，用我们的话说，基本上是"学舌"，是"跟着说"。如果仅仅停留于这个状况，就会使中国的文学、文学理论、文学批评失去自己的根基。

哈派姆：但"学舌"一词有它的局限性。因为鹦鹉学舌不是用自己的语言，而只是重复别人的话语。但是，我估计中国和其他国家的学者对待西方理论的态度不光是"鹦鹉学舌"，而是学着讲说自己的语言，而且将会比西方人讲得更好。

张江：您的愿望是很好的，这也是我们的愿望。但是，就目前的实际情况看，西方的理论在中国的盛行是强势的，一些中国学者也处于并热衷于一种"学着说"的状态。而且更令人担忧的是，西方的一些学者习惯用自己的理论来强制阐释中国的经验和实践。中国的一些学者也很主动地运用西方的理论强制阐释我们自己。

哈派姆：您刚才提到的压力和焦虑问题也很有意思。我想就自信的话题多谈一点。就像我刚刚说的，您刚刚提到的很多理论并不是源自美国的理论。雅克·德里达是阿尔及利亚人，朱丽娅·克里斯蒂娃是保加利亚人，保罗·德曼是比利时人，阿多诺、霍克海默和哈贝马斯都是德国人，巴特、福柯和拉康都是法国人。他们的理论都是通过翻译传播到美国的。随着这些他国理论的涌入，很多美国学者也体会过这种焦虑和信心的丧失。后来，美国学者对欧洲理论做出了自己的反应，在有些时候甚至是旗帜鲜明地反对。举例来说，新历史主义就是美国本土对后结构主义强调文本的一种反应。我完全赞同您的感觉，很多西方学者非常强势。但有一点值得指出，那些理论界的领军人物本身大多数都是被位移的、被边缘化的外来户，如果您能理解我是什么意思的话。甚至在欧洲文化中他们也是局外人。您看看那些重量级人物，我刚才说的那些著名人物的情况。或者我们看一个更恰当的例子，爱德华·萨义德，他的自传就叫作《格格不入》（Out of Place）。他们的思想都十分强大有力，但他们本身并没有什么权势。这些人在所有的背景中都是异乡人。最著名的思想家往往都是社会上的边缘性人物。

张江：我觉得，西方文艺理论，各个学派、各种思潮、各种观念，确有其长处，但总是被绝对化。按照辩证法的道理，哪怕就是真理，一旦迈过界限，就一定转化为谬误。

哈派姆：确实如此。理论的表现形式常常是十分霸道的，总想控制整个领域。

张江：您的判断是有道理的。关键是一些西方学派在生成和推行自己理论的时候，听不见或故意忽视别人的声音。比如，解构主义，它的立足点和出发点是反对二元对立。是和非、上帝和人、男和女、阴和阳，它本质上说是要反对二元对立，要消解、解构人类理性长期以来的本质主义的追求。这种理论风行世界，甚至已成为一种思维方式。有些中国的学者也争先恐后地接受这个东西。其实，中国的学者对这种二元对立早就有着清醒的认识。比如说，中国有位革命领袖同时也是位哲学家，他写过重要的哲学著作《矛盾论》。他就从揭示普遍存在的矛盾现象出发，指出矛盾双方是对立状态，但不是绝对的。所谓二元对立的双方同时是相互转化，相互渗透的，也一定是相互依托，取长补短的，不存在绝对的、没有转化的对立。但有些西方人，比如德里达就把这个看得很死。非此即彼，这应该是西方的思维方式。我们现在需要的，就我看，经过三十多年的努力和奋斗，中国各方面的发展都处于重要的历史转折点。总的大势是，不仅是东方学习西方，西方也应该向东方学习。

哈派姆：您所说的这位哲学家是谁呢？

张江：毛泽东。作为哲学家的毛泽东，他也是伟大的政治家和中国革命的领袖。

哈派姆：也是一位理论家。

张江：所以我们更强调对立面之间的相互转化。这一点跟一些西方的学者不同。

哈派姆：从您的陈述我能理解，这使中国学者处于不利的境地。这也正是我要在我们的国家人文中心启动一些新的学术交流项目的原因。很长一段时间里，知识的流向是从西方到东方；而我想做的，是逆流而动，也就是从东方到西方。这也是我想把更多的中国年轻学者邀请到美国国家人文中心去学习的原因。中国学者应该从自己的视角去阐释这个世界，这是非常自然的、非常理想的。而西方也能够从中受益。这或许就是美国大学在中国一些地方建立分校的结果之一，像纽约大学在上海建有分校、杜克大学在昆山也有分校，还有其他一些美国高校在中国建立了机构。目前，几乎所有的学生都是中国人，但我想如果西方学生也能来这里学习的话，环境将会改善很多，因为那就可以建立起一种双向的知识流动。我想不仅是文学理论方面，更大范围内的西方文化也有很多东西应该向中国学习，我期望能够为这个过程尽自己的绵薄之力。我们也多次邀请到了一些著名的中国学者到我们美国的国家人文中心进行演讲等学术交流活动。

张江：我非常希望中国社会科学院能和你们开展一些交流项目。我们派人去，你们派人来。交换也是可以的，非常希望更多美国学者，特别是青年学者到中国来，了解中国、认识中国，正确地、实事求是地表达中国。

哈派姆：那正是我的希望。您前面提到过经济问题，当前美国最为迫切的一个议题就是经济不平等的问题，现在是20世纪20年代以来最为严重的时刻。当前中国社会也面临同样的问题吗？

张江：中国政府一直在这方面努力。中国是发展中国家，中国的幅员辽阔，因此，各区域之间的差异也很大。一些沿海省份像江苏、浙江和广东等地区比内陆省份发展得更好，中部特别是西部地区的发展与东部地区存在一些差异。仍然有7000万的普通百姓处于贫困线以下，他们的生活水准也比沿海地区居民的生活水准低了许多。各级政府做了大量工作去解决这方面的问题，取得了很大成就。我相信中国党和政府会在这些方面不断加大力度缩小这一差距，并最终消灭贫困。

哈派姆：我想回到学术的话题，但在此之前我还想就此问题说一句话。在美国，自由资本主义的信条似乎被推向了极致，以至于目前1%的人口控制着42%的财富。我认为这是很不健康的，也不是可持续的。在美国，我们急切需要另外一种信条，以便能够与自由市场这种信条形成竞争，或者对其做出调和，以便我们能够有不同的思想来帮助我们解决这一社会问题。

张江：我认为中美两国在治国理念方面有很大差别，是因为我们之间的价值观不同。资本主义推崇个人主义，因此它必然造成了不同阶层之间思想和经济上的差异。但在中国，我们主张集体主义，在本质上我们的目标和体制是要消除经济文化发展上的差异，实现共同富裕和共同发展。因此我认为这就是区别所在，资本主义制度推崇个人主义，将个人利益置于其他利益之上；社会主义追求集体主义，努力实现个人利益与公共利益的最大平衡。就制度而言，资本主义是不可能消除贫富差距的。社会主义是可能消除贫富差距的，尽管要付出长期艰苦的努力。

哈派姆：我们两种社会有很多共同之处，首先它们都是诞生自基于人类平等之上的革命的。在美国《独立宣言》的一句话就是"人皆生而平等"。您的意思是，资本主义市场经济的意识形态切断了人类自然生而平等的思想，它通过制造不平等以使自力更生和个人独立等思想与平等的思想形成了对立，然后又将这些不平等恒久化，并一代一代传承下去。我想我们需要回到所有男人、所有女人都生而平等的思想。当我邀请中国学者汪晖去国家人文中心的时候，他的演讲题目就是天下万物都是平等的，其基础是传统中国哲学。这是一种十分激进的思想。听众都感到十分新奇，但也都十分认可这种思想。

张江：从历史上看，当年你们说人皆生而平等时的那个"人"，其实只是白人，更确切地说是男性白人而不包括黑人、土著、女人，更不包括奴隶。你们的祖先一边讲生而平等，一边大量地、非常残忍地从非洲买卖黑奴。这不是很大的讽刺吗？

哈派姆：是的，我在清华大学演讲中刚刚提到过这一点。美国最初十五个总统中就有十二个拥有过黑奴，其中八个即使在他们任总统期间也有蓄奴。

张江：那时的美国社会是根本不平等的。直到20世纪60年代黑人才能和白人共同乘坐公共汽车，妇女才拥有选举权。

哈派姆：妇女拥有选举权要早很多，是在20世纪20年代，但您说这方面进步十分缓慢是对的。

张江：但在中国，在20世纪40年代的延安，就连文盲老太太都有选举权了。不识字、不能填写选票，就用黑豆做选票，赞成谁就把黑豆投到代表谁的碗里。

哈派姆：请允许我回到您刚才提到的关于个人主义的话题。美国教育体制的设计模式，是让人们具备管理自己的事务的能力，以便他们为自己负责，打理好自己的生活。实际上，这也是人文学科的功能之一。人文学科就是要训练人们能够施行自己的判断、评价和阐释。您可以说这将导致对个人的过度看重，但大多数美国人会说，个人需要具有决定自己事务的能力。

张江：关于个体与集体之间的关系，我想还有一个历史的根源。这与我们国家的历史和我们民族的起源、我们作为一个东方国家、我们的生产方式以及我们的发展道路有关系。尤其是在1840年以后，作为反抗西方列强侵略的一种方式，我们就必须要强调集体性，要团结起来共御外辱。所以说这其实是由我们的历史条件决定的。但现在我们也越来越注重人的个体性了。注意鼓励推动每个人的自由全面发展。虽然我们这一代人和年轻一代对此的看法有很大差异，但总体上看，现在的人们对个人的权利和选择更加重视了。

哈派姆：我觉得这种情况十分正常，当一个国家受到外敌威胁时，人民一定会团结起来的。而当情况缓解了，安全有了保障之后，人们就会变得更加个人一些。当前在我们国家，我能够看到集体思想的衰退和个人主义思想的高涨，甚至几乎到了一个很不健康的比例。过去是公立教育负责我们国家中每个人的教育，但现在越来越明显的是国家正在放弃这种教育责任。我自己是在公立学校接受的教育，但我的孩子们都是在私立学校接受的教育，因为私立学校比他们能够进入的公立学校不知要强多少倍。在理论上我还是相信公立教育的，但在实践中却很难实施这种信念。美国社会必须要在个体的自我实现和公众利益之间找到一个平衡点。

张江：中国的学校大多数都是公立学校。当然，从不同地区譬如说西部省份和东部省份，以及不同地方譬如说乡村和城市来的学生，其教育起点是不一样的，这是一个事实。从起点上说，从西部和农村来的学生就没法和从东部、从城市里来的学生拥有一样的受教育机会。这是实际存在的问题。但现在情况正在改变，我们最好的大学像清华大学、北京大学等都在扩大对西部地区和乡村地区的招生规模。我们给予来自这些地区的孩子以更优惠的条件。

哈派姆：我还想听一下您对另一个问题的看法。美国的教育模式是通识教育，学生既学习自然科学和数学，也学习社会科学和人文学科。在大多数的欧洲教育体制中，大学生是不接受通识教育的——他们只是学习一个专业。您认为哪种体制更好一些呢？

张江：我认为，总的来说我们应该施行通识教育，它比单纯的专业教育要更合理一些。但还是那句话，我也反对在这个问题上的绝对化，我们不能走向极端。通识教育非常好，但如果走向极端的话，它也会产生一些不利的因素。因此，我们应该使通识教育和专门教育互相补充以便学生毕业后能有一个自己建立在深厚通识基础上的专业。

哈派姆：很多人将会不赞同您的意见。他们会说我们对专门人才的需求比我们承认的要多。但我想问的是另一个问题，在您看来，高等教育应该服务于个体的需求还是国家的需求？

张江：在我们看来，个人的选择与国家利益之间不是必然的相互对立。相反，它们可以有机地结合起来，并对双方都是有利的。就拿前面举过的那个例子来说，如果一个学生喜欢航空发动机这个专业，他就选择去学习它；如果不喜欢呢，他也可以选择其他。无论学什么专业，对国家都是有用的，也可以发挥自己的特长。理论上讲，个体总是可以将自己的个人兴趣与国家利益结合起来。

哈派姆：您是希望它们能够结合起来。

张江：它们之间不是绝对冲突的。

哈派姆：是的，思考这种情形的一种民主的方式是：只有当个体公民得以实现自我时，国家才能富强。

张江：但也只有在你实现自己的目标时不伤及别人利益的情况下，你个人的利益才能实现，你才能够对这个国家做出贡献。同样，你能对国家、集体做出贡献，个人的价值和利益才能更好地实现。

哈派姆：当然。这就是我先前提出平等这个议题的原因。因为在我看来，似乎有些人的个体利益其实伤害了大众的利益，这真是个问题。

张江：您有没有因为个体利益而伤害国家利益的具体例子呢？

哈派姆：在美国，有些亿万富翁会向政治选举捐助一大笔金钱，以使他们比那些不如他们富裕的人获得更多的利益，我个人对此感到十分痛苦。

张江：这是现有的资本主义制度、"完全"的市场经济、所谓的民主制度所不能解决掉的根本性问题。我认为，在中国梦和美国梦之间是存在很大差异的。典型的美国梦，尤其是在美国西进运动时期，个人都想去实现他们自己的梦想而非国家的梦想，当然，在这一过程中，他们也同时无意识地推动了国家的发展。但在中国，情形是不一样的。从一开始，我们就推崇将个人的梦想和国家的梦想有意识地、自觉地结合起来。

哈派姆：是有很大的差别，您这样表述是正确的。我们也可以说这里的一个差别就是美国大学校园通常是政治异议的中心。但我想指出，美国的个人主义传统实际上早在美国建国之前就形成了。清教徒们来到美国就是为了追求某种个人主义，

第三编 碰撞与论争

那些探索西部的人常常与美国思想有着极大的差异,因此,即使在国家传统形成之前和之外,个人主义思想也是根深蒂固的。

张江:我们回到文学理论问题上来。西方学术界一直存在的二元对立的思维模式,在西方的文艺理论中也很普遍。以前历史主义的批评、决定论的批评、社会学的批评在文艺批评领域中占主导地位。这种历史主义的批评后来走到了尽头。在20世纪初,以形式主义的出现为标志,西方文论出现重大转折,从社会历史批评回到文本分析上来,并集中于文本,这是一个方面的进步。然后,一个又一个新的学派产生,每一派都有自己的优势。但问题在于,这些学派彻底、完全、绝对地否定历史,并绝对地相互否定,这就让西方的文艺理论走进了死胡同。物极必反。一些曾经被否定、颠覆的学说和观点又重新兴起,比如新历史主义兴起,重新审视、检省西方文论所走的偏激的、绝对的道路,回到了历史主义的立场。当然了,它是在吸取20世纪各学派优点的基础上再回到历史主义立场,所以叫新历史主义。这也是历史的必然。这个例子说明了,完全对立的思维是行不通的,一定要在矛盾的对立中互相吸取、互相转化,吸取别人的长处和优点,才能让自己的理论、自己的民族、自己的事业不断发展起来。

哈派姆:这是不同观念碰撞、冲突的意义之所在。所有的思维观点在碰撞、冲突的过程中,会变得更加深邃、更有生命力。

张江:我感觉,当代西方文论,有一个非常突出的特征,我们认为是缺陷。我的提法是"强制阐释"。强制阐释的意思是，西方文论中一些学派、理论，在认识文学、文本的时候，是把自己先前既定的立场和结论强加给文学、文本。用文本来证明自己的立场，因此经常歪曲文本、脱离文学的实践和经验。

哈派姆：对于这点，我想说，不应该对文学进行什么强制性阐释或者要求对其进行阐释，但阐释这种活动对于理解文学来说却是必需的，也是必要的。您认为不经阐释就能够很好地欣赏文学吗？

张江：阐释是必须的。阐释本身的前提也不需要讨论。批评家应该对文学进行阐释，不对文本和作品做科学阐释，文艺批评理论的存在就失去意义。所谓强制阐释讲的是阐释的方式。一个文艺理论家、一个文学批评家在阐释文学文本时，已经前定了一个立场和结论，这个立场和结论是从他自己的理论框架来的，这些理论常常是非文学的理论。阐释者根据这些理论需要确定立场和结论，再选择文本进行阐释，这种阐释的目的，不是要阐释文本，告诉别人文本有什么意义和价值，而是要通过阐释文本来证明自己的理论，这个叫强制阐释。

哈派姆：我想请问您，一个人是否能够抛开自己所有的立场观点，毫无偏见地对文学文本进行阐释？

张江：这要做具体分析。按照伽达默尔的理论，人的认知是有前见的。这个前见是由他自己的教育、精力、社会经历，以及自己的民族背景，甚至是自己的无意识的存在而产生的。我同意这个观点。但这个前见不是立场，不是结论。当人去阐释文本时，这个前见隐藏在人的潜意识里，是不自觉的、非进攻性的、无结论的认知形式。而我说的强制阐释，是人在这个基础上形成的理论的立场，这种立场是自觉的，是有意识的，是进攻性的。这与所谓前见完全不同。不要把前见和立场混淆在一起。西方阐释学的一个重要缺陷，就是不区别前见和立场。我的努力在于，在认识论和本体论意义上，将二者鲜明区别开来，这对传统的阐释学理论是一个新的见解。

哈派姆：我同意这一点。伽达默尔所谓的前见和人们的政治立场是有区别的。但有人可能会说：当提供你自己的阐释时，声明你自己的立场和使命是非常重要的。因为这样做能表明你对读者的坦诚和信赖。比如，你是个女权主义者或者马克思主义者，这个使命或者立场对你而言十分重要，那么你先阐明自己的立场与使命以便你的读者不会将其与前知识混为一谈就是正确的、恰当的。换言之，我同意你这个观点：在伽达默尔式的前知识与政治立场之间存在着区别。有些人感到在提供阐释时提出自己的立场和使命是十分重要的，恰恰是因为那些就是他们的使命和立场。那些东西是他们所相信的，是基于他们的经验和态度之上的。我现在脑海中出现的就是马克思主义者，他们经常明确地宣称他们的能动力（agencies）。

张江：我非常赞成这个判断。但要害是，一些有鲜明前置立场的阐释偏偏要掩饰自己的立场，做出一副客观的、公正的样子。对前见与立场的区别，我再举个生活中的例子。比如，一个四川小姑娘去学校报到，遇到了一个四川的小男孩。因为同为四川人，就会有很多相通的东西，比如说语言，就使这个小女孩对小男孩生成好感，这种好感就是一种前见。相处了一段时间，这个小男孩认为可以谈婚论嫁了。这时候，又出现另外一个男孩,这个小女孩本来不喜欢这个新出现的男孩,但因为这个男孩是个"富二代",为此,小女孩做出鲜明而自觉的选择,下定决心要和富二代谈婚论嫁。这就是立场了。这个立场一旦确定,就会让她无论面对什么困难,都要达到目的。我认为,对这个女孩而言,她对四川男孩的好感是前见,她要嫁给富二代的决心是立场。这种现象在阐释过程中是经常碰到的。

哈派姆:是的,我理解您所说的,但您怎么知道她想嫁给富二代就不是她的前见呢?她的前见也许是,相较于能讲一样的方言、有相似的生活习惯,更重要的是过上富裕的生活。我们不知道我们的立场来自什么。我们以为我们知道,但实际上我们可能并不清楚。

张江:当这个女孩开始一喜欢四川男孩时,这种喜欢就是由前见所决定的。但当她决定离开四川男孩而嫁给那个她并不喜欢的富二代男孩时,她的前见就已经变成了一种立场,即使她有过一种富裕安适的生活的前见,不自知、不自觉的前见进化为自知、自觉的立场。或者说,如果这个小女孩有过富裕生活的前见,那当她决定放弃有好感的同乡小男孩,而选择富二代时,前见就变成了立场。

哈派姆:我能否这样说:文学之所以具有特殊的价值,恰恰在于它能给我们提供一面观察自己的镜子,不是观察我们公众性的一面,而是观察我们隐私性的一面。它会烛照到那个或许连我们自己都没有意识到的自己。换句话说,文学的经验使得前知识变成更加类似于知识的东西。而这就是文学产生的社会性和心理上的作用,它使得我们更加清楚地意识到我们自己的存在。文学经验也许还能够了解那些我们未曾意识到或者不愿意知道的前知识。如果有人读了一个关于选择了一个她不喜欢的富人而非她挚爱的穷人的故事,她或许就会了解到她自己也有着同样的倾向,然后她或许就会避免去做那样的事情。

张江:有道理。但我在这里讲的不是文学的功能。我讲的是阐释者在阐释的时候,他的前见和立场的区别。我再举个例子。一个女权主义者,在阐释莎士比亚的文本《哈姆雷特》时,她不满意文学史上对《哈姆雷特》的阐释,她认为《哈姆雷特》的主角不是哈姆雷特,而是奥菲莉亚。虽然奥菲莉亚只在《哈姆雷特》中出现过几幕,完全是个配角,但女权主义者为了表达她女权主义的诉求,她要推翻文学史上所有对《哈姆雷特》的阐释。她认为,奥菲莉亚之死,是男权主义对女性的压迫,她在奥菲莉亚身上做了很多女权主义的阐释。这个阐释,在我看来,就是一种强制阐释。女权主义的立场在了,女权主义的结论在了,文本不符合她自己的立场和结论,她就把文本打碎,把处于边缘位置的一个配角聚光到舞台中央来。这种阐释过程和阐释方式就充分体现了立场的作用,而不是前见。充分体现了强制阐释者用自己的立场、自己的结论去强制文本的全部过程。

哈派姆:我是否可以这样假设,具有这种想法的批评家或许是因为某种原因而从奥菲莉亚身上看到了自己,而对他而言,这一点或许就成了戏剧的前景而非背景了。这是文学可以对我们产生影响的一种方式。我们总是会对那些最触动我们心灵的因素产生共鸣,这并不必然是出于我们的政治担当或者什么立场，而取决于我们在内心深处到底是谁。我想文学不仅具有向我们展示对于世界而言我们是谁的能力，而且还具有展示我们在内心深处到底是谁的能力，而这种展示有时候会让我们都感到大吃一惊。所以我猜测，那个认为奥菲莉亚是该剧主角的批评家为自己对奥菲莉亚这个悲剧性形象所做出的反应而感到吃惊，而他又在文学批评中将这种吃惊表达了出来。请问您是否相信批评家只能重复关于文学作品的那些已知的和已经为人接受的东西呢？批评家难道没有一种不断发掘一部伟大的文学作品中的新事物——无论它是多么的不着边际——的义务吗？

张江：我赞成批评家对经典文本做多元阐释。但一个更核心的问题是，当年莎士比亚在写奥菲莉亚这个角色时，是不是为了表达女权主义者所阐释的那些东西？莎士比亚是个女权主义者吗？对确定文本的阐释有没有边界？

哈派姆：阐释的确是有边界的。但读者对此可以做出决定。没有一种绝对意义上的正确阐释或者不正确阐释。文学批评家的工作之一，就是通过自己的沉思或推测，为一个文本打开一个新的空间、赋予它一种新的生命。在某种意义上，这种工作就是在微观层面上用新的思想和创造性打开这个世界。这也是在大学课程设置中文学批评课程如此宝贵的原因之一。它让一个沉睡的、死去的文本苏醒过来，焕发出生机。当然，并不是所有的阐释都是可信的或者正确的，但它们确实赋予了这个世界以勃勃生机。

张江：从阐释学的意义上讲，这涉及阐释的合法性的问题。我同意，对于文本的阐释是随着历史的变化、历史的进步，以及阐释者自己立场的不同而有所不同的。但是我确信，阐释者，特别是职业阐释者，一个主要责任是告诉那些不是专业的理解者和欣赏者说，这个文本是个什么东西。我举个现实的例子。比如，中华民族以自己的亲身经历体会了日本帝国主义者对中华民族的奴役、屠杀、掠夺，现在历史在变化，他们的首相安倍说没有这段历史，日本人到中国来没杀过人，可以吗？你可以从你自己的立场出发进行阐释，但是阐释没有确定的结果、没有确定的界限，可以随便歪曲文本和历史吗？

哈派姆：我同意阐释是有边界的，但是文学阐释的边界并不如历史阐释的边界那样清晰。即使阐释得有问题，但毕竟在文学批评的世界里没有人被杀死。错误的阐释不会产生什么害处。如果有机会去体味一下某种新的想法也是有积极意义的。

张江：我同意您的观点，任何人都可以从自己的立场、经历、喜好出发对文本做出自己的理解。但重要的在于，文本本身有没有它本身想告诉人们的那个东西？

哈派姆：我认为作者意图绝对是必不可少的，我昨天也为此做过辩论。但是要了解作者意图，则是十分困难甚至是不可能的。即使您问作者本人，作者可能也说不清楚，因为有很多主宰着文学产品的真正意图对作者而言都是无意识的，或者仅仅是部分地有意识的。

张江：关于这个问题，我曾请教过中国作家莫言。我问莫言，您写小说时有没有意图？莫言说，有。大多数时候有，但有时候不那么清楚，但更多的时候是我本来是这样想的，结果写出来以后不是我想的那个样子，写作过程中有许多我自己也料想不到的变化,特别是有时候意图不那么清晰,也有时候写出来不是我原先想的那个样子。这都是哈派姆教授您刚才说的情况。但我要问他的是:莫言先生,您写完之后,您把本子交给我去印刷,您明不明白您交给我那个本子写了什么?莫言说,我当然明白,明白自己写了什么。这就够了。我赞成文学的创造性,不可能一个意图到底,也许前一秒和后一秒,人物的命运和情节的变化是天翻地覆的。但有一点必须清楚,如果作家是理智、清醒的,他不可能不知道自己写了什么。如果说一个小说家不知道自己写了什么,那么他就不应该是小说家,甚至不是一个理智清醒的人。小说家不知道自己写了什么东西,可能让别人明白您写了什么吗?您说批评家可以做各种阐释。我认为,职业批评家的责任之一就是要把文本自在的含义解释清楚。在我看来,接受美学的要害就在于,把批评家和普通读者混同起来了。接受美学的软肋就是抹杀了批评家和普通读者的区别。

哈派姆:当莫言说"我明白我写的是什么"的时候,他的意思是什么?实际上我一直在思考奥菲莉亚是《哈姆雷特》的主角这个绝妙的想法。在这一意义上我是绝对赞同的。根据数个世纪以来的批评,《哈姆雷特》的真正主题不是情节,而是哈姆雷特的精神状态。有些人物似乎就体现了这种精神状态。譬如,弗洛伊德就说过,乔特鲁德体现了哈姆雷特的俄狄浦斯情结。到最后,哈姆雷特的死是由于他所采取的行动所产生的一种后果。您可以说他是自杀的。也可以说奥菲莉亚是哈姆雷特自杀倾向的人物化身。因此,如果您认为奥菲莉亚是该剧的主人公，您可以说哈姆雷特的精神状态是自杀性的而只有奥菲莉亚才能将此揭示出来。但我不会跟初学者讲这种阐释，但一个专业人士有可能会这样分析。

张江：您认为莎士比亚是有意地写出奥菲利亚这个形象来表现哈姆雷特精神的另一面吗？

哈派姆：我们就来谈谈意图。有些意图是有意识的，但数量是非常少的，也不是最重要的。在本例中，有意识的意图就是写作剧本。再有就是那些无意识的意图，它们在创作行为中可以被信手发挥，而作者从不需要，或许也不应该说得清楚。这些意图只是在创作过程中不知不觉地被表达出来。

张江：批评家的作用是不是把作家不明显的意图变成明显的意图，替代作家自己非常明显的、自觉表达的那个意图？

哈派姆：是的。我想问的一个问题是，您有没有过这样的经历，就是只有等你在着手做某事的时候你才明白你所要做的事？你以为你是在做一件事，后来才意识到你的真正意图是什么。

张江：这种现象有。重要的在于，你最后知道了自己要做的事情。作家就是这样，作品最后可能没写成一开始想写的东西。这是别人强调，文本是开放的，可以多义理解的理由。但更重要的是，他写完之后知道自己写了什么。我做这个事情，可能是下意识的，但我做完之后，我想一想，肯定知道自己做了什么。写的时候不清楚，这个可以有，但写完之后还不清楚，那我就不承认他是作家了。比如，法国荒诞派的尤涅斯库写《秃头歌女》。他写的时候，没有主旨、没有提纲，就写了两个老人毫无逻辑的对话，连题目都是随便起的。但是他写完之后非常明白，他写的是什么，要干什么。

哈派姆：我可以提出另外一种想法吗？当一部作品出版之后，当它被印刷出来在世界各地四处传播时，作者也就失去了对该作品的控制。那部作品不再是该作者的私有财产，而是属于读者，属于公众了。我认为，在作品出版之前，作者的确对作品有百分之百的控制权，但在作品出版之后，作品就属于世界了。而这种控制权的丧失其实是作者意图的一部分。作者进行创作的目的就是要写出一部可以流行于世的作品，就像是放飞一只小鸟。当作者交出自己对作品的控制权的时候，批评就发生了。批评是一种推测和思考的话语，而不是一种法律话语或者数学上的真理。它是一种推测和建议性的话语。

张江：请您先回答一句话。作者写了一个东西，他知不知道自己写了个什么东西？

哈派姆：并不总是知道。作者能够知道他的作品对于每个人的不同意义吗？不可能。

张江：这是两件事。您说的是，作者不知道别人读作品会产生什么想法。这是一句话。我要问的是，作者自己写完了，知不知道自己写了什么。

哈派姆：读者总是试图寻找作者的意图，但也许永远也抓不住。

张江：比如说您，作为一个著名的文学批评家，您写完一个东西，您知不知道您写了个什么东西？

哈派姆：我知道我写了什么，但我总是对读者们对它的各种理解而感到惊讶。昨天在清华大学演讲时我竟然有这样的经历：一个学生竟然背出了我多年之前的一部著作中的一段话。显而易见，那位学生比我对那部作品还要熟悉。另外，她对我的作品的解释也让我感到意外，但仍旧是合法的。

张江：作为作者，自己知道写了个什么东西。那这个东西是不是自己有意图写的？

哈派姆：我的意图就是我的作品能够被别人阅读。

张江：要害在于，您知不知道自己写了个什么东西给别人阅读？

哈派姆：我想问题在于我们对文学批评的认识，它应该在多大程度上可以被看作是一种受约束的和负责任的活动。我认为，文学批评不是完全不负责任的天马行空，但这种责任也并不是那么清晰的或者可以明确地界定的。读者总是会判断出某些批评家的阐释要好于另外一些，尽管这些判断随着时间的推移是会发生变化的。刚才当我接受那种建议认为奥菲莉亚是《哈姆雷特》的主角时，我其实是在开玩笑的；我那样发挥的目的是想向您展示我的一个观点：文学批评中的创造性比人们所认为的可能要大得多。

张江：我们讨论的不是一个问题。我再强调一遍，人们对一个文学文本的体会是不同的，而且这种不同的体会是正常的，是对文本本身的丰富，也是作家本身喜欢看到的。这一点我完全同意。我们的争论点不在这儿。我们的分歧在于，作家本人，完成作品之后，他知不知道自己写了个什么东西。如果他知道，有一个东西，这个东西可能跟您的理解不同，但这个东西是存在的，这是讨论全部问题的出发点。这是两件事，不是一件事。

哈派姆：是的，作家知道他写了什么。但我想自然科学和文学批评这样的人文学科是不同的。$E = mc^2$，$8 + 8 = 16$ 等。这里面没有个人意见或者阐释。但在人文学科中，甚至在社会科学中，阐释自由度则要大得多。这是人文学科最为重要的价值之一，是思想更加自由的场域。

张江：我还是那句话，如果按照西方理论，阐释面对的所有文本，这个文本不仅指文学文本，而且还有社会实践文本，对这种文本，阐释者可以根据自己的立场、历史的变化做出自己的阐释。这是个前提，没有问题。但另外一面，这种阐释是不是正当的。我再简单说，先生给女儿写的信，也是一种文本，对这种文本，是不是别人也可以随意做各种阐释？写这封信没有您要确切表达的本意吗？

哈派姆：可以肯定的一点是：我女儿对我的信的理解肯定和我的本意不一样。但我想坚持的一点是，文学阅读的教育价值就来自它欢迎读者的创造性。您可以对文学文本说一些出人意料的东西，一些您以前或许从没想到过的东西，一些别人或许不同意的东西。我想，文学比任何其他事物都更加欢迎这种创造性。

张江：这个我也赞成。但还是要请您回答，给您女儿写的信，您自己知道不知道写了什么？

哈派姆：是的，我知道。

张江：那就 OK 了。您知道，莫言也知道他自己写了什么，我想马尔克斯和库切也知道他们所写的东西是什么。文本付梓以后无论它如何独立于作家，但作家的精神、意图贯注于文本，不可能消失。找不到它，并不等于它不存在。由此意义说，作者永远是在场的。

哈派姆：这话不假，但文学是永存的，而且它的生命比作家的生命更长。文学的一大功能在于它会不断激发人们就其展开一场持续不断的对话，而这场对话并不必然局限于历史上作者的意图。对于今天的人们而言，《安娜·卡列尼娜》仍旧十分有意义，尽管托尔斯泰及其所有的意图都已经消失无踪了。

张江：这话我不赞成。无论经过多少年，托尔斯泰的意图都在其中，永远不会消失。只是您找与不找，体会不体会的问题。因此，我还是想确认一下，您到底是否同意，作家知道自己写了什么？剩下的，我同意您的。

哈派姆：是的。作家知道他自己写了什么，但是他不知道他写的东西意味着什么，不知道它将是如何被评价的，他不知道别人是如何接受其作品的。

张江：这就可以了。关键是前半句，这是我对文本自在性的认识。作家写了个东西，他自己知道写了个什么东西。文学的魅力在于，万千的人对文本体会出万千个意思，可能跟作家不一样，这我也同意。但这两者是有区别的。不过您强调的是读者的任意阐释，我强调的是对作者意图的理解。这两个方面对文本的阐释都有意义。不能因为主张一个方面，就否定另一个方面。

哈派姆：我想说，我女儿会非常同意我的这种说法：我并不总是知道我做的是什么。这里有一种回答您的问题的方式。

我知道我知道的，但总是有些东西对我来说是无意识的，但却仍旧是十分真实的。

张江：如果你知道你所知道的东西，批评家的一大责任就是要把作家知道的那个东西说明白。因为你知道的东西，别人可能不知道。批评家的责任就是要把别人不知道的东西说明白，然后进一步把他自己不知道的东西给说明白。

哈派姆：完全正确。这么说吧，我有一部分无意识的意图是来自我所居住的世界，但我自己并没有意识到它。我对自己生活于其中的经济制度并不了解。我也不去想它，而事实上我也无法去想它，尽管它是那么真实。我甚至都不知道自己深层的心理驱动力是什么，我也无法思考那些东西，它们对我而言都是无法把握的。我写作时的很多东西都不在我的思考范围之内，但它们仍旧是我的意图的一部分。为了充分透彻地理解我的文本，批评家必须尽力复原产生那部作品的整个世界。这是一项非常困难的任务，因为作者的思想是受语言、种族、阶级、民族、时代和年龄限制的，而且也受到当他写作时无法想到的无数事物的限制。

张江：很高兴我们最终能在一些重要观点上达成一些共识。

哈派姆：是的，共识是很关键的。

张江：首先我赞成您说，文本可以由读者做多义性解释。其次，我不同意"作者死了"。我赞成您的观点，作者总是在场的，作者的意思是在文本里的。不论读者找没找到，理解或不理解，"作者在场"表达的意思是在的。

哈派姆：意思不在别处。但如果您认为找到了意义的话，对话就结束了。批评活动也将随之中止。

张江：对文本的阐释有两种立场、两种态度、两种方法。一种是您这种，认为有多重含义、多重解释，我赞成。您也应该同意，作家的意思在文本里，无论我们找到不找到它，它是在的。批评家的责任在于首先找到文本，然后告诉别人，别人可以做多义理解。批评家也可以做多义理解。但不能用多义理解去否定作者的意图在文本里，而说作者没有意图，或者说找到意图没有意义。作者的意图在文本里，这是一个很古旧的观念。20世纪当代西方文论的各种主义，总的目的、总的倾向就是要否定作者意图在文本里的这个"在"。

哈派姆：事实上这还有更深刻的意义。它所要攻击的是这样的一些思想：主体是一种自我主宰的精神性实体；人类主体是一个能动体。

张江：是的，就是反理性主义、反本质主义。这有合理的一面。就像我刚才说的，凡事走向绝对，就要出问题。它在这个过程中，发现了、阐释了、挖掘了读者对于文本的意义和作用。这很重要。文学就是通过这种挖掘发挥自己作用的。正因为如此，文学才有无限膨胀的、扩张的魅力。但是，不能因此而否定、消解历史和实践证明是正确的观念，无论这个观念如何古老。我们应该在百年论争和前进的基础上，重新评估文本的意义和作者在场的意义，恰恰因为如此，新历史主义、新形式主义等都主张回到文本，还有各种各样新的学说也在回到这个观点上。我们要肯定作者在场，并不是要简单回到那个古老的观念，要把作者在场及其意图作为阐释的唯一要点，而是要在百年论争取得的成果的基础上，重新认识作者在场的意义，对文本进行科学的、确当的阐释，让我们现在的文论建设进入一个新的境界。

哈派姆：文学批评不仅仅是一种科学，它部分地说也是一种艺术。

张江：您可以用艺术的形式去表达，但是不能把文学批评作为相对主义的标本来宣示给别人。一个基本的问题是，文学是艺术，文学理论是科学，您是否同意？

哈派姆：我并不完全同意。文学理论并不就是或者纯粹是一种艺术，文学批评将其自身与艺术掺杂在一起。

张江：我理解这个话，文学批评的艺术性仅仅是在表达形式上说。文学可以给人无限广阔的理解空间，但是文学理论应该作为一种科学，它应该给别人确切的理解和认识，尽管它和自然科学不同。

哈派姆：我想我们一直是这样做的。这就是为什么我们相信有些阐释比其他一些更可靠、更严谨、更好。我们确实有某种标准，只不过很难说清楚这些标准是什么。

张江：我说表达的形式可以是艺术的形式，可以多一些相对性，少一些确定性，但从总体上说，它是科学的。它与自然科学不同，但是它的确定性是首先的，相对性是第二位的。

哈派姆：批评的义务首先是准确性。

张江：我之所以说这段话，是因为当前相对主义是盛行的。在中国文艺界，这是占上风的。完全否定了作者在场的这个观点，否认文学批评的准确性。

哈派姆：如果文艺批评全部变成主观性的了，那么大学里就没有必要去进行文学研究了。

张江：是的，如果文学批评和文学理论可以任意阐释的话，那么这个学科也就消失了。在这种意义上我们也就否定了我们作为职业批评家存在的意义了。哈派姆主席，我提了这么多十分难以回答的问题，让您受累了，深感歉意！

哈派姆：讨论本身是令人兴奋的，而不是让人感到疲劳。但我过去一周的行程十分紧张，每天都要做好几件不同的事情。

张江：与您的谈话让我深受启发。

哈派姆：我也有同感。

张江：我也开始理解像您这样的美国学者的思考方式了，这与中国学者的思路十分不同。我希望，您下次再来中国的时候我们能够多谈谈文学。

哈派姆：我也期待再次会谈。如果能够再次见到您并进行讨论，我将感到非常荣幸。

张江：真诚欢迎您能再来中国。再一次感谢您。